网络文学名家名作导读丛书

烽火戏诸侯

与

《剑来》

第四辑

庄庸 著

肖惊鸿 主编

作家出版社

网络文学名家名作导读丛书

主　　编：肖惊鸿

第四辑编委：庄　庸　许苗苗　房　伟　周志强

　　　　　　西　篱　林庭锋　侯庆辰　杨　晨

　　　　　　杨　沾　瞿笑叶

序

20世纪90年代以来，文学与这个伟大的时代一道，经历了巨大的发展变化，其中一个标志性的现象，就是网络文学的兴起。以通俗大众文学之魂，托互联网与媒介新革命之体，网络文学如同一个婴儿，转眼已成为青年。网络作家们朝气勃发，具有汪洋恣肆的创造力，架构了种种可能的和不可能的世界。科技与商业裹挟着巨大变革中释放的青春、激情和梦想奔腾向前。时至今日，作者是有的，作者群体大到过千万人；作品是有的，作品总量已逾两千万部；读者就更多了，读者群体数以亿计。

网络文学是新生事物，也是一片充满活力的文化热土，是中国特色社会主义文学生机勃勃的组成部分。习近平总书记高度重视包括网络文学在内的网络文艺的发展，勉励广大网络作家加强精品创作，以充沛的正能量满足人民群众特别是青年一代对美好精神文化生活的新期待。

所以，这套《网络文学名家名作导读丛书》生逢其时，它将有助于探索网络文学艺术规律，凸显网络文学的艺术价值和社会价值，推动网络文学的主流化、精品化；同时，它也是精确的导航，通过这套丛书，我们将能够比较清晰地认识网络文学的重要作家和重要作品，比较准确地把握网络文学的发展历程和发展前景。

这套书的入选作者是目前公认的网络文学名家，入选作品是经过一段时间检验的代表作，而导读部分由目前活跃的网络文学评论家群体担纲。预计这套丛书的体量将达到10辑至20辑、全套50册至100册。无疑，这是一项浩大的工程，但也是值得耐心地、持续地做下去的工作。网络文学必须证明自己不是即时的快消品，它需要沉淀、甄别、整理，需要积累经验，逐步形成自身的传统谱系，需要展开自身的经典化过程。这套丛书就是向着经典化做出的努力。

这套丛书的主编肖惊鸿长期从事网络文学相关的研究和组织工作，她的眼光和能力值得信赖。尽管网络文学的理论建设近年来已经取得重大进展，但是，将理论落实为面对作品的、具体的分析和判断，实际上仍然是艰巨的课题，也是网络文学理论评论工作的薄弱环节。希望肖惊鸿和其他评论家们深入学习贯彻习近平新时代中国特色社会主义思想，以习近平总书记关于文艺工作和网络文艺的重要论述为指导，自觉运用历史的、人民的、艺术的、美学的观点评判和鉴赏作品，向现在的读者，也向未来的读者交出一份令人信服的答卷。

李敬泽

2019年3月7日

于北京

目 录

导读

第一章　主角：

从"世界虐我千百遍"到"我待世界如初恋"　　　\ 3

第二章　故事：

从"有故事的人"到"扎人心的剑"　　　\ 20

第三章　问心局：

从"人生若只如初见"到"人心不足蛇吞象"　　　\ 35

第四章　双创观：

从"中华宇宙人生论"到"讲道论理新世界观"　　　\ 50

选文

第一卷　笼中雀

第一章　惊蛰　　　\ 70

第二章　开门　　　\ 75

第三章　日出　　　\ 80

第四章　黄鸟　　　\ 85

第五章　道破　　　\ 92

第六章　下签　　　\ 97

第七章　碗水　　　\ 103

第八章　稗草　　　\ 113

第九章　天雨虽宽　　　\ 121

第十章　　　食牛之气　　　　　　　　　　＼127

第十一章　　少女和飞剑　　　　　　　　　＼135

第十二章　　小巷　　　　　　　　　　　　＼145

第十三章　　相逢　　　　　　　　　　　　＼150

第十四章　　五月初五　　　　　　　　　　＼160

第十五章　　压胜　　　　　　　　　　　　＼166

第十六章　　休想　　　　　　　　　　　　＼173

第十七章　　不平则鸣　　　　　　　　　　＼179

第十八章　　五去其三　　　　　　　　　　＼188

第十九章　　大道　　　　　　　　　　　　＼197

第二十章　　横生枝节　　　　　　　　　　＼202

第二十一章　捕蛇鹰　　　　　　　　　　　＼207

第二十二章　止境　　　　　　　　　　　　＼212

第二十三章　槐荫　　　　　　　　　　　　＼218

第二十四章　相赠　　　　　　　　　　　　＼225

第二十五章　离别　　　　　　　　　　　　＼233

第二十六章　好说话　　　　　　　　　　　＼240

第二十七章　点睛　　　　　　　　　　　　＼249

第二十八章　财迷　　　　　　　　　　　　＼256

第二十九章　狐魅　　　　　　　　　　　　＼262

第三十章　　暗室　　　　　　　　　　　　＼268

第三十一章　敲山　　　　　　　　　　　　＼275

第三十二章　桃叶　　　　　　　　　　　　＼281

第三十三章　白龙鱼服　　　　　　　　　　＼288

第三十四章　齐聚　　　　　　　　　　　　＼294

第三十五章　甘草　　　　　　　　　　　　＼304

第三十六章　古书　　　　　　　　　　　　＼310

第三十七章　拳谱　　　　　　　　　　　　＼318

第三十八章　九境　　　　　　　　　　　　＼323

第三十九章　骂槐　　　　　　　　　　　　＼330

第四十章　　还礼　　　　　　　　　　　　　　　　＼ 336

第四十一章　练拳　　　　　　　　　　　　　　　　＼ 345

第四十二章　天才　　　　　　　　　　　　　　　　＼ 352

第四十三章　少年和老狗　　　　　　　　　　　　　＼ 360

第四十四章　水落石出　　　　　　　　　　　　　　＼ 367

第四十五章　阳光　　　　　　　　　　　　　　　　＼ 373

第四十六章　压衣刀　　　　　　　　　　　　　　　＼ 381

导读

第一章

主角：从"世界虐我千百遍"到"我待世界如初恋"

这是"谁"的故事？

阅读网络文学作品的第一问，其实就是这样一种"什么人"的连珠三问：谁写的？为谁写？写的谁？

第一个问题事关作者：这是网络大神（名家代表），还是萌新小透明（没有存在感的新人）？

烽火戏诸侯以《极品公子》"出道即成网文巅峰"（2005 年），从《陈二狗的妖孽人生》（2009 年）到《老子是癞蛤蟆》（2012 年）不断引爆潮流，成为当之无愧的网文大神。

第二个问题面向读者：它为不喜欢动脑筋的小白文读者而写，还是为情不自禁烧脑的文青受众而写？

以浪潮之巅为起点，烽火戏诸侯开启他一系列毁誉参半的"网文花漾试验"和"任性太监文"（指从未完本）之旅：《一世枭雄》《撒旦》《宗教裁判所》……在一大片"小白文作家"席卷网络之时，烽火戏诸侯硬生生地扛起了"网络作家新文青派"的大旗。

第三个问题直逼主角：他自带"王者归来强二代"的主角光环，还是附带"草根逆袭伪废柴"的金手指系统？

烽火戏诸侯的人物角色特别是主角人设（人物形象设计），有一种"对称的美感"：上一部作品若塑造了一个"强二代王者归来的主角"，下一部作品必然会逆转攻势写"伪废柴的草根逆袭"——仿佛是刻意要挑战自己的故事技术与理念之道。

从《陈二狗的妖孽人生》到《老子是癞蛤蟆》，从《雪中悍刀行》

（2012 年）到《剑来》（2017 年）……均是如此。

因此，虽然同是向"古风"（东方幻想仙侠世界）回归的网文风向标作品，但《雪中悍刀行》的主角徐凤年是一个自带主角光环的强二代，《剑来》中的陈平安就是一个出场就面临草根逆袭困境的伪废柴。

这带来一个很有意思的问题：人物驱动故事；主角创造世界……开篇就是"伪废柴"的主角陈平安，会给我们带来一个什么样的《剑来》故事？

从第一个大事件"骊珠洞天末世纪"到第二个大情节"山崖书院游学记"，《剑来》中的陈平安都没有太多的主角光环和霸气侧漏的金手指系统，反而不停地被周围大气运青睐的"幸运宠儿"，衬托得像是一个"天弃少年"：

在第一个大事件中被马苦玄、顾粲、赵繇、宋集薪等幸运儿，反衬得就像一个厄运缠身的倒霉蛋；好不容易走出骊珠洞天，却又在李宝瓶、林守一、李槐等"极品天才妖孽儿童团"惊天的天赋和机缘之中，反衬出他陈平安其实是一个悲催的开心果和护身符——所有的作用，就是让这帮极品天才妖孽儿童开心、放心和舒心。但论起福缘和气运，显然还是拍马都赶不上的。

围绕这些幸运少年蜂拥而至的幕后神秘人物，也都毫无例外将注意力焦点都放在他们身上，并以他们的成长为赌注，开启那风云变幻的大洗牌之变局。

而黯淡的陈平安，并没有像我们阅读所期望的那样，获得主角所应该获得的"注意力投资"——陈平安就不是一个天道眷顾、气运青睐、吸睛吸金的光环少年！

但《剑来》，就是这样"任性"地以泥瓶巷少年陈平安为主角，设计出了一个我们称之为"自我形象·存在之道"的多重人物角色谱系：每一个角色都是"我"，寻找和确立"我是谁"的自我意识、身份和位置——我是我自己；我有我的命；我有我的路我的道……这是在天道和人道之中寻找和确立自我存在之道的"我·道"。

呃，从"写的谁"到"我是谁"，这个问题的转移，可以让我们迈过阅读的门槛，跟随陈平安踏上"剑来理来，拳至道成"的故事之旅。

这就是所谓的自我主体意识与抉择和行为——它驱动着陈平安甚至所有的《剑来》人物和角色,都从"如其所是"(像他本身实际存在的那样)到"如其所愿"和"理应如是",寻找自我的意识、身份和位置:成为他想要成为的"人"、希望成为的"人"、能够成为的"人",或者应该成为的"人"。

就像陈平安,在整个世界都充满恶意和敌意的时候,仍然努力像齐静春和剑灵所希望的一样,成为一个对整个世界仍然抱有希望并且让整个世界都不失望的人。

这样的"人",一看就很有故事……

1. 霉运少年:从"稗草形象"到"天眷弃子"

《剑来》一开篇,就以三种平常事物,来形容陈平安的奇崛之道:稗草、野猫和石头。

这既是他的"自我形象",亦是他的"存在之道"。看似寻常却奇崛。

"稗草"孤生独长,刈除不尽——所有小镇少年在这片"庄稼地"的大丰收季里,都有资格被人当作新一轮收割的韭菜,只有他无人问津,没有资格被收割;"野猫"不祥之兆,见者不喜,却有九条命——被整个小镇之人视为克父克母的不祥之人;"石头"又臭又硬,就像陈平安大多数时候很好说话,但有些时候"最不好说话"。

陈平安的存在,的确可以形容为"野蛮生长"。每一种形象和形容,都从不同的角度雕刻出了他的性格和特质。

比如,陈平安像一株稗草——这是把整个骊珠洞天(龙泉槐镇)小镇形容为庄稼地,把这个时节形容为最后一个大丰收季,把每一个人的机缘都形容为有收获或者被人抢着收割和谋取的黄金稻粱。但独独只有陈平安一人,就像那一株随时随地都能被任何人刈除的稗草。在满眼金灿灿、黄澄澄的丰收稻粱"均为人谋"之中,唯有这株被人嫌弃和试图剔除的野草"不被人注意"!这显得何等地特异和独立。

稗草的形象,一方面形容出陈平安在讲究机缘的小天地之中生存的贫瘠与卑贱:没有父母,没有机缘,没有天道垂怜、气运青睐,也无缘法——比如他和贺小凉之遇，缘浅福薄，而未能获得那一道同修大道的契机；或者犹如符南华对他"一语道破天机"的话："天雨虽宽，不润无根之草。"

但，另一方面，稗草也彰显出了陈平安野蛮生长的坚忍：疾风知劲草；野火烧不尽，春风吹又生；草色遥看近却无……这些形容"草"的中国古诗词，都可以信手拈来，形容陈平安"如野草一样生长"的存在之道——既有草之野，也有草之润。就像"草色遥看近却无"这一句，近看只看得出陈平安如无根之草，远看却能看出那草色温润。

这种"稗草形象"既形容出了陈平安的被排挤和被孤立，又彰显出了他沉默的顽强和倔强。实际上，他才是最像王朱被齐静春施压时所说那句话的人：你可以压我低头，但我绝不认错。老天和命运可以压得陈平安低下骄傲的头，但他就是倔强地沉默着，绝不认尿和认输。

然而，就算是这样，又能起什么作用？！自我形象和存在之道，是由"天道"主宰和决定！

天道（天理）循环，气运流转，决定着每一个人的命、运、人生和未来。不是你想成为什么样的人，就能成为什么样的人；也不是你理应如是，就应该如是——就像开篇年轻道人亦即道祖亲传掌教三弟子陆沉看到"小镇槐叶（祖宗福庇）"追此逐彼的感慨："是谁说天运循环无厚薄？"

命里有时终须有，命里无时莫强求。只是，命里有无，到底由谁决定？

《剑来》里这棵犹如命运之树的槐树，何以厚此薄彼？宋集薪打个呵欠、赵繇错肩而过，都能得到所赐之叶；草鞋少年陈平安拼着命追逐，但那叶儿就是东躲西藏，不肯被他抓住——陈平安就是"命比纸薄、连叶儿都不肯留的人"！

整个《剑来》开篇，似乎都在浓彩重墨地渲染主角陈平安就是一个"被命运之神嫌弃的人"——宋集薪把那头顶生角的四脚蛇甩到了陈平安院子，它爬都要爬回来；少女稚圭（王朱）、金黄鲤鱼……都是最早跟陈平安结缘的神奇生物，最终却都与他无分。就连那陈氏祖宗所掌握的老槐之叶，也都嫌弃地不肯降落于他的手心，为他带来一份赐福和庇佑。

何以如此？命运，命运，有这样的命，是因为有那样的运？！"天道循环，气运流转"，仍然厚薄不均——所谓运道或运气，就是不肯给陈平安半分。他不是老天爷（天道）眷顾的人。

好运不肯临门，霉运不缠身、厄运不光顾，就已经是一件很幸运的事儿——但不幸的是，不是幸运儿，就成霉运子。小镇处处都是幸运儿，如宋集薪、马苦玄、赵繇、刘羡阳等这些不是主角的人，比主角还要自带幸运光环；但陈平安这个主角，反而绝不是自带主角光环的幸运儿，而是自带厄运、霉运磁吸力。

《剑来》整个开篇，其实就是在刻画陈平安的霉运主角形象和存在之道——相对于其他幸运少年来说，他并不是"天眷之人"，反而是"神弃之徒"。

因此，他的存在是灰调的，甚至有些黑白色的，而不像其他少年都可以看到光彩琉璃的多滋多味、彩虹未来。

2.超级代价：从"气运之饵"到"本命瓷碎"

天灾，人祸，人祸甚于天灾。

准备接替齐静春之责镇守这方天地的兵家圣人阮师，对此仅用了一个字——"饵"——就道尽了所有的命脉和秘密：陈平安就像是一个"饵"，各方气运犹如鱼一样，争先恐后咬食上钩，却净是便宜了垂钓之人，或有权（有机缘）从这鱼钩之上汲取"气运之鱼"的人。

你何曾看到饵本身就可以得到鱼的？

饵本身的命运，无外乎就是如下两种：

一是得鱼而忘饵，垂钓得到气运之鱼的人，很快就会忘掉甚至抛弃掉陈平安这个饵；二就是饵本身可能被气运之鱼吃掉，或被取鱼之人连鱼同饵一锅端掉。

前者如王朱（稚圭）。她不但借陈平安之饵攀缘宋集薪这个"潜龙皇子"，还借机蚕食了陈平安仅剩不多的气数。后者如顾粲。陈平安不但把从小泥鳅变身翻江倒海大蛟龙的气运送了出去，还因为截江真君和顾粲他娘为了巩固气数，差点被他们谋运夺命；就更别提那贪食而误入鱼篓的金鲤鱼，本应入于陈平安的毂中，却被大隋皇子半路截走了……

然而，陈平安成为"气运之饵"，不是源起于天道不公的"天灾"，而是先来自本命瓷碎的"人祸"。

作为一个被内定的"龙瓷少年"，陈平安原本像骊珠洞天（龙泉槐镇）数千年原住民一样，有着祖辈相传、世代承袭的宿命：

一出生就煅烧所谓的本命瓷；拥有本命瓷的少年一旦熬过某个关口（如女孩六岁男孩九岁），就会被小镇外某个预定了本命瓷的山上修行势力带走，终身不得回归家乡；即使修道成为举世绝顶高手，也会因为本命瓷操控于他人之手，而无法得自由——即使是一人镇一洲的道家天君谢实和可以炼出一条长江大河天上来的剑仙曹曦，堪称有史以来最为有名的"骊珠洞天绝代双骄"，仍然因为本命瓷操控于他人之手，我命由天不由我！

即使那些掌控本命瓷的山上势力，实力已远不如这二人，对这二人必须客气相商，但只要本命瓷在手，仍然可以左右他们天长地久。

如果不出意外，陈平安亦将如骊珠洞天世代先辈一样，走同样一条本命瓷掌控他手、我命由他不由我的傀儡之路。

但是，由于某种有意为之的阴谋，陈平安的父亲知晓了本命瓷的秘密。为了自己的儿子不被他人操纵人生，这个朴实而坚毅的汉子亲手打碎陈平安的本命瓷。虽然毁掉了陈平安"地仙资质"的修道未来，但也破掉了陈平安的本命瓷魔咒。由此招致"被意外横死"，拖累了妻儿。他的妻子病厄缠身，缠绵床榻，最终没能熬过去。

从此，剩下陈平安孤苦伶仃一个人，像野草／野猫／石头一样艰难而倔强地生存着。特别是，由于他的本命瓷破碎，陈平安那颗像玻璃一样碎了的瓷心，从此全是碎片，再无完整的可能。而他自己在此后的人生之中，顽强而倔强地一块一块重新拼凑着——怎么拼，都有裂缝；怎么凑，都会有残缺。

因此，陈平安只有一颗破碎的心，就是一个残缺的人；拼拼贴贴，缝缝补补，都难以恢复和还原自我的完整。

这使得陈平安就像全身都有漏洞的筛子一样，什么样的福缘和气运都犹如流水一样，匆匆流来，又转瞬流去，一点痕迹留不住。

但是，作为唯一一个打破本命瓷的小镇少年，在周围全都是拥有完整瓷心的人中间，他偏偏还特别"扎眼"。这就像黑暗中唯一一支摇曳不定的烛火一样，会招来无数的福缘和气运"飞蛾扑火"。

因此，在陈平安身边，到处都是气运的流动、福缘的聚散，而且浓郁得举世罕见，但又一滴都留不住。

落在有心人眼里，这样的陈平安就成了最香的饵，可以钓来气运之鱼、福缘之蛾，便宜了那个垂钓的渔翁，或者说那个设陷捕鱼便宜自家人的渔夫。

甚至，陈平安这种"福缘飞蛾扑火"或者"气运锦鲤咬钩上钓"的状况，与其说是有心人看在眼里顺势而为，不如说他们处心积虑有意为之。

于是，这就揭开了陈平安"本命瓷碎"阴谋论第一层和第二层之间的关键面纱。泥腿子陈平安一家三口的祸不单行、家破人亡，缘起于山上势力买瓷人的恼羞成怒，从而破瓷破摔，弄死了汉子，磨死了女人，仅剩下朝不保夕的陋巷泥腿子少年陈平安一人犹如浮萍漂泊无依。

这层面纱揭开了《剑来》开篇"陈平安一人即一家"的生存状况之由来，并解开了"并不是他命硬克死了父母"而是"他受累于父母亲的抉择"之所谓的第一层"事实的真相"，以及"选择的秘密"——

是谁把这个惊天的本命瓷秘密，透露给那个从未出过远门甚至连小镇都没有走出的朴实汉子，从而诱发这一连串意外事件的？

又是谁，还要继续围绕孤儿寡母设局、做局和布局？甚至他娘亲病亡之后，仍不肯定放过小小少年这一人……

小小一个陈平安的本命瓷，扯出来的却是三千年"坐地分赃瓜分有瓷人"的利益格局——牵扯之广，背景之深，就连骊珠洞天（龙泉槐镇）的权贵豪门四姓十族，也仅仅是家主级别的人，才可以洞悉和掌握此核心机密。何况陈平安的父亲只是一个泥瓶巷的"泥腿汉子"？

如果不出意外，他是终生都接触不到这样高端的机密，还会以为那龙窑烧出来的瓷器，不过是皇家特供的用具；自家的儿子如果被山上势力买瓷人带走，还会像"望子成龙、望女成凤"的寻常父母一样，期望自己泥腿子孩子攀上高枝成"金枝玉叶"：父母欢喜一生，儿子傀儡人生。

但是，这个本不应该知道惊天大秘密的汉子却还是知道了，并直面那个势在必行的问心局，做出一个父亲应该做而很多人未必敢做的抉择和行动：到底是打碎儿子的本命瓷，让其成为一个贫穷却是自由的泥腿子，还是继续保持这种枷锁和镣铐，成为可享荣华富贵和人间烟火的地上神仙傀儡？……这还只是自身一厢情愿地在得与失、利弊权衡的表层进行考问。

实际上，这种个人单向度的选择，还会带来对方答不答应、不答应又将如何疯狂报复和惩罚的深层次超级代价体系问题：每一个选择和行动，都需要承担必需甚至是超额、巨额和额外的代价——这就是超级代价体系。你愿意为你自身的选择和行为，承担什么样的代价？

泥腿子汉子在打碎陈平安本命瓷的抉择和行动中，或许会很容易直面第一个表层得与失的考问，而难以触达第二个深层次代价体系的追问——这也是大多数人在做出选择和行动时的本能反应：只会权衡个人的得与失，以及这种选择与行动的利与弊，却很难想象和考量自己会为这种选择付出什么样的代价，而这种代价是否大得难以让自己承受；唯有在做出这种选择和行动，面对大额的成本、巨额的损失、超额的赔偿时，才会惊觉这种代价是如此之大，是生命难以承受之重；然后，就会后悔——早知如此，何必当初？

我们不能擅自推断甚至是臆测：如果昔日重现、时光倒流——犹如陈平安在藕花福地被观道观牛鼻子道人带着观看了三百年流水光阴——而又可以重新做出选择的话，泥腿子汉子会不会因为"早知"未来一家三口将会付出如此沉重的代价，从而重新选择保留而不是打碎陈平安的本命瓷？

犹如有其父必有其子，观子可见其父，通过陈平安的个人禀性和行为风格，可以推测和判断他父亲的性格与品质。这会有很大的误差。但是，或许放在陈平安一家三口身上，准确的概率还是很高的："如果人生还能重来，我大概还是这样——井九！"

呀，串场了！

这是网络作家猫腻《大道朝天》小说里的"序"：全篇就只有这一句；这一句概括了主角井九"假若人生重来一次，我将怎么样……"的所有思考和践行。

但是，网络作家作品的粉友们就是经常这样"任性地串场"——《剑来》书友们在评论帖中经常就把陈平安昵称为"陈皮皮"：陈皮皮是猫腻《将夜》之中书院的十二先生，宁缺的师兄，夫子的学生，知守观观主陈某的儿子——"毫无背景的陈平安"也有一堆牛掰的人物作背景；皮糙肉厚特瓷实扛揍打，如经得起唐小棠的胖揍——陈平安经受过当世三大十境武夫的捶打；有名的散财童子，神奇通天丸送一颗给宁缺不够，还得赠送两三个大礼包——"气运之饵"，陈平安更是"散财童子"；关键是胖子还心肠好，堪称"陈好人"，尊师礼兄，与宁缺师兄弟相爱相杀，一如既往孝敬"离经叛道"的父亲——陈平安最重要最完美的人设就是"陈好人"了……

这大概是剑来贴吧之中有关"陈皮皮是个什么梗"这个问题，包括但不限于上述这些理由与条件的答案吧。

这就是网络作家作品所独有的所谓"书友／人设互粉"现象与事件。网文史上最有名的"互粉"现象，大概就缘起于猫腻《庆余年》和柳依华（Loeva）《平凡的清穿日子》中的"淑宁小姐和范家少爷互穿事件"——人设互相穿越到对方作品之中，从而引发书友"互圈粉丝"和"刷屏朋友圈"。

闲话少叙，言归正传。

不管怎么样，从"家破人死"到"气运之饵"，不过是陈平安一家三口为打碎本命瓷付出的"超级代价"体系冰山之一角。

3. 人性善恶：从"同舟皆敌"到"举世皆恶"

拔出萝卜带出泥。

扯掉藤蔓见深渊。

因为这种"天道不眷、气运不顾",陈平安不但守不住自己的东西,反而会被那些所谓手眼通天的人争气夺运,甚至谋财害命。

就如他送给鼻涕虫顾粲的那一条蛟龙,最终被扮作说书人的截江真君刘志茂与顾粲他娘合谋,"夺"成了顾粲的;而且,犹嫌不足,真君还要施法,阴夺陈平安的气运,甚至谋害他的性命。

这同样不过是庞大的人心宇宙(人心鬼蜮、人性深渊和人际关系黑暗森林)"冰山之一角"而已。从此开始,"人性本善/本恶"的问题,在《剑来》之中,成为驱动和演化从"同舟皆敌"到"举世皆敌"甚或"举族皆敌"的根源、脉络和顺序。

从同居于陋巷的隔壁邻居宋集薪和王朱,到同属于骊珠洞天土著少年的马苦玄,甚至是同属于小镇边缘家庭的顾粲他娘……这些原本属于同一船上的人,本应同舟共济,却在船还没有沉时,就相互倾轧。

而且,在船根本就没有要沉的迹象之前,就试图踩陈平安一脚,推他下水。似乎这样能够减轻船的重量。

陈平安到底做了什么样的事情,才会让他"同舟皆敌"——所有同一条船上的人都恨不得把他推下水,"去吸引那个不吞噬活人不罢休的水鬼"?

恩怨情仇固然可以解释一部分的原因:宋集薪是嫉妒陈平安,心中有鬼;王朱签了契约,恩将仇报,忘恩负义;马苦玄是因为他爹娘直接谋害陈平安父母,要斩断父债子还因果链;顾粲他娘则是为自家孩子"谋气夺运",变得心狠手辣……总之,每个人都有理所当然的理由,理直气壮地要与陈平安为敌。

但这不足以解释人性最黑暗、人心最叵测、人际关系成黑暗森林的根源。

就像宋集薪作为"官家私生子"实为"皇家龙种",放养于田野,不愁吃,不愁穿,出入还"携美同游",令刘羡阳艳羡不已。但是,他过得就是不快乐,宛若每天都有"三座大山压在孙猴子头上"。隔壁陈平安孤苦伶仃一人,家徒四壁,吃了上顿没下顿;整个人身心还像秋风所破的草屋,四处漏洞,留不住任何福缘和好运。但,凭什么,这样一个泥腿子少年,每天过得比他宋少爷都快乐、幸福和平安?

所以，宋集薪处处针对陈平安，却又处处把自己的心扎得像筛子。最后，连他的皇叔宋长境都看出来了：陈平安成了他的心结，不除之，似乎都妨碍他的大道和人生。

这种人心之深渊泥潭、人性之波谲云诡、人际关系之盘根错节"黑暗森林"，不是是非、对错、善恶、恩怨和情仇等二元对立的"网格"，就能锚定的。

从骊珠洞天到剑气长城两点多线的"山水游"之中，陈平安一直都试着思考和测量这种人心、人性和人际关系的根本脉络，试图找出同舟皆敌的根源和解决方法。

因为，这种现象大量存在于人族内部各个群体之间。从小洞天福地"临时搭伙"的小团队（如大玄都观孙道人和陈平安四人行），到知根知底"老友记"（如飞升至第五座天下的半座剑气长城），均是如此：根脚还未立，底盘还未稳，就急于背后捅刀子，致命坑"兄弟"。

如半座剑气长城在第五座天下根基尚浅时——陈平安以合道另半座剑气长城为代价，且还像看门狗一样犹自苦苦挣扎——新刑官一脉的齐狩派系，就试图清除陈平安—宁姚隐官一脉创办的私塾和游记教科书。宁姚一剑把齐狩斩吐了血。但是，连陈平安"关门"小弟子郭竹酒都看得出来齐狩是在打"悲情牌"，何况宁姚？

人心如野草，斩断易，除根难。就像韭菜，割了一茬，又长新的一茬。斩草要除根，但是，人心的根是什么？又如何除？这个根子找不到，同舟皆敌，举世皆恶，所有解决方案，都治标不治本。

4. 何谓希望：不要对这个世界失望啊

从同舟皆敌到举世皆敌，这个世界如何让我不失望，又如何让我继续抱有希望？

如何在绝望之中寻找希望？！

这是由三个关键人物串联起的：儒道圣人齐静春，泥瓶巷少年陈平安，金拱桥老剑条剑灵。

他们都曾（或疑似）对世界抱有最大的善意，但整个世界以最大的恶意对待他们，但他们都一直希望自己不要对这个世界失望——至少，另外两个人（灵）都把"不失望"的希望寄予陈平安身上。

但同样的问题仍是如此尖锐地出现在他们的身上：他们到底做了什么，竟然会如此"同舟皆敌"甚至"举世皆敌"？他们又如何在失望甚至绝望之中找到希望？

这同样面临这样的困境：不找到根源，不足以解释和解决这些问题。

比如，与齐静春同为儒家文圣同门师兄弟的国师崔瀺何以会一心置他于死地？同为儒教体系的儒家文庙中人为何会假传消息，诱导齐静春入死局？受齐静春庇佑六十一甲子的骊珠洞天（龙泉槐镇）五姓十族，以及因齐静春创办山崖书院带来半数国运的大骊王朝，何以背信弃义，落井下石？三教一家何以达成协议，提前取走压胜四物，联袂构陷齐静春？道祖亲传掌教三弟子陆沉为何得到儒家默许，亲至浩然天下，蛰伏骊珠洞天，成为齐静春将死的后手？何以齐静春为了骊珠洞天这六千余人有今生更有来世，愿意自身承担所有天道的反扑，却为三教一家天外天的坐幕圣人不许并联手镇压……

即便如此，齐静春仍是舍掉一身"大神通"，仅以本命二字的力量，对抗天道反扑和诸圣镇压，以身消道殒为代价，换取了小镇六千人的今生来世。这是齐静春人生之中"对世界最后一次表达的最大的善意"！

但是，非常不幸的是，这个世界同样对他表达了最大的恶意和敌意——连他死后的惩罚都不放过：撤掉了他一手创办的山崖书院"儒家七十二书院"之名号，甚至逼迫整个书院从大骊王朝南迁至大隋王朝；他遗留下来的硕果仅存的几个读书人种子，都将被迫"远游求学"；甚至，这些幕后之人还想断掉他的香火传承……

接替齐静春坐镇骊珠洞天的兵家圣人阮邛不无遗憾地说：齐静春但凡有一丁点像他阮某人一样不讲道理，都不会死得那么憋屈！

都是有望"立教称祖"的人，若真是把这通天的本事都施展出来，这个充满恶意与敌意的世界，还会那样肆无忌惮地"举世伐他"吗？

但是，讲道理的齐先生，就这样憋屈地死了——死在"不知为何"

的举世皆敌上。所以，他对这个世界充满了失望。但齐静春一直教导陈平安不要对这个世界失望——因为，不知为何，陈平安自己，也是从"同舟皆敌"变为"举世皆敌"。

何以如此？

在陈平安本命瓷事件之中，各方大佬都扮演不同寻常的角色。比如那个卖糖葫芦串的阴阳大家"谈天邹"，诱惑陈平安，试图毁去他的本心和初心。

特别是陆沉，以道祖亲传掌教三弟子之尊的大人物身份，居然在陈平安的姻缘线上连做了两次手脚：一次是剑气长城道胚剑种宁姚，一次是东宝瓶洲金童玉女贺小凉。

陆沉不仅算计了一次，还接二连三算计了 N 次。在陈平安游历途遇桂花岛和蛟龙沟突发事件中，陆沉算计毁掉了齐静春留给陈平安的山印，更是试图算计他的道心，毁去他对这个世界的希望：齐静春不是想让你陈平安不要对这个世界失去希望吗？我就让你陈平安看这个世界是如何让你失望的！

陈平安全力出手，拼尽洪荒之力，试图拯救"同舟"（桂花岛）上所有的游客；然而，在陆沉"借给他的一双慧眼"里，陈平安第一次看清楚了桂花岛上所有的人心鬼蜮、人性深渊和人际关系之黑暗森林——

那些更有力量拯救桂花岛的修行强者，不但不出手，反而希望陈平安葬身老蛟龙口腹之中，为他们赢取逃命的宝贵时间；逃命无望之后，整个桂花岛都要像泰坦尼克号一样沉落时，所有人都希望把陈平安第一个推下水；当危机过后，陈平安拯救了所有人的性命和整个桂花岛时，并没有像全民英雄一样受到普遍欢迎，反而成为全岛公敌：你陈平安怎么没有死掉啊……死了陈平安一个人，可保所有人平安——因为再无人知道其间到底发生了什么，经历了什么。

以境鉴人，陈平安一个人存在的善，会衬托所有人内心的恶。

这一次陈平安是"真正对整个世界失望了"。也正是因为这一次，陈平安终于真正理解了齐先生的话：在整个世界对你充满恶意和敌意之后，你还能对整个世界抱有善意，才是真正的"不失望"和"有希望"。

齐静春的问题，或许在陈平安身上找到了答案：他究竟做了什么，竟然会"同舟皆敌"甚至"举世皆敌"？

这还是直戳人心宇宙的恶。

或许基于同样的原因，齐静春和剑灵才会有"共同语言"：他们都对整个世界失望了；但是，他们又想对整个世界再次抱有希望——陈平安成为他们"希望"对这个世界不再"失望"的人。

截至本文书成之际，我们仍然不知道剑灵到底经历了什么，或者说她的第一个主人到底经历了什么，以至于她会对整个世界充满失望。但，陈平安的选择，重新点燃了她心中的希望。

在陈平安重新让她恢复了希望，并认陈平安为她的第二个亦是最后一个主人时，剑灵姐姐想要陈平安给外面的四座天下——儒家治理的浩然天下，道教打理的青冥天下，佛家管理的莲花天下，妖族统治的蛮荒天下——带一句话：天道崩塌，我有一剑……

> 石拱桥上，有人笑问道："千年暗室，一灯即明。前辈，如何？"
> 有人回答："可。"
> ……
> 她沉声道："陈平安，请你跟我念一遍那句誓言。可以吗？"
> 她伸出一只手掌，轻轻竖起在少年身前。
> 陈平安也伸出一只手掌，轻轻合掌在一起。
> 她闭上眼睛，缓缓道："天道崩塌，我陈平安，唯有一剑，可搬山，断江，倒海，降妖，镇魔，敕神，摘星，摧城，开天！"
> 少年跟着她在心中默念道："天道崩塌，我陈平安，唯有一剑，可搬山，断江，倒海，降妖，镇魔，敕神，摘星，摧城，开天！"
>
> （《剑来·第一卷·笼中雀·第八十四章》）

何以要带这样一句给四座天下？

是因为陈年旧怨，曾经"举世皆敌"——四座天下或者说四座天的主宰者和统治者，都是剑灵和剑灵第一个主人的"敌人"？

还是推翻历史重来，"举世改变"——既然整个世界曾经如此让我失望，那我有此一剑，可让整个世界变得有希望？

问题的关键在于：举世皆敌，让剑灵变失望的是什么？举世皆变，让剑灵有希望的又是什么？

人心如千年暗室，让人很失望；但一灯即明，便大有希望。

千年暗室，一灯即明。

这或许是整部《剑来》的中心思想。

5. 凭什么：从"陋巷少年"到"平安天下"？

于是，从开篇即等高于陈平安的主角视角，我们看到的就是这样一篇"陋巷少年成长三部曲"。

第一部曲，可命名为"陋巷"。犹如诸葛亮"臣本布衣，躬耕于南阳"，陈平安生于陋巷、长于陋巷，像一根野草，又如一块石头，粗鄙、顽强而又坚韧地生长着。但又犹如铁树能开花、草上能凝露成珍珠，在少年平凡但绝不平庸的表壳人生之中，仍然积力蓄势和储能，沉淀着一股能够让人惊艳的力量。

第二部曲，可命名为"执念"。因为有着比自己求生意愿还要强烈的执念驱动，陈平安能"坚忍不拔"地把常人难以持续为之的事情坚持下去，并做出非常人能做的、看似不可能完成的行为。

比如，为亲情、兄弟之情，甚至错肩而过的浮萍之情缘所驱使，向比自己强势的人或势力要一个公道——如果别人给不了自己公道，那就自己去讨一个公道，知其不可为而为之。

但在"不计任何代价"讨公道时，又坚持自己的底线、原则和核心权益，"不跟魔鬼交易灵魂"，有所为有所不为。

对于世界、人生和事物，陈平安有着自己核心的信念甚至信仰，不为他人所左右，即使被讥为滥好人，即使被儒道圣人教之化之，仍然保持自己的本心和初心。

比如，从宁姚善意的嘲弄，到宋集薪恶意的挖苦，再到那些吃瓜群众更为恶毒的刻薄……陈平安仍然坚持凭自己的本性做事，即使像傻瓜一样把天大的机缘送出去：救了真龙之精神气凝聚而成、虚弱至极的王朱，却被她违背契约、忘恩负义，吞噬他最后一点仅剩的气数。

更别说在齐静春"君子不救"之教中，陈平安仍然坚持"该救就救"；一诺千金，自己只有十分力气，却会拼尽十二分的洪荒之力；让信托之人能安心，亦让自己心安……事实上，所有人的安心，包括陈平安自己的安心，都起源于像娘亲取名所寄寓的厚望一样：平安，碎碎平安，岁岁平年年安。

因此，恰如"真名法则"——一个人的真名之中束缚或蕴藏着某种神奇的根本力量；"陈平安何以会取名陈平安"或许也遵循着这种亘古流传的"真名法则"——第三部曲因名取字、就势取名为"平安"。

少年希望自己像娘希望的一样"平安"，也希望能让身边亲近之人或信托之人"平安"……然后，一步步地走了出去、攀上高山、走向远方、走到天下，甚至走到苍穹之外，走到天外天九重天，所求的无非都是这两个字——"平安"而已。

人生平安，小镇平安，天下平安，整个世道平安……所有宏大的叙事，都是缘起于这样一个切口非常小的祈愿。然而，切口虽小，格局却甚大；因为，中间有个好杠杆——平安。

文如其人，人如其名，"真名"之中蕴藏着一种最为平凡亦最为神奇的力量。因此，整部《剑来》的故事就因为"平安"这两个字显得特别中正平和、静安大气："平安"两个字，可以说是这部作品的"题眼"，亦可称之为作者"文思泉涌"的泉眼——就像传说之中的生命之泉，可以滋养天地神人、世间万物；"平安"之泉，其实还可以滋养人心、祈愿天下，甚至，还诸这个世道、这个世界本身，重建规矩和秩序。

从"一人平安"到"天下平安"，从"一颗心平安"到"整个世界平安"——所有宏大的格局，都基于这样一个非常细微却至关重要的"建基原点"：一心平安，天下平安。它不但是故事大厦构筑的基础，亦是整个世界观设定的基石。

九层高台起于垒土，合抱之木长于纤毫——它们都有一个"基元"（基础元概念）或者"基因"：同一种东西，不同的命名而已；以此为基础和前提，一步步地生长起来；无论经历何种分化、细化与重组，也无论经历何种裂变、核变和聚变……它最终能够构建起一个与众不同的理论体系或故事大厦，或者生长成一个具有独特气质的有机体甚至是生命体（如生命之树），均是因为这样一种"从一开始就让它与众不同的基元或基因"。

由此，"平安"两个字决定了整部《剑来》的"调性"：不管它所构造的世界再如何光怪陆离、匪夷所思、超乎想象，因为切中"平安"这个硬核，而特别合乎世情人心——所有的故事都是向内生长，而不是向外挥发的。

这使得整部故事的想象越是超越九重天之外，越是在苍穹之上星辰大海之中翱翔，就越是植根于人心鬼蜮、人性深渊和人际关系黑暗森林之中，"点燃人心宇宙那一抹温暖的光"。

于是，《剑来》整部作品的瑰丽之姿、大气之局、磅礴之势，就因为"平安"这两个字的朴素和朴实，有了一种"笼天地于形内，挫万物于笔端"，而笔端又切中心尖的感觉——这就是所谓的接地气触人心，有人间烟火味，滋养于心灵之最柔软处。

所有的惊艳，都从心尖笔端开端。

因为平安两个字，《剑来》犀利的笔，拉开了从"人心"到"人世"、从"人道"到"天理"之间厚厚的铁幕，让那个舞台从"小心尖"一直舒展至庞大的"大宇宙"，从而演绎出一台人间烟火燃烧晦暗人心、照耀璀璨星空的大戏。

于一二人之方寸之心，开宇宙万世之太平。

但是，凭什么？

第二章

故事：从"有故事的人"到"扎人心的剑"

是的，"凭什么"？！

凭什么陈平安一心向善、一心求好、一心求平安，就偏偏"好人没好报"，还要遭受"恶人磨来磨去"不停的"虐"？

凭什么所有的修行强者可以视他人为蝼蚁，随意裁决他人之生死？

凭什么"我待世界如初恋，世界虐我千百遍"——我对世界抱以最大的善意和希望，世界却还以我最大的恶意和敌意？！

……

每个问题导向"答案"（解决方案）的寻找和建构。但是，每一个解决方案（答案）的终点，便是"新疑问—新回答"诞生的起点。

这就形成一连串"疑问／回答—新疑问／新回答"式的问题链。它将最终指向那个最根源的"初始疑问"，却未必会引来"看起来似乎不可能存在的终极答案"：凭什么立足于陈平安这一个人的"方寸之心"，就能开创宇宙万物万世之太平？

从起点之问到终极答案，从陈平安到我们，都面临着这样的理念之问：千年暗室，一灯即明？

只不过，问题导向的方向和答案不一样而已。

在这种"疑问—回答"金字塔互动链中，陈平安不断经历"叩心关—问心局"的锥心题，最终走出一个"初始疑问—终极之问"的太极运动：从我"凭什么讨公道"，到他"凭什么不讲理"，到最后这整个世界究竟"凭什么不合理"？

无论是他、他们还是它，都是"没有理"的，自始至终都"欠我一个公道"：世界欠陈平安一个公道，欠齐静春一个公道，欠剑灵和她第一个主人一个公道，欠这个世上很多人一个公道，甚至欠这个世界"理应如是"的它自己一个公道。

"世界自始即不合理"，我有一剑，旨求每个不讲理的人承担和付出应该付出的超级代价，"让整个世界重新回归于合理"。

于是，《剑来》讲故事的问答链，就从"我要一个公道"的重心，变成了"他（它）合／不合理"的轴心——如何从"人人讲道理"，到让整个世界"更合理"。

陈平安自己，也从一个"蚁民"（遵循规矩者）走向"讨公道（挑战者）"甚至是"复仇者（秩序破坏者）"，又成为"讲道理（规则捍卫者）"，最终成为"剑来理来，拳至道成"的"道·理宇宙建构者"（秩序新建设者）。

但这又带来了一个更大的问题：你陈平安凭什么讲道理？凭什么你陈平安讲的道理就是道理？你陈平安凭什么让世界从不合理变成合理？……

从一开始，陈平安就处于这种双面夹击的问心局之中，叩问心关，问道穷理，将我们导向这样一系列问题：

陈平安有什么样的故事？

《剑来》讲了一个什么样的故事？

这是一个"什么跟什么"（什么人关于什么）的故事？

它是不是一个好故事？

烽火戏诸侯有没有把这个故事讲得很好看？

《剑来》有没有把一个"好故事讲得没有最好只有更好"？

……

瞧，从"陈平安就是一个有故事的人"，到"《剑来》把好故事讲得没有最好只有更好"，这种问答链把我们从"网络文学名家名作"的导读，导向了"中国好网文"的评选评价问题，从而以此返诸己身，重新观照烽火戏诸侯和《剑来》的标杆地位。

1.蝼蚁鄙视链:"最弱者"凭什么对抗"超强者"?

陈平安除了是这一茔孤零零的稗草——无人收割,却人人都会刈除——之外,最显著的形象,就是:蝼蚁!

在《剑来》开篇之中,陈平安"第一次发生的正面直接或间接冲突",是跟蔡金简、符南华、刘志茂、正阳山搬山猿这样外乡的山上修行者——这揭开了修行者视俗世凡人皆为蝼蚁的鄙视链;甚至揭开了修行者之间也存在强弱等级的鄙视链。

但王朱与陈平安之间早就存在的"契约与气运"的潜在和隐性矛盾,揭开了真龙一族视陈平安、视所有修行者甚或视万物众生都为蝼蚁的鄙视链,并且真正触及人、神、妖等宇宙万物众生的鄙视链。

泥瓶巷少年陈平安在山上仙家蔡金简和符南华眼中是蝼蚁;蔡金简与符南华在截江真君刘志茂眼中何尝不是蝼蚁?刘志茂在道祖掌教三弟子陆沉眼里,何尝不是一只稍大点的蝼蚁而已?但是陆沉、齐静春这样的圣人,在王朱的真身"史上最后一条真龙"的眼里,也不过就是一只超强的蝼蚁而已!

比起这样高端的鄙视链,大骊王朝帝王宋氏一家三口,对陈平安一家三口所做的阴谋与算计——从打破"本命瓷"、害死陈平安爹娘,到将陈平安变成了"气运福饵"——才是陈平安"稗草人生"和"蝼蚁"真正的罪魁祸首。

这种"刻意"践踏他人性命,"故意"将陈平安一家人当作蝼蚁处理的"人祸",才真正是这种"蝼蚁鄙视链"里最残酷、最现实、最惨烈的底端战争;并体现了所谓鄙视链中"丛林法则""弱肉强食""优胜劣汰"的生物链法则和食物链本质。

金字塔在,生物链在,食物链,鄙视链在,那么,随意审判、决定和操控他人生死的事情就一直会在。

在这条"大鱼吃小鱼、小鱼吃虾米"很现实的鄙视链之中,陈平安就是最弱小、最底层、最底端的那一个小蝼蚁。

人人都可以跟他不讲理;而他如何才能"讨回公道"?

当他人不讲理,讨公道只能靠自己?!

这个疑问一回答引发的新疑问便是：若不讲理的人是远胜于己方的强者，甚至能力、实力和势力庞大的强者集团，弱小如蚁的你，靠自己，如何才能讨回公道？

这难道又要走向"优胜劣汰、强者为王"的丛林法则？

你只有变得更快、更高、更强……否则，你就没有能力和资格去讨回公道！

"弱者，你是没有讨回公道的权利！"

难道，从起点到终点，绕了一圈，我们就又只回到这种原始、本能和残酷的"现实黄金法则"原点？

从陈平安到整部《剑来》，其实都遇到这种考问。

山上仙子蔡金简和老龙城苻南华不讲理，动手脚，毁掉陈平安长生桥，甚至预谋陈平安性命时，这个泥瓶巷泥腿子少年奋力一搏，杀了对方——这还算讨回了一个公道。

但截江真君刘志茂伙同顾粲他娘，夺气抢运，谋性害命，在蔡金简和陈平安心湖做手脚，惹发双方冲突——若没有齐静春干预，还不知道会演变成多少祸事。在这一件事上，陈平安没法讨公道。既不愿（视顾粲为弟），也不能（自身弱小如蚁）——谁说，蚂蚁能和大象跳舞？实力严重不对称。

但正阳山搬山猿一拳将陈平安视为兄长的刘羡阳重伤濒死，突破了少年陈平安做人的底线原则。他吃了铁锤定了心，不顾严重不对称的实力与势力差距，毅然决然，要向搬山猿讨一个公道——勇气可嘉，结局甚惨。

在宁姚的帮助之下，陈平安差点也重伤致死。而搬山猿不过付出些微代价。那公道——当然并没有如期如愿地讨回来。

当然，"宁欺白头翁，莫欺少年穷"。这是一句江湖的老话：少年有更多的时间和成长空间，来谋划"大复仇"。

刘羡阳和陈平安这一对难兄难弟，终究还是走向了"留得青山在，不怕没柴烧"的少年复仇记：刘羡阳远走他乡，就学于醇儒陈家，后又回归兵家圣人阮邛门下，成为龙泉剑宗弟子；家传"梦剑"修成，在剑气长城初露锋芒，就气象峥嵘。陈平安也从泥瓶巷少年，成为落魄山山主，继而成为剑气长城新隐官大人。这对兄弟联手，已然可以在浩然天下——至少可以在东宝瓶洲——搅风搅雨。

但就算如此，他们仍然只能继续隐忍，暂时无法向正阳山出手。为何？

这不是以一剑还一拳、斩杀搬山猿就能讨回公道的简单事情。双方比拼的不是单体的能力，还有团队的实力，以及背后的势力，甚至于幕后的神秘势力集团——陈平安和刘羡阳不但需要正面对抗正阳山几百年底蕴丰厚的庞大实力与势力体系，还有可能侧面硬扛那通过红线玩弄一洲甚至整个天下剑道气运、疑似月道神老又似阴阳家派系的神秘女子与幕后势力。

更为重要的是，本是纯粹至极的"你打我一拳我还你一剑"的复仇记，成为搅动天下风云旋涡的"搅屎棍"，陈平安不得不算计和布局：他要如何做，才能切断正阳山和大骊王朝捆绑在一起的利益共同体，换取大骊王朝及其他关联势力的中立，把正阳山切割和圈定出来，成为唯一的靶向复仇对象？

这涉及一系列复杂的"利益置换"操作技术，以及"成本—代价"的考量。

换句话说，陈平安与落魄山团队，准备让搬山猿与正阳山为当初那蛮横霸道不讲理的一拳，付出多大的代价？陈平安与落魄山团队自身，又准备为这种兄弟复仇，承担多大的代价？

这其实都会是极其"不对称"的——搬山猿需要为那看似并不重要的一拳（不过是捶死一只拦在路上的蝼蚁而已），付出远比正常成本、损失和赔偿要多得多的"超级代价体系"。

而陈平安与落魄山团队，同样需要为这看似"睚眦之仇"的复仇，付出极其巨大的代价，甚至可能毁掉从骊珠洞天泥腿子少年到剑气长城新隐官大人成长期间，陈平安拼尽洪荒之力积攒下来的所有家当以及后世之基业。

这究竟值不值得？！

从性价比来说，当然是极不值得的。但是，从捍卫底线、原则和边界特别是"核心权益"和"价值理念原则"来说，又是极其值得的：

对搬山猿来说，那只是一拳；对刘羡阳来说，则是一条命。对正阳山来说，那只是一个蝼蚁；对陈平安来说，生而如蚁，仍然可能美如神——蝼蚁也有像神明一样活着且活得更美好的权利。瞧，又串联和互文了——这不是猫腻《将夜》整部故事都在阐述的"蚂蚁哲学"吗？

对搬山猿、正阳山以及所有与之联盟的山上修行势力与山下俗世王朝（如大骊王朝）来说，没有什么不可以折算成神仙钱，进行补偿的，哪怕是超额、巨额、额外的"赔偿"——这已然是他们所能付出和承受的"超额代价"。

但是，对陈平安来说，再多的神仙钱，又怎能与他兄弟的命相抵？亲情、兄弟情是陈平安在这个世上最为看重的东西，看得比他自己的命还重！

若是搬山猿和正阳山取的是他陈平安的性命，他陈平安看起来是"最好说话的"，但若是取的是他视为兄弟的刘羡阳之性命，他陈平安就变得"最不好说话"。

最会算账甚至算计的陈平安，宁可把所有的超级代价都折算成神仙钱和君子之诺，付给正阳山所有山上山下势力的盟友们，换取他们的孤立甚至只是中立，只为把正阳山一系切割和圈定出来，承受他们为搬山猿那一拳所应该承受的超级代价体系：

你有一拳，我有一剑；

你曾用拳，试图取一蝼蚁性命；

那我就用这一剑，发凡人之怒，毁你神明之山门——

这才是搬山猿和正阳山"为重拳伤我兄弟"所应该承担和付出的超级代价体系！

2. 故事金字塔：从"超级代价体系"到"大迷局结构"

这就是我们解读、诠释和建构的"超级代价体系"。

它可以非常好地解释《剑来》甚至整个网络文学"丛林法则"中"蝼蚁鄙视链"的根源与问题：

强者"弱肉强食""优胜劣汰"，自谓"天经地义"；

弱者"讨还公道",质问:"天理何在?公道何存?"

两者之间,需要"超级代价体系"作为杠杆。

就像我们若是"化身"或"代入"那视陈平安为蝼蚁、吞噬他气数运道,并视其为天经地义的史上最后一条真龙魂魄所凝而成的少女王朱,与她一起替代陈平安成为主角,与真龙一起替代四教圣人成为主角,与真龙族甚至整个万物生灵一起替代人族成为天上人间的主宰,甚至成为天地、大道、苍生、万物规则与秩序的立法者,诠释和执行者……也一样"改变"不了王朱、真龙等这些替代人族圣人的所谓高等种族天然存在的蝼蚁鄙视链之本质:把其他神奇生物和山上修宗门视为高等蝼蚁(哪怕是高等蝼蚁但仍然是蝼蚁);把世间万物和俗世蚁国权贵豪门视为中等蝼蚁;把凡夫俗子和普通生灵视为低端蝼蚁……

这一层一层、一级一级降序的蝼蚁鄙视链,带来的,其实是弱肉强食的食物链:每一个鄙视链的高一层、强一级、上一等的生物(人本身亦是一种生物),均有权、有力、有势,能裁判、审判和裁决低一层、弱一级、下一等生物的命运、气数和性命——这就是王朱嘴里所谓的"天经地义"!

他们在随意行使这些所谓天经地义的权力,并且,视他人为蝼蚁并导致其命运发生天翻地覆的变化时,无须受到任何制约。即使偶有所谓的天罚或人惩,亦不过是承担极其微小的代价而已。

这就像陈平安所质疑的那样:正阳山搬山猿一拳重伤刘羡阳致其濒危,生死就在一线之间,却没有人出手惩治!而且,就算有人出手,也仅仅是将他逐出小镇——这就是搬山猿要付出的代价?难道所谓的山上仙人,就真的可以随意将这些凡夫俗子视为蝼蚁,随意取其生命,而无须付出任何成本?!

别说惨重的赔偿了,也别说损失—赔偿相当的补偿了,更别说四两拨千斤、性价比最高的杠杆成本了,就连微不足道的代价,都无须付出——这种"代价体系"的不对称,是很多人(从山上宗派势力的修行仙人,到山下俗世蚁国的普通狠人)肆无忌惮、恣意妄为的根本原因:"违法成本"过低,"代价体系"几近于无,使得任何人在做任何事情时,都不用考虑自己应该承担的成本,所要付出的代价,以及可能会得到的惩罚。那任何人都可以任性而为，而没有任何顾忌！

无论是山上修仙强者，还是俗世蚁国权贵豪门；无论是江湖横者，还是凡夫狼者……在追求和满足自身私欲私利之际，都在肆意践踏他人的生活、生存和生命之权利，甚至妨碍和破坏人族社会群体甚至是人类整体利益。为什么不让他们付出巨额成本、受到超额惩罚，从而让其付出巨大的代价？

问题是时代最好的口号。网络文学亦是对现实问题的回答。基于这种"超级代价体系"的考问，网络文学形成了"小辱大报、轻仇重复、微侵倍狙"为支点和杠杆的内驱模式，建构成了四两拨千斤的"虐渣—造爽"转化机制，讲故事，写爽文，戳痛点，才会将我们的需求暗流引爆成"爽文化"的社会潮流。

这种"超级代价体系"的结构同样内嵌于《剑来》的故事布局之中。并且，与它相互嵌套的，是像我们解读、诠释和建构的"大迷局（大棋局）"原型（模型）："身份（自我）的悬念、大复仇情结和大阴谋论"金字塔结构。

只不过，不像无罪《剑王朝》将酒铺少年丁宁—天下剑首王惊梦"大复仇记"贯穿于整个故事布局之中，成为讲故事、写爽文和戳痛点的轴心明线；也不像猫腻《将夜》一样，将宁缺"门房之子伪王子复仇"作为前三分之一的大高潮故事脉络……

烽火戏诸侯《剑来》的"身份（自我）的悬念"，也不是像"酒铺少年丁宁是／不是天下剑首王惊梦"的身世之谜（转世重生），亦不是像"宁缺从将军之子（王子）到门房之子（伪王子）"的身份逆转，而是"人格和精神的自我分裂"——"好人陈平安""恶蚁少年""儒袖青衫少年郎"等哪一个真实的人格陈平安，才是《剑来》之中那个"于方寸之心建基万世太平之运"的真正主角？

以此为基础，《剑来》将"爱与大复仇记"作为隐线，藕断丝连，牵连于羁绊于整个故事多重脉络编织缠绕的"金毛线球"之中，恰似其中的金丝线，流光溢彩，却又若隐若现。

3. 情感核驱动轮：从"亲情一家三口"到"像家人一样"

仔细察探考究，将这两个相互嵌套的"金三角（金字塔）"连接成一个整体的，却是"情感核驱动轮"：它以"一家三口"的亲情为聚焦点，将友情（兄弟情）、爱情、师生情和陪伴成长之情凝聚在一起；它们最终都体现为"就像家人一样"的情感。

《剑来》之中的感情没有那么浓厚，远没有所谓的缠绵悱恻、生死相依，而是浓妆淡抹、情感相宜。

其根本原因就在于：以"一家三口"为核心，以"像家人一样"为向心力，以不同的情感脉络为树藤蔓，整部《剑来》建构了一个"1＋4"的情感核之轮。

这个情感轮辐辏的核心，就是陈平安一家三口生离死别的温馨与眷恋。在这个硬核上依附着一根"双生藤"的"孪生家人"分枝蔓：陈平安和他的开山大弟子裴钱。这一藤两蔓就构成陈平安的家人树。这是一种亲情的暖色调。

第一条情感脉络是陈平安"一个人不孤单，因为有兄弟相伴"的兄弟情义：视刘羡阳为兄，当为报恩；将顾粲当弟，应该还债。

第二条情感脉络是泥腿子陈平安和剑胚仙子宁姚姑娘一见倾心、再见倾城、三见倾天下的爱慕与思恋。

第三条情感脉络是"儒道圣人齐静春—陈平安—文圣老秀才"等师门情和香火传承。如一向追慕齐静春风姿神采的陈平安，有意无意处处都在以其为榜样，似乎要打造出另外一个"大儒圣小夫子"的传承链。

第四条情感脉络是陈平安和那些极品天才与妖孽儿童相伴而生、共同成长的濡沫之情。

比如："平生只爱小师叔"的李宝瓶；粉裙小童陈初见和青衣小童陈平均；一生都想成为书生志怪传奇的大鱼怪；碎碎念念窝里横但福缘深厚、天生亲善的李槐……

在《剑来》之中，烽火戏诸侯写这些妖孽天才与极品儿童确实是一绝：至少，在我们目力所及的范围之内，别说网络文学了，就是传统文学和世界经典名著，也鲜有人像他一样，能把这些天才儿童写得如此极品和妖孽，却又温馨动人，仿若人生只若初见——与陈平安"如初"；与自己爱的人和被他爱的人"如初"；最重要的是，与人生、与自己、与本心相遇相见、相知相爱、相处相守"如初"——大概这就是回到初心、不忘始终了。

就像那个在藏书楼数百年香火中化而为人的火蟒书灵，后来成为落魄山小管家的粉裙小童，给自己取的名字就是陈如初：就是希望自己和陈平安的关系，"一直这么好，长长久久，一如初见"。

这都是浓彩重墨或者说泼墨挥毫写出来的。

仿佛烽火戏诸侯一写到这些极品天才和妖孽儿童，那笔下之墨，就自己"灵动和跳脱"地活了过来；犹如一尾游来游去的锦鲤，其喜怒哀乐和斑斓色彩有了强大的生命力，以自己的脚力与眼力驱动着文思泉涌、妙笔生花的那支书写之笔——而不是被烽火戏诸侯自己的脑力和笔力所宰制，雕刻出一条决定墨水之河走渎入海、鱼跃龙门的"金拱桥"。恰似钢笔尖锋"大开脑洞"，从此贯通，果然是：笔落惊风雨，墨成化龙去——一笔神龙安天下。

这一个个字如锦鲤、文如墨龙的文字，穿过金拱门，大开脑洞，走江化龙，就如有灵一样，化出了陈初见、李宝瓶、裴钱这些颇有灵气又有烟火味，深得我心又出人意料的"小人儿"。

不得不说，因为有这些灵动有趣的"小人儿"，整部《剑来》其实多了一分童真和谐趣。而这份童真和谐趣，完美地契合于整部世界观的大道之行，决定了厚重底蕴之上活泼灵动的调性——烽火戏诸侯把他们写得就像陈平安的家人，就像我们每一个人都渴求的家人！

"像家人一样"，这，就是理解《剑来》"情感人伦化"的核心。

而正是以这种"情感人伦化"为硬核，才能将"超级代价体系"和"大复仇记"建构成"共情、同理、情怀天下"的故事金字塔，推动《剑来》在"讲故事的革命"之中解读、诠释和建构"道·理宇宙"：从剑来到拳至，问道于天，穷理于心，在人心"千年暗室"、人性"万年深渊"和人际关系"亘古黑暗森林"之中，但有"一点灯明"——陈平安一家三口"父贤母慈子孝一家亲"——"人心宇宙"即大放光明！

这种"情感人伦之核",是所有礼乐崩坏、人心塌陷、世道毁坏的末法时代,于失序危机之中重建新秩序的建基原点。

4.爱与大复仇记:从"公道悖论"到"道理困境"

世界上没有无缘无故的爱,也没有无缘无故的恨;爱与恨可能就是一个硬币的两面;将两者连接成一个整体的,可能就是"由爱和恨强烈的情感双轮驱动"的大复仇记。

·故事就是这样讲述的——它总会带来人物角色的"公道悖论",特别是主角的"道理困境"。

如"父贤母慈子孝一家亲"的陈氏一家三口,却在"陈平安本命瓷事件"的重重阴谋(圈套)和大迷局(大棋局)之中,家破人亡,仅剩陈平安像野草一样孤独生长。

陈平安不知道也就罢了,若是知道,又何以不会复仇?从"讨还公道"走向"大复仇记"是必须的驱动力和演变逻辑。陈平安为刘羡阳"讨还公道",只是这种"大复仇记"的演练而已。

问题在于,为刘羡阳讨还公道,已经如此麻烦和纠缠,又何况是为父母大复仇?毕竟,搬山猿拳伤刘羡阳,仅仅是因为得不到刘羡阳的家传剑经,又不想凭空让对手风雷园多出一个未来强援。这牵扯出正阳山和风雷山三百年的恩怨情仇与阴阳家玩弄一洲剑道气运、布局谋天下的神秘背景——是非、黑白、恩怨、情仇、善恶等,还是相对二元分明。

然而,陈平安本命瓷碎、父被害死母病亡,甚至陈平安自身被阴谋圈套,却是一个至今仍迷雾重重、做局布局设局相互嵌套、各方大佬角力参与、齐静春下出千年第一局的大迷局(大棋局)。

仅抽丝剥茧、挖竹剥笋或者像剥洋葱一样,剥开一层又一层遮蔽的烟幕弹,寻找那背后的事实、真相和秘密,就已然是困难重重"辣"眼睛。何况,那所谓的事实、真相和秘密,在被揭晓时又自动遮蔽,在一层谜面揭开时又陷入更深的谜中谜、局中局。

比如,从骊珠洞天泥腿子少年,成为剑气长城新隐官大人,陈平安已经有足够的实力来翻老账，追查当年的隐秘。但仅是已经浮出水面的大骊王朝新皇太后母子二人，已经让陈平安为讨公道的算账后果头疼万分，何况是那买瓷人的山上修行势力和其他利益集团？

关键还在于：当陈平安继续追查，查到林守一他爹时，如果不果断停止，而是继续逆流溯源，那么，他将会面临三大考问。

第一，落魄山系和大骊王朝将提前决裂，山上山下势力将会分裂。

这已不仅仅是陈平安是否愿意付出整个落魄山系及其盟友灰飞烟灭的超级代价体系来"讨个公道"的问题，而是陈平安能否因为一己之私仇，"破坏大骊王朝抵抗妖族北侵的统一战线"？如果他能而且愿意承担这种"破坏大义"的责任，那么陈平安一直以来坚持的"讲道理"，就失去了理所当然的根基点。

第二，林守一和陈平安的友情将决裂。

陈平安是否愿意为了亲情的复仇，而果断放弃友情的执守，一意孤行，就是要让朋友之父还一个公道，血债血偿，付出流血甚至牺牲生命的代价？

若是，这又与他的"切割法"相悖论：他可以因为李宝瓶，将试图谋杀他的李宝箴与李家切割；为什么就不能将林守一和"谋杀"他父母的林守一他爹切割？或者将他和林守一的友情与他和林父的仇怨切割？

若陈平安能切割，但对方并不能切割，当如何？难道陈平安能够强求对方与他一样切割？

李宝瓶能够接受陈平安的切割法，是因为李宝箴的谋害未遂。如果已遂呢？李宝瓶难道还真能因为自己对陈平安小师叔的孺慕之情，将自己和李宝箴的亲兄妹之情切割开来？

当然，更大的可能是：陈平安已经 over（死于朱氏父女狙杀之中）了，所以李宝瓶伤心归伤心，但不会有小师叔从棺材里跳出来，强制要求她进行亲情切割。于是，李宝瓶伤心一阵子、恨她哥一阵子之后，或许和李宝箴将恢复如初。毕竟，"亲戚或余悲，他人亦已歌。死去何所道，托体同山阿"。

李宝瓶不会遇到的选择难题，林守一却会遇到。因为，陈平安父母已死，林父"谋害已遂"；林守一和林父隔膜，或许还不如与陈平安相近。但是，林守一真的能够做到为了"君子之交淡如水"的所谓友情，跟生我养我的父母亲情切割？

如果林守一能够"亲情切割"，却会违背陈平安所奉行的"视友情如亲情"行事标准，更违背寻道穷理的根本立足点：亲情人伦，方为讲道理甚至整个道理宇宙建基原点！切割亲情，违背人伦，你还讲什么道理？！

第三，如何圈定"有心为善、无意作恶"的初衷与结果？

这不仅仅是林父一个人的动机与意图问题，而是陈平安"圈定法"面临跟天下讲道理时将不得不直面的事实与现实困境：林父是陈父的好友，却成为为虎作伥害死他的工具；他告诉陈父本命瓷的秘密，初衷是帮助好友走出困境，却导致陈父深陷阴谋与圈套横死……这种"善心—恶行—罪果"的传导链，如何划圈和界定？

且不说，父辈情谊和子复父仇之间如何划圈，单就林父"有心为善"的初衷与意图，却无意"作恶"的事实与结果，又如何界定？

如果以事实结果论，陈平安执意寻仇，那以后遇到"有意为善，却行事成恶"的行为又如何评定？

比如，陈平安要如何衡量和评定阿良在剑气长城坦诚的"一辈子的痛"：他把一个人畜无害、可爱至极的小妖带出孤魂野鬼的状态，本意是想让她活得更安全些，结果却被一个誓要斩妖除魔的修道君子一剑斩灭！

陈平安如果将林父圈定为恶人，那是不是也该将阿良这种行为界定为恶行？难道真的同样把这个斩妖无数的游侠儿圈定为恶人？

若以初衷、意图和动机而论，陈平安将林父圈定为好人，那他就不能为父寻仇——这又有悖于亲情人伦至上的理念与核心原则；如果坚持复仇，又违背他要做一个"陈好人"的人设：好人怎能向好人讨公道呢？

若以这一条为准绳，那么，岂非所有造成极恶事实与结果的"过错"甚至是"犯罪"之人，均不可以圈定与裁决？因为，"他的初衷与动机是好的"，就是"结果出乎意料"而已！

谁又能，又以何种标准来审核与裁判"他的初衷与意图是良善的"？！因为，人人皆可自辩"我不是想故意伤害他的"，"我其实是想阻击他犯糊涂，意外造成伤害而已"！

　　这样，人人都是"大犯罪"，但个人皆是"心灵美"！

　　整个世界还没有乱套，而陈平安和我们的脑子已经被搅得像一锅粥，甚至是豆腐渣了。

　　最重要的是，无论是"以事实论好坏"，还是"以初衷定善恶"，都会让陈平安讨公道、大复仇和讲道理，陷入左右为难、左右都有理、左右也都有可能错的悖论之中，且让他自己深陷"问心局"的困境之中。

　　如，在陈平安"本命瓷事件"的惊天大阴谋、"陈氏一家三口"的圈套论和各方幕后大佬角逐博弈的大棋局之中，齐静春作为坐镇一方的儒家圣人袖手旁观，坐凭罪行恶果发生，算不算帮凶？

　　齐静春面对自己必死之局，以陈平安为棋子，下出一记无理手，从而将这人生最后一盘棋下成"千年第一局"（大棋局），算不算作恶？

　　追根溯源，若不是齐静春巧手算计道祖亲传掌教三弟子陆沉，迫使他接下剑气长城剑胚道种宁姚的因果，陆沉又怎么会意气难平，反手通过算计陈平安来算计齐静春，在陈平安、宁姚和贺小凉三角关系之中深埋姻缘线？

　　陈平安因此会忌恨陆沉一辈子，并且誓要未来问剑青冥天下白玉京，讨一个公道。但是对于无心为之但实则旁观和推手之"罪魁祸首"的齐静春齐先生，陈平安又如何"讨一个公道"？

　　就算齐静春这一切真的都是错，陈平安有理由问他要一个公道，但在这之前，他又如何"还齐静春齐先生一个公道"？

　　因为，若无意外，陈平安才是各方大佬幕后布局、做局和设局"将死"齐静春的关键棋子！

　　它直指陈平安自己的方寸之心——你的本心才是导致这一切恶果发生的源初？

　　这仇又如何复，这公道又如何还！？

　　终点即起点。绕了一圈，又回到出发的地方。对他人的考问，最后回到对陈平安自身的逼问：

当能力、实力、势力远比我们强大的他人不讲理，施加于我们或者亲近之人，从而造成"不公道"的现实和现象时，我们如何"讨一个公道"？

同舟、举世、举族强者都联手"不讲理"，我们要靠什么才会讨回一个公道？甚至，整个人世间都不合理时，什么样的"超凡力量"，才能让它回归合理——让这个世界变得更公道？

甚至，追责问罪，问到方寸之心立锥之地，在叩心关和问心局之中，逼问自我所应该承担的责任时，我们又如何"问罪自己"？

《剑来》对这个重大问题的探讨与回答，逐层升级，递进为三个层级：个人，强者，体制和秩序；最后闭合循环，回到了陈平安对自我叩心关的灵魂之问——每一次灵魂叩问，都像是在戳我们的痛点！

于是，《剑来》"讲故事的革命"，就在这一"点"上悄然发生了重心的转移：烽火戏诸侯"这个讲故事的人"，居然把"剑来理来扎人心"的矛头，从陈平安（以及齐静春、阿良、文圣老秀才等）"有故事的人"，转向了我们（这些剧外人局中人的读者）"听故事的人"！

第三章

问心局：从"人生若只如初见"
到"人心不足蛇吞象"

写"人"难，写"心"更难。

烽火戏诸侯《剑来》讲的是"有故事的人"，戳的却是"听故事的人"的痛点——因为，他一直在"问心"。

这让我们再一次回到陋巷少年陈平安和儒道圣人齐静春的初遇与本心。

陈平安—齐静春的"人生只若初见"，决定整部《剑来》故事的基本调性。

它不但决定了陈平安自己从"恶蛟少年滥好人"多重自我画像到"儒袖青衫小夫子"审美理想人格的成长蜕变，而且关联起"齐静春—陈平安—文圣老秀才"从言念君子到温润如玉的香火传承：让世界变善（美好）、更善（更美好）、大善（最美好）。

最重要的是，陈平安—齐静春就像人际关系网络的中心节点，连接起了一大批群星璀璨、儒雅风流的"群像人物"，以及他们的"理念与大道之争"：游侠儿阿良，国师崔瀺和白衣少年崔东山，剑客左右，道祖亲传掌教三弟子陆沉……

正是这些风流人物，将陈平安以及我们一步步导向"叩心关、问心局"的锥心（甚至是诛心）之境。

但——相遇即扎心：陈平安和齐静春的遇见，既是人生只若初见的美好，也是"人生最后一盘棋、下出千年第一局"的险恶——它既让陈平安一生都在以齐静春为榜样，追求"儒袖青衫小夫子"的审美人格和理想形象；也迫使他以齐静春为镜，映照"心中恶蛟少年猛抬头"的丑陋人性和人心猛兽。

为什么？

因为，相遇之初，陈平安是骊珠洞天的普通蚁民，必须遵守这方小天地的规矩。

齐静春是这方天地的坐镇圣人，是制定这方天地秩序和规矩的三教一家体系代言人，监督和执行秩序与规矩。

各方针对陈平安一家三口包括陈平安本人的布局、阴谋和圈套，均是在齐静春眼皮底下展开的——圣人智慧之眼，将此看得清清楚楚明明白白。但齐静春均是冷眼旁观，不加干预——因为各方并没有破坏规矩。

齐静春其实是可以做些什么的。

当他试图教化王朱对陈平安不要忘恩负义，要礼敬天地、大道和众生时，王朱曾经犀利地质问：你既然如此看好这个少年，为何不为他做些什么，如收他为徒？

齐静春的回答是：天行健，君子以自强不息。这既是对陈平安"自强"的肯定，亦是齐静春的态度：一切靠陈平安自己。

即使齐静春可以做到不破坏任何规矩，但他没有义务也没有责任施手援助——这不是他的"分内之事"，亦非他"道义所在"。

但普通人经常会以"君子担当"的问责机制，来对他进行道德绑架：君子有所为，有所不为。你做坐镇圣人，却不施以援手，绝非"君子所为"。

齐静春第一次"走近"陈平安时，曾问过陈平安这个问题：奇不奇怪（他为什么不出手）？怪不怪他（没有救他）？

陈平安说不怪。但其实心里是怪的——就是源自这种普通人常见的问责机制和"道德绑架"心理：人心不足蛇吞象，自私之人从来只虑己。

以此出发，从"弱者讨公道"到"强者讲道理"，烽火戏诸侯在《剑来》之中，对"讨公道或讲道理"之根源问题，进行了浓墨重彩、穷形尽相、细致入微的多重探讨与思辨。

由此牵涉到陈平安随着身份的改变——如从弱者到强者——思维

观念发生变化的根本轨迹：弱者思维和强者观念，完全不在一个层次和维度。这类似于"屁股决定位置"。

这带来在"弱者"和"强者"两个极端点或维度之间，多重视角看待从"讨公道"到"讲道理"的问题——特别是"角色互换"。

这两者都被包含进一个更深层的难题之中，强者也可能"讨公道"而不得，弱者却还希望"绑架英雄"来解决争端——那么，如何才能建构一个更公道的社会，让整个世界更"讲道理"？

1. 齐静春与阿良：圣人亦有少年时，少年曾想侠客行

对陈平安一生影响最大（他模仿对方言行风范最多）的两个人物，就是齐静春与阿良。

从第一个"骊珠洞天"大事情，再到第二个"妖孽儿童游学记"大情节，《剑来》塑造了这两个让主角和其他角色群像都相映失色的灵魂人物。

在第一个骊珠洞天事件里，是从隐忍镇守到最后一刻璀璨燃烧的儒道圣人齐静春；

在第二个妖孽儿童游学记大情节里，是快意恩仇、嬉笑怒骂并不着调的游侠儿阿良……

在这两大板块之中，《剑来》整个故事本身，亦是给人一种隐忍、内敛、厚重、有底蕴的感觉。就像陈平安从骊朱洞天到妖孽儿童这两个大事件之中赋予读者的感受，虽也时有惊艳，但终究如石投大河，略泛涟漪，转复平静——作品如大河万里奔流，气势磅礴，却不觉全局不足以观之感之。

但是，由于有了齐静春和阿良这两个人物，整个《剑来》犹如"万里故事江山"的长卷，在大气逶迤之中，突如其来一神笔——笔落，剑来；墨起，理来——在江河之上、苍穹之下、群山峰顶与谷底之间，写出了两条虚实相生、相互衔接又各具风流的"惊艳绝伦水墨线"，牢牢黏住了我们的眼球，超越了其他所有同样风华绝代的人物群像，直接取信于他们和主角陈平安并轨同行、相交集合的"少年行"。

圣人亦曾是少年，少年亦曾想侠客行。

原来齐静春也曾经梦想像游侠儿阿良一样"热血少年侠客行"！

没有带齐静春游行江湖的阿良，觉得齐静春死得太憋屈，所以要走这一趟，跟所有人用拳头讲讲道理：他们可以不在意齐静春的死，但是他阿良在意。

也正是阿良游戏风尘这一趟，让我们看到了：原来齐静春也曾经有颗少年心、侠客志；也曾经想跟着阿良仗剑走天涯、快意江湖行。只不过天不遂人愿，或者说，人各有志，要找自己的道，走自己的路。

看似是阿良自己拒绝了齐静春少年侠客行，抑或是儒家文圣老秀才"威胁要给他扣上诱骗天才儿童罪"，齐静春终究没有做成浪侠儿，而是儒道至圣，走了自己的路，成了自己的道，行了自己的"侠"。这不是像金庸笔下的"侠之大者，为国为民"，也不简单是"为苍生，为天下"，而是"虽万千人吾往矣"，舍身证道，却仍有所隐忍。

因为，直到最后一刻，齐静春都没有"快意恩仇"，恣意绽放，而是火树银花，但仍是望尽天涯路——"他对这个世界很失望！"但仍然为了这个世界而死得"太憋屈"。

嘴皮子，笔杆子，大拳头，其实才是齐静春的"三大标准件"。

只是他动嘴皮子的时候多，偶尔也用大拳头，反而是笔杆子最少用——因为他所书写的，是这个乱世体系与利益集团所难以容纳的"笔墨意思"。

也就是说，齐静春要书写的，不但是可开宗立教，亦可改朝换代甚至可以改天换地的"大道理"。

这样的"大道理"，是从他那个儒教第四圣的文圣老师开始"用拳头讲的"。青出于蓝而又胜于蓝。因此，齐静春为这一方天地不容、为这一个乱世不容、为这一掌握利益分配大权的三教一家体系不容。

所以，一再贬谪，一再受压，一直被各方势力"强摁牛头喝水、循规蹈矩"——这种压他低头的力量，可比他镇压王朱低头的力量强太多了——而且，拿他恩师文圣老秀才说事儿，拿他山崖书院说事，拿他手上这五六千人的小镇人家前世今生说事……因此，齐静春不得不隐忍。

他要权衡的事情太多。

但就算如此，齐静春的境界不跌反升，不像那些强压他低头、贬谪他远守的人所希望的那样。因为他心中有大道、手中有刀笔、所行有规矩。

尤其是最后时刻，他按照自己的意志和意愿，用拳头来跟天上操纵一切的三教一家圣人"讲道理"，舍掉一身大神通不用，只有本命二字，硬生生地不让一丝所谓的"天道"漏进这骊珠洞天小天地，从而以自己一身之命，换来了这方天地五六千人有前世亦有今生还有未来的气机——齐静春这"终极一战"，就像火树银花一样，璀璨绚烂，光耀天地，让所有强大的人物都不得不正视。

犹如真正的大侠，最后燃烧尽自己的生命和热血，不是为了快意恩仇，而是为家、为国、为天下、为苍生，谋一个璀璨的未来。

但，为了大家，让自己到死都隐忍，不能酣畅淋漓地"用拳头讲道理"，齐静春终究还是"死得太憋屈"——都快要成为"立教称祖"的人，怎么能这样死了呢？

不止一个人既佩服齐静春，但又觉得他死得很憋屈。

从兵家圣人阮邛，到浪侠儿阿良，都觉得但凡齐静春有一丁点儿像他们那样"不讲道理"，也就不用活得这么憋屈。

但是，如果齐静春不讲道理，那还是齐静春吗？

就算陈平安跟阮秀关系已经如此亲近，甚至一夜暴富之后，跟兵家圣人阮邛本人，已经形成利益共同体，他相信的，仍然不是阮邛"圣人一诺"的承诺，而是齐静春讲道理所立下的规矩。

就连那个烦透了齐静春说教、如自家青春期叛逆少女嘴硬心狠地说"你们可以压我低头，但我决不走你们的大道"的王朱，在目睹了阿良一剑斩了白玉京，一拳打断大骊君王十层长生桥的潇洒风流、快意恩仇，悠然神往，但仍然低头怀念齐静春：做人当做阿良，信人当信齐静春。

"你就是喜欢跟蝼蚁讲道理！连到了我这里，也喜欢讲你的大道理！活得比谁都乏味，死得比谁都惨。这个好像跟你很熟的家伙，就跟你大不一样。他根本就没把我们所有人放在眼里，潇洒得很。可我

为什么还是觉得你更好一些呢？"（《剑来·第一百一十七章·人间有个老秀才（下）》）

2. 成长导师：从"大道有天理"到"以弱者为界"

　　齐静春与阿良就是少年陈平安的两个"成长导师"。

　　齐静春教导少年"君子不救"，谆谆告诫他"不管怎么样，都不要对这个世界失望"——虽然齐静春自己，对这个世界很失望。

　　而阿良也接续齐静春的遗愿，告诉少年陈平安，不要对这个世界失望，要对未来充满希望。

　　儒道圣人齐静春失望于这个乱世"蝼蚁链"残酷的现实：从三教一家圣人到诸子百家，从山上修行宗门到俗世王朝，从权贵豪门到凡夫俗子，均是一种高等生物对低等生物盘剥、掠夺甚至操纵生杀、气运大权的利益链、鄙视链和食物链。

　　虽然他的隐忍救赎、腾挪转移，并没有能以时间换空间，为寄予厚望的山崖书院和儒道文圣一脉，换来生存和发展的空间。

　　作为其打造不一样的王朝、不一样的天下、不一样的秩序"实验田"之大骊王朝，亦在最后一刻选择了"背叛"：

　　没有站在齐静春背后，力挺他"最后一条退路"；

　　没有力拒三教一家圣人体系强取压胜宝物的要求；

　　在骊珠洞天即将崩塌到底，没有坚守到底，反而急匆匆地将四姓十族权贵豪门统统迁往大骊京城……

　　种种举措，都是在划清界限，彻底清算。

　　事实上，并不仅限于此。

　　尽管齐静春所有的心血其实都留在大骊王朝，即使他从开始到最终，也确实可能像我们猜测的那样，把改宗立教、改朝换代，甚至改天换地、改道换理的希望之种，播撒于大骊王朝这块北方蛮夷之地"贫瘠而荒凉的土壤之上"，也确实生根、发芽、开花、结果了——却仍有可能"一方水土养一方人"，以及"善之愿，开出恶之花"。

　　从一开始，齐静春的儒道文理，就有可能与大骊王朝的国运策论，南辕北辙。

就像齐静春在嘴皮子和拳头双管齐下都讲不通道理之后，他可能更希望寄托于读书人的种子，能够用"笔杆子"书写出一个不同的新世界新秩序出来；但是，大骊君王铁血治国，信奉"枪杆子"，以"武力"一统王朝、山上山下甚至整个东宝瓶洲整个世界秩序。

两者道不同，其实很难为谋。即使大骊君臣再怎么礼敬齐静春，但分道扬镳是迟早的事，时间早晚而已……

但就算如此，齐静春仍谆谆教导陈平安"大道循环，天理昭昭"，这世间是有"道·理"的，让他无论如何，都不要对这个世界失望——尽管他本人已经对这个世界失望，但他仍然在陈平安身上寄予了厚望。

犹如他用这个理由游说那镇守骊珠洞天的千年剑灵选择陈平安：我们对这个世界都失望了呵——但这个少年却是这个世界的希望。

而阿良则是快意恩仇，用拳头来跟强者制定游戏规则：以弱者的自由为边界；与强者间的对抗为赛道；但天地规矩、生死铁律等为真正的对手，为自己、为人族、为万物生灵，硬生生打出一个公平、公道和公正的空间。

天道无正义，那强者打出一个正义来；世间无公道，但强者用拳头打出公道来；这些人欠齐静春一个公平，那阿良就用强者之拳和强者之剑，打出一个公平的结果来！

犹如他一拳一剑，打断了大骊王朝白玉京十二楼剑，斩没了大骊王朝二十年的国运。

也就是说，阿良"以弱者的自由为边界"，以跟强者用拳头／剑讲道理的方式，教导陈平安如何跟这世界打交道——

强者从来不在弱者身上找存在感；只有以"弱者能自由地维护自己的核心权益、底线和边界"为前提、基础和原则，才能构建一个真正公道、公平和公正的世界；强者"只打强的"，不打"弱的、小的和老的"；真正的强者，挑战的不是人，而是天道、生死这些无形的规律，是要用拳头为人、为自己打出一个更为自由的生存和发展的广阔空间。

齐静春和阿良就像一个硬币的两面，教给了陈平安"一体两面、对立统一"的道理。

但恰恰也正是齐静春和阿良，给陈平安带来"问责罪己"的锥心问题。

3. 问责罪己：从"问责机制"到"道德绑架"

从陈平安与齐静春人生初见之始，陈平安就不由自主地陷入了这种"问责罪己"的人生考问。

特别是当刘羡阳被正阳山搬山猿重伤濒危，他分别去求（找）过齐静春、阮邛、老杨头、宋长镜时，更是如此。

陈平安找后三者的理由是基于"准师门义务"（刘羡阳是你想收的徒弟啊）和"利益置换"（我想与你做笔生意），但找齐静春纯粹就是"问责机制"和"道德绑架"了。

或许，陈平安自己都没有意识到这种问责行为，是基于他骨子里天生与本能、后来强化与增强的算账与算计行为：你是此方天地的守护使啊！分内之事，怎么能容忍外来人在小镇横行无忌，随意伤人？

以"问责机制"来取代"准师门义务"（帮你是情分，不帮是本分）和"利益置换"（你想要什么，就要付出什么），是最佳的选择了：你要求的，都是对方"应该做"的，而你自己"无须承担什么"，更别说所谓的成本、损失和代价了。这是社会现实生活之中普遍存在的心理。

所以，陈平安"请求"（甚至是"要求"）儒家圣人齐静春履行职责，惩凶除恶。但搬山猿的分寸把握得很好，既重伤了刘羡阳，又不至于让他当场死掉，避免了触发"死人被逐"的惩罚机制。

这其实已经是"重恶轻惩"了，不符合陈平安"小仇大报"的超级代价体系；但就算如此，搬山猿也不会为他的行为，付出任何的代价——虽然他有打擦边球的嫌疑，但毕竟是在小镇规矩之内。

齐静春一辈子是最讲规矩的了，对职责的履行就是"循规蹈矩"。换句话说，搬山猿比任何人都把分寸把握得要好。因此，陈平安"问责"是毫无道理的。

当陈平安问责不成（以分内之事、职责所在要求对方）之后，就立即转向"君子担当"的道德绑架——

你是教书先生啊！

教给学生的那些大道理，都给狗吃了？

你是儒家的君子啊，君子怎能见死不救？

你是这一方天地正义和大义的化身啊，怎能不出来"主持公道"？

……

这样的排比和逻辑，可以写成一本书！

《剑来》把这些全省略掉了：别说把陈平安的理由写成一本书了，连一句话的心理活动都没有——全都是留白。

所有的"问责机制"和"道德绑架"，都被齐静春一句"君子不救"给挡回来了。这其实是齐静春教给陈平安的"人生第一课"。但当时少年郎获得姚姓槐叶的福缘，发出的宏誓，却是"哪怕救人必死，但我陈平安必救之"。

只有在很久之后，少年郎学习和模仿他心目中的齐先生，越来越像小夫子时，才体会到齐先生那一句"君子不救"重若千钧的分量；而自己那句"陈平安必救之"，却又是何等轻飘。

前者知易，其实更难行；后者难知，其实更易行。说到底，陈平安顾的还是个人，而齐静春看的是大局。

陈平安顾个人，所以才会弃掷平时"陈好人"善解人意、体贴他人的精心完美人设，而像内心深处潜伏的恶蛟少年一样步步紧逼，问责和道德绑架齐先生。未遂之后，就开始算账和算计，精心设计自己"个人讨公道"的行为，如何才能"最大化"地利用他已经隐约意识到的"这方天地规矩与规则"，以引诱正阳山搬山猿出手，触犯齐静春的底线，从而倒逼齐静春出手。

在某种意义上，陈平安确实是做到了。虽然，陈平安（包括宁姚）付出了极其惨重的代价，搬山猿也不过是被逐出（甚至是主动被逐出）小镇而已——代价极大，回报极小，并不符合利益最大化的杠杆原则。

但就如前所述，在捍卫比他生命还重要的亲情和友情这条理念原则之上，陈平安变得"最不好说话"——他愿意为此付出超级代价。

也正是因为如此，齐静春才愿意"被他利用一把"。对，为了个人

"利用"公器——利用齐先生，利用小镇规则——才是此处陈平安讨公道应该划出的重点。无论陈平安的理念原则何以打动人心，归根到底，他都是在为"私"。

但，齐静春却是为"公"。"小镇五六千人今生来世的命运，尽在我手"，他如何能为"一个掉进井里必死之人"出手？而且，一旦出手，他齐静春也必死。

这既解释了此前陈平安本命瓷事件之中，齐静春何以冷眼旁观；又说明了何以像刘志茂阴害陈平安、搬山猿重殴刘羡阳时，齐静春仍然没有选择出手。

齐静春真正的第一次出手，也是最后一次出手，就是以"他一个人"身死道殒的超级代价，替小镇五六千人扛下了所有"天道的反扑"，以及由于他"君子之救"的选择滚滚而来的三教一家坐镇天幕的观察圣人联手镇压——憋屈的是：即使最后仍然面临所有幕后大佬不公平、不公正、不公道的镇压，他只用了本命二字的力量，而没有使用他一身本事的超级神通！

但也正因为这样，整个骊珠洞天的世界才完整地保存了下来；小镇五六千人不但保存了今生，还终于有了来世。

同样是利用了天道规则，陈平安是为了自己的兄弟"讨公道"，但是，齐静春却是为小镇五六千人"讨公道"。

陈平安"君子必救"，救的仍然是跟他相亲相近有关联的个人。

齐静春"君子不救"，却不是因为拯救"掉进井里必死之人"，他齐静春这个人必死。

最终，陈平安的"君子必救"，是小救；而齐静春的"君子之救"，却是大救——他为小镇五六千人讨回了三千年"像韭菜一样收割了一茬又一茬，最后一轮大丰收季后居然不但没了今世还会没有来生"的公道。

但是，齐静春自己的公道，又有谁来替他讨？

且不说那些既得利益者如大骊王朝的背信弃义，就是这些最大的受益者群体——小镇本土的五姓十家和那五六千人的俗世蚁民，有几人感怀齐先生的恩德，遑论替他出头了：这与能力无关。

甚至，更为理直气壮的"小人心理"，便是：这不是你齐静春"分内之事"（问责机制）吗？天塌了，你来扛，天经地义。这不是你齐先生的"君子担当"（道德绑架）吗？杀身成仁，舍生取义，牺牲你一人幸福千万家，理所当然！

当陈平安行走江湖、漫游山水，处处对标齐先生想做个小夫子时，就越发亲身体会到这种从"小人心理"到"君子必救"的不公道。

4. 审判官思维：我代表"正义联盟"审判你

《剑来》奇妙之处，就在这里了：陈平安"涉嫌"道德绑架齐先生的所有直接行为和间接心理描写，全都被烽火戏诸侯以类似于"春风得意马蹄疾，一日看尽长安花"零落成泥几瓣花的画面之一角，留白掉了；但支撑陈平安这种问责机制和道德绑架的社会现实、心理和文化机制体制，在陈平安自身"对标齐先生"春风徐来、成为"儒袖青衫小夫子"之后，却是泼墨写意、笔断意连，融入整部《剑来》的故事布局之中，真的写成了一本书（虽然《剑来》还没真正写完）。

陈平安潜意识里对齐先生的所有问责行为和道德绑架心理，最后全都现实地落到他自己头上：你对他人"要求"什么，其实最后全都是在"要求"你自己；当你要求别人以"君子见死必救"为底线思维，其实是在给自己树立一个踮起脚尖甚至蹦极都摘不到金苹果的"高标准则"。

比如在狮子园事件之中（《剑来·第三百九十一章·君子救与不救》），陈平安又一次被土地娘娘以一己之私却大义凛然地"君子问责"和"道德绑架"：你是君子，你为什么不替天行道？

而且层层递进，剥皮刮骨，彰显了从"问责和道德绑架"到"审判官思维"的思路、逻辑和结构。

第一层，以大义召之，"替天行道"。你是君子，你就应该替天行道！举手之劳，你为什么不力挽狂澜，斩杀大妖？！

第二层，以正义驱之，"拯救忠良"。步步紧逼，道德谴责："柳氏七代，皆是忠良。"

第三层，以道义谴之，"前辈难道要眼睁睁看着这座书香门第，毁于一旦，难道忍心那大妖逍遥法外"？！

第五层，以恩义（小利大报）诱之，"举手之劳"（你不会损失什么的），却能得到"我／×家世代铭记大恩，敬奉香火"。

第六层，以生死污名逼之，"剑仙前辈如果不出手，老朽微末之身，死不足惜，就这么磕头到死算了"。其潜台词和逻辑就是：让你背上一个"见死不救"的名声。这就是"污名化"：君子、侠客不都是爱惜名声，犹如鸟爱惜羽毛吗？面对这种情况，只能心生忌惮。

第七层，以"减轻负担和风险"许之，看似是切割、圈定和缩小"冒险救火队队长"灭火救人的职责和风险范围，实则是以"一己私利驱逐拯救众人之公义"：恩公只管救我一个便是，"死道友不死贫道"；只扫我家雪，哪算他人瓦上霜！

这后面一点最关键：图穷匕首现。前面所有的大义、正义、情义、恩义等，构建起了一个庞大面积"不舍生可取义"的道德金字塔，都是为了通往"私利"金字塔塔尖。

这就像是庞大的地下冰川体系，到最后冒出了冰山之一角：所有美德驱动、道德绑架和义理问责，均是为了满足个人一己之私——否则，我就代表所有"正义联盟"审判你！

面对这样的"小人心理"，陈平安"束手无策"，量力而行，而不"君子必救"时，不知道有没有想到"君子不救"最后却"君子必救"的齐先生？！

君子施救之前，小人问责与道德绑架行径，已然是如此令人齿冷；那君子必救之后，施恩不图报，却仍然没有好结果，小人加之于"斗米恩升米仇"——甚至比坏人对齐先生更坏，比恶人对齐先生更恶。

这样的世道，如何不令齐先生失望？人间不值得，我们为齐先生不值——这个世界欠齐先生一个大大的公道。

更重要的是，从少年陈平安"问责"儒道圣人齐静春，到狮子园土地娘娘"绑架"小夫子陈平安；从键盘侠审判陈平安是一个"双标狗"（参见下一章），到"我代表××审判你"的潮流……这种从"问责和道德绑架"到"审判官思维"的思路、逻辑和结构，不仅仅是故事的驱动力，它也解读、诠释和建构了网文的"新社会现实感"。

5. 身份互换：从"弱者讨公道"到"强者讲道理"

强弱易位，设身处地，换位思考。

当陈平安自己，从一个需要仰视齐静春、阿良、陆沉等修行强者的蝼蚁，变成了一个隋景澄父女、神女画壁碰瓷女、狮子园土地娘娘等蝼蚁需要仰视的修行强者之后，他确实面临着一个从"处境"到"心境"的变化，以及对"同一问题"的不同思考。

当弱者遇上强者，就是一种弱肉强食的"蝼蚁链"，到底应该怎么看，如何办？

这不仅是考问弱者的问题，亦是考问强者的问题。

从弱者的心态出发，一个极端的心态，确实是对强者有着本能、天然的恐惧，视其为吞噬自己和一切的超级怪物；但另一个极端，就是以侠客、圣人等所谓的大义、名义和情义等，来进行道德绑架，让他们必须拯救世界、拯救苍生——其实最终目的只有一个，就是拯救作为弱者的自己。

从强者的视角出发，究竟是按照自己的本能如其所是、如其所愿地行事，如丛林法则、力量崇拜、以强凌弱？还是给自己戴上"道德的枷锁"，让自己理应如是，按照一定的道理和规则行事？

当陈平安自己也拥有了那种"动念法随""出手即力"的强者能力——动不动就能改变一个人的命运甚至决定其他蝼蚁的生死时——他才体会到自己作为一个蝼蚁，看待和要求修行强者齐静春与阿良的问题所在；也才能体会到作为修行强者，在面对蝼蚁问题时，其实也面临着考验和抉择问题。

这需要"己所不欲，勿施于人"的换位思考：你作为蝼蚁时，不希望被修行强者当作蝼蚁动辄打杀——如从蔡金简到刘志茂视陈平安和他人为蝼蚁，随心任性决定其生死；那么，当你成为强者时，就不要把弱者视为蝼蚁，任意剥夺他活着且想活得更美好的生存权和发展权。

甚至，不但尊重每一个蝼蚁都有自己的生存权和发展权，更要遵循和保证其选择的自由以及可以自由地选择的权利——就像猫腻《将夜》之中所说，人人都有选择吃肉和不吃肉的自由。或如我们将其思想和观念解读、诠释和建构的"蚂蚁哲学"：即使生而如蚁，也应该有着像神明一样美好生存的权利。

弱者不但有活着且活得更美好的权利，还应该拥有如何活得更自由、可以自由选择自己活着的方式的权利。

这大概就是阿良最打动人心的理念（虽然他这个人本身比他的理念更容易打动我们）吧：强者，应该以弱者的自由为边界。

6. 问道穷理：从"讲故事"到"讲道理"

但，游侠儿阿良对少年陈平安影响最深的，却不是"强者应以弱者的自由为边界"这种所谓的原则和理念，而是一种思维方式的转变。

就像那一段山水游历之中阿良理所当然的言语、思路和逻辑一样：我是强者，让蝼蚁一样的你产生天然的恐惧、恶意和敌意，与我无关。

我是侠客，但不代表着我就应该救你——"行侠仗义"的标准不是你制定的，而是我践行的。

它不是你用来"道德绑架"并要求"我必须做什么不做什么"的理由。

我的确很有能力，有很多宝藏，可以举手之劳"帮你"——但是，凭什么？

我有钱我有权我有能力我有资源我有宝藏我有条件……我有所有的一切，都是我自己的事；我有什么，但就是没"有理由"，来帮你改善生活改良生存优化发展的空间；你什么都没有，但最没有理由和资格，"理直气壮、理所当然、心安理得"，要求我为你做这些——你没有道理和资格打着"有钱人就应该做慈善""有能力者就应该多做公益""有条件的人就应该帮助我这样的穷人"……这样无比正确、正当和正义的旗号，来要求别人应该做什么不应该做什么。

你最应该要求的是你自己：要求你自己成为这样有能力、有条件、有资格的人；然后，你有资格、有道理、有世界上一切正当正确正义的理由，要求你自己去做这些善事、义行和美德。

但，就算你自己做到了这一切嘉言美行，你也没有资格和道理要求他人跟你一样做一个"圣人、君子、侠客和社会大慈善家"！

你只能去号召、倡导、引导甚至与对方协商、磋商："你可不可以这样？！"

何况，你现在自己做不到，却非要要求别人做到不可。

你自己理直气壮、理所当然要求别人做一事情的缘由，都是因为你自己就是"那一个应该被帮助的人"——

你是君子，你是侠客，你是圣人，你是社会大慈善家……

你轻而易举就可以帮助很多需要帮助的人，特别是"帮助我"不过是顺理成章、举手之劳而已，何乐而不为？

既合"公德"，又有"私谊"——救了我帮了我，我感念你一生，许你一世香火情——何乐而不为？

但是，凭什么啊？

你以为你是谁？！……

陈平安—阿良这一段经历甚至这一种关系，让陈平安甚或整部《剑来》，寻找和确立了这样一种"旋转的轴心"：我 × 你，与你无关。

就像"我爱你，与你无关"那种句式、逻辑和理念一样——

我灭不灭你，与你无关；

我"君子救不救你"，与你无关；

我给你讲不讲道理，与你无关……

所有一切，均与"你"（对象）无关，只与"我"（我自己）有关。

反过来，逻辑同样如此：你想要、需要、渴求等一系列"××我"做什么，均与"我"无关。

我做或不做，与你无关，只与我自己有关。

只与我自己有没有"道"（行之有道）、合不合"理"有关！

问道穷理，《剑来》于是开始从"讲故事"，转变为"讲道理"。

第四章

双创观：从"中华宇宙人生论"
到"讲道论理新世界观"

这使得《剑来》讲故事写网文，以"讲道理"作为自己的轴心。

这很容易让人联想起"文以载道"的古文传统和"夹带私货"的网文源流。

这两者都遇到相当数量的网文读者的抵触与反对。烽火戏诸侯和《剑来》也确实因此惹来了很大的争议。

但在我们看来，《剑来》以"讲道理"为切入点，创造性转化和创新性发展"中国传统思想观念"——这是21世纪以来网络文学对中华优秀传统文化"复盘复活"的传承，也是对中华文明基因"复苏复兴"的创新。

烽火戏诸侯用讲故事写网文的方式，探讨和诠释了一系列中国传统思想观念的关键词（核心命题），如：道·理、性·命、德·行、气·运……在此基础上，对儒、道及诸子百家等中华优秀传统文化和修身齐家治国平天下等中华文明基因，进行了创造性转化和创新性发展的"双创"。

最重要的便是如下两条根本脉络。

第一条就是"讲道理"：从道、理，到道理，宇宙人生都要"讲道理"——这就是"中华宇宙人生道理论"。

第二条便是"气运枢机"：从气到运和命，从文运与武运到国运与时运，从一洲一天下之气运到一人一家一族之命运，都要"气运枢机"，甚至"改气转运"。

这两条脉络交织与融合发展于一个"建基原点"：究道问理，行之有道，合于天理，于一二人立锥之身方寸之心上，建基万世太平之运道。

这既是中国传统思想观念中"宇宙人生道理论"和"气运枢机观"的融合发展——五百年圣人出，穷道问理，移风易俗，改气换运，开万世太平之运道；也是"修身修心修性"等中华优秀传统文化和"治家治国治天下"等中华文明基因的创新创造——宇宙万物，众生平等，寻找"万中之一"，问于一个人的"方寸之心"，建基宇宙万物众生万世太平之运道。

它们"旋转的轴心"，就是《剑来》将"宇宙人生道理论"的中国传统观念，双创成"道·理宇宙"的新世界观：拳至道成，剑来理来，讲道论理，于一二人方寸之心，建基宇宙万物万世太平之运道。

这是直面世界支离破碎、人心崩塌、举世皆敌、灵气（资源）枯竭的问题，解决现实危机与超凡未来新秩序重建契机的根本方案。

它使得《剑来》超越了"网络文学快乐文学 PK 传统文学文以载道"的争论和"夹带私货 OR 阐述三观（世界观、人生观和价值观）"的质疑，从"中华文明基因道胚理种"，生长成"故事生命树"，演化成"思想森林生态系统"。

新时代中国网络文学的发展演变，终于从"讲故事也是一门技术活"的技术革命，走向了"网文也需要人心建设、社会建设和世界建设"的理念变革：从"把一个故事讲得更好看"，到"把一个让世界变得更美好的好故事讲好"，网络文学如何让人心变得更美好，让人间变得更美好，让世道变得更美好，让世界变得更美好？

从对中国传统思想观念、中华优秀传统文化和中华文明基因的创造性转化和创新性发展，到对美好生活、美好世界、美好未来的首创、开创和众创，这才是新时代中国网络文学真正具有革新性的"双创观"：创作一个让"人"变善、更善、大善的好故事，创造一个让"世界"美好、更美好、最美好的好未来。

烽火戏诸侯与《剑来》，正站在中国网络文学"讲故事的技术革命"和"讲道理的理念变革"之潮头浪尖，成为这种"双创"新浪潮运动的风向标。

1. 讲道理：从"夹带私货"到"文以载道"?

从"爱恨等情感驱动"到"大复仇记"，从"问责机制"到"道德绑架"……《剑来》把"讨公道"的普遍难题，演化成"讲道理"的特殊困境。

并逐渐从外部"合／不合理"（从理当如此到理所当然）的穷究之问，移向内心"有／没有理"（从理直气壮到心安理得）的锥心之考。

这就像陈平安一直在面临叩问心关的问心局和锥心考——你陈平安想向他人甚至整个世界"讨一个公道"，那你是不是应该先向整个世界包括他人"还一公道"?

陈平安处处问"道"于心，有"理"乃行，事事、处处、人人都要讲一个"道理"。但到最后，总是发现：问道穷理，总是要问责于己；问责于己，原罪在心。

特别是书简湖"问心局"之中，陈平安更是遭遇"讲道理"和"兄弟情"的尖锐冲突：讲道理，就顾不了兄弟情；顾了兄弟情，就违背了他要讲的道理；违道悖理，就没法给他人和整个世界一个"公道"。

这给《剑来》和烽火戏诸侯带来了巨大的争议。

一部分读者甚至分裂成旗帜鲜明的两个阵营，互相"手撕"，超出了故事和文本本身。

反对者最激烈的批判，聚焦于两点。

一是对陈平安的黑化，认为他是"双标狗（婊）"——这字面上的意思，就是实行双重标准的"狗／婊"：对自己奉行一套标准，对他人奉行另外一套标准；如要求他人做道德的圣人，不能容忍他人有一丝污点，对自己却放宽标准，利欲熏心、穷奢极欲都可以。

双标狗（婊）其实是极重要的贴标签行为，普遍存于互联网"一言不合就手撕的互撕大战"之中。

二是由此跨越了虚拟人物和现实世界的界限，波及了烽火戏诸侯《剑来》"讲道理"的理念和创作手法，质疑他是在"夹带私货"；或是，反复讲"小时候大家就已经听得烂大街"的道理：我是来看爽文，不是来听你给我"讲道理"的!

我们仔细耙梳了一下这些红粉PK黑粉的互撕帖，发现大家基本都是从"讲道理"的社会通俗层面，来理解、争论和批判烽火戏诸侯《剑来》"讲道理"的。

这就像我们在现实生活和日常交往之中，通常遇到的那样：

你这个人讲不讲道理？

这样做有没有道理？

你不讲道理我就不讲道理！

"道理啊？道理我都懂，可我不讲道理啊！"

"你不跟人讲道理，就会有刀（有拳头）来跟你讲道理！"

……

所以，永远不要跟不讲道理的人讲道理，因为，越不讲道理的人越"理直气壮"；而越讲道理的人，越不会"据理以争"！

这就是我们普通中国人所理解和接受的"道理"。它就像空气一样，无处不在，如影随行，伴随着我们一呼一吸，已经成为每个人习以为常、日用不觉、骤然提出来还挺招人烦的事儿。

正因为如此，当陈平安就像我们身边的人，絮絮叨叨、碎碎念地说要讲讲道理时，特别招人烦；就像不讲理的女人最烦男友给她讲道理："我要的是爱和阳光，你却给我讲一堆大道理！"

这个时代，这个社会，真的没有一个人喜欢听你讲道理的！特别是那些喜欢讲大道理的人，最招人恨。

在这个层面上，陈平安和烽火戏诸侯就成了那个最不讨喜的"讲道理的人"，而且是"讲大道理的人"。

它很容易让人联想起"文以载道"的古文传统和"夹带私货"的网文源流。这两者都遇到相当数量的网文读者的抵触与反对。

解读这背后的社会现实、心理和文化机制体制，令人生畏甚至招人厌的"文以载道"传统拒绝感，和惹人嫌不讨喜的"夹带私货"网文排斥感，其实都是基于对"教化"传统和"审判官思维"的抵触与反感——

前者是"这一届网文读者"对从小到大都受到的"寓教于乐"方式，积累到了临界点后泄洪式的反弹和抗拒；

后者则是伴随着互联网思维特别是"我时代，我世代"长大的新生代，对于他人"强制性阐释和宣发自己'正确观点'"的本能排斥，特别是那种流行于全网的审判官思维："把自己的私人观点上升为放之四海而皆准的标准"，"以一己之立场来代表集体和公众态度"，甚至"把自己当作标尺来衡量、裁判、批判甚至审判、裁决他人的命运"——最常见的句式和逻辑，就是"我代表××审判你"。

从"传统的教化"到"网络的审判"，这一届网文读者本能地排斥、抵触、反感甚至是反击任何"摆事实，讲道理"的言行与方式。

因为，听别人"摆事实"，就意味着自己"罔顾事实"；别人要来"讲道理"，那就意味着自己"没有道理"——虽然事情本身并不是这么简单的非此即彼，说一马上来二，甚至可以直接划分出敌我两大阵营，或者画上等号，把自己绑上被审判者审判的审判柱上。

陈平安"摆事实讲道理"，很容易扩大"这一届网友"的传统"教化"心理阴影面积，以及诱发互联网"审判官思维"的不良联想和抵触。

这对于烽火戏诸侯这个"讲故事的人"，以及我们这些"看故事的人"，都是一种挑战，一种冒险。

2. 道胚理种：从复盘"道理观"到复苏"道·理观"

但我们认为，在这个层面上去理解《剑来》"讲道理"，是一种偏移、断裂和错位。这并不是说，大家的理解"不在一个层次"；也不是说，《剑来》"讲道理"并不包含大家即见即得的这个社会通俗层面。

而是说，只局限或停滞于这个层次来理解《剑来》"讲道理"的理念变革，会真的失之偏颇：我有这个闲工夫听陈平安闲扯大道理，还不如多翻几本能增长知识、开阔眼界的书！

《剑来》"讲道理"就像是一个金字塔系统，包含不同场景、不同维度、不同界域；如果彼此对接不上，就像处于通天塔中的人一样，无法沟通，无法把道理讲通。

若要讲清这个"讲道理的金字塔／通天塔"系统，莫过于参考钱穆对中国传统思想观念中"道、理和道理"发展脉络的梳理。

　　三千年中国传统思想观念发展史中最主要的主题、论题和议题，就是"道理"。但追根溯源、探究流变，"道"与"理"二字，本属二义，各有发展的关键时期和根本脉络：东汉以上中国思想偏重在"讲道"，而魏晋以下中国思想则逐渐偏重于"讲理"。

　　何以说先秦思想重于讲道呢？《论语》《孟子》多言道，六经亦常言道；庄老也重言道，所以称为道家：道行之而成。谁所行着的，便得称谁之道。如：天道、地道、鬼神之道、人道。人道之中，又可细分为：王道、霸道、大道、小道、君子之道、小人之道、尧舜之道、桀纣之道……孔子说："道不同，不相为谋。"

　　"理"字观念的提出，虽由先秦道已开始，但开始特别提出这一"理"字，成为中国思想史上一突出观念，成为中国思想史上一重要探讨的题目者，其事始于三国时王弼："物无妄然，必有其理。"这是说：宇宙万物，各有它一个所以然之理；宇宙万物的背后，有一个最原始最基本的理，为宇宙一切万象所由生。

　　这样一种"理"的新观念和大理论，在后来中国思想史上，演生出了大影响。

　　于是，中国思想家开始从"求道明道"，转移重点来说"悟理"——如佛门大和尚竺道生提出了"顿悟说"，并阐扬出"新佛法"，开启出后代宋儒的理学来。因此，宋儒又被称为"理学家"。从宋儒到明儒，注重"理"字，并融进道佛两家观点，因此造成了儒、释、道三教合一的新儒学。

　　如作为宋明理学高峰又"开新宗立新派"的王阳明心学思想，就融合了儒释道三家智慧。

　　　　　　　　　　　　（钱穆《中国思想通俗讲话·湖上闲思录》）

以此为基础和前提，"道"和"理"两个字联结起来，混成和融合为一观念，并从三千年来中国思想家所郑重提出而审思讨论的精英观念"结晶品"，演变成为中国普通民众亦耳熟能详、习以为常、日用而不觉的集体无意识：

这个世界乃是一种"道理合一相成"的世界；

中国人抱着的乃是一种"道理合一而成"的宇宙观；

中国人信奉和践行的，乃是一种"讲道理"甚至"讲大道理"的人生观。

> 道理两字，在中国社会，已变成一句最普通的话。
>
> 我们可以说，中国思想之主要论题，即在探讨道理。
>
> 我们也可说，中国文化，乃是一个特别尊重道理的文化。
>
> 中国历史，乃是一部向往于道理而前进的历史。
>
> 中国社会，乃一极端重视道理的社会。
>
> 中国民族，乃一极端重视道理的民族。
>
> 因此，中国人常用道理两字来批判一切。
>
> 如说这是什么道理？道理何在？又如问，你讲不讲道理？这一句质问，在中国人讲来是很严重的。
>
> 又如说大逆不道，岂有此理，那都是极严重的话。
>
> 道理二字，岂不是普遍存在于中国现代社会人人之心中与口中，而为中国人所极端重视吗？
>
> 但中国人如此极端重视的所谓道理，究竟是什么一种道理呢？
>
> 这不值得我们注意来作一番探讨吗？
>
> （钱穆《中国思想通俗讲话·湖上闲思录》）

钱穆以学理的方式，对中国传统思想中的"道理"观念进行了简明扼要的梳理；而烽火戏诸侯以网文的方式，系统讲述了一个虚拟世界"讲道理"的故事。两者可以互文参照着来看。

钱穆"讲道理"提纲挈领，是中国传统思想"问道穷理"非常好的入门读物，同时亦可以视为解读、诠释和解构《剑来》"道·理宇宙"新世界观设定集的原型。

烽火戏诸侯讲故事说道理，可以视为网络小说"双创"中国传统"道理观"，并重塑社会现实"新道·理观"的绝佳例证。

两者相得益彰，可以用来观照我们当下的社会现实和生活现象：当人人都很"烦"讲道理，而很多事情又发生得确实"很没道理"时，"讲道理"能让世界变得更美好吗？

但这并不意味着烽火戏诸侯是在《剑来》的故事布局之中，"复盘"中国传统思想观念"问道穷理"的演化史，或者"复活"中华优秀传统文化的"道理观"，以映照和批判当下现实生活之中"不讲理的人"和"需要讲道论理的社会"。

用"讲道理"这把标尺来衡量和审判社会现实生活，不是《剑来》的主要职责与功能——虽然它在"复盘"中华传统思想观念、"复活"中华优秀传统文化，确实在诱导我们朝这个方向思索。

但如果划重点的话，那应该是——《剑来》不是在复原中国传统思想"道理观"，而是在复苏中华文明基因优良的"道胚理种"：一颗优良的种子，需要什么的阳光、雨露、土壤、施肥甚或整体的气候状态，才能在当下社会现实生活的土壤之中，生根发芽、茁壮成长，长成为参天大树、栋梁之材，然后从一树到一林再到繁衍出一种"思想（信仰）的森林生态系统"？

3. 讲道论理：从"人间世道"到"宇宙天理"

这种从"中华文明基因的道胚理种"到"道·理宇宙的森林生态系统"的生长和演化之旅，就是我们所说的"生命故事树"：故事就是生命之树，它既有像钱穆所耙梳的三千年中国传统思想家（精英主流阶层）"问道穷理"（如问人道穷天理）的逆影射，又有五千年普通中国人（社会大众阶层）"据理寻道"（如据理以争、理当如此、择道而行）的对比映照；同时，它更有贯通上下阶层、形塑全民观念、桥接形上之道形下之器、内化为"中国元智慧"的源流探究，比如：从"明道"到"穷理"，立规矩，定礼乐，讲秩序，有顺序——

宇宙万物同于一理（天理何在），但人可以弘扬不同的道；

理不可改，只能发现和遵守——据理而行，"合理还是不合理"成为唯一的准绳；

但道是可以选择的，"人能弘道，而非道能弘人""道并行而不悖""道不同，不相为谋"，因此人要求明道、行道、善道、弘道。

如钱穆所说，这就是中国人所讲的"宇宙人生道理论"。

> 在中国人一般思想里，似乎均认为宇宙（此指自然界）乃至世界（此指人生界），形上及于形下，一切运行活动，均该有一个规矩准绳，而且也确乎有一个规矩准绳，在遵循着。但此项规矩准绳的内容是什么呢？我们人类的知识能力，又何从而认识此项规矩准绳呢？这正是中国思想史上所郑重提出而又继续不断讨论的一个大问题。
>
> （钱穆《中国思想通俗讲话·湖上闲思录》）

如上所述，与其说《剑来》是要复盘这种上下五千年中国人所讲的"宇宙人生的大道理"传统观念——这不仅仅是"道的世界"，或只是"理的世界"，而是道理合一而成的世界——不如说烽火戏诸侯试图复苏中华文明基因中的"道胚理种"；从此原点出发，建基出一个像"生命树"一样可生成、进化与演化为"思想森林生态系统"的"道·理宇宙"。

《剑来》架构设计的"道·理宇宙"，就像一棵生命之树，包含生命之泉和宇宙之木，贯通了天、地、人三才结构，不是在"复活"中国传统思想观念中的天理、大道和世俗道理观，而是在"复兴"中华文明以中国传统元智慧解决当下现实问题的基因和方法论。

这就是我们为什么说从陈平安到烽火戏诸侯"讲道理"，包含但不限于社会世俗生活中"讲道理"的层面。它还有"双创中华文明基因"的多重场景、维度和界域。

比如我们考证《剑来》中儒家礼圣"故事原型"及其"绝地通天"的文化母题后认为，《剑来》其实不是在复原已经消失于历史长河和退隐于中华文明秘境之中的神道、人道、妖道、魔道和鬼道之争，而是在复兴我们当下中国人甚至整个人类都直面和求解社会重大现实问题亟需的"中国智慧"。

人神妖魔鬼甚至包括人类／人族自身的大道之争，关键便是文运、武运、国运和时运等气运之争；而气运的根本，就在于寻"一气贯通"、生成万物、演化宇宙的"灵气"（资源）本身……

这其实就是映照不可再生与循环的生存和发展资源之争——人神妖魔鬼和人族内部三教（儒道释）与诸子百家等各种势力，说到底，就是在争夺当下"灵气"和"运转"（资源、利益、财富重新分配）的主导权、话语权与分配权。

但这只是短期治标不治本的手段。中长期和终极目标，其实是需要解决灵气日渐稀缺甚至逐渐枯竭、人心崩塌世道失序的末法时代危机。

这又涉及了人道和神道"道法何气"的根本：是练天地之灵气，以修士继人道？还是运体内之真气，以武夫证神道？

这不但带来三教一妖分治四座天下、争气夺运的失序危机"大洗牌"，更带来五座天下"一气贯通"、寻找宇宙万物生成与演化之源的新秩序"大变革"——解决灵气（资源）枯竭与末法时代（世界末日）的失序危机和新秩序重建问题。这就巫须问天道，穷天理，寻找那个从万溯一、从一生万的"一"。

于是，从陈平安到《剑来》，不仅仅是在世道人心之中"讲道理"，更是要穷究宇宙从何而来世界将向何而去、人类又如何能可持续生存与发展的"天理"。

4. 理一道殊：从"1人方寸之心"到"壹天下之秩序"

以是观之，《剑来》建构的"道·理宇宙"新世界观，仍然遵循着中国传统思想观"一理（宇宙万物气运流转、"一气化生"之天理）、二道（各种不同的道路）、三命·运（万物众生不同个体的气运与命运）"的三层金字塔结构：一生二，二生三，三生万物。

万物众生各具性命禀赋和气数，形成个体不同的命运，比如陈平安和马苦玄就是两种完全不同的个人，禀赋不同的气数和命运。

在气运流转之中，由于选择的"道法"不同，就形成了三教（儒道释）、诸子百家和众多山上修行宗门流派的"大道"；甚至决定了人道、妖道、神道、魔道、鬼道的源流之变。

从"万运"之迥异，到"数道"之不同，追根溯源、探究流变，就回归到那个最本源的"一"（天理）：万中之一，从一到万，理所当然。

宇宙万物众生生成与演化的根源是什么？唯有找到这个"元概念"的"一"，才能解决从"气生"到"运变"、从"拳至"到"道成"、从"剑来"到"理来"所面临的根本问题。

一，从个人层面出发，在"道成"（修行之路）和"理来"（理所当然）之间，是"练气剑来"和"武夫问拳"：武夫问拳，道便成；练气剑来，理亦来。

二，从治理天下层面出发，在天下众生均"问道寻路""争气夺运""弱肉强食"，和迄今为止天下最高统治者"三教之祖"看万寻一、穷理寻道、开源拓流之间，是三教一家分治天下的"壹秩序"之试验：如何立规矩，建秩序，别差导，分等级……让三教一家、诸子百家、山上修行宗门流派、俗世王朝等，能够相对有序、有理、有节地"竞争"气运和大道，而非混乱无差别地杀戮和战争，从而加剧有限资源（灵气）的过度损害。

比如，儒教文庙治理浩然天下所制定的规矩，其实都是在"有限的资源"和"无限的开源"之间，希望能够节制和限制这条生物链与食物链的消费与损耗。至少，在没有找到真正的"开源之路"（如开辟第五座天下或再生灵气资源）之前，希望既有的规矩与秩序，能够延缓当下人族对"有限资源（稀缺灵气）"的争夺，不要提前陷入疯狂、混乱和无序的人性战争泥潭之中——当越来越多的人意识到灵气有限而自身无望夺取资源配额时，人心宇宙之中最为丑陋和暴虐的恶魔野兽，就会全部释放出来。儒家所有的"教化"之功，将会被抹得干干净净。

三，在这"1人"道成理来和"壹天下"秩序重建之间，能够四两拨千斤，就是"一"气化"三"的轴心杠杆：一个人立锥之地方寸之心的小"1"，何以建基宇宙万物万世之太平运道的大"壹"？

那便是打心自问叩心关（问自己身心双生囚笼中的那个方寸之"1"），然后剑来拳至、问道穷理，问三祖、众生和天地之"大道"，寻找摆脱"天地大囚笼"和"众生不自由"、让"大道生生不息"（灵气可源源不绝）的"天理"，创建宇宙万物众生"壹"秩序的道理·宇宙！

于是，我们便可以看到，在"问道穷理"之万一和"扪心自问"之寸一之间，陈平安为什么要讲道理，《剑来》又如何讲道理：于立锥之地方寸之心，剑来理来，拳至道成，建基宇宙万物万世太平之运道。

这就是烽火戏诸侯对中国传统思想观念、中华优秀传统文化和中华文明基因的复苏与复兴。

如"人心惟危，道心惟微；惟精惟一，允执厥中"这"十六字心传"，可以说是儒学甚至整个中华优秀传统文化的"文明基因"和"道胚理种"。从陈平安的"赤子之心"到整部《剑来》的"人心宇宙"，可以说是中国网络文学复活中国传统思想观念、复苏中华优秀传统文化、复兴中华文明基因的"双创"实验。

人世间最危险的领域就是人心。世道的崩坏（如礼乐崩坏），总是从人心崩塌为沙砾、人性裂为深渊、人际关系魔改黑化为黑暗森林开始的。

反过来，逻辑也成立。救世先救人，救人先救心，救心先救己心——这就是修身养性，先修养自己的身心和心性。

修人先修己，修己修身；修身先修心，修心要惟"微"——于细微、精微处入手。

"惟精惟一"，用功精深，专一惟一，找到那个立锥之地方寸之心之"一"——独一无二的"一"。

正是在这"方寸之一"处，惟精和惟一，执"中"固守，则以人心与道心"合道"、天理与人性"合理"，于是便可以做到修身齐家治国平天下：

圣人和凡人可相通，"人人皆可以为尧舜"；

神明与蝼蚁可相通，"人生而如蚁美如神"；

天地、大道和众生可相通，"行之而有道"；

人生自始即有"不合理"，亦终将回归于"合理"；

世道即使暂时"无道"、"小人道长，君子道消"或"大道不行"，也可择道、改道甚或创造出新道……

这就是《剑来》从此出发又向之回归的原点：

问于陈平安（其实是考问我们每一个人）那惟精惟一的方寸之心（如赤子之心），最终达于三教之祖（其实就是整个世界、人类和地球）都要追问的化生万物之一。

"1人"方寸之心，可以"壹"天下之秩序。这就是"于一二人方寸之心，开万世太平之运道"的新内涵。

5.问心闯关：从"拳至道成"到"剑来理来"

这，就回到了《剑来》的主题理念——

"千年暗室，一灯即明。"

千秋万代、宇宙不灭、人族不绝的宏大愿景，已然寄寓于陈平安那一颗自带主角光环的方寸之心。

从方寸之心建基万世太平之运，陈平安不得不"讲道理"；而且，还不得不从自己的方寸之心出发，又向其回归。

因为这个世界对他充满敌意和恶意，人心鬼蜮，人性深渊，人际关系如黑暗森林，唯有情感人伦（从"一家三口"到"像家人一样"）留下最后一盏"温暖的灯"，却晦暗不明，风吹欲灭。

因此，陈平安有足够的理由，对这个世界充满失望；并像裴钱一样，以最大的敌意，"一个人孤独地对抗"这个对他充满恶意的世界；或者，像顾粲一样，释放心中牢笼潜伏和囚禁的恶蛟猛兽，变成"比这个世界所有的坏人更坏的坏人"，没有"最坏只有更坏"——在吸取经验和教训之后，可以坏得让所有的人都抓不到他"不合理"的把柄，赋予别人给他讲道理甚至替天行道、惩恶除凶的机会。

裴钱和顾粲这两个人是陈平安沉沦堕落的参照系，就像齐静春和阿良是他见贤思齐的对标物。他一直挣扎于这两个极端点之间的人生抛物线上：究竟"儒袖青衫、书生天下、肩扛日月"，做一个像小夫子一样的"陈好人"？还是知善行恶，变成一个心有恶兽猛抬头的恶蛟少年？

另外两个人（准确说应该是三人）加剧了这两个极端的撕裂与张

力、冲突和矛盾：

文圣老秀才让陈平安"安心"，合道天下，穷究天理，但讲自己的道理，让世界变善、更善、大善。

国师崔瀺及其人格分裂的化身少年崔东山，却让陈平安"揪心"，心有恶蛟，嗅臭而动，让他时时担心自己其实不过是一只披着羊皮的狼——所有一切披着"陈好人"这张皮的言行做事，都不过是这个"陈恶蛟"想要活下去的手段而已。他其实比那些坏人好不到哪儿去，甚至比那些坏人更坏，因为：他欺骗了齐先生；他欺骗了阿良；他欺骗了宁姚宁姑娘……他不是他们想象中的那个"好人"陈平安。

这使得陈平安如同"年关难过年年过""碎碎平安求平安"一样，"心关处处需通关"——"叩问心关"成为陈平安最重要的难题：年关再难过也要过，平安再难求也要求；但是，人生何处不心关，千念万转皆心魔——这心关之难，却不是你想过就能过得了；这心魔之恶，亦不是你想斩就斩得断的。

唯其如此，只有陈平安通了自己的心关，他才能通达别人和众生之心关。只有他攻关闯过自己和他人为自己营造的问心局，陈平安才能直面这种"人心惟危"的宇宙危局。

危机也是契机。这也是陈平安从"一"通达"一万"的桥梁和路径：陈平安以"一己方寸之心"通关，可以闯关"众人惟危之心"；以惟精自己之"道心"，可以精致入微"众心微妙、微隐之道心"；以格物致知自己道理相通的"惟一之心"，可以"穷究天理"，通达天地、大道、众生、万物生成与演化的"壹秩序"。

于是，从陈平安"讲道理"，到烽火戏诸侯"讲道论理"，再到整部《剑来》"道·理宇宙"的新世界观设定，就有了一个"小切口、好杠杆和大格局"的故事模型：以方寸之心（1）为小切口，以"拳至道成，剑来理来"为好杠杆（一），撬动"万宇宙万物万世太平之运道"的大格局（壹）。

剑来，理来；拳至，道成；问道于三教之祖（问天问地问神问众），寻路于一气化生之初始分殊（练气士吸灵气，纯粹武夫运真气）——心之所向，天理所在，道便行之而成。

头尾相衔，道理终始。

有网友曾经戏谑地说：由于陈平安从头到脚，甚至全书从头到尾（虽然还没有真正结尾）都在"讲道理"，《剑来》的书名不应该叫"剑来"，而应该叫"理来"。

但其实这句话，是真的戳中了要害。

从"剑来"到"理来"，从"拳至"到"道成"，从"气运流转"到"道·理宇宙"，用什么"讲道理"其实就成为很重要的考量——用剑修的戳心剑，还是纯粹武夫的大拳头？

但是，据什么"理"，行什么"道"，成为于方寸之心建基万世太平之运道的枢机！

从立规矩到行善法，从秩序说到礼乐说，从脉络说到根本说，甚至从那"万"到"一"……就是从"寻道穷理"的宇宙生成大道理，到"据理以争""择道而行"的人生行事小道理，连接并转化的交互界面。

剑与拳，心与身，理宇宙与道人生，这成为整部《剑来》讲故事写网文"道成理来"的理念与手段：于陈平安一个人（其实就是我们每一个"小写的1"）立锥之地方寸之心，建基宇宙万物万世（其实就是整个人类和世界"大写的壹"）太平之运道。

6. 网文的变革：从"讲故事"到"讲道理"

于是，从讲故事到讲道理，烽火戏诸侯的《剑来》成为新时代中国网络文学从"讲故事的革命"到"思想理念的变革"的潮流风向标之一。

网络文学应该讲"好"故事——讲一个好故事；把这个好故事讲得更好看；通过好故事让人心变得更好，让世道变得更好，让这个世界变得更合理更美好。

讲故事，写网文，说道论理，其实还是在写"人"的故事。特别是在人心如鬼蜮、人性似深渊、人际关系如黑暗森林时，何以让人心变得更美好，让人间变得更美好，让世道变得更美好，让世界变得更美好？

　　问题是时代的口号。这个时代问题驱动21世纪以来中国网络文学的发展与演变：21世纪以来，网络文学最重要的影响和作用之一，就是恢复了讲故事的本能和冲动——讲故事也是一门技术活；从"讲一个故事"到"讲一个好故事"，从"把一个故事讲好看"到"把一个好故事讲好"——写网文也需要讲道理……从"接续中华文脉"到"重塑新主流网文"，新时代中国网络文学，确实走到了从"把一个好故事讲得更好看"到"把一个好故事讲得让人心与世界没有最好只有更好"的发展拐点上：讲一个能让人心变善、让世道更善、让世界最善的好故事，从而让人变美好、让世道更美好、让世界变得没有最美好只有更美好！

　　讲故事的技术革命，的确会带来语言、思想与理念的结构性变革。

　　从"故事革命"到"思想变革"，假若说从《极品公子》开始，烽火戏诸侯即在探索"讲故事"；从《陈二狗的妖孽人生》到《老子是癞蛤蟆》，重心是在讲"好"故事——把一个好故事讲得更好看；那么，我们认为：从《雪中悍刀行》到《剑来》，烽火戏诸侯是在探索和实践"把一个好故事讲美好"的道路——他在架构世界，并传达他的看法，试图通过他的看法影响和塑造世界。

　　这就像一个线头，扯出了新时代中国网络文学高质量发展面临的时代之问：我们要讲一个什么样的"好故事"，要如何"把这个故事讲好"（而不仅仅是"讲好看"），才能使我们这些有故事的人、讲故事的人、听故事的人、分享和传播故事的人都能"变得更好"而不是"更坏"——比如，就从一个"好人陈平安"做起——然后一起让这个人间、这个世道、这个世界变得更美好，而不是"更糟糕"？！

　　烽火戏诸侯在《剑来》中试着提出自己的"问题—答案"。这不是一个"问题—答案"，而是一条"问题—答案"互动链；从"初始疑问"到"终极答案"，他用网文故事建构出一个"初始之问"和"终极答案"问答链——犹如太极运动一样，最终合二为一，直指《剑来》"初始疑问—终极答案"！

　　如前所述，这是从"陈平安凭什么讨公道"的初始疑问开始的，问题导向整个世界"讲道理凭什么"的终极答案：千年暗室，一灯即明。

就是这种问答链，驱动烽火戏诸侯在《剑来》之中探索和实践"讲故事的革命"和"思想理念的变革"！

这让我们看故事时恨不得大喊"剑来"，回到现实时不得不思考"理来"——

从陈平安到裴钱再到这一届读书人种子，愿每一个少年，都能遇到一个齐先生，心如草木，向阳而生；

从齐静春到烽火戏诸侯再到我们，愿每一个有故事、讲故事、看故事的人，都能相逢那个文圣老秀才，让整个世界变善、更善——大善！

人生前行莫问路，道行之而成；世界理所当然，有理走遍天下。

选文

第一卷
笼 中 雀

第一章
惊 蛰

二月二，龙抬头。

暮色里，小镇名叫泥瓶巷的僻静地方，有位孤苦伶仃的清瘦少年，此时他正按照习俗，一手持蜡烛，一手持桃枝，照耀房梁、墙壁、木床等处，用桃枝敲敲打打，试图借此驱赶蛇蝎、蜈蚣等，嘴里念念有词，是这座小镇祖祖辈辈传下来的老话：二月二，烛照梁，桃打墙，人间蛇虫无处藏。

少年姓陈，名平安，爹娘早逝。小镇的瓷器极负盛名，本朝开国以来，就担当起"奉诏监烧献陵祭器"的重任，有朝廷官员常年驻扎此地，监理官窑事务。无依无靠的少年，很早就当起了烧瓷的窑匠，起先只能做些杂事粗活，跟着一个脾气糟糕的半路师傅，辛苦熬了几年，刚刚琢磨到一点烧瓷的门道，结果世事无常，小镇突然失去了官窑造办这张护身符，小镇周边数十座形若卧龙的窑炉，一夜之间全部被官府勒令关闭熄火。

陈平安放下新折的那根桃枝，吹灭蜡烛，走出屋子后，坐在台阶上，仰头望去，星空璀璨。

少年至今仍然清晰记得，那个只肯认自己做半个徒弟的老师傅，姓姚，在去年暮秋时分的清晨，被人发现坐在一张小竹椅子上，正对着窑头方向，闭眼了。

不过如姚老头这般钻牛角尖的人，终究是少数。

世世代代都只会烧瓷一事的小镇匠人，既不敢僭越烧制贡品官窑，也不敢将库藏瓷器私自贩卖给百姓，只得纷纷另谋出路。十四岁的陈平安也被扫地出门，回到泥瓶巷后，继续守着这栋早已破败不堪的老宅，差不多是家徒四壁的惨淡场景，便是陈平安想要当败家子，也无从下手。

当了一段时间飘来荡去的孤魂野鬼，少年实在找不到挣钱的营生，靠着那点微薄积蓄，少年勉强填饱肚子。前几天听说几条街外的骑龙巷，来了个姓阮的外乡铁匠，对外宣称要收七八个打铁的学徒，不给工钱，但管饭，陈平安就赶紧跑去碰运气，不承想那中年汉子只是斜瞥了他一眼，就把他拒之门外。当时陈平安就纳闷，难道打铁这门活计，不是看臂力大小，而是看面相好坏？

要知道陈平安虽然看着孱弱，但力气不容小觑，这是少年那些年烧瓷拉坯锻炼出来的身体底子。除此之外，陈平安还跟着姓姚的老人，跑遍了小镇方圆百里的山山水水，尝遍了四周各种土壤的滋味，任劳任怨，什么脏活累活都愿意做，毫不拖泥带水。可惜老姚始终不喜欢陈平安，嫌弃少年没有悟性，是榆木疙瘩不开窍，远远不如大徒弟刘羡阳。这也怪不得老人偏心，师父领进门，修行在个人，例如同样是枯燥乏味的拉坯，刘羡阳短短半年的功力，就抵得上陈平安辛苦三年的水准。

虽然这辈子都未必用得着这门手艺，但陈平安仍是像以往一般，闭上眼睛，想象自己身前搁置有青石板和轱辘车，开始练习拉坯，熟能生巧。

大概每过一刻钟，少年就会歇息稍许时分，抖抖手腕，如此循环反复，直到整个人彻底精疲力尽，陈平安这才起身，一边在院中散步，一边缓缓舒展筋骨。从来没有人教过陈平安这些，是他自己瞎琢磨出来的门道。

天地间原本万籁寂静，陈平安听到一声刺耳的讥讽笑声，停下脚步，果不其然，看到那个同龄人蹲在墙头上，咧着嘴，毫不掩饰他的鄙夷神色。

此人是陈平安的老邻居，据说更是前任监造大人的私生子，那位大人唯恐清流非议、言官弹劾，最后孤身返回京城述职，把孩子交由颇有私交情谊的接任官员，帮着看管照拂。如今小镇莫名其妙地失去官窑烧制资格，负责替朝廷监理窑务的督造大人，自己都泥菩萨过江自身难保了，哪里还顾得上官场同僚的私生子，丢下一些银钱，就火急火燎赶往京城打点关系。

不知不觉已经沦为弃子的邻居少年，日子倒是依旧过得优哉游哉，成天带着他的贴身丫鬟，在小镇内外逛荡，一年到头游手好闲，也从来不曾为银子发过愁。

泥瓶巷家家户户的黄土院墙都很低矮，其实邻居少年完全不用踮起脚跟，就可以看到这边院子的景象，可每次跟陈平安说话，偏偏喜欢蹲在墙头上。

相比陈平安这个名字的粗浅俗气，邻居少年就要雅致许多，叫宋集薪，就连与他相依为命的婢女，也有个文绉绉的称呼，稚圭。

少女此时就站在院墙那边，她有一双杏眼，怯怯弱弱。

院门那边，有个嗓音响起："你这婢女卖不卖？"

宋集薪愣了愣，循着声音转头望去，是个眉眼含笑的锦衣少年，站在院外，一张全然陌生的面孔。

锦衣少年身边站着一位身材高大的老者，面容白皙，脸色和蔼，轻轻眯眼打量着两座毗邻院落的少年少女。

老者的视线在陈平安身上一扫而过，并无停滞，但是在宋集薪和婢女身上，多有停留，笑意渐渐浓郁。

宋集薪斜眼道："卖！怎么不卖！"

那少年微笑道："那你说个价。"

少女瞪大眼眸，满脸匪夷所思，像一头惊慌失措的年幼麋鹿。

宋集薪翻了个白眼，伸出一根手指，晃了晃："白银一万两！"

锦衣少年脸色如常，点头道："好。"

宋集薪见那少年不像是开玩笑的样子，连忙改口道："是黄金万两！"

锦衣少年嘴角翘起，道："逗你玩的。"

宋集薪脸色阴沉。

锦衣少年不再理睬宋集薪，偏移视线，望向陈平安："今天多亏了你，我才能买到那条鲤鱼，买回去后，我越看越欢喜，想着一定要当面跟你道一声谢，于是就让吴爷爷带我连夜来找你。"

他丢出一只沉甸甸的绣袋，抛给陈平安，笑脸灿烂道："这是酬谢，你我就算两清了。"

陈平安刚想要说话，锦衣少年已经转身离去。

陈平安皱了皱眉头。

白天自己无意间看到有个中年人，提着只鱼篓走在大街上，捕获了一尾巴掌长短的金黄鲤鱼，它在竹篓里蹦跳得厉害，陈平安只瞥了一眼，就觉得很喜庆，于是开口询问，能不能用十文钱买下它，中年人本来只是想着犒劳犒劳自己的五脏庙，眼见有利可图，就坐地起价，狮子大开口，非要三十文钱才肯卖。囊中羞涩的陈平安哪里有这么多闲钱，又实在舍不得那条金灿灿的鲤鱼，就眼馋跟着中年人，软磨硬泡，想着把价格砍到十五文，哪怕是二十文也行，就在中年人有松口迹象的时候，锦衣少年和高大老人正好路过，他们二话不说，用五十文钱买走了鲤鱼和鱼篓，陈平安只能眼睁睁看着他们扬长而去，无可奈何。

死死盯住那对爷孙愈行愈远的背影，宋集薪收回恶狠狠的眼神后，跳下墙头，似乎记起什么，对陈平安说道："你还记得正月里的那条四脚蛇吗？"

陈平安点了点头。

怎么会不记得，简直就是记忆犹新。

按照这座小镇传承数百年的风俗，如果有蛇类往自家屋子钻，是好兆头，主人绝对不要将其驱逐打杀。宋集薪在正月初一的时候，坐在门槛上晒太阳，然后就有只俗称四脚蛇的小玩意儿，在他的眼皮子底下往屋里窜，宋集薪一把抓住就往院子里摔出去，不承想那条已经摔得七荤八素的四脚蛇，愈挫愈勇，一次次，把从来不信鬼神之说的宋集薪给气得不行，一怒之下就把它甩到了陈平安院子，哪里想到，宋集薪第二天就在自己床底下，看到了那条盘踞蜷缩起来的四脚蛇。

宋集薪察觉到少女扯了扯自己袖子。

少年与她心有灵犀，下意识就将已经到了嘴边的话语，重新咽回肚子。

他想说的是，那条奇丑无比的四脚蛇，最近额头上有隆起，如头顶生角。

宋集薪换了一句话说出口："我和稚圭可能下个月就要离开这里了。"

陈平安叹了口气："路上小心。"

宋集薪半真半假道："有些物件我肯定搬不走，你可别趁我家没人，就肆无忌惮地偷东西。"

陈平安摇了摇头。

宋集薪蓦然哈哈大笑，用手指点了点陈平安，嬉皮笑脸道："胆小如鼠，难怪寒门无贵子，莫说是这辈子贫贱任人欺，说不定下辈子也逃不掉。"

陈平安默不作声。

各自返回屋子。陈平安关上门，躺在坚硬的木板床上，闭上眼睛，小声呢喃道："碎碎平，岁岁安，碎碎平安，岁岁平安……"

第二章

开 门

　　天微微亮，尚未鸡鸣，陈平安就已经起床，单薄的被褥，实在留不住热气，而且陈平安在做烧瓷学徒的时候，也养成了早起晚睡的习惯。陈平安打开屋门，来到泥土松软的小院子，深呼吸一口气后，伸了个懒腰，走出院子，转头看到一个纤弱身影，弯着腰，双手拎着一木桶水，正用肩膀顶开自家院门，正是宋集薪的婢女，她应该是刚从杏花巷那边的铁锁井打水回来。

　　陈平安收回视线，穿街过巷，一路小跑向小镇东面。泥瓶巷在小镇西边，最东边的城门，有个人负责小镇商旅进出和夜禁巡防，平时也收取、转交一些从外边寄回来的家书，陈平安接下来要做的事情，就是把那些信送给小镇百姓，酬劳是一封信一枚铜钱，这还是他好不容易求来的挣钱门路。陈平安已经跟那边约好，在二月二龙抬头之后，就开始接手这摊子买卖。

　　用宋集薪的话说就是天生穷苦命，哪怕有福气进了家门，他陈平安也兜不住留不下。宋集薪经常说一些晦涩难懂的话语，约莫是从书籍上搬来的内容，陈平安总是听不太懂，例如前两天念叨什么料峭春寒冻杀年少，陈平安就完全不明白，至于每年熬过了冬天，入春之后有段时日反而更冷，少年倒是切身体会，宋集薪说那就叫倒春寒，跟沙场上的回马枪一样厉害，所以很多人会死在这些个鬼门关上。

　　小镇并无城墙环绕，毕竟别说流寇匪徒，就是小偷蟊贼都少有，所以名义上是城门，其实就是一排东倒西歪的老旧栅栏，马马虎虎有那么个让行人车辆通过的地方，就算是这座小镇的脸面了。

陈平安小跑路过杏花巷的时候，看到不少妇人孩子聚在铁锁井旁，水井辘轳一直在吱呀作响。

再绕过一条街，陈平安就听到不远处传来一阵熟悉的读书声，那里有座乡塾，是小镇几个大户人家合伙凑钱开的，教书先生是外乡人，陈平安小的时候，经常跑去躲在窗外，偷偷蹲着，竖起耳朵。那位先生虽然教书的时候极为严苛，但是对陈平安这些"蹭读书蹭蒙学"的孩子，也不呵斥拦阻，后来陈平安去了小镇外的一座龙窑做学徒，就再没有去过学塾。

再往前，陈平安路过一座石牌坊，由于牌坊楼修建有十二根石柱，当地人喜欢把它称为螃蟹牌坊，这座牌坊的真实名字，宋集薪和刘羡阳的说法很不一样，宋集薪信誓旦旦说在一本叫地方县志的老书上，称这里为大学士坊，是皇帝老爷的御赐牌坊，为了纪念历史上一位大官的文治武功。与陈平安一般土包子的刘羡阳，则说这就是螃蟹坊，咱们都喊了几百年了，没理由叫什么狗屁不通的大学士坊。刘羡阳还问宋集薪一个问题，"大学士的官帽子到底有多大，是不是比铁锁井的井口还大"，问得宋集薪满脸涨红。

此时陈平安绕着十二脚牌坊跑了一圈，每一面都有四个大字，字体古怪，显得各不相同，分别是"当仁不让""希言自然""莫向外求"和"气冲斗牛"。听宋集薪说，除了某四个字，其余三处匾额石刻，都曾被涂抹、篡改过。陈平安对这些懵懵懂懂，从未深思，当然，就算少年想要刨根问底，也是徒劳，他连宋集薪经常挂在嘴边的地方县志，到底是什么书都不知道。

过了牌坊没多远，很快就看到一棵枝繁叶茂的老槐树，树底下，有一根不知被谁挪来此地的树干，略作劈砍后，首尾两端下边，垫着两块青石板，这截大树便被当成了简易的长凳。每年夏天，小镇百姓都喜欢在这边乘凉，家境富裕的人家，长辈还会从水井里捞出一篮子的冰镇瓜果，孩子们吃饱喝足，就拉帮结派，在树荫下嬉戏打闹。

陈平安习惯了上山下水，跑到栅栏门口附近，在那座孤零零的黄泥房门口停下，心不跳气不喘。

小镇外人来往得不多，照理说，如今官窑烧制这棵摇钱树都倒了，就更加不会有新面孔。姚老头在世的时候，曾经有次喝高了，就跟陈平安和刘羡阳这些徒弟说，咱们做的是天底下独一份的官窑生意，是给皇帝陛下和皇后娘娘的御用瓷器，其他老百姓哪怕再有钱，哪怕当的官再大，胆敢沾碰，那可都是要被砍头的。那天的姚老头，精神气格外不一样。

今天陈平安望向栅栏外，却发现好些人在等着开城门，不下七八人之多，男女老少，都有。

而且都是陌生人，小镇当地百姓的进进出出，无论是去烧瓷还是做庄稼活，都很少走东门，理由很简单，小镇东门的道路延伸出去，没有什么龙窑和田地。

此时陈平安和那些外乡人，双方隔着一道木栅栏，两两相望。

那一刻，穿着自编草鞋的少年，只是有些羡慕那些人身上的厚实衣衫，肯定很暖和，能扛冻。

门外那些人，明显分作好几拨，并不是一伙人，但都望向门内的清瘦少年，大多脸色漠然，偶有一两人，视线早已越过少年的身影，望向小镇更远处。

陈平安有些奇怪，难道这些人还不知道朝廷已经封禁了所有龙窑？还是说他们正因为知道真相，所以觉得有机可乘？

有个头戴古怪高冠的年轻人，身材修长，腰间悬有一块绿色玉佩，他似乎等得不耐烦了，独自走出人群，就想要去推开本就无锁的栅栏大门，只是在他手指就要触碰到木门的时候，突然猛然停下，缓缓收回手，双手负后，笑眯眯望向门内的草鞋少年，也不说话，就是笑。

陈平安的眼角余光，无意间发现年轻人身后的那些人，好像有人失望，有人玩味，有人皱眉，有人讥讽，情绪微妙，各不相同。

就在此时，一个头发乱糟糟的中年汉子猛然打开门，对着陈平安骂骂咧咧道："小王八蛋，是不是掉钱眼里了？这么早就来催命叫魂，你赶着投胎去见你死鬼爹娘啊？！"

陈平安翻了个白眼，对这些尖酸刻薄的言语，少年并不以为意，一来生活在这座总共没几本书的乡野地方，如果被人骂几句就恼火，干脆找口水井跳下去得了，省心省事。二来这个看门的中年光棍，本身就是个经常被小镇百姓取笑打趣的对象，尤其是那些胆大泼辣的妇人，别说嘴上骂他，动手打他的都有不少。加上这人还极其喜欢跟穿开裆裤的小孩吹牛，比如什么老子当年在城门口，好一场厮杀，打得五六个大汉满地找牙，满地都是血，城门前整条两丈宽的道路，就跟下雨天的泥泞道路差不多！

男人对陈平安没好气说道："你那点破烂事，等会儿再说。"

小镇没谁把这个家伙当回事。

但是外乡人能不能进入小镇，男人却掌握着生杀大权。

他一边走向木栅栏门，一边伸手掏着裤裆。

这个背对着陈平安的男人，打开门后，时不时跟人收取一个小绣袋，放入自己袖口，然后一一放行。

陈平安很早就让出道路，八个人大致分作五批，走向小镇，除了那个头戴高冠、腰悬绿佩的年轻人，还先后走过两个七八岁的孩子，男孩穿着一件颜色喜庆的红色袍子，女孩长得粉粉嫩嫩，跟上好瓷器似的。

男孩比陈平安要矮大半个脑袋，孩子跟他擦身而过的时候，张了张嘴，虽然并没有发出声响，但是有明显的口型，应该是说了两个字，充满了挑衅。

牵着男孩的中年妇人，轻轻咳嗽了一下，孩子这才稍稍收敛。

妇人男孩身后的小女孩，被一位满头霜雪的魁梧老人牵着，她转头对着陈平安说了一大串话，不忘对身前同龄男孩指指点点。

陈平安根本听不懂女孩在说什么，不过猜得出，她是在告状。

魁梧老人斜瞥了一眼草鞋少年。

只是被人有意无意看了一眼，陈平安纯粹下意识地后退了一步。

如鼠见猫。

看到这一幕后，原本叽叽喳喳像只小黄雀的小女孩，顿时没了煽风点火的兴致，转过头不再多看陈平安一眼，好像再多看一眼就会脏了她的眼睛。

少年陈平安的确没见过世面，但不等于看不懂脸色。

等到这行人远去，看门的汉子笑问道："想不想知道他们说了什么？"

陈平安点头道："想啊。"

中年光棍乐了，笑嘻嘻道："夸你长得好看呢，全是好话。"

陈平安扯了扯嘴角，心想你当我傻啊？

汉子看破少年心思，笑得更加开心："你要是不傻，老子能让你来送信？"

陈平安没敢反驳，生怕惹恼了这家伙，即将到手的铜钱就要飞走了。

汉子转过头，望向那些人，伸手揉着胡子拉碴的下巴，低声啧啧道："刚才那婆娘，两条腿能夹死人啊。"

陈平安犹豫了一下，好奇问道："那位夫人练过武？"

汉子愕然，低头看着少年，一本正经道："你小子，是真傻。"

少年一头雾水。

他让陈平安等着，大踏步走向屋子，回来的时候，手里多了一摞信封，不厚不薄，约莫十来份，汉子递给陈平安后，问道："傻人有傻福，好人有好报。你信不信？"

陈平安一手拿信，一手摊开手掌，眨了眨眼睛："说好了一封信一文钱的。"

汉子恼羞成怒，将事先准备好的五枚铜钱，狠狠拍在少年手心后，大手一挥，豪气干云道："剩下五文钱，先欠着！"

第三章

日　出

　　小镇不大不小，六百多户人家，镇上穷苦人家的门户，陈平安大多认得，至于家底殷实的有钱人家，门槛高，泥腿子少年可跨不进去，一些个大户扎堆的宽敞巷弄，陈平安甚至都没有踏足过，那边的街道，多铺以大块大块的青石板，下雨天，绝不会一脚踩下去泥浆四溅。那些质地极佳的青石板，经过千百年来人马车辆的踩踏碾压，早已磨擦得光滑如镜。

　　卢、李、赵、宋四个姓氏，在小镇这边是大姓，乡塾就是这几家出的钱，在城外大多拥有两三座大龙窑。历任窑务督造官的官邸，就和这几户人家在一条街上。

　　不凑巧，陈平安今天要送的十封信，几乎全是小镇出了名的阔绰户，这也合情合理，龙生龙凤生凤，老鼠生儿打地洞，能够寄信回家的远方游子，家世肯定不差，否则也没那底气出门远行。其中九封信，陈平安其实就去了两个地方，福禄街和桃叶巷，当第一次踩在大如床板的青石板上时，少年有些忐忑，放缓了脚步，竟然有些自惭形秽，忍不住觉得自己的草鞋脏了街面。

　　陈平安送出去的第一封信，是祖上得到过一柄皇帝御赐玉如意的卢家，当少年站在门口，越发局促不安。

　　有钱人家就是讲究多，卢家宅子大不说，门口还摆放两尊石狮子，等人高，气势凌人。宋集薪说这玩意儿能够避凶镇邪，陈平安根本不清楚何谓凶邪，只是很好奇等人高的狮子嘴里，好像还含着一粒圆滚滚的石球，这又是如何雕琢出来的？陈平安强忍住去触摸石球的冲动，走上台阶，叩响那个青铜狮子门首，很快就有个年轻人开门走出，一听说是来送信的，那人面无表情，用双指捻住信封一角，接过那封家书后，便转身快步走入宅子，重重关上贴有彩绘财神像的大门。

之后少年的送信过程，也是这般平淡无奇，桃叶巷街角有户名声不显的人家，开门的是个慈眉善目的矮小老人，收起信后，笑着说了句："小伙子，辛苦了。要不要进来歇歇，喝口热水？"

少年腼腆笑了笑，摇摇头，跑着离去。

老人将那封家书轻轻放入袖子，没有着急回去宅院，抬头望向远方，视线浑浊。

最后，视线由高到低，由远及近，凝视着街道两旁的桃树，貌似老朽昏聩的老人，这才挤出一丝笑意。

老人转身离去。

没过多久，一只颜色可爱的小黄雀停到桃树枝头，喙啄犹嫩，轻轻嘶鸣。

留到最后的那封信，陈平安需要送去给乡塾授业的教书先生，其间路过一座算命摊子，是个身穿老旧道袍的年轻道士，挺直腰杆坐镇桌后，他头戴一顶高冠，像一朵绽放的莲花。

年轻道人看到快步跑过的少年后，赶紧打招呼道："年轻人，走过路过不要错过，来抽一支签，贫道帮你算上一卦，可以帮你预知吉凶福祸。"

陈平安没有停下脚步，不过转过头，摆摆手。

道人犹不死心，身体前倾，提高嗓门："年轻人，往日贫道替人解签，要收十文钱，今儿破个例，只收你三文钱！当然了，若是抽出了一支上签，你不妨再多加一文喜钱，如果鸿运当头，是上上签，那贫道也只收你五文钱，如何？"

远处，陈平安的脚步明显停顿了一下，年轻道人已经火速起身，趁热打铁，高声道："大早上的，年轻人你是头位客人，贫道干脆就好人做到底，只要你坐下抽签，实不相瞒，贫道会写一些黄纸符文，可以帮你为先人祈福，积攒阴德，以贫道的能耐，不敢说一定让人投个大富大贵的好胎，可要说多出一两分福报，终归是可尝试一下的。"

陈平安愣了愣，将信将疑地转身返回，坐在摊子前的长凳上。

一朴素道士，一寒酸少年，两个大小穷光蛋，相对而坐。

道人笑着伸出手，示意少年拿起签筒。

陈平安犹豫不决，突然说道："我不抽签，你只帮我写一份黄纸符文，行不行？"

在陈平安的记忆中，好像这位云游至此的年轻道爷，在小镇已经待了最少五六年，模样倒是没什么变化，对谁也都和和气气的，平时就是帮人摸骨看相、算卦抽签，偶尔也能代写家书。有意思的是，桌案上那只拥簇着一百零八支竹签的签筒，这么多年来，小镇男男女女抽签，既没有谁抽出过上上签，也没有谁从签筒摇晃出一支下签，仿佛整整一百零八签，签签中上无坏签。

所以若是逢年过节，纯粹为了讨个好彩头，小镇百姓花上十文钱，也能接受，可真遇上烦心事，肯定不会有人愿意来这里当冤大头。若说这个道士是彻头彻尾的骗子，倒也冤枉了人家，小镇就这么大，如果真只会装神弄鬼、坑蒙拐骗，早就给人撵了出去。所以说这位年轻道人的功力，肯定不在相术、解签两事上。倒是有些小病小灾，很多人喝了道人的一碗符水，很快就能痊愈，颇为灵验。

年轻道人摇头道："贫道行事，童叟无欺，说好了解签加写符一起，收你五文钱的。"

陈平安低声反驳道："是三文钱。"

道人哈哈笑道："万一抽出上上签，可不就是五文钱了嘛。"

陈平安下定决心，伸手去拿签筒，突然抬头问道："道长是如何知道我身上恰好有五文钱？"

道人正襟危坐："贫道看人福气厚薄，财运多寡，一向很准。"

陈平安想了想，拿起那只签筒。

道人微笑道："年轻人，不要紧张，命里有时终须有，命里无时莫强求，以平常心看待无常事，便是第一等万全法。"

陈平安重新将签筒放回桌上，神情郑重，问道："道长，我把五文钱都给你，也不抽签了，只请道长将那张黄纸符文，写得比平时更好一些，行不行？"

道人笑意如常，略作思量，点头道："可。"

桌案上，笔墨砚纸早就备好，道人仔细问过了陈平安爹娘的姓名籍贯生辰，抽出一张黄色符纸，很快就写完，一气呵成。

至于写了什么，陈平安茫然不知。

搁下笔，提起那张符纸，年轻道人吹了吹墨迹："拿回家后，人站在门槛内，将黄纸烧在门槛外，就行了。"

少年郑重其事地接过那张符纸，小心翼翼珍藏起来后，没有忘记把五枚铜钱放在桌案上，鞠躬致谢。

年轻道人挥挥手，示意少年忙自己的事情去。

陈平安撒开腿跑去送最后一封信。

道人懒洋洋靠在椅子上，瞥了眼铜钱，弯腰伸手将它们搂到身前。

就在此时，一只小巧玲珑的黄雀，从高空飞扑到桌面上，轻啄了一下某颗铜钱，很快便没了兴致，振翅远去。

"黄雀始欲衔花来，君家种桃花未开。"

道人悠悠然念完这句诗词后，故作潇洒地轻轻挥袖，叹气道："命里八尺，莫求一丈啊。"

这一挥袖，就有两支竹签从袖子里滑落，掉在地上，道人哎哟一声，赶紧捡起来，然后鬼鬼祟祟四处张望，发现暂时无人留心这边，这才如释重负，重新将那两支竹签藏入宽松的袖口。

年轻道人咳嗽一声，板起脸，继续守株待兔，等待下一位客人。

他有些感慨，果然还是赚女子的钱，更容易一些。

其实，年轻道人袖中所藏两支竹签，一支是最上签，一支是最下签，都是用来挣大钱的。

不足为外人道也。

少年自然不清楚这些奥妙玄机，一路脚步轻盈，来到那座乡塾馆舍外，附近竹林郁郁，绿意欲滴。

陈平安放缓脚步，屋内响起中年人的醇厚嗓音："日出有曜，羔裘如濡。"

随后便有一阵齐整清脆的稚嫩嗓音响起："日出有曜，羔裘如濡。"

陈平安抬头望去，旭日东升，煌煌泱泱。

少年怔怔出神。

等他回过神，蒙学孩童正在摇头晃脑，按照先生的要求，娴熟背诵一段文章："惊蛰时分，天地生发，万物始荣。夜卧早行，广步于庭，君子缓行，以便生志……"

陈平安站在学塾门口，欲言又止。

两鬓微霜的中年儒士转头望来，轻轻走出屋子。

陈平安将书信双手递出去，恭敬道："这是先生的书信。"

一袭青衫的高大男人接过信封后，温声说道："以后无事的时候，你可以多来这里旁听。"

陈平安有些为难，毕竟他未必真有时间来此听这位先生教书，少年不愿欺骗他。

男人笑了笑，善解人意道："无妨，道理全在书上，做人却在书外。你去忙吧。"

陈平安松了口气，告辞离去。

少年跑出去很远后，鬼使神差地转头回望。

只见那位先生始终站在门口，身影沐浴在阳光中，远远望去，恍若神人。

第四章
黄 鸟

如果没有去过福禄街或是桃叶巷，陈平安可能这辈子，都不会意识到泥瓶巷的阴暗狭窄。不过草鞋少年非但没有生出失落的感觉，反而终于感到心安，少年笑着伸出双手，刚好掌心触碰到两边的黄泥墙壁，记得大概三四年前，陈平安还只能双手指尖触及泥墙。

走到自家屋前，发现院门大开，以为遭贼的少年连忙跑入院子，结果看到一个高大少年坐在门槛上，背靠上锁的屋门，百无聊赖地打着哈欠，看到陈平安后，火烧屁股一般站起身，跑到陈平安身前，一把攥紧陈平安的胳膊，狠狠拽向屋子，压低嗓音道："赶紧开门，有要紧事要跟你说！"

陈平安没能挣脱开这家伙的束缚，只得被他拉去开了屋门，比他年长两岁的健壮少年，很快就甩开陈平安，蹑手蹑脚摸上陈平安的木板床，将耳朵死死贴在墙壁上，听起了隔壁的墙脚根。

陈平安好奇问道："刘羡阳，你在干什么？"

高大少年对陈平安的问话置若罔闻，约莫半炷香后，刘羡阳恢复正常，坐在木板床边缘，脸色复杂，既有些释然，也有些遗憾。

刘羡阳此时才发现陈平安在做一件古怪的勾当，蹲在门内，身体向外倾，用一截只剩下拇指大小的蜡烛，烧掉一张黄纸，灰烬都落在门槛外。貌似陈平安还念念有词，只是离得有些远，刘羡阳听得不真切。

刘羡阳，正是一座老字号龙窑姚老头的关门弟子，至于资质鲁钝的陈平安，老人从头到尾根本就没真正认下这个徒弟，在当地，徒弟没有敬拜师茶，或是师父没有喝过那杯茶，就等于没有师徒名分。陈平安和刘羡阳不是邻居，双方祖宅离着挺远，之所以刘羡阳当时会跟姚老头介绍陈平安，缘于两个少年有过一段陈年恩怨。刘羡阳曾是小镇出了名的顽劣少年，爷爷去世前，家里好歹还有个长辈管着，等到他爷爷病逝后，十二三岁就身高马大不输青壮男子的少年，成了街坊邻居人人头疼的混世魔王。后来不知为何，刘羡阳惹恼了一伙卢家子弟，结果给人死死堵在泥瓶巷里，结结实实地一顿痛打，对方都是正值气盛的少年，下手从不计较轻重，刘羡阳很快给打得呕血不止，住在泥瓶巷的十多户人家，多是小龙窑讨碗饭吃的底层匠户，哪敢掺和这浑水。

当时的宋集薪全然不怕，反而乐滋滋地蹲在墙头上看热闹，唯恐天下不乱。

到最后，只有一个枯瘦如柴的孩子，偷偷溜出院子后，跑到了巷口，对着大街撕心裂肺喊道："死人啦死人啦……"

听到"死人"二字，卢家子弟这才悚然惊醒，看到地上满身血污的刘羡阳，高大少年奄奄一息，那些个富家少年郎总算感到一阵后怕，面面相觑后，便从泥瓶巷另一端跑掉。

但是在那之后，刘羡阳非但没有感激那个救了自己命的孩子，反而隔三岔五就来这边捉弄戏耍，孤儿也倔，不管刘羡阳如何欺负，就是不肯哭，让少年越发愤懑。只是后来有一年，刘羡阳眼见着那个姓陈的小孤儿，估计是实在扛不过冬天的样子，终于良心发现，已经在龙窑拜师学艺的少年，便带着孤儿去往那座位于宝溪边上的龙窑，出了小镇往西走，大雪天的几十里山路，刘羡阳到现在还是没有想明白，那个长得跟木炭似的小家伙，两条腿分明细得跟毛竹竿子差不多，是怎么走到龙窑的？不过老姚头虽然最后还是留下了陈平安，但对待两人，却是天壤之别，对关门弟子刘羡阳，也打也骂，但瞎子也感受得到其中的良苦用心。例如有次下手重了，砸得刘羡阳额头渗出血来，少年皮糙肉厚没觉得有什么，反而是当师父的老姚头，很是后悔了，这个在徒弟面前威严惯了的闷葫芦老头，碍于面子不好说什么，结果在自家屋子里兜圈子兜了大半夜，仍是不放心刘羡阳，最后只得喊来陈平安，给刘羡阳送去了一瓶药膏。

陈平安这么多年，一直很羡慕刘羡阳。

不是羡慕刘羡阳天赋高，力气大，人缘好，只是羡慕刘羡阳的天不怕地不怕，走到哪里都没心没肺，也从来不觉得独自活着，是什么糟糕的事情。刘羡阳不管到了什么地方，跟谁相处，很快就能够勾肩搭背，称兄道弟，喝酒划拳。刘羡阳因为他爷爷身体不好，很早就自力更生，成为孩子王一般的存在，捕蛇捉鱼掏鸟窝，无不娴熟，木弓鱼竿，弹弓捕鸟笼，刘羡阳好像什么都会做，尤其是在乡间田埂抓泥鳅和钓黄鳝这两件事，少年无疑是小镇上最厉害的。其实刘羡阳当年从乡塾退学的时候，那位齐先生还特意去找了刘羡阳病榻上的爷爷，说可以不收一文钱，但是刘羡阳死活不答应，说他只想挣钱，不想读书，齐先生说他可以出钱雇用刘阳羡当自己书童，刘羡阳依然不肯点头。事实上，刘羡阳活得挺好，哪怕姚老头死了，龙窑被封禁，没过几天他就被骑龙巷的铁匠相中，在小镇南边开始搭建茅屋、炉子，忙碌得很。

刘羡阳看着陈平安将蜡烛吹灭，放在桌上，低声问道："你平时清晨有没有听到过古怪的声响，就像……"

陈平安坐在长凳上，静待下文。

刘羡阳犹豫片刻，破天荒微微脸红："就像春天猫叫一样。"

陈平安问道："是宋集薪学猫叫，还是稚圭？"

刘羡阳翻了个白眼，不再对牛弹琴，双手撑在床板上，缓缓弯曲手肘，然后伸直手臂，屁股离开床板，双脚离开地面。他的屁股悬在空中，撇嘴讥讽道："什么稚圭，分明是叫王朱，姓宋的从小就喜欢瞎显摆，不知道从哪里看到'稚圭'两个字，就胡乱用了，根本不管两个字的意思好不好。王朱摊上这么个公子，也真是上辈子作孽，否则不至于来宋集薪身边遭罪吃苦。"

陈平安没附和高大少年的说法。

一直保持那个姿势的刘羡阳冷哼道："你当真不明白？为什么你帮王朱那丫头提了一次水桶，那之后她就再也不跟你聊天说话了？保准是宋集薪那个小肚鸡肠的，打翻醋瓶子，就威胁王朱不许跟你眉来眼去，要不然就要家法伺候，不但打断她的腿，还要丢到泥瓶巷子里……"

陈平安实在听不下去了，打断刘羡阳的话语："宋集薪对她不坏的。"

刘羡阳恼羞成怒道："你知道什么好什么坏？"

陈平安眼神清澈，轻声道："有些时候她在院子里做事，宋集薪偶尔坐在板凳上，看他那本什么地方县志，她看宋集薪的时候，经常会笑。"

刘羡阳眼神呆滞。

骤然间，单薄木板床支撑不住刘羡阳的重量，从中间断成两半，高大少年一屁股坐在地面上。

陈平安蹲在地上，双手按住脑袋，唉声叹气，有些头疼。

刘羡阳挠挠头，站起身，也没说什么愧疚言语，只是轻轻踹了一脚陈平安，咧嘴笑道："行了，不就一张小破床嘛，我今天来，就是给你带一个天大的好消息，怎么都比你这破床值钱！"

陈平安抬起头。

刘羡阳得意洋洋道："我家阮师傅出了小镇后，在南边那条溪边上，突然就说要挖几口井，原先人手不够，需要喊人帮忙，我就随口提了提你，说有个矮冬瓜，气力还凑合。阮师傅也答应了，让你这两天就自己过去。"

陈平安猛然起身，正要道一声谢。

刘羡阳抬起一只手掌："打住打住！大恩不言谢！记在心里就好！"

陈平安龇牙咧嘴。

刘羡阳环顾四周，墙角斜放着一根鱼竿，窗口躺着一副弹弓，墙壁上挂着木弓，高大少年欲言又止，最后还是忍住没开口。

他大步跨过门槛，靴子明显故意绕过了那些符纸的灰烬。

陈平安看着那个高大背影。

刘羡阳突然转过身，面对门槛内的陈平安。高大少年一坐腰，脚不离地，直冲数步后，重重挥出一拳，然后收拳挺腰，大声笑道："阮师傅私底下跟我说，这拳法我只需要练一年，就能打死人！"

刘羡阳似乎觉得犹不过瘾，做了个稀奇古怪的踢腿动作，笑道："这叫好腿必入裆，踢死闷倒驴！"

最后刘羡阳伸出拇指，指了指自己胸膛，趾高气扬道："阮师傅传授我拳法的时候，我有些想法心得，便与他说了闲话，比如我对姚老头制瓷的独门绝学'跳－刀'的感悟，阮师傅夸我是百年一遇的练武奇才。以后你只管跟着我混，少不了你吃香的喝辣的！"

刘羡阳眼角余光瞥见那隔壁丫鬟已经进了屋子，便一下子没了扮演英雄好汉的兴致，对陈平安随口说道："对了，方才我经过老槐树的时候，那边多了个自称'说书人'的老头儿，正在那边摆弄摊子，还说他积攒了一肚子的奇人趣事，要跟咱们念叨念叨，你有空可以去瞅瞅。"

陈平安点了点头。

刘羡阳大踏步离开泥瓶巷。

关于这位独来独往的桀骜少年，小镇流传诸多说法，但是少年喜欢自称祖上是带兵打仗的将军，所以他家才会有那件一代代传承下来的宝甲。

说是宝甲，陈平安亲眼看过一次，其实模样丑陋，既像是人身上的瘊子，也像是老树的疤结。

不过刘羡阳的同龄人，可不这么说，只讲刘羡阳的祖辈，是个逃兵，是逃到了小镇这边，给人做了上门女婿，运气好才躲过官府追捕。说得板上钉钉，好似亲眼见过刘羡阳的祖辈如何逃离战场，又如何一路颠沛流离到了这座小镇。

陈平安想了想，蹲在门槛旁边，低头吹散那些灰烬。

宋集薪不知何时站在院墙那边，身边跟着婢女稚圭，他喊道："要不要跟咱们一起去槐树那边耍？"

陈平安抬起头："不去了。"

宋集薪扯了扯嘴角："没意思。"

他转头对自家丫鬟笑道："稚圭，咱们走！去给你买一整个将军肚子罐的桃花粉。"

她羞赧道："小小的蛐蛐罐就够了。"

宋集薪双手负后，昂首挺胸，大步前行："我宋家人，钟鸣鼎食，世代簪缨，如何能够小家子气，岂非有辱家风？！"

陈平安坐在门槛上，揉了揉额头，这个宋集薪，其实不说那些怪话胡话的时候，给人感觉并不差，但是比如这种时候，刘羡阳在场的话，就一定会说他很想朝宋集薪的后脑勺，一板砖敲下去。

陈平安斜靠着屋门，想着明天的光景，多半会像今天，后天的光景，则会像明天，如此反复，于是他陈平安这辈子就会一直这样走下去，直到最后跟姚老头差不多。

人吃土一生，土吃人一回。

最后闭眼，再睁开眼，可能就是下辈子的事情了。

少年低头看着脚上的草鞋，突然就笑了起来。

踩在青石板上，跟踩在烂泥滩里，感觉是不太一样。

刘羡阳离开小巷，经过算命摊子的时候，那年轻道人招手道："来来来，贫道看你气色如烈火烹油，绝非吉兆啊，不过莫怕便是，贫道有一法，可以帮你消灾……"

刘羡阳有些惊讶，记得这道士以前给人解签算命，且不说准不准，但此人还真没有主动招徕过生意，几乎全部属于愿者上钩。难不成如今龙窑给朝廷官府关闭，这道士也要跟着倒霉，揭不开锅了，所以宁肯错杀不愿错放？刘羡阳笑骂道："你的法门就是破财消灾，对不对？滚你大爷的，想从我兜里骗钱，下辈子吧！"

年轻道人也不恼火，对那高大少年大声喊道："指望今年百事昌，谁知命里有祸殃。无灾不肯念神仙，欲得安稳当烧香……应当烧香啊……"

刘羡阳冷不丁转身，快步如飞跑向算命摊子，一边摩拳擦掌，一边嚷着："烧香是吧，我先烧了你的摊子！"

道人显然吓得不轻，起身后也顾不得摊子了，抱头鼠窜。

刘羡阳站在摊子旁边，看着道人的狼狈身影，哈哈大笑，瞥见桌上的签筒，随意伸手将其推倒，竹签哗啦啦滑出签筒，最后在桌上呈现出扇形模样。

刘羡阳伸手指了指在远处停步的道人："以后见你一次打一次！"

年轻道人抱拳作揖，求情讨饶。

刘羡阳这才罢休。

年轻道人等到高大少年走远，才敢重新落座，叹了口气："世道艰辛，人心不古，害得贫道也糊口不易啊。"

就在此时，道人眼前一亮，赶紧闭上眼睛，朗声道："池塘盈满蛙声乱，刺人肚肠是人心。此处功名水上萍，只宜风动四方行！"

那对少年少女显然听到了道人的话语，只可惜没有要停步的意思。

道人微微睁开一丝眼缝，眼见着又要错过生意，只得一巴掌拍在桌案上，提高嗓门："状元本是人间子，宰相无非世上人。学贯天人名动城，得意扬扬精气神！"

宋集薪和婢女稚圭只是继续前行。

道人灰心丧气，低声咕哝道："这日子没法过了。"

少年毫无征兆地转过头，向年轻道人远远抛来一颗铜钱，灿烂笑道："借你吉言！"

道人匆忙接住铜钱，摊开手心一看，愁眉不展，才是最小额的一文钱。

不过，年轻道人将这枚铜钱轻轻放在桌上。

转瞬之间，便有一只黄雀疾坠于桌面，低垂头颅，对着那枚铜钱轻轻一啄，之后它将其衔在嘴中，抬头望向年轻道人，黄雀眼眸灵动，与人无异。

道人轻声道："去吧，此地不宜久留。"

黄雀一闪而逝。

年轻道人环顾四周，最后视线停留在远处那座高高的牌坊楼，恰好对着"气冲斗牛"四字匾额，感慨道："可惜了。"

最后道人补上一句："若是能拿到外边去卖，怎么都有千八百两银子吧？"

第五章

道　破

宋集薪带着婢女稚圭来到老槐树下，发现树荫里人满为患，将近半百号人，坐在自家搬来的板凳椅子上，陆陆续续还有孩童扯着长辈过来凑热闹。

宋集薪和她并肩站在树荫边缘，看到一个老人站在树底下，一手托大白碗，一手负身后，神色激昂，正大声说道："方才说过了大致的龙脉走向，我再来说说这真龙，啧啧，这可就真了不得了，约莫三千年前，天底下出了一位了不得的神仙人物，先是在某座洞天福地潜心修行，证了大道，便独自仗剑游历天下，手中三尺气概，锋芒毕露。不知为何，此人偏偏与蛟龙不对付，整整三百个春秋，有蛟龙处斩蛟龙，杀得世间再无真龙，这才罢休，最后不知所终。有人说他去了极高的道法张本之地，与道祖坐而论道；也有说是去了极远的西方净土佛国，与佛陀辩经说法；更有人说他亲自坐镇酆都地府的大门，防止魑魅魍魉为祸人间……"

老先生说得唾沫四溅，底下所有小镇百姓都无动于衷，人人满脸茫然。

婢女低声好奇问道："三尺气概是什么？"

宋集薪笑道："就是剑。"

婢女没好气道："公子，这位老人家，也忒喜欢卖弄学问了，话也不好好说。"

宋集薪瞥了眼老人，幸灾乐祸道："咱们小镇识字的没几个，这位说书先生算是媚眼抛给瞎子看了。"

婢女又问道："洞天福地又是什么？世上真有人能够活三百岁吗？还有那酆都地府，不是死人才能去的地方吗？"

宋集薪被问住了，却不愿露怯，便随口道："尽是胡说八道，估计看过几本不入流的稗官野史，拿来糊弄乡野村夫的。"

这一刻，宋集薪敏锐发现那老人有意无意看了自己一眼，虽然只是蜻蜓点水的视线，很快就一掠而过，但宋集薪仍是细心捕捉到了，只是少年也就没有上心，只当是巧合而已。

婢女抬头望向老槐树，细细碎碎的光线透过树叶缝隙，洒落下来，她下意识眯起眼眸。

宋集薪转头望去，突然愣住了。

如今自己这位婢女，有着一张刚开始褪去婴儿肥的侧脸，她好像跟记忆里那个瘦瘦小小、干干瘪瘪的小丫鬟，有了很大的出入。

按照小镇的习俗，女子嫁人时，便会聘请一位父母子女皆健在的福气齐全人，请她绞去新娘脸上的绒毛，剪齐额发和鬓角，谓之开面，或是升眉。

宋集薪还从书上听说一个小镇没有的习俗，所以在稚圭十二岁那年，他便买了小镇最好的新酿之酒，搬出那只偷藏而来的瓷瓶，釉色极美，犹如青梅，把酒倒入其中后，将其小心泥封，最后埋入地下。

宋集薪突然开口说道："稚圭，虽说姓陈的家伙，按照我们读书人老祖宗的说法，属于'朽木不可雕也，粪土之墙不可圬'，但是不管怎么说，他这辈子总算还是做了一件有意义的事情。"

婢女并未答话，低敛眼眉，依稀可见睫毛微微颤动。

宋集薪自顾自说道："陈平安呢，人倒是不坏，就是性子太死板，做什么事情只认死理，所以当了窑匠，意味着他再勤劳苦练，也注定做不出一件有灵气的好东西来。所以刘羡阳的师父，那个姚老头儿，对陈平安死活看不上眼，是有其独到眼光的，这叫朽木不可雕。至于粪土之墙不可圬嘛，大致意思就是说陈平安这种穷酸鬼，哪怕你给他穿上件龙袍，他照样是个土里土气的泥腿子……"

宋集薪说到这里的时候，自嘲道："我其实比陈平安还惨。"

她不知道如何安慰自家公子。

宋集薪和他的婢女，在这座小镇上，一直是福禄街和桃叶巷的富人们在茶余饭后的重要谈资，这要归功于宋集薪的那个"便宜老爹"，宋大人。

　　小镇没有什么大人物，也没有什么风浪，故而被朝廷派驻此地的窑务督造官，无疑就是戏本上的那种青天大老爷，在历史上数十位督造官中，又以上任督造官宋大人，最得民心。宋大人不像之前那些高高在上的官老爷，宋大人不但没有躲在官署，修身养性，也没有闭门谢客，一心在书斋治学，而是对官窑瓷器的烧造事宜，事必躬亲，简直比匠户窑工更像是乡野百姓。十余年间，这位原本满身书卷气的宋大人，肌肤被晒得黝黑发亮，平日里装束与庄稼汉无异，待人接物，从无架子，只可惜小镇龙窑烧造而出的御用瓷器，无论是釉色品相，还是大器小件的形制，始终不尽如人意，准确说来，比起以往水准，甚至还要稍逊一筹，让老窑头们百思不得其解。

　　最后大概朝廷那边觉得兢兢业业的宋大人，没有功劳也有苦劳，将其调回京城的吏部敕令文书上，好歹得了个良的考评。宋大人在返京之前，竟然千金散尽，出资建造了一座廊桥，后来发现宋大人离去车队当中，没有捎带某个孩子后，小镇几个大姓门庭便恍然大悟。可以说，宋大人与小镇积攒下一份不俗的香火情，加上现任督造官的刻意照拂，少年宋集薪这些年在小镇的生活，衣食无忧，逍遥自在。如今改名为稚圭的丫鬟，关于她的身世来历，众说纷纭，住在泥瓶巷的当地人，说是一个鹅毛大雪的冬天，有个外地女孩沿路乞讨至此，昏死在宋集薪家的院门口，如果不是有人发现得早，就要去阎王爷那边转世投胎了。官署那边做杂事的老人，有另外的说法，信誓旦旦说是宋大人早年让人从别地买下的孤儿，为的就是给私生子宋集薪物色一个知冷暖的体己人，弥补一下父子不得相认的亏欠。

　　不管如何，婢女被少年取名为稚圭后，算是彻底坐实了两人的父子关系，因为小镇大族豪绅都晓得，宋大人最钟情的一方砚台，便刻有"稚圭"二字。

　　宋集薪回过神，笑脸灿烂起来："不知为何，想起那只死皮赖脸的四脚蛇了，稚圭你想啊，我都把它摔到陈平安的院子了，它依然要往咱们家窜，你说陈平安的狗窝，得是多么不遭人待见，才会寒酸到连一条小蛇都不愿意进去？"

婢女认真想了想，回答道："有些事，也讲缘分的吧？"

宋集薪伸出大拇指，开怀道："正是这个道理！他陈平安就是个缘浅福薄之人，能活着就知足吧。"

她没有说话。

宋集薪自言自语道："咱们离开小镇后，屋子里的东西交由陈平安照看，这家伙会不会监守自盗啊？"

婢女轻声道："公子，不至于吧？"

宋集薪笑道："哟，稚圭，监守自盗的意思也懂？"

婢女眨了眨那双秋水长眸："难道不是字面意思？"

宋集薪笑了，望向南方，露出一抹心神向往："我听说京城那个地方的藏书，比我们小镇的花草树木还要多！"

就在此时，说书先生说道："世上虽已无真龙，龙之从属，如蛟、虬、螭等，仍是真真正正、实实在在活在人世间，说不定就⋯⋯"

老人故意卖了一关子，眼见听众们无动于衷，根本不懂得捧场，只得继续说道："说不定就隐匿在我们身边，道教神仙称之为潜龙在渊！"

宋集薪打了个哈欠。

头顶突然飘落一片槐叶，苍翠欲滴，刚好落在少年额头上。

宋集薪伸手抓住树叶，双指捻转叶柄。

想着还是去城东门讨债一次的少年，在临近老槐树的时候，也看到了眼前有槐叶飘落，于是他加快步子，想要伸手去接住。

只是一阵清风拂过，树叶从他手边滑过。

草鞋少年身形矫健，快速横移一步，想要拦截下这片树叶。

偏偏树叶在空中又打了一个旋儿。

少年不信邪，几次辗转腾挪，最后仍是没能抓住槐叶。

少年陈平安无可奈何。

一个乡塾逃学的青衫少年，与陈平安擦肩而过。

青衫少年自己都不知道，肩头上不知何时停留一片槐叶。

陈平安继续去往城东门，哪怕要不到钱，催一催也是好的。

远处算命摊子那边，年轻道人闭目养神，自言自语道："是谁说天运循环无厚薄？"

第六章
下 签

　　陈平安来到东门，看到那汉子盘腿坐在栅栏门口的树墩上，懒洋洋晒着初春的日头，闭着眼睛，哼着小曲，双手拍打膝盖。

　　陈平安蹲在他身边，对于少年来说，讨债的事情，实在难以启齿。

　　少年只好安静望向东边的宽阔大路，蜿蜒而漫长，像一条粗壮的黄色长蛇。

　　他习惯性抓起一把泥土，攥在手心，缓缓揉搓。

　　他曾跟随姚老头在小镇周边翻山越岭，背着沉甸甸的行囊，装有柴刀、锄头在内各色物件，满满当当。在老人的带领下，会在各处走走停停，陈平安经常需要"吃土"，抓起一把泥土就直接放入嘴中，咀嚼泥土，细细品尝滋味。久而久之，熟能生巧，陈平安哪怕只是手指研磨一番，就清楚土壤的质地。以至于在后来，市面上一些老窑口的破碎瓷片，陈平安掂量一下，就能知道是哪座窑口甚至是哪位师傅烧出来的东西。

　　姚老头性子孤僻，不近人情，动辄打骂陈平安，曾经有一次，姚老头嫌弃陈平安悟性太差，简直就是个不开窍的蠢货，一气之下就把他丢在荒郊野岭，老人独自返回窑口。等到少年走了六十里山路，临近那座龙窑的时候，已是深夜时分。那天大雨滂沱，当在泥泞中蹒跚而行的少年，终于遥遥看到一点光亮的时候，倔强少年在独立讨生活后，第一次有想哭的冲动。

　　可是少年从未埋怨过老人，更不会记恨。

　　少年家世贫穷，没有读过书，但是明白一个书本外的道理，世上除了爹娘，再没有人是理所应当对你好的。

而他的爹娘，走得早。

陈平安耐得住性子发呆，邋遢汉子好像觉得多半是没法子蒙混过关了，睁眼笑道："不就五文钱嘛，男人这么小气，以后不会有大出息的。"

陈平安满脸无奈："你不就在计较吗？"

汉子咧嘴，露出一嘴参差不齐的大黄牙，嘿嘿笑道："所以啊，如果不想以后变成我这样的光棍，就别惦记那五文钱。"

陈平安叹了口气，抬起头，认真道："你要是手头紧，这五文钱就算了吧，可是事先说好，以后一封信一颗铜钱，不能再赖账的。"

浑身透着一股酸腐味的汉子转头，笑眯眯道："小家伙，就你这种茅坑臭石头的脾气，将来很容易吃大亏的。难道没有听过一句老话，吃亏是福？你要是小亏也不愿意吃……"

他瞥见少年手中的泥土，略作停顿，促狭道："就是面朝黄土背朝天的命了。"

陈平安反驳道："我方才不是说了，不要五文钱吗？难道不算吃小亏？"

汉子有些吃瘪，神色恼火，挥手赶人："滚滚滚，跟你小子聊天真费劲。"

陈平安松开手指，丢了泥土，起身后说道："树墩子潮气重……"

汉子抬头笑骂道："老子还需要你来教训？年轻人阳气壮，屁股上能烙饼！"

汉子转头瞥了眼少年的背影，歪歪嘴，嘀咕了一句，好像是骂老天爷的丧气话。

塾师齐先生今天不知为何，破天荒早早结束了授业。

学塾后头有个院子，北面开了一个矮矮的小柴门，能够通往竹林。

宋集薪和婢女在老槐树下听故事的时候，被人喊来下棋，宋集薪不太情愿，只是那人说是齐先生的意思，想要看一看他们棋力有无长进，宋集薪对于不苟言笑的齐先生，有一种说不清道不明的观感，大概可以称之为既敬且畏，所以齐先生亲自下了这道"圣旨"，宋集薪不得不赴约，但是他一定要等说书先生讲完故事，再去学塾后院。帮先生传话的青衫少年，只得先行打道回府，不忘叮嘱宋集薪千万别太晚到，絮絮叨叨，还是老调重弹那一套，什么我家先生是最讲究规矩的，不喜欢别人言而无信，等等。

宋集薪当时挖着耳朵，不厌其烦，说知道了知道了。

当宋集薪带着稚圭来到学塾后院，凉风习习，文质彬彬的青衫少年郎如往常一般，已经坐在了南边的凳子上，腰杆挺直，正襟危坐。

宋集薪一屁股坐在青衫少年对面，坐北朝南。

齐先生坐在西面，一向观棋不语。

婢女稚圭每逢自家少爷与人下棋，都会去竹林散步，以免打扰到三位"读书人"，今天也不例外。

偏居一隅的小镇，没有什么所谓的书香门第，所以读书人，堪称凤毛麟角。

按照齐先生订立下来的老规矩，宋集薪和青衫郎要猜子，执黑先行。

宋集薪和对面的同龄人，几乎是同时开始学棋，只是宋集薪天资聪颖，棋力进步神速，一日千里，所以被传授两人棋艺的齐先生视为高段者，猜先之时，就由宋集薪先从棋盒中掏出一把白棋，数目不等，秘不示人。青衫少年随后拈出一枚或是两枚黑子，猜对白棋奇偶后，就能够执黑先行，这就有了先行的优势。宋集薪在头两年的对弈当中，无论是执白后行，还是执黑先行，无一败绩。

不过宋集薪对下棋兴致不大，三天打鱼两天晒网，反观资质逊色的青衫少年，既是乡塾学生，又担任书童，与齐先生朝夕相处，哪怕只是旁观先生枯坐打谱，也受益匪浅，所以青衫少年从执黑才能偶尔侥幸获胜，到如今只要执黑，胜负就能与宋集薪在五五之间，棋力手筋的进步，显而易见。对于这种此消彼长，齐先生不置一词，袖手旁观而已。

宋集薪刚要去抓棋子，齐先生突然说道："今日你们下一盘座子棋，执白先行。"

两个少年一头雾水，皆不知"座子棋"为何物。

齐先生语速不急不缓，仔细解释过了规矩后，并不繁琐，只是在四星位分别放下黑白两子。

中年人的捻子、落子，动作娴熟，行云流水，让人赏心悦目。

平时最喜欢恪守规矩的青衫少年，听闻"噩耗"后，目瞪口呆，痴痴看着棋盘，最后小心翼翼说道："先生，如此一来，好像很多定式用不上了。"

宋集薪皱眉思索片刻，很快眼前一亮，眉头舒展道："是棋盘格局变小了。"

然后宋集薪邀功一般，抬头笑问道："对吧，齐先生？"

中年儒士点头道："确实如此。"

宋集薪朝着对面的同龄人挑了一下眉头，笑问道："要不要让先两棋，否则这家伙肯定输。"

对面少年顿时面红耳赤，嚅嚅喏喏，因为他心知肚明，自己获胜次数越来越多，除了棋力增长之外，其实真正的主要原因是宋集薪这两年下棋越来越心不在焉，甚至有些不厌其烦了，很多胜负手，宋集薪甚至故意放水，或是先手布局明明占优后，棋至中盘，宋集薪会刻意为了屠大龙而兵行险着。

对于下棋，才华横溢的宋集薪，好不好玩，有没有趣，才是首选。

对于青衫少年，从第一次捻子落于棋盘，他就执着于胜负二字。

齐先生望向自己的学塾弟子："你可以执白先行。"

接下来青衫少年落子缓慢，谨小慎微，步步为营。宋集薪依旧是落子如飞，大开大合，羚羊挂角。

双方性情，天壤之别。

不过八十余手，青衫少年就输得一塌糊涂，垂头不语，紧抿着嘴唇。

宋集薪手肘抵在桌面上，托着腮帮，一手双指捻子，轻轻敲击石桌，凝视着棋局。

按照齐先生的规矩，双方对弈，投子无声认输即可，绝对不可言"我输了"三字。

青衫少年不管如何不甘心，仍是缓缓投子。

齐先生对弟子吩咐道："练字去吧，不用收拾残局，写三百'永'字。"

青衣少年赶紧起身，毕恭毕敬作揖告辞。

宋集薪在那少年身影消失后，才轻声问道："先生也要离开这里了？"

双鬓霜白的儒雅文士点头道："一旬之内，就会离开。"

宋集薪笑道："那正好，我还能为先生送行。"

这位教书先生犹豫片刻，终于还是开口说道："无须为我送行。宋集薪，你以后到了小镇之外，记得不要太过张扬。我身无别物，三本蒙学书，《小学》《礼乐》《观止》，你可以一并拿去，经常温习，须知读书百遍，其义自见。若是能读书破万卷，更是下笔如有神，此间真意……你以后自然会知晓的。至于三本闲杂书，术算《精微》，棋谱《桃李》，文集《山海策》，不妨闲暇时翻阅，也可怡情养性。"

宋集薪满脸惊讶，有些尴尬，壮着胆子说道："先生像是在'托孤'，让我好不适应。"

齐先生满脸笑意，柔声道："没你说的这么夸张，人生何处不相逢，以后总有再见面的一天。"

这位先生微笑之时，让人如沐春风。

他突然说道："你去赵繇那边看看，就当提前道别。"

宋集薪起身笑道："好嘞。那这棋局就劳烦先生收拾喽。"

少年欢快跑去。

中年儒士俯身收拾棋子，看似东一颗西一枚，杂乱无序，实则先黑后白，从宋集薪最后落子的那枚黑子开始捡起，顺序倒推而去，一子不差。

不知何时，婢女稚圭已经从竹林折返，只是站在柴门外，并不踏足院子。

他没有转头，沉声道："好自为之。"

在泥瓶巷长大的少女，此时满脸懵懂神色，柔柔弱弱怯怯，楚楚可怜。

温文尔雅的儒士隐约露出一抹怒容，缓缓转头望去。

眼神冷漠。

少女依然迷迷糊糊的模样。

天真无邪。

中年读书人站起身，玉树临风，望向那位少女，冷笑道："孽障逆种！"

少女缓缓收敛脸上的无辜神色，眼神逐渐冷冽，嘴角挂起讥讽笑意。

她好像在说，你能奈我何？

她就这样与儒士直直对视。

小院内外，仿佛有一双蟒蛟在对峙。

两者之间，互视仇寇。

远处，宋集薪高声喊道："稚圭，回家啦。"

少女立即踮起脚尖，乖巧回了一句："哎，好的，公子。"

她推开柴门，小跑着与教书先生擦身而过，跑出几步后，她不忘转身，对那个背影施了个万福，嗓音婉约可人："先生，稚圭先走了。"

许久过后，儒士叹了口气。

春风和煦，竹叶摇曳，如翻书声。

头戴莲花冠的年轻道人，收拾着摊子，唉声叹气，相熟的小镇百姓问起缘由，也只是摇头晃脑不作答。

最后一位曾经在此算姻缘的新嫁妇人，路过此地，眼见着年轻道人如此反常，羞羞涩涩停下脚步，嗓音软糯，嘴上问着问题，那双会说话的水润眼眸，却在年轻道人的英俊脸庞上使劲徘徊。

年轻道人不露声色地瞥了眼女子，视线微微向下，是一幅鼓囊囊的风景，然后道士咽了咽口水，说了一句神叨叨的卦语："今日贫道给自己算了一签，下签，大凶啊。"

第七章

碗　水

　　杏花巷有口水井，名叫铁锁井，一根粗如青壮手臂的铁链，年复一年，垂挂于井口内，何时有此水井有此铁锁，又是何人做此无聊事奇怪事，早已无人知晓真相，就连小镇岁数最大的老人，也说不出个子丑寅卯来。

　　传闻小镇曾经有好事者，试图检验铁链到底有多长，不顾老人们的劝阻，对于"拽铁锁出井口者，每出一尺，折寿一年"，这条口口相传的老规矩，那人根本没当回事，结果使劲拉扯了一炷香后，拔出一大堆铁链，仍是没有看到尽头的迹象，那人已是精疲力尽，便任由那些拽出井口的铁链，盘曲在水井辘轳旁，说是明天再来，他就偏偏不信这个邪了。此人回到家后，当天便七窍流血，暴毙在床上，而且死不瞑目，不管家人如何费劲折腾，尸体就是闭不上眼睛，最后有一个世世代代住在水井附近的老人，让那户人家抬着尸体到水井旁边，"眼睁睁"看着老人将那些铁链放回水井，等到整条铁链重新笔直没入井口深水中，那具尸体终于闭眼了。

　　一老一小缓缓走向那口铁锁井，小家伙，是个还挂着两条鼻涕虫的孩子，可是说起这个故事来，口齿清晰，有条不紊，根本不像是个才蒙学半年的乡野小娃娃。此时孩子正仰起头，大大的眼睛，像两颗黑葡萄，轻轻抽了抽鼻子，两条鼻涕小蛇就缩回去，孩子望着那个一手托着大白碗的说书先生，努努嘴，说道："我说完了，你也该给我看看你碗里装着啥了吧？"

　　老人笑呵呵道："别急别急，等到了水井边上坐下来，再给你看个够。"

孩子"善意"提醒道:"不许反悔,要不然你不得好死,刚到铁锁井旁边就会一头栽进去,到时候我可不会给你捞尸体,要不然就突然打了个雷,刚好把你劈成一块焦炭,到时候我就拿块石头,一点点敲碎……"

老人听着孩子竹筒倒豆子,一大串不带重复的恶毒晦气话,实在有些头疼,赶紧说道:"肯定给你看,对了,你这些话是跟谁学的?"

孩子斩钉截铁道:"跟我娘呗!"

老人感慨道:"不愧是人杰地灵,钟灵毓秀。"

孩子突然停下脚步,皱眉道:"你骂人不是?我知道有些人喜欢把好话反着说,比如宋集薪!"

老人连忙否认,然后岔开话题,问道:"小镇上是不是经常发生一些怪事?"

孩子点点头。

老人道:"说说看。"

孩子指了指老人,一本正经道:"比如说你拎个大白碗,又不肯让人放铜钱进去。你还没说完故事的时候,我娘就说你讲得不坏,云里雾里,一看就是坑蒙拐骗惯了的,所以让我给你送几文钱,你死活不要,碗里到底有啥?"

老人哭笑不得。

原来是先前在老槐树下说完故事的说书先生,让这个孩子领着自己去杏花巷看那口水井,孩子起先不乐意,老人就说他这大白碗可有大讲究,装着了不得的稀罕玩意儿。那孩子天生活泼好动,被爹娘说成是个投胎的时候忘了长屁股的,他很小就喜欢跟着刘羡阳那帮浪荡子四处瞎逛,但是为了钓上一条黄鳝或是泥鳅,这小屁孩也能够在太阳底下暴晒半个时辰,一动不动,耐心惊人。

所以当老人说那白碗里装着什么,孩子立即就咬饵上钩。

哪怕老人一开始提了个古怪要求,说要试试提起他,看他到底有多沉,想知道有没有四十斤重,孩子毫不犹豫点头答应了,反正给人提几下也不会掉块肉。

但是让孩子一次次翻白眼的事情发生了，左手掌心托碗的老人，铆足劲用右手足足提了他五六次，可一次也没能把他成功提起来，孩子最后斜瞥了眼老人的细胳膊细腿，摇了摇头，心想同样是瘦杆子，陈平安那个穷光蛋的力气，就比这个老头子大多了。只是想着自己还没瞧见白碗里头的光景，仿佛天生早早开窍的孩子，就忍着没说一些会让老人下不来台的言语。要知道，在泥瓶巷杏花巷这一带，论吵架骂街，尤其是阴阳怪气说话，这个孩子能排第三，第二是读书人宋集薪，第一则是这个孩子他娘。

老人来到水井旁，但是没有去坐在井口上。

古井由青砖堆砌，无形之中，老人呼吸沉重起来。

孩子走到水井旁，背对着井口，往后一蹦，屁股刚好坐在井口上。

这一幕看得老人冷汗直流，这要是一个不留神，那个兔崽子可就直接掉下去了啊，以这口古井的历史渊源，收尸都难。

老人缓缓向前几步，眯起眼，俯身审视着那条铁锁，一端捆绑死结于水井轱辘底部。

"风水胜地，甲于一洲。"

老人环顾四周，百感交集，心想道："又不知道此件重器，最后会花落谁家？"

老人伸出空闲的左手，凝视手心。

掌心纹路，斑驳复杂。

但是出现了一条崭新纹路，正在缓缓延伸，如同瓷器崩裂出来的缝隙。

神人观掌，如看山河。

只不过这位老人，当下只是在看自身罢了。

老人皱起眉头，惊叹道："不过短短半天，就已是这般惨淡光景，那几位岂不是？"

孩子已经站在井口上，一手叉腰，一手指着老人，大声催促道："你到底给不给我看白碗？！"

老人无奈道："你赶紧下来，赶紧下来，我这就给你看大白碗。"

孩子将信将疑，最后还是跳下井口。

老人犹豫片刻，脸色肃穆："小娃儿，你我有缘，给你看看这碗的玄妙，也无不可，但是看过之后，你不许对外人提起，便是你那位娘亲，也不行，你若是做得到，我便让你见识见识，若是做不到，便是被你小娃儿戳脊梁骨，也不给你看半眼。"

孩子眨了眨眼睛："开始吧。"

老人郑重其事地向前走到井口旁边，一低头，发现兔崽子这次换成双脚叉开坐在井口上，老人有些后悔自己招惹这个无法无天的小娃儿了。

老人收敛杂念，面朝井口，五指抓住大白碗的碗底，掌心开始微微倾斜，幅度几乎微不可察。

孩子感觉自己等了挺久，也没见头顶那个白碗有丝毫动静，老头子也始终保持那个姿势。

就在孩子的两条鼻涕虫快要挂到嘴边，耐心耗尽的前一刻。

只见手指粗细的一股水流，从白碗中倾泻而出，坠入水井深处，无声无息。

孩子龇牙，就要破口大骂。

他突然闭上嘴巴，有些惊讶，片刻后，孩子的脸色已经从震惊变成茫然，再然后，孩子开始恐惧，猛然回过神，一下子跳下井口，往自己家逃去。

原来，老人用那只白碗倒入水井的分量，早就一大水缸都不止了。

可是一直有水从白碗向外倒出。

孩子觉得自己肯定是白天见鬼了。

刘羡阳随手从路边折了一根刚抽芽的树枝，开始练剑，整个人跟滚动的车轱辘似的，癫狂旋转，根本不心疼脚上那双新靴子，小路上扬起无数尘土。

高大少年出了小镇，一路由北向南走，只要走过宋大人出钱建造的廊桥，再走三四里路，就到了阮家父女开办的那座铁匠铺。刘羡阳其实一向心高气傲，但是阮师傅只用一句话，就让少年佩服得五体投地，"我们来这里，只为开炉铸剑"。

铸剑好啊，刘羡阳一想到自己将来能有一把真剑，就忍不住兴奋起来，丢了树枝，开始边跑边喊，鬼哭狼嚎。

刘羡阳想着阮师傅私下传授的那几个拳架子，就开始练习起来，倒也有模有样，虎虎生风。

少年与廊桥越来越近。

廊桥北端的台阶上，坐着四个人。姿态婀娜的丰腴美妇，怀里抱着一个身穿大红袍子的男孩，他高高扬起下巴，像是刚刚获得一场大捷的将军。台阶那一头，坐着个满头霜雪的高大老人，老人正在小声安慰一位气鼓鼓的小女孩，她粉雕玉琢，宛如世上最精巧的瓷娃娃，她的稚嫩肌肤在阳光照耀下，晶莹剔透，以至于能够清楚看到皮肤下的一条条青筋脉络。

两个孩子刚刚吵完架，小女孩泫然欲泣，小男孩越发得意。

老人身材魁梧，如同一座小山，旁边的妇人投来一个致歉的眼神，威严老人对此视而不见。

台阶底下，还站着个姓卢的年轻人，正是卢氏家主的嫡长孙，叫卢正淳，兴许真的是一方水土，能够养育一方人，在小镇土生土长的人物，皮囊相貌总要生得比别处男女更好些。只不过卢正淳早就被酒色掏空了底子，落在台阶上坐着的四人眼中，就更是不堪入目。卢家拥有的龙窑，无论数目还是规模，都冠绝于小镇，也是族内子弟走出小镇，去外地开枝散叶最多的一个姓氏。可是以往在小镇威风八面的卢正淳，神色拘谨，脸色苍白，整个人都紧绷起来，好像稍有纰漏就会被人抄家诛九族。

男孩说着小镇百姓听不懂的话："娘亲，这个姓刘的小虫子，祖上真是那位……"

当他刚要说出姓名，妇人立即捂住孩子嘴巴："出门前，你爹与你叮嘱过多少次了，在这里，不可轻易对谁指名道姓。"

男孩掰开妇人的手，眼神炙热，压低嗓音问道："他家当真代代传承了宝甲和剑经？"

妇人宠溺地摸着幼子脑袋，柔声道："卢氏用半部族谱担保，两件东西还藏在那少年家中。"

男孩突然撒娇道："娘亲娘亲，咱们能不能跟小白家换一下宝物啊，咱们谋划的那具宝甲实在太丑了，娘亲你想啊，换成那部剑经的话，就能够梦中飞剑取头颅，当真是神不知鬼不觉，岂不是比一个乌龟壳厉害太多？"

不等妇人解释其中渊源缘由，隔壁那边的女孩已经怒气冲冲道："就凭你也想染指我们失传已久的镇山之宝？此次我们来此，是名正言顺的物归原主，可不像某些不要脸的家伙，是做强盗、做小偷，甚至是做乞丐来着！"

男孩转头做了个鬼脸，然后讥笑道："臭丫头你自己也说了，是镇'山'之宝，山门辈分而已，了不起啊？"

男孩突然变换嬉笑脸色，从妇人怀中站起身后，眼神怜悯地俯视小女孩，像是学塾先生在训斥幼稚蒙童："大道长生，逆天行事，只在争字。你连这点道理都不懂，以后如何继承家业，又如何恪守祖训？你们正阳山后裔，历代子孙务必每隔三十年，就需要拔高正阳山至少一百丈，臭丫头，你以为从你爷爷到你爹，做得很轻松不成？"

小女孩有些输了气势，神色萎靡，耷拉着脑袋，不敢正视那个男孩。

满头霜雪的魁梧老人沉声道："夫人，虽说童言无忌，但是万一害得我家少主道心蒙尘，你们自己掂量后果。"

妇人妩媚一笑，重新将脸色阴沉的幼子拽回怀中，绵里藏针道："孩子吵架拌嘴而已，猿前辈何须如此上纲上线，莫要坏了咱们两家的千年友谊。"

不承想老人脾气刚烈至极，直接顶回去一句："我正阳山，开山两千六百年，有恩报恩，虽千年不忘，有怨报怨，从无过夜仇！"

妇人笑了笑，没有做意气之争。

此次小镇之行，人人身负重任，尤其是她，更是将自己的身家性命、儿子的前程、娘家的底蕴，三者都孤注一掷，豪赌一场。

这位妇人，虽然衣裳朴素，却气态雍容，只是小镇百姓没有见过世面，不知其中关窍玄机。

从头到尾，卢正淳始终背对着廊桥台阶。

之前第一次在卢氏大宅见到这些贵客，自己的那个亲弟弟，不过是年轻气盛，定力不够，这才暂时忘却祖父的告诫，忍不住偷瞄了一眼美妇人的胸脯，便被气得浑身发抖的祖父让人拖下去，活活杖杀在庭院中，好像行刑的时候嘴里塞满了棉布，所以继续陪着祖父在大堂议事的卢正淳，既听不到弟弟的凄惨哀号，也见不到血肉模糊的画面。等到商议完毕，一起出门寻找那个姓刘的少年，卢正淳跨出大堂门槛，才发现庭院当中，血迹早已清洗干净。那四位远道而来的客人，哪怕是如同金童玉女的那双小孩子，对此也毫无异样，仿佛这就是天经地义的事情。

那一刻，卢正淳有些茫然。

死了一个人，怎么像是比死了一条狗还不如？

何况那个人还姓卢，在前一天深夜，与他这个哥哥喝酒壮胆的时候，无比雀跃，说是以后一定要飞黄腾达，光耀门楣，兄弟二人再不做井底之蛙了，要联手在外边闯出一片天地。

直到走出卢家大宅后，卢正淳的脑子仍是一片空白。

在那之后，卢正淳就开始心生恐惧，陌生贵人们问话的时候，他说话嗓音会颤抖，带路的时候，走路步伐会飘忽，他知道自己这个样子，会贻笑大方，会让祖父失望，让家族蒙羞，但是年轻人实在是控制不住自己的恐惧，好像全身都在从骨子里渗出寒气。

祖父在去年年关，带他们兄弟走入一间密室，告诉他们一个消息，卢家很快就要为某些贵人办事，是天大的福分，一定要小心办事，做成了，卢家会将报酬变成栽培兄弟二人的敲门砖，只要贵人愿意点点头，那么以后他们兄弟脚下，就会出现一条阳关大道，平步青云，最终获得无法想象的荣华富贵。那个时候，他才明白为何自己和弟弟，需要从小就学习那么多种稀奇古怪的方言。

卢正淳看着那个越来越靠近廊桥的刘羡阳，突然开始无比仇恨这个人，这个曾经被自己带人堵在小巷里的穷光蛋，死狗一般躺在地上，如果不是某个小王八蛋跑到巷口那边喊死人了，他和几个死党原本已经按照约定，正要脱裤子，给地上那个不识抬举的少年，当头降下一场甘霖。卢正淳直到现在，也不明白这些什么高高在上的贵人，为何会对刘羡阳刮目相看，至于他们所谓的什么宝甲、剑经，什么正阳山，长生大道，还有什么争机缘抢气运等，卢正淳好像都听得懂，其实又都听不懂。

但是卢正淳能够很确定一件事，就是他无比希望刘羡阳死在这里。

至于真正的原因，卢正淳不敢承认，也不愿深思。

在内心深处，卢正淳绝对不希望卑贱如狗的刘羡阳，见到自己这位锦衣玉食的卢家大少，竟然沦落到跟他姓刘的一个鸟样。

奇耻大辱，莫过于此。

美妇人望着那个人喃喃道："来了。"

高大少年一路打拳而来，到后来出拳迅猛，越打越快，以至于少年的身形都被拳势裹挟，有些趔趄。

在行家眼中，初具雏形的拳意当中，已经透出一丝刚柔并济的大成风范。

武道拳法一途，有句入门口诀：不得拳真意，百年门外汉。一悟拳真意，十年打鬼神。

美妇人如释重负，果不其然，这个姓刘的少年就是他们要找之人，确实天赋不俗，哪怕是在他们的那些仙家府邸里，根骨资质也不容小觑。

当然了，在美妇人和魁梧白发老人的广袤世界里，数量最多的，也正是这种人。

美妇人站起身，对台阶底下的卢正淳吩咐道："你去告诉那少年，问他想要什么，才愿意拿出铠甲和书籍这两样传家宝。"

卢正淳转过身的同时，就已经低头躬身，同样用小镇百姓如听天书的某种方言，回答道："是，夫人。"

妇人淡然道："记住，你与那少年说话的时候，要和颜悦色，注意分寸。"

男孩伸出手指，居高临下，厉色道："坏了大事，本公子就将你剥皮抽筋，再把你的魂魄炼制成为灯芯，要你灯灭之前，时时刻刻生不如死！"

卢正淳吓得打了个激灵，弯腰更多，惶恐不安道："小人绝不会误事！"

小女孩终于觉得扳回一局，嗤笑道："在这些凡夫俗子面前，倒是威风十足，不知道是谁在来的路上，被同道中人当面骂作野种，也不敢还手。"

魁梧老人对那对势利眼母子，其实一开始就观感极差，于是补了一句："小姐说错了，哪里是不敢还手，分明是不敢还嘴。"

一袭鲜艳红袍的男孩，咬牙切齿，死死盯住女孩，脸色阴森，但是也没有撂什么狠话，最后反而展颜一笑，很是灿烂。

妇人更是视线始终放在前方道路上，脸色云淡风轻，至于她是否心生芥蒂，天晓得。

小女孩冷哼一声，跑下台阶，蹲在溪边，低头望向水里的游鱼。

偶尔有成群结队的鲤鱼，在她视线里游弋而过，数目不等，红青两色皆有。

一些个小镇上了岁数的老人，在老槐树底下闲聊的时候，经常说在雷雨天气里，他们经过廊桥的时候，都曾看到桥底下游出过一尾金灿灿的鲤鱼。

只是有老人说那条金色鳞片的鲤鱼，大小不过手掌长短，也有人说那条奇怪鲤鱼，大得很，最少也有半人长，简直就是快成精了。

众说纷纭，老人们争来争去，以至于听故事的孩子们谁也不愿意当真。

此时，小女孩凝视着那条清澈见底的小溪，双手托着腮帮，目不转睛。

白发老人蹲坐在她身边，轻声笑道："小姐，如果卢家没有说谎，这份大机缘已经落入别人口袋了。"

小女孩转过头，咧嘴笑道："猿爷爷，说不定有两条！"

于是她露出缺了一颗门牙的滑稽光景。

小女孩很快意识到这一点，赶紧伸手捂住嘴巴。

老人忍住笑意，解释道："还未走江的蛟龙之属，最讲究划分地盘，不允许同类靠近。所以……"

小女孩哦了一声，重新转过头后，双手托着腮帮发呆，喃喃道："万一有呢。"

在小女孩这边始终慈眉善目的老人，第一次流露出威严长辈的神色，伸手轻轻按住女孩的脑袋，沉声道："小姐，切记，这'万一'二字，委实是我辈头号死敌，决不可心存侥幸！小姐你虽是金枝玉叶之身……"

小女孩抽出一只手，使劲挥动，娇憨抱怨道："知道啦知道啦，猿爷爷，我的耳朵要起茧子啦。"

老人说道："小姐，我去盯着那边的动静了，对方虽然是咱们正阳山台面上的盟友，但是那一大家子人的秉性品行，呵，不提也罢，省得脏了小姐的耳朵。"

她只是挥手赶人。

他只好无奈离去。

这位身份像是家奴的魁梧老人，双手垂膝，走路之时，后背微驼，如负重而行。

岸边的女孩，突然使劲揉了揉眼睛。

她发现小溪里的水位，分明开始缓缓上涨，肉眼可见！

若是在小镇之外，例如在正阳山，或是在家乡任何地方，哪怕是整条小溪流水瞬间干涸，她也不会有半点惊奇。

小女孩疑惑道："不是说在这里天然封禁一切玄术、神通和道法吗？而且越是修为高深，反噬越是厉害吗？猿爷爷就说过，哪怕是传说中的那个人，在这里待得时间久了，如今差不多也是泥菩萨过江的艰难处境，很难真正阻止谁动手争夺……"

她最后晃了晃脑袋，懒得再想这个谜题了。

小女孩转头望去，看着猿爷爷的高大背影。

她欢快想着，等到这里彻底开禁之后，她就请求猿爷爷将那座名叫披云山的山峰搬走。

带回家乡后，当作她的小花圃。

第八章

稗 草

　　陈平安回到院子后，眼皮子就一直在跳，左眼跳财，右眼跳灾。

　　于是陈平安坐到门槛上，开始想象自己在拉坯，双手悬空，很快草鞋少年就进入忘我状态。少年勤勉是一方面，此举能够扛饿，也很重要，所以陈平安养成了一有心事就拉坯的习惯。烧瓷一事，最讲天意，因为开窑之前，谁都不知道一件瓷器的釉色和器形，最终是否契合心意，只能听天由命。不过在烧窑之前，拉坯无疑又是重中之重，只不过陈平安被姚老头认为资质差，多是做些练泥的体力活，陈平安就只能在旁边仔细观摩，然后自己练泥，自己拉坯，寻找手感。

　　隔壁院子响起推开柴门的声响，原来是宋集薪带着婢女稚圭从学塾返回，英俊少年一个冲刺，轻松跨上矮墙，蹲下后，松开手掌，全是指甲盖大小的石子，色彩多样，如羊脂、豆青、白藕，等等。这种不值钱的石头，大小不一，在小镇溪滩里随处可见，其中以一种如同渗满鸡血的鲜红石头，最为讨喜，学塾齐先生就为弟子赵繇雕刻了一枚印章，宋集薪觉得挺有眼缘，好几次想要拿东西跟那家伙换，对方死活不肯。

　　宋集薪丢出一颗石子，力道不重，砸在陈平安的胸口，后者无动于衷。

　　再丢，这一次丢中了草鞋少年的额头，陈平安仍是岿然不动。

　　宋集薪对此见怪不怪，噼里啪啦，一把石子七八颗，先后都摔了出去，虽说宋集薪有意让陈平安吃痛分心，但仍是没有直接砸陈平安的手臂、十指，因为宋集薪觉得这样就是胜之不武了。

宋集薪丢完石子，拍了拍手掌。陈平安长呼出一口气，抖了抖手腕，根本不理睬宋集薪，想了想，低下头，左手五指作握刻刀状。

跳－刀这门技艺，在小镇老窑匠当中，并不算谁的独门绝活，但老姚头的跳－刀手法，不管谁看到了，都会伸出大拇指。

老姚头收了几个徒弟，始终没办法让老人真正满意，到了刘羡阳这里，才认为找到了个可以继承衣钵的人。以前刘羡阳练习的时候，陈平安只要手头没事，就会蹲在一旁使劲盯着。

刘羡阳最好面子，也知道陈平安口风紧，就经常拿老姚的秘传口诀来震慑后者，例如"想要刀的线路走得稳，手就要不能是死板的稳，归根结底，是心稳"。

不过当陈平安追问什么叫心稳，刘羡阳就抓瞎了。

宋集薪看了一会儿，觉得无趣乏味，就跳下墙头进入屋子。

婢女稚圭站在墙边，若是她不踮脚，就刚好露出上半张脸庞，即便如此，已经隐约可见少女是个美人胚子。

她想了想，轻轻踮起脚跟，视线落在贫寒少年四周，最后在地上找到了两颗心仪的石子，一颗色泽猩红且剔透，一颗雪白莹润，都是她家公子方才丢掉不要的。

她犹豫了一下，压低嗓音，怯生生道："陈平安，你能不能帮我把那两颗石子捡起来，我挺喜欢的。"

陈平安缓缓抬起头，手上动作并未停歇，依然很稳，眼神示意她稍等片刻。

稚圭嫣然一笑，如入春后的枝头第一抹绿芽儿，极美。

只是少年已经低下头了，错过了这幕动人景象。

她嘴角翘起，一双眼眸流光溢彩，似有极细微的活物在其中悠然游弋。

等到陈平安停下手头事情，询问到底是哪两颗石子的时候，婢女稚圭的眼神便恢复正常了，一如既往，柔软得像是雨后春泥。

陈平安按照她手指指向的方位，捡起那两颗石子，走到墙边，她刚抬起手，草鞋少年就已经将石子放在墙头上。

她拿起两枚石子，紧紧握在手心。

有心人刻意寻觅此物，便是大海捞针，十年难遇。

有缘人哪怕无心，却好似烂大街的破烂货，唾手可得，全看心情收不收了。

陈平安笑问道："就不怕鼻涕虫堵在你们门口骂半天？"

她没有承认自家公子偷拿别人东西，但好像也没脸皮否认事实，就笑着不说话。

泥瓶巷住着一对母子，两人的骂架功夫，小镇无敌手，也就只有宋集薪能够与他们过过招。其中孩子特别顽劣，常年挂着两条鼻涕虫，喜欢去溪滩里摸鱼、捡石子，抓来的鱼都养在一只大水缸里，石子就堆积在水缸旁边。宋集薪偏偏喜欢招惹这个小刺头，隔三岔五就去顺手牵羊几颗石子，一天两天看不出，可是经不住宋集薪经常摸走，一旦被孩子确认自己少了宝贝，就会炸毛，跟踩中尾巴的小野猫似的，能够在院门外骂一个时辰，他娘亲也从不劝，反而还会可劲儿煽风点火，专门故意挑破宋集薪是前任督造官私生子的事情，好几次把宋集薪给气得牙痒痒，差点就要拎着板凳出门干架，婢女稚圭好说歹说，才劝阻下来。

蓦然间，一个尖锐嗓音响起："宋集薪宋集薪，快来捉奸，你家婢女跟陈平安正眉来眼去，明摆着是勾搭上了！你再不管管你家通房丫鬟，说不定今晚她就翻墙去敲陈平安的门了！赶紧滚出来，啧啧啧，陈平安的手都摸上那小娘们的脸蛋了，你是没看到，陈平安笑得贼恶心人了……"

宋集薪根本没有露面，在屋里直接喊道："这算什么，我昨晚还看到陈平安跟你娘亲拉拉扯扯，被我撞见后，陈平安才把爪子从你娘衣领里使劲'拔'出来，这也怪你娘亲，她那儿呀，实在太壮观太饱满了，可怜陈平安累得满头是汗……"

小巷里有人狠狠踹着宋集薪院门，愤怒道："宋集薪，出来，单挑！你输了，你把稚圭送给我当丫鬟，每天给我喂饭铺床洗脚！我输了，就把陈平安给你当下人杂役，咋样？就问你敢不敢，反正谁不敢就是缩头乌龟！"

屋内宋集薪懒洋洋道："一边凉快去！你爹我翻了翻黄历，今天不适宜打儿子，顾粲，算你运气好！"

屋外的孩子使劲捶门："稚圭，你跟着这么个孬种少爷，多憋屈啊，你还是跟刘羡阳私奔算了，反正那傻大个看你的眼神，就像是要吃了你。"

婢女稚圭转身走向屋子。

屋内，宋集薪正在仔细擦拭一只翠绿葫芦，是年代不详的老物件，也是那位宋大人留下的"家产"之一，宋集薪起先并不上心，后来无意间发现每逢雷雨天，葫芦内便嗡嗡作响，可是宋集薪拔掉盖子后，不管如何挥动摇晃，也不见有任何东西滑出，往里头灌水、装沙子，倒出来还是水和沙子，一点不多，一点不少。宋集薪实在没辙了，加上有次被门外顾粲的泼辣娘亲，一口一个有娘生没爹养的私生子，给骂得心烦意乱，宋集薪就拿刀对着葫芦一顿劈砍，结果让少年瞠目结舌，刀刃已经翻卷，葫芦依旧完好无损，一丝一毫的痕迹都没有留下。

早年被宋集薪烧掉的一封信上写道："官署搬至小院的金银铜钱，保证你们主仆二人衣食无忧，闲暇时候，可以搜罗一些见之心喜的古董，权当陶冶性情。小镇虽小，粗粮可以养胃，书籍可以养气，景致可以养目，寂寥可以养心。今日起，尽人事听天命，潜龙在渊，日后必有福报。"

宋集薪虽然怨恨那个男人，但是有钱不花天打雷劈，在民风淳朴的小镇上，想要大手大脚花钱都很难，这么多年来，宋集薪还真就喜欢上了收破烂的行当，满满当当一大朱漆箱子，全是翠绿葫芦这样的偏门玩意儿。只不过宋集薪有一种玄之又玄的直觉，一大箱子，五花八门，三十余件物件，这只葫芦最为贵重，然后是一只锈迹斑斑的紫金铃铛，摇晃起来，明明看见悬锤在撞击内壁，本该发出清脆声响，却是无声无息，让宋集薪既毛骨悚然，又心生惊奇。最后是一把落款为"山魁"的古朴茶壶，其余物件，宋集薪喜欢得粗浅，称不上一见钟情。

名叫顾粲的孩子站在门外，破口大骂，中气十足。

没过多久，骂声戛然而止。

然后陈平安看到那个家伙猛然推开自己院门，满脸惊慌，拴上门门后，蹲在门旁，不断给自己使眼色，要自己也蹲到他身边。

陈平安不明就里，但是猫着腰跑到孩子身边，蹲下后轻声问道："顾粲，你做什么？又惹你娘发火了？"

孩子使劲抽了抽鼻子，压低嗓音道："陈平安，我跟你说，刚才我碰到个怪人，他手里那只白碗，能够一直往外倒水，你看啊，才这么点大的碗，我亲眼看到他倒水倒了一个时辰！那家伙刚才路过咱们泥瓶巷巷口的时候，好像停了下来，该不是看到我了吧？惨了惨了……"

孩子双手比画了一下白碗的大小，然后拍了拍胸口，感慨道："真是吓死宋集薪他爹了。"

陈平安问道："你是说那个槐树下的说书先生？"

孩子使劲点头："可不是，老头手上力气没几斤，连我也提不起，可那口破碗是真瘆人啊，瘆人得很！"

孩子突然抓住陈平安的手臂："陈平安，我这次是真没骗你！我可以发誓，如果骗你，就让宋集薪不得好死！"

陈平安竖起一根手指，做了个噤声的手势。

孩子立即闭嘴。

门外有一阵脚步声，渐渐响起，渐渐落下。

一物降一物。

原本天不怕地不怕的孩子，一屁股坐在地上，伸手胡乱擦了一把脸，脸色发白，显而易见，这个名叫顾粲的鼻涕虫，是真的被吓得半死。

孩子冷不丁问道："陈平安，那家伙不会是去我家了吧？咋办啊？"

陈平安无奈道："我陪你回你家看看？"

孩子大概是就等着陈平安这句话，猛然起身，又颓然坐下，哭丧着脸道："陈平安，我腿软走不动路啊。"

陈平安站起身，弯腰扯住孩子的后领口，一手提拎着孩子，一手打开门闩，走出院子。

孩子家离这不远，也就百来步路程，果不其然，顾粲看到那个老头子就在他家院子里，他娘亲竟然还给那老头子拿了一条凳子。

那一刻，孩子觉得天都塌下来了，所以他选择躲在陈平安身后，让高个子的顶上去。

陈平安也没有让这孩子失望，有意无意护在他身前。

当熊孩子顾粲握住陈平安的袖口，没来由就立即满腔豪气了。

老人对此不以为意，坐在板凳上，略作思量，手中那只白碗，凭空消失不见。

顾粲立即又腿软了，整个人躲在陈平安身后，战战兢兢。

老人看了眼那位神色出奇平静的乡野村妇，又看了眼眉头紧皱的草鞋少年，最后对缩头缩脑的孩子说道："小娃儿，知不知道你家水缸里养着什么？"

孩子在陈平安身后喊道："还能有啥，我从溪里摸上来的鱼虾螃蟹，还有田里钓上来的泥鳅黄鳝！你要是喜欢，就拿走好了，别客气……"

孩子的嗓音越来越低，显然底气不足。

妇人捋了捋鬓角发丝，望向陈平安，柔声道："平安。"

陈平安领会她的意思，揉了揉顾粲的脑袋，然后转身离去。

妇人眼神深处，对这个草鞋少年，隐藏有一抹愧疚。

她摒弃杂念，转头对老人问道："这位远道而来的仙师，对于这份机缘，是要买，还是抢？"

老人摇头笑道："买？我可买不起。抢？我也抢不走。"

妇人也摇头："以前是如此，以后未必了。"

原本意态闲适的老人听闻此言，如遭雷击，猛然挥袖，五指掐动如飞。

老人喟然长叹道："何至于此啊！"

妇人脸色冷漠，讥笑道："仙长以为这座小镇，能有几个好人？"

老人站起身，深深看了眼懵懵懂懂的孩子，似乎下了一个天大决定，他手腕一晃，白碗重新浮现。

老人走到半人高的大水缸旁，迅速舀了一碗水。

妇人虽然故作镇定，其实手心全是汗水。

老人坐回凳子，朝顾粲招手道："小娃儿，过来瞅瞅。"

孩子望向娘亲，她点了点头，眼神充满鼓励。

在孩子走近后，老人朝碗中水面轻轻吹了一口气，涟漪阵阵。

老人笑道："张嘴。"

与此同时，老人随手一抹，便从孩子身上不知何处摸出一片槐叶。

双指虚捻，并未实握。

孩子下意识啊了一声。

老人屈指一弹，这片苍翠欲滴的槐叶没入孩子嘴中。

孩子愣在当场，然后发现好像自己嘴中没有任何异样。

老人不给他询问的机会，指了指掌心所托的白碗："仔细看看有什么。"

顾粲瞪大眼睛，凝神望去，先是看到一粒极其微小的黑点，然后渐渐变成一条稍稍醒目的黑线，最终缓缓壮大，好像变成了一条土黄色的小泥鳅，在白碗水面的涟漪中，欢快翻滚。

脑子一团糨糊的孩子灵光乍现，惊呼道："我记得它！是我从陈平安那边……"

妇人一巴掌打在自己儿子脸上，怒容道："闭嘴！"

老人对此毫不意外，淡然道："我辈修士，为证长生，大逆不道。这点争夺，不算什么。不用如此紧张，该是你儿子的，逃不掉，不该是那个少年的，也守不住。"

这个叫顾粲的孩子，体重不足四十斤。

但是其"根骨"之重，匪夷所思。

所以当这位身负神通的托碗老人，之前破例施展祖传秘术，对其摸骨称重，自然就拎不动顾粲了。

这便是他收徒的前提。

否则三岁小儿，持金过市，不是自找死路吗？

老人悠然一笑，眼神却冰冷，缓缓道："当然了，就算原本是那少年的，又如何？如今有老夫亲自坐镇，也就不是他的了。"

孩子噤若寒蝉，牙齿打战。

妇人如释重负。

老人重新换上那副慈祥和蔼的脸庞："孩子，这只碗，装着整条江水，如今还养着一条小蛟了。从现在起，你就是我的嫡传弟子了。"

"老夫是一位'真君'，只差半步就是'开宗'之祖，虽是下宗……总之，以后你自然会明白，真君和开宗这四个字的分量。"

老人哈哈笑道："只会比这一碗江水更重。"

孩子突然哭了起来："这样不对！它是陈平安的！"

妇人恼羞成怒，高高抬起手臂，又要教训这个被猪油蒙心的蠢儿子。

老人摆摆手，笑了笑，轻描淡写道："有此心肠，并非全是坏事。"

孩子低下头，用手背擦拭泪水，以及鼻涕。

妇人悄然望向老人。

老人会心一笑，点了点头。

同道中人，一切尽在不言中。

孩子抬起头后，他的娘亲，和莫名其妙就从天上掉下来的半路师父，已是淡淡笑意。

孩子转过头，陈平安离开的时候，没有忘记关上院门。

小镇就像是一块庄稼地，赶上了好年份，丰收的季节。

不过有些人，只是夹杂在稻谷之中的一株稗草，被人看过一眼，就再无第二眼。

例如孤孤单单走在泥瓶巷里的草鞋少年。

第九章
天雨虽宽

一男一女拐入泥瓶巷中，其中年轻男人头戴高冠，腰悬绿佩，比起小镇首富卢氏的子孙，更像是个富贵公子哥。女子年龄不好辨认，乍一看，少女的模样，肌肤水嫩，尖尖的下巴，像是冬天挂在屋檐边上的冰锥子。又一看，三十岁的风情，丹凤眼眸，身姿妖娆，从头到脚，有着一股倾泻直下的风流，走起路来，腰肢拧转，有着小镇女子绝没有的韵味。

女子左顾右盼，满是好奇，甚至伸手去触摸黄泥墙壁，实在察觉不出蛛丝马迹，好奇问道："苻南华，这里真是你说的隐蔽福地之一？为何我家老祖之前给出的堪舆形势图上，对这条巷弄并未着重标注？"

年轻男人答非所问："若是你我真在此地得了意外之喜，如何报答我？"

女子侧过身，双手十指交错放在身后，衬托得她胸口风光，越发饱满丰硕，她半真半假柔声笑道："任君采撷，如何？"

年轻男人不承想她如此直白，反倒是没了章法，何况来此"访亲寻友"，担负着整个家族百年兴衰甚至是千年昌盛的重任，他再花花心肠，也绝不敢在"众目睽睽之下"的小镇，与眼前女子来一场露水鸳鸯姻缘。

所以他很快转移话题，用手指向小巷深处，笑道："蔡仙子，朋友归朋友，生意归生意，我不得不再重复一遍，按照之前的约定，这条泥瓶巷有两户人家，一对主仆，一对母子，我可以由你先任选其一，押注的本钱，便是你们云霞山的特产云根石，每年送给我们老龙城十块。"

女子点头，笑意妩媚："当然可以呀。"

年轻男人缓缓前行，继续说道："接下来，你一旦在此获得家族预期之外的机缘，那件物品必须交由你我双方祖师鉴定，给出一个公道价格，之后你们云霞山拿出一半的等价云根石，蔡金简，你可有异议？或者说，你能否确定，你在此时此地答应此事后，能够在利益得手、落袋为安了的事后，也能够说服你们云霞山的那几位祖师爷，点头认可这项约定？"

女子已经变了脸色，肃穆端庄，与先前判若两人，像是沦落风尘的青楼花魁，摇身一变，成了母仪天下的皇后娘娘，这位被称为云霞山蔡金简的女子，斩钉截铁道："可以！"

年轻男人眯起眼，脸色晦暗，停下脚步，正视身高不输自己的女子："丑话说在前头，你我今日能够结盟，互利互惠，可不是你我二人如何一见钟情，意气相投，只是老龙城与云霞山数百年来，历代祖师长辈们辛苦积攒下来的香火情，万一我们搞砸了，惹来那帮老头子的雷霆震怒，别说我符南华，或是你蔡金简，就算是我们的父母师父，也一样担待不起！"

蔡金简笑道："所以在小镇这段时日，我们一定要坦诚相见，精诚合作，对吧？"

符南华在这条阴暗巷弄，也尽显英俊风流，笑道："除此之外……"

符南华转头看了一眼，收回视线后，压低嗓音道："咱俩还需小心那两人才是，毕竟他们不是正阳山，称不上是有口皆碑的名门正派，而且听说那两个家伙，本来就路子极野，不太讲规矩。"

高挑女子眯起那双会说话的丹凤眸子，像是在娇滴滴说着，所以我蔡金简才会选中你符大公子嘛。

符南华轻声道："走吧，虽说此地有圣贤镇压、平衡各方势力，但是还是小心为妙，阴沟里翻船就不好了。总之，你我能否鲤鱼跳龙门，在此一举。"

这位名动一方的天之骄子，道心越发坚定，在心中默念道："大道可期，阻我前路，仙佛可杀！"

他望向小巷深处，看到一位清瘦少年从遥遥对面走来。

是第二次见面了。

两人继续悠悠然前行，如同一对落在凡间的神仙眷侣。

高挑女子也看到了那位少年，打趣道："门那边，小巷里，两次碰着了，你说这个少年会不会？"

她话只说了一半，符南华当然知道她的言下之意，哭笑不得道："我的蔡大仙子，小镇六百户人家，加上十姓大族豢养的奴婢杂役，将近五千人，小镇再藏龙卧虎，也有个定数，何况这么多年来，那些个有根骨有福运有渊源的好坯子，早就给暗中瓜分殆尽了，我们这次之所以能够'捡漏'，无非是那些心思难料的大神通人物，在故意卖漏而已。"

女子也是自嘲一笑，为自己的天真想法感到赧颜。

犹豫一下，符南华仍是说道："我不知你祖师如何传授天机，我爹倒是跟我说过一番言语，进入此地后，若是有人让你心生寒意，必须主动退避，敬而远之，决不可轻易忤逆挑衅，毕竟此地藏龙卧虎，深不可测。心生恶感之人，多半就是此次小镇探幽寻宝的对手了。至于让你心生亲近之人，可能是此方地域的福禄厚重之人，并且有望转为自己的机缘，到时候只要别轻易杀人，不要坏了那几条雷打不动的老规矩，除此之外，是买是骗，还是强取豪夺，就看……"

蔡金简嘴角翘起："就看我们的心情了。"

她突然皱了皱眉头："符公子，你为何不让我带上扎根本地的赵氏子孙，虽说我临行前也学了一些此地方言……"

符南华打断女子话语，摇头道："那些个大姓门户，跟外边一直有着藕断丝连的秘密渠道，能够在圣人眼皮子底下，传递一些不痛不痒的消息，而不被视为越过雷池，一代代积累下来，底蕴深厚，这些姓氏的真正靠山，我们老龙城和云霞山仍是略逊一筹，再者假借外人之力，终究不美，容易横生枝节，贻误大事。等下你要是不愿说话，我来代劳便是。"

她笑道："没关系，说些拗口话罢了，我还不至于如此娇气。"

符南华一笑置之，蔡金简也未多说什么。

归根结底，半路结盟的朋友，比不得一家人。

更何况，在某些野心勃勃、志在证道的人眼中，祖孙父子，夫妻兄弟，又算什么？

符南华笑容恬淡，雍容华贵，如人间头等豪阀的世家子。

他之所以泄露天机，将他爹秘传自己的"心法"说给蔡金简听，理由其实很简单。

相较先前同行之人的其余两个，木讷的中年男子，冷峻的黑衣少女，符南华在踏入小镇栅栏城门的第一步，就对身边盟友女子，云霞山的蔡金简，心生杀意！

符南华下意识伸手握住腰间那枚绿佩。

老龙布雨，巧夺天工。

君子无故，玉不去身。

蔡金简想了想，闭上眼睛，片刻后睁眼说道："宋集薪，顾粲……我选顾粲好了。"

符南华挑了一下眉头："好。一言为定！"

两人视野中，那少年一路左拐右跳地走到了小巷一处，就要开锁推门而入。

符南华带着蔡金简快步上前，笑道："很巧，咱们又见面啦。"

寒酸少年正是从顾粲家出来的陈平安，听到声音后，转过身，点头问道："有事吗？"

符南华用娴熟流畅的小镇方言土话说道："这里是叫泥瓶巷吧，想问你这边是不是住着一个叫宋集薪的人，还有一个叫顾粲的小孩子。我是京城人氏，我们家与宋集薪父亲是世交，我身边这位姐姐，姓蔡，是顾粲他娘亲的娘家人，所以我们两个结伴而行，刚好都在一条巷子里，你说巧不巧，感觉什么都凑一起了，真是无巧不成书。"

符南华笑意从容，哪怕是与市井底层的草鞋少年说话，身材修长的他为了照顾少年，微微弯腰，始终保持这个姿态与少年说话，既不显得矫揉造作，让人觉得居心不良，更会让旁人觉得温良恭俭让，谦谦君子。

仰着脑袋的少年嗯了一声，笑容腼腆，轻声道："是很巧。"

符南华笑意更浓，温声道："那么这两家人是住在？"

不承想少年摇头道："我前不久还是一口龙窑的学徒，在小镇外边住了很多年，刚搬来这儿，还不熟悉街坊邻居，你要不要问问别人？"

符南华笑了笑，没有急于说话，似乎在酝酿措辞。

高挑女子笑道："小弟弟，说谎可不好，你觉得我们像是坏人吗？退一万步说，光天化日之下，我们能做什么坏事？"

陈平安眨眨眼："可是我真的不知道。"

蔡金简恢复平时的言语，对符南华说道："这孩子是不是想要报酬？"

符南华脸色如常："不像。"

高挑女子眉眼间露出一抹隐藏极浅淡的烦躁："实在不行，我们挨家挨户问过去，一样能找到人。"

符南华对她摆摆手，耐着性子对少年循循善诱："帮我们一个小忙，我就送你一样东西，如何？"

少年挠挠头，身形单薄，眼神清澈。

符南华猛然站直身体。

结果看到一个满身书卷气的少年，蹲在不远处的墙头上，正在打量他们。

衣衫素雅的少年附近，站着一位少女，露出上半张脸庞，清清秀秀，干干净净，眉眼如黛。

那一刻，符南华心思大定。

眼前少年，必然是自己的囊中之物了。

那少年站起身大声问道："你们找人？"

符南华和蔡金简只得仰起头，前者说道："对，我找你。我身边这位姐姐，要找顾粲，你能帮忙吗？"

少年皱眉道："你认识我？"

符南华笑道："我当然不认识你，但是我认识如今在礼部任职的宋大人。"

宋集薪开门见山问道："帮你找鼻涕虫顾粲，可以，好处是什么？"

符南华二话不说摘下腰间绿佩，高高抛给站在矮墙上的少年："归你了。"

宋集薪入手后，微微心惊，脸色也无异样，低头对婢女稚圭说道："你去吧。"

她点了点头，出了院子，当少女安静站在狭窄巷弄中，整条泥瓶巷就像刹那间鲜亮起来了。

符南华对草鞋少年笑道："小家伙，送你一句话，天雨虽宽不润无根之草。"

然后他率先走向少女那边。

高挑女子没有挪步，眼神充满玩味，对少年低声问道："你知道是什么意思吗？"

她眼神熠熠，没来由来了兴致，不等少年回答，就开怀笑道："其实就是告诉你，你错过了一桩大机缘，这位公子，只要从他指甲缝里抠出一点来，也足以让你在这辈子里，在'山下'活得无比滋润。不过运气好的是，你应该这辈子都不晓得今天错过了什么，真是不幸中的万幸，要不然你得悔青肠子。"

符南华听在耳朵里，觉得她是在对牛弹琴。

小镇之外，人与人之间的差距，尤其是高低之分，比阴阳之隔还要巨大。

蔡金简倒退着走向那名婢女，所以是面朝草鞋少年："天雨虽宽不润无根之草，记住哦。"

少年一直没有什么神色变化，只是蓦然大声道："小心身后的……"

蔡金简猛然身体僵硬。

少年放低嗓音："狗屎。"

第十章
食牛之气

蔡金简当时后退着行走，其实当那一脚踩下去后，她就已经意识到事情不妙。

比踩中狗屎更加无法忍受的事情，当然是踩到了，结果还被别人看在眼中，而比这更惨烈的事情，无疑是看到的人，还开口告诉你，你真的踩到狗屎了。

蔡金简不是心性浅薄的女子，更不是吃不得苦的娇柔千金，她身为云霞山山主的众多子嗣之一，能够脱颖而出，赢得最终名额，就很能说明问题。云霞山总计大小十八峰，终年烟雾缭绕，盛产的云根石，是道家丹鼎派炼制外丹的一味重要材料，以"无瑕无垢"著称于世，独树一帜。所以云霞山上的人，必须讲究清洁素雅，大多有洁癖，蔡金简当然也不例外。如果不是小镇牵连太大，蔡金简这辈子都不会踏足小镇，更别提让她一脚一脚走在充满鸡粪狗屎的泥瓶巷，最尴尬的是来此之后，他们这些原本高高在上的神仙中人，就像一条条被抛上岸的小鱼，突然之间失去了所有依仗，占据某一处洞天福地的家族，搬山倒海、御风凌空的通玄修为，降妖伏魔、敕神驭鬼的玄妙法宝，全部都没了。

然后，就有了蔡金简踩中狗屎这一幕。

符南华原本觉得有趣，纤尘不染的云霞山蔡仙子，一靴子黏糊糊的臭狗屎，说出去，谁敢相信？

但是下一刻，符南华就沉声喝道："蔡金简，住手！"

站在泥墙上的宋集薪瞳孔微缩，攥紧手心的那枚雕龙绿佩。

只见巷弄之中，蔡金简好像一步就跨到了陈平安身前，她那只晶莹如羊脂美玉的纤手，迅猛拍向草鞋少年的天灵盖，在身后苻南华出声阻拦的瞬间，她骤然停下手掌，最后轻轻提起，柔柔拍下。做完这个仿佛长辈宠溺晚辈的亲昵动作后，她弯下腰，凝视着少年那双眼眸，像一汪清澈见底的清泉，蔡金简几乎能够从那里瞧见自己的脸庞，只可惜她当下心情糟糕至极，皮笑肉不笑道："小家伙，我知道你说话的时候，故意放慢了速度。"

苻南华松了口气，如果蔡金简果真胆敢在此悍然杀人，极有可能被逐出小镇，连累整座云霞山沦为天大的笑柄。

他脸色阴沉，用正统的雅言官话提醒她："蔡金简，请你三思而后行，如果你接下来还是这么冲动，我觉得有必要放弃盟约，我不想被你害得竹篮打水一场空。"

背对着老龙城少主的蔡金简，小声快速念道："上品见佛速，下品见佛迟……实实有净土，实实有莲池……"

她很快转过头，对苻南华歉意一笑："是我失态了，我保证，之后绝对不会发生类似事情。"

苻南华冷笑道："你确定？"

蔡金简一笑置之，没有跟苻南华如何信誓旦旦，重新低头望向草鞋少年，以盛行一洲的官话雅言自顾自说道："我云霞山源于佛门五宗之一，最讲求降伏心猿和拴住意马，可是我来此之前，连心猿意马到底为何物，也捉摸不透，家族长辈对此也从不愿拔苗助长，只是让我自行摸索，不承想今日在你们泥瓶巷，踩中了一坨狗屎，反而让我察觉到一丝端倪……"

陈平安提醒道："这位姐姐，你踩中狗屎，已经大半天了，为啥还不赶紧剐蹭掉？"

那位仙家女子，原本感觉自己已经跻身一种佛家净土心境，闻言之后，顿时破功，堕回俗世，脸色铁青，只是苻南华的告诫还在耳畔回荡，只得泄愤一般，伸出一根手指在草鞋少年额头，重重戳了一下，她瞪眼道："小小年纪，难道没人教过你，气性乖张是早夭之相，尖酸刻薄是削福之人？！"

陈平安皮糙肉厚，没在意，只是看向不远处的宋集薪，也不说话。

后者跳脚大骂道："陈平安，你看我干什么，真是晦气！"

符南华惊奇发现，自己竟然还没有跨入宋集薪的院子，便有些脸色不悦了，毫不掩饰自己的讥讽："蔡金简！真是有意思，世上还有人为了一坨狗屎，耽误了长生大道的脚步。"

蔡金简破天荒没有恼火，深深看了眼貌不惊人的干瘦少年，转身就走。

突然身后少年轻声说道："姐姐，你的睫毛很长。"

粗鄙至极的世俗蝼蚁，也敢调戏仙家神女？

蔡金简勃然大怒，猛然转头。

打定主意，哪怕折损一些气数，也要教训这个貌似憨厚实则奸猾的村野贱坯子，虽说蔡金简他们进入此地，如犯人拘押入牢笼，束手束脚，四处碰壁，一切术法器物，暂时都已经无法驾驭，可是自幼修行的裨益，例如登堂入室后，得以反哺身躯，好似时时刻刻在淬炼筋骨，虽然效果并不显著，远远比不得专注于此道的武道中人，但是凭此底子，对付一个在市井泥泞里摸爬滚打的少年，信手拈来，随手一掌，在某些重要窍穴上动点手脚，使其种下病根，折其阳寿，轻而易举。

但是略显昏暗的巷弄里，她只看到一张黝黑的脸庞，和一双明亮的眼眸。

海上生明月。

蔡金简先是眼前一亮，随即泛起些女子天生的怜悯情绪，最后她那双丹凤眼眸中，一点点褪去那些柔意，她越发笑容灿烂，恍然大悟。

斩却心魔，正是机缘。

须知近佛远道的云霞山一脉，自开山鼻祖云霞老仙起始，就始终推崇一个观点：每次缘起缘灭，即是一次渡劫。

当然，这渡劫之法，并无定理定数定式，一切需要当局者自行解谜破局。

比如当下的蔡金简。

她觉得找到了需要镇压降伏的心猿意马，正是那个看似无辜、实则障碍的少年。

于是她再次抬起一只手掌，覆盖在少年心口上，轻轻一按。这一切动作，行云流水，快若奔雷。哪怕少年有意识向后退出半步，仍是敌不过高挑女子的出手。

苻南华死死盯着那个诱人心魄的婀娜背影，心中非但没有半点旖旎涟漪，反而杀意腾腾，几乎要凝聚成一副铁石心肠，他刻意掩饰自己的杀机，故意大声怒道："先前你手指轻弹少年额头，使得他接下去常年疾病缠身，如此惩戒一次，就够了！为何还要，蔡金简，你是不是失心疯了？难道真想为了个贱种，连大道机缘也不管不顾？！"

蔡金简置若罔闻。苻南华放低嗓音，恢复世家子弟雍容气度，啧啧笑道："堂堂云霞山蔡金简，跟一个市井少年斤斤计较，传出去，不嫌丢人？"

蔡金简转过身，笑道："这条小巷真是与我有缘，哪里想到这都能让我捞到一份机缘，虽然不大，可蚊子肉也是肉，好兆头啊。我对那个叫顾粲的少年，更有信心了！"

苻南华愕然。

难不成这娘们当真有所顿悟？

蔡金简抬起一只脚，看到那份不堪入目的恶心污秽，笑呵呵道："真是走狗屎运了。"

宋集薪脸色阴沉不定，看不出心思变化。

无人关注的婢女稚圭，站在原地，寂静无声，某个瞬间，她眼眸当中，浮现出两双淡金色的眼瞳，一眼双瞳。

苻南华隐约间心生模糊感应，猛然间转头，快速张望，没有察觉到丝毫异样，最后上下打量了一番少女丫鬟，也无不妥之处，他只好将这股不适感，当作是蔡金简的所作所为，惹来了小镇上那位天人圣贤的凝视目光。

蔡金简心情舒畅，之前积攒诸多的种种凝滞念头，洪水决堤一般直流而下。

何止是小机缘？

若非内囊中空的云霞山，确实需要一件足够分量的"仙家重器"，用来镇住不断外泄的山门气运，她也需要以此来奠定自己下任山主的地位，不然的话，蔡金简恨不得立即离开此地，回到云霞山闭关十年二十年。

蔡金简走向苻南华身旁的那个陋巷婢女。

身后少年问道："你是不是对我做了什么？"

蔡金简头也没回："小家伙，你想多了。"

少年沉默下去。

蔡金简回眸一笑："你最多半年时间就要死了。"

少年愣了一下。

她柔媚笑道："还真信啊，姐姐骗你的！"

陈平安咧嘴一笑。

蔡金简和苻南华这对仙家男女，几乎同时在心头冒出一个想法。

井底之蛙，山下蝼蚁。

蹲在墙头看戏的宋集薪，双手揉着太阳穴，脸色极其罕见的有些认真。

哪怕稚圭已经带着那位性情古怪的姐姐，去找鼻涕虫顾粲了，而那个一言不合就一掷千金当冤大头的年轻家伙，也走进了自家院子。

心思玲珑的宋集薪仍是蹲在那里发呆，天资卓绝的少年视线之中，有个清瘦少年，站在泥瓶巷当中，看了会儿高挑女子的背影，很快就收敛视线，走向自家院门，但是柴门久久不见推开。

宋集薪很讨厌这种感觉，有个家伙平时不显山不露水，可在某些时候，就像是一块茅坑里的石头，不搬，碍眼，搬走，嫌脏。

以至于苻南华在他身后的言语，少年也未听清楚。

这位老龙城少主，只得重复一遍："宋集薪，你知不知道这世上有一种人，与你们大不相同？"

宋集薪终于回过神，转身继续蹲着，俯视着高冠风流、锦衣华服的苻南华，平淡道："我知道。"

苻南华只得把已经跑到嘴边的一句话，强行咽回肚子，不过仍是有些不甘心，笑问道："真知道？"

身世神秘的小镇少年，眼神冷漠，冷笑道："你是不是想说，他们生死人，肉白骨，长生久视，道法无边？！"

符南华点了点头，欣慰道："我们能算半个道友。"

宋集薪眼角余光瞥了一下隔壁院门，略显心不在焉，不合时宜。

符南华开诚布公道："那我就打开天窗说亮话了，不管你有什么，只要你肯开价，我砸锅卖铁，也要买下来！"

宋集薪疑惑道："我看得出来，你和那个女子之间，你的家世地位，要高出一筹，既然她都能够那么对待隔壁那家伙，为何你愿意对我如此……"

符南华主动接过话："平起平坐？"

宋集薪点了点头，夸奖道："你这人挺上道，和你说话不吃力。"

符南华没有在乎少年的居高临下，无论是位置，还是说话的倨傲口气。

与蔡金简视草鞋少年为卑微蝼蚁截然不同，符南华对宋集薪不但心生亲近，对泥瓶巷这一片地带，始终心怀敬畏，说不清道不明。

所以符南华的的确确，将眼前少年当作了同道中人。

这条大道之上，越是前行，身份贵贱，男女之别，年龄大小，皆是虚妄，毫无意义。

宋集薪跳下院墙，低声道："去屋里说。"

符南华点头道："好。"

宋集薪在跨入门槛的时候，漫不经心问道："随便问问，你跟那个一看就是好生养的姐姐，是什么关系？"

符南华毫不犹豫说道："暂时是一伙的，但不是一路人。"

宋集薪哦了一声，说了些莫名其妙的话："那你们做事情也太拖泥带水了，一点都不爽利，我以前听说外头的那个世界，神仙妖魔，光怪陆离，但只要是修行中人，有了恩怨，不该是斩草除根永绝后患吗？"

符家大公子，终究是老龙城长大的仙家后裔，见惯了大风大浪，听到这番话后，脸上并未流露出什么情绪。

他笑问道："你们之间有仇？"

少年张大眼睛，故作惊讶道："你在说什么？"

似乎是发现眼前男人根本不信，于是宋集薪收敛脸上浮夸做作的神色，率先在大堂椅子上落座，伸手示意符南华也坐下，然后认真说道："我跟隔壁很小就没了父母的陈平安，当了这么多年邻居，从来没吵过架，信不信由你。"

符南华瞬间就听明白了少年的隐晦意思。

隔壁少年，无依无靠，无根浮萍罢了。

如果死了也就死了，不会有谁追究此事。

老龙城少主哭笑不得，突然意识到这条小巷的风波，发生得有些荒诞滑稽。

隔壁那个贫寒少年，可以说，正是为了刻意隐瞒宋集薪主仆二人的地址，而惹来一场飞来横祸，险些为此遭殃丧命。

恰恰是方才，这个仿佛出身钟鸣鼎食之家的宋家少年，却要借刀杀人，置人于死地。

一刀不够，再来一刀。

符南华不禁满心感慨，难怪《尸子》有云：虎豹之子，虽未成文，已有食牛之气。

顾粲家的院子里，孩子已经被他娘锁在内屋房间，妇人和自称"真君"的老人相对而坐。

老人收起掌心纹路纵横交错的手掌，微笑道："大局已定。"

妇人疑惑道："敢问仙师刚才做了什么，才能让那陈平安……"

说到这里，她发现老人眼神骤然绽放锋芒，吓得她赶紧闭嘴不言。

老人望向院门那边，轻轻拂袖，带起一股清风，在小院旋转不定，徘徊不去，老人这才道："如我这般身份的人物，涉足此地，越是深陷于泥菩萨过河的无奈境地，虽然目前还谈不上自身难保，但是时间越久，就越……嗯，如宋集薪那少年所说，叫拖泥带水，只能混一个沾惹满身因果的下场。好就好在那人，天怨人怒，哪怕已经作退一大步想，仍是晚节不保，难逃灭顶之灾，可惜啊，原本有望享受千秋香火的局势，急转直下，惨不忍睹……趁此机会，我才能够为你儿子做些谋划，看看能否既了结那少年的性命，又掐断以后某些圣人仙师的顺藤摸瓜，免了秋后算账的后顾之忧，好让我这位新收弟子在未来登仙路上，挟风雷之势，最终化龙……"

妇人坐在一旁，断断续续，听得大汗淋漓。

老人笑问道："是不是很奇怪，分明是餐霞饮露、不理俗事的世外之人，为何潜心修道，修来修去，好像只修出了这般城府戾气？比你这眼窝子浅的无知村妇，也好不到哪里去？"

妇人连忙低头颤声道："万万不敢作此想！"

老人一笑置之，安静等待云霞山蔡金简的敲门。

修行路上，术法无边，神通无穷。理有大小，道有高低。

蔡金简视你们如蝼蚁，本真君何尝不是视她与苻南华为蝼蚁？

与脚下蝼蚁，讲什么道理？

第十一章
少女和飞剑

一位双鬓星霜的儒士带着青衫少年郎，离开乡塾，来到那座牌坊楼下。这位小镇学问最大的教书先生，脸色有些憔悴，伸手指向头顶的一块匾额："当仁不让，四字何解？"

少年赵繇，既是学塾弟子，又是先生书童，顺着视线抬头望去，毫不犹豫道："我们儒家以仁字立教，匾额四字，取自'当仁，不让于师'，意思是说我们读书人应该尊师重道，但是在仁义道德之前，不必谦让。"

齐先生问道："不必谦让？修改成'不可'，又如何？"

青衫少年郎相貌清逸，而且比起宋集薪的咄咄逼人、锋芒毕露，气质要更为温润内敛，就像是初发芙蓉，自然可爱。当先生问出这个暗藏玄机的问题后，少年不敢掉以轻心，小心斟酌，觉得是先生在考究自己的学问，岂敢随意？中年儒士看着弟子如临大敌的拘谨模样，会心一笑，拍了拍少年的肩头："只是随口一问而已，不必紧张。看来是我之前太拘押着你的天性了，雕琢过繁，让你活得像是文昌阁里摆放的一尊塑像似的，板着脸，处处讲规矩，事事讲道理，累也不累……不过目前看来，反倒是件好事。"

少年有些疑惑不解，只是先生已经带他绕到另外一边，仍是仰头望向那四字匾额，儒士神色舒展，不知为何，不苟言笑的教书先生，竟是说起了许多趣闻公案，对弟子娓娓道来："写之前'当仁不让'四字匾额的人，曾是当世书法第一人，引起了很多争辩，例如格局、神意的筋骨之争，古质、今妍的褒贬之争，至今仍未有定论。韵、法、意、姿，书法四义，千年以来，此人夺得双魁首，简直是不给同辈宗师半条活路。至于此时的'希言自然'，便有些好玩了，你若是仔细端详，应该能够发现，四字虽然用笔、结构、神意都相似相近，但事实上，是由四位道教祖庭大真人分开写就的，当时有两位老神仙还书信来往，好一番争吵来着，都想写玄之又玄的'希'字，不愿意写俗之又俗的'言'字……"

然后儒士带着少年再绕至"莫向外求"下，他左顾右盼，视线幽幽："原本你读书的那座乡塾，很快就会因为没了教书先生，而被几个大家族停办，或者干脆推倒，建成小道观或是立起一尊佛像，供香客烧香，有个道人或是僧人主持，年复一年，直至甲子期限，其间兴许会'换人'两三次，以免小镇百姓心生疑惑，其实不过是粗劣的障眼法罢了。只不过，在这里完成一门芝麻大小的术法神通，如果搁在外边，兴许就等于天神敲大鼓、春雷震天地的恢宏气势了吧……"

到后边，先生说话的嗓音细如蚊蝇，哪怕读书郎赵繇竖起耳朵，也听不清楚了。

齐先生叹了口气，语气有些无奈和疲惫："很多事情，本是天机不可泄露，事到如今，才越来越无所谓，但我们毕竟是读书人，还是要讲一讲脸面的。更何况我齐静春若是带头坏了规矩，无异于监守自盗，吃相就真的太难看了。"

赵繇突然鼓起勇气说道："先生，学生知道你不是俗人，这座小镇也不是寻常地方。"

儒士好奇笑道："哦？说说看。"

赵繇指了指气势巍峨的十二脚牌坊："这处地方，加上杏花巷的铁锁井，还有传言桥底悬挂有两柄铁剑的廊桥，老槐树，桃叶巷的桃树，以及我赵家所在的福禄街，每年张贴的谷雨帖、重阳帖等，都很奇怪。"

儒士打断少年："奇怪？怎么奇怪了，你自幼在这里长大，根本从未走出去过，难道你见识过小镇以外的风光景象？既无对比，何来此言？"

赵繇微沉声道："先生那些书，内容我早已烂熟于心，桃叶巷的桃花，就和书上诗句描述，出入很大。再有，先生教书，为何只传蒙学三书，重在识字，蒙学之后，我们该读什么书？读书，又为了做什么？书上'举业'为何？何谓朝为田舍郎，暮登天子堂？何为'天子重英豪，文章教尔曹'？先后两位窑务督造官，虽然从不与人谈及朝廷、京城和天下事，但是……"

儒士欣慰笑道："可以了，多说无益。"

赵繇立即不再说话。

自称齐静春的儒士小声道："赵繇，以后你需要谨言慎行，切记祸从口出，所以儒家贤人大多守口如瓶。贤人之上的君子，则讲慎独，饬躬若璧，唯恐有瑕疵。至于圣人，比如七十二座书院的山主们……这些人啊，就能够如道教大真人、佛家金身罗汉一般，一语成谶，言出法随。这拨人与诸子百家里的高人，到达此境界后，大致统称为陆地神仙，算是一只脚迈入门槛了。不过这些人物，人人如龙，一些高高在上，像是道观寺庙里的神像，高不可攀，一些神龙见首不见尾，寻常人根本找不到。"

赵繇听得迷迷糊糊，如坠云雾。

赵繇忍不住问道："先生，你今天为什么要说这些？"

儒士神色豁达，笑道："你有先生，我自然也有先生。而我的先生……不说也罢，总之，我本以为还能够苟延残喘几十年的，突然发现有些幕后人，连这点时日也不愿意等了。所以这次我没办法带你离开小镇，需要你自己走出去。有些无伤大雅的真相，也该透露一些给你，你只当是听个故事就行。只是希望你明白一个道理，天外有天，人上有人，不管你赵繇如何'得天独厚，鸿运当头'，都不可以志得意满，心生懈怠。"

井水下降，槐叶离枝，皆是预兆。

名叫齐静春的读书人提醒道："赵繇，还记得我让你收好的那片槐叶吗？"

少年读书郎使劲点头："与先生赠送的那枚印章一起放好了。"

"天底下哪有树叶离开枝头的时候，如此苍翠欲滴，新鲜娇嫩？小镇数千人，得此'福荫'之人，屈指可数，那片槐叶，可以经常把玩，以后说不定还有一桩机缘。"

儒士眼神深邃："除此之外，这些年来，我一直让你在小镇行善举结善缘，无论对谁都要以礼相待、以诚相交，以后你就会慢慢明白其中玄机，那些看似不起眼的琐碎小事，滴水穿石，最终收获的裨益，未必比抱着一部地方县志要差。"

少年发现有一只黄鸟停在石梁上，偶尔蹦蹦跳跳，叽叽喳喳叫着。

儒士双手负后，仰头望着黄鸟，神情凝重。

少年看不出有任何异样。

儒士齐静春突然望向泥瓶巷那边，越发眉头紧皱。

儒士轻轻叹息道："蛰虫渐闻春声，破土而出。只是身为客人，在主人眼皮子底下鬼鬼祟祟，行那鬼蜮伎俩，是不是也太托大了？当真以为靠着自作主张的小半碗水，就能在这里为所欲为？"

赵繇忧心忡忡："先生？"

儒士摆摆手，示意此事与少年无关，只是带着他来到最后一面匾额下。

少年赵繇就好像骤然间听到一声春雷的蛰虫，猛然间停下脚步，眼神直直呆呆。

只见不远处，有一位头戴帷帽的黑衣少女，薄纱遮挡了容颜，身材匀称，既不纤细，也不丰腴，她腰间分别悬佩一把雪白剑鞘的长剑、绿鞘狭刀，站在"气冲斗牛"匾额下，双臂环胸，扬起脑袋。

儒士感到好笑，轻轻咳嗽一声。

少年郎只是呆若木鸡，根本没有领会先生"非礼勿视"的提醒。

儒士会心一笑，竟是没有出声呵斥，反而不再大煞风景地咳嗽出声，任由身旁少年痴痴望向那位少女。

少女好像始终没有察觉到少年的视线。

她似乎格外欣赏"气冲斗牛"这四个大字，相较其余三块正楷匾额的端庄肃穆，这块匾额的大字独独以行楷写就，其中神韵，简直是近乎恣意妄为。

她喜欢！

少年突然惊醒过来，原来是先生拍了一下他的肩头，笑道："赵翳，你该回学塾搬东西回家了。"

少年涨红了脸，低着头，跟着先生一起返回学塾。

少女这才缓缓松开了握住刀柄的五指。

远处，儒士打趣道："赵繇啊赵繇，我可是救了你一命啊。"

少年震惊道："先生？"

儒士犹豫了一下，神色认真道："以后见到她，你一定要绕道而行。"

温文尔雅的青衫读书郎，有些惊讶，也有些失落："先生，这是为什么啊？"

齐静春想了想，说了一句盖棺定论的言论："她锋锐无匹，注定是一把无鞘剑。"

少年欲言又止。

中年儒士笑道："当然了，如果只是偷偷喜欢谁，道祖佛陀也拦不住。便是我们条条框框最多的读书人，咱们那位至圣先师，也不过告诫'非礼勿言、视、听、动'而已，没有说过非礼勿思。"

少年这一刻突然像是鬼迷心窍，大声脱口而出道："她很香啊！"

话一说出口，少年就蒙了。

儒士有些头疼，倒不是生气，而是局面比较棘手，沉声道："赵繇，转过身去！"

少年下意识转身，背对先生。

牌坊楼下，少女转头，杀气冲天。

她先是双手下垂，两只手的拇指各自按在剑柄、刀柄之上。

然后她开始小步助跑，约莫四五步后，手脚骤然发力，雪白剑鞘的三尺长剑，碧绿刀鞘的纤细狭刀，率先出鞘，上斜向前，与此同时，她身形弹地而起，双手迅速握住刀剑，二话不说，当头劈下！

在黑衣少女和小镇那对师生之间，被两条并不粗壮的胳膊，拉伸、爆绽出两条光芒璀璨的弧月。

绝非神通，更非术法。

纯粹是一个快字！

儒士神色闲适，没有任何躲避的意思，只是轻轻一跺脚。

一阵涟漪激荡而出。

下一刻，少女身体紧绷，杀意更重。

原来势如破竹的一刀一剑，彻底落空不说，她整个人站在了刀剑出鞘时的地方。

儒士微笑道："不错，狮子搏兔亦用全力。只不过话说回来，我这个弟子，确实冒犯了姑娘，可是罪不至死吧？"

少女故意将嗓音弄得成熟沉闷，将剑缓缓放入鞘内，变成单手握刀的姿态，以刀尖直指儒士："你怎么'觉得'，那是你的事情，我不管。"

少女一步跨出："我怎么做，是我的事情。当然，你可以……管管看！"

迅猛前冲。

她前后脚所踩的地面，顿时塌陷出两个小坑。

儒士一手负后，一手虚握拳头，放于身前腹部，笑道："兵家武道，唯快不破。只可惜此方天地，哪怕分崩离析在即，可只要是在那之前，便是十位陆地神仙联手破阵，也不过是蚍蜉撼大树。何况是你？"

少女下一刻，再次无缘无故出现在了儒士左边十数步外。

她略作思量，闭上眼睛。

儒士摇头笑道："并非你以为的障眼法，此方天地，类似佛家所谓的小千世界，在这里，我就是……"

"咦？"

他突然惊讶出声，便停下话语，瞬间来到少女身边，一探究竟，双指轻轻握住刀尖。

他问道："是谁教你的刀法和剑术？"

少女没有睁眼，左手握住刚刚归鞘的剑柄，一道寒光横扫儒士腰间，试图将其拦腰斩断。

双指捻住刀尖的儒士轻喝道："退！"

地面上响起一阵稀里哗啦的声响，尘土飞扬，片刻后，露出头戴帷帽的少女的身影，双脚一前一后站定，她脚下，到儒士身前，出现一条沟壑，就像是被犁出来的。

少女双手血肉模糊。

刀出鞘了，剑也出鞘了，但是她竟然沦落到被人空手夺白刃的地步。

而且她心知肚明，敌人除了对此方天地的"构架"之外，一直将实力修为压制在与自己等同的境界上。

这是技不如人。

而非修为不到。

她整个人像是处于暴走的边缘。

恐怕少女自己都没有意识到，以她为圆心的四周，光线都出现了扭曲。

这位学塾先生到底是最讲道理的人，善解人意地劝说道："你暂时最好别跟我比较，有可能会妨碍你的武道心境。武道登顶，循序渐进，至关重要。"

他此时的样子有些古怪，一手提着剑尖，一手横拿着剑身。

他突然笑了起来，模仿少女说话的口气，"老气横秋"道："听不听，是你的自由，说不说，就是我的事情了。"

少女沉默片刻，嗓音低沉道："受教！"

儒士笑着点了点头，并非一味气焰跋扈的骄横女子，这就很好，他轻轻将刀抛给少女，说道："刀先还你。"

他低头看着手指尖的长剑，微微颤鸣。

雏凤清于老凤声。

儒士惋惜道："这把剑的质地相当不俗，但距离顶尖，仍是有些差距，导致最多只能承载两个字的分量，否则以你的资质根骨，不说全部拿走四个字，三个字，肯定绰绰有余……"

他叹息的时候，随手抬起手，轻喝道："敕！"

两团刺眼光芒从"气冲斗牛"匾额上飞掠而出。

被儒士挥袖连拍两下，拍入长剑当中。

匾额上，"气""牛"二字，气势犹在。

"冲""斗"二字，仿佛是一位病榻上的迟暮老人，回光返照之后，终于彻底失去了精气神。

儒士漫不经心地抖动手腕，那柄长剑眨眼间就回到了主人的剑鞘，因为已经归鞘，所以暂时无人知晓，剑身上有两股气息游走如蛟龙。

接下来一幕，让历经沧桑的齐静春都感到了震惊。

少女缓缓摘下剑鞘，随手一甩，倾斜着钉入黄土地面，帷帽垂落的薄纱后，她眼神坚毅："这不是我追求的剑道。"

儒士瞥了眼被少女舍弃的剑，内心深处感到一种久违的沉重，不得不问了有失身份的问题："你知道我是谁吗？"

少女点点头，又摇摇头："我听说这里每隔甲子时光，就会换上一位三教中的圣人，来此主持一座大阵的运转，已经好几千年了，时不时有人从这里出去后，要么身怀异宝，要么修为突飞猛进，所以我就想来看看。看到你的时候，我就确定你的身份了，不然当时我出手，就不会那么直截了当。"

齐静春又问道："那你知不知道，刚才自己到底放弃了什么？"

少女默不作声。

地上那把剑鞘中，长剑颤抖不止，如倾国佳人在哀怨呜咽，苦苦哀求情人的回心转意。

少年读书郎早已偷偷转头，小心翼翼望着远处的少女。

儒士不可谓不学识渊博，对此仍是百思不得其解，总不好将那把蕴含巨大气数的长剑，强塞给少女，最后只好出声提醒道："姑娘，最好收起那把剑。接下来，小镇会很不……太平。多一样东西防身，终归是好事情。"

少女也不说话，转身就走了。

仍是不愿带上那把剑。

齐静春有些无奈，挥了挥袖，将那柄剑钉入一根牌坊石柱高处，若是有人强行拔走，必然会惊扰到坐镇中枢的自己，就像之前"说书先生"一明一暗，两次出手，都没有逃过这位学塾先生的遥遥关注。

亲自将赵繇一路从学塾送到福禄街赵家大宅，中年儒士缓缓而行，每当他迈出一步，大街两侧庭院森森的高门大宅，有些隐蔽地方，便会有些不易察觉的流光溢彩，一闪而逝。

齐静春呢喃道："奇了怪哉，哪里来的小丫头？莫不是本洲之外的仙家子弟？"

他回到学塾后，坐在案前，面前摆放着一枚玉圭，长约一尺二寸，在四角雕刻有四镇之山，寄寓四方安定，正面刻有密密麻麻的小篆铭文，不下百余字。

依循儒教礼制，原本唯有一国天子，可执镇圭。

足可见这座小镇的意义重大。

将其翻过来，玉圭背面只刻了寥寥两个字。

字迹法度严谨，又丰神独绝。

筋骨极壮，神意极长。

书案上，还有一封刚到没多久的密信。

双鬓霜白的儒士眼眶微红："先生，学生无能，只能眼睁睁看你受辱至此……"

儒士望向窗外，并无太多的悲喜，只是有些神色寂寞："齐静春愧对恩师，苟活百年，只欠一死。"

当宋集薪从内屋拿出一样东西，放在桌上，苻南华不管如何掩饰，都藏不住脸上的狂喜。

一把不起眼的小壶，壶底落款为"山魈"。

宋集薪双手叠放在桌面上，身体前倾，笑眯眯问道："这把壶值多少？"

老龙城少城主，好不容易从小壶上收回视线，抬头坦诚道："放在世俗王朝贩卖，一两银子都不值。但是如果交由我来卖，能买回来一座城池。"

宋集薪问道："几万人？"

苻南华伸出三根手指头。

宋集薪哦了一声，撇撇嘴："原来是三十万。"

苻南华愣了愣，哈哈大笑。

他原本以为宋集薪会说三万人。

杏花巷那边，有个木讷男子蹲在铁锁井旁边，盯着那根绑死在辘辘车底座上的铁链。

像是在纠结如何搬走它。

黑衣帷帽、气质冷峻的少女，在小镇上随意走动，漫无目的，此时只悬佩了那柄绿鞘狭刀，双手只是布条潦草包扎而已。

当她刚刚走入一条不知名巷弄。

嗖一下，某物破空而至，然后在少女身后乖乖停下，嗡嗡作响。

少女皱了皱眉头，头也不转，从牙缝里蹦出一个字眼："滚！"

又是嗖一下。

那柄出鞘长掠至此的"飞剑"，吓得果真躲回了剑鞘。

骄傲的少女。

乖巧的飞剑。

第十二章
小 巷

黑衣少女走向小巷深处，偶尔会有人家挂出喜庆的大红灯笼，相比其他人，帷帽少女没有什么家族的精心铺垫，没有什么草蛇灰线伏延千里，她就这么孑然一身，闯入小镇。

小巷不远处，站着一个锦衣少年，双手正高高捧起一方青色玉玺，稚童的巴掌大小，雕刻有龙盘虎踞，在阳光的照射下，熠熠生辉，玉玺内隐约有丝丝缕缕的霞光亮起。锦衣少年抬头眯眼望着手中这方至宝，满脸陶醉。

在他身边，有个高大老人单膝跪地，正在用袖口仔细擦拭少年靴子上的泥土。

锦衣少年的眼角余光，其实也早早发现了奇怪少女，头戴浅露款式的帷帽，悬佩一柄绿鞘狭刀，步伐沉稳，显而易见，她绝不会是小镇本地人。

只不过锦衣少年毫不在意，仍然仔细端详着那方沉寂千年的古老玉玺，内心深处，他甚至希望那少女心生夺宝念头，要不然实在是太无趣了。

反正他已经两样东西得手，收获之丰，远超预想，如果再不找点事情做做，他就只能带着老奴就此离去，对于这位少年而言，会觉得缺少点什么。

就好比他在小镇万里以外的那个家里，身上穿着一袭金黄色的九蟒大袍子，只可惜，始终少了一爪。

来此小镇，每位选定之人，可携带三枚信物，分别装入锦囊绣袋，之前交给看门人一只袋子，属于必须掏出来的过路费，不管那个看门人身份高低，不论城门如何破烂不堪，即便是一国君主，或者一宗祖师来此，也得老老实实按照这个规矩来。其余两只锦囊绣袋，意思是在此最多捞取两件宝物带出小镇，否则任你在这里搜刮到十件、百件宝贝，也要一一还回去。袋子里的信物，是三种形制特殊的铜钱，分别是市井百姓用以庆贺上梁的压胜钱，皇宫每年悬挂于桃符上的迎春钱，以及被城隍爷塑像托在掌心的供养钱。说是铜钱，其实质地是珍稀异常的金精，对于"山下"大多数凡夫俗子而言，连官家纹银都不常见，更何况是一袋子沉甸甸的"黄金"，确实足以让人心甘情愿来兜售传家宝。

锦衣少年对于三种不见于正史记载的铜钱，钻研了一路，也琢磨不出任何门道。

前方，浑身散发出一种冷峻气息的少女，笔直前行，将小巷主仆二人视若无物。

锦衣少年临时改变主意，收起了那方玉玺，装入一只早就准备好的布袋子，系挂在腰间，但是依然站在小巷中央，没有要让路的意思。

身材高大、皮肤白皙的老人也站起身，嗓音阴柔，细声细气道："殿下，此人是个登堂入室的练家子，不可掉以轻心。若是在小镇以外，自然不用在意。可是在此地，便是咱家这副走纯粹武道的体魄，也时时刻刻承受此方世界的压制，极为难受。一旦全力运转气息、窍穴大开，就会像是江海倒灌，经脉窍穴都会洪水泛滥，一发不可收拾，到时候咱家死了事小，殿下安危事大啊。如果由于咱家的照顾不周，使得殿下修道的千秋大业，出现丁点儿纰漏，回去之后，咱家如何跟陛下和娘娘交代？"

锦衣少年促狭道："吴爷爷，你出宫之后，话变得多了。以前在宫里头，你一年到头就是翻来倒去那几句话，比我姐饲养的那只笨鹦鹉还不如。"

老人自称"咱家"，骨子里处处透着卑躬屈膝，尤其是在心底以此为豪，只能是忠心耿耿的宫中阉人。

他见这位小主人好像没有听明白自己的言下之意，只得更加直白说道："殿下，小巷此人在此地，已经有可能对殿下造成威胁。"

锦衣少年懒洋洋笑道："虽然我早就听闻修行路上，三教九流鱼龙混杂，许多邪门歪道，更多旁门左道，但是我和她不过一场萍水相逢，她这就要见财起意，杀人夺宝？不太可能吧？要是'山上'人人如此，岂不是早就天下大乱了？"

老人叹了口气，山下王朝和山上仙家，双方貌合神离，其实是相看两相厌的立场。

锦衣少年有些心灰意冷："算啦算啦，把这笔烂账算在一个丫头头上，不算大丈夫所为。"

少女走到他身前，左手按住刀柄。

锦衣少年笑了笑，侧过身，示意少女先行。

黑衣少女也稍稍放缓脚步，微微侧身，帷帽后的眼神，充满戒备警惕。

当年迈宦官发现少女用棉布包扎的受伤双手，忍不住眉头紧皱。

"放肆！"

骤然间老人一声怒喝，如舌绽春雷，双脚好似一滑，高大身影便来到锦衣少年身前，老人后背轻轻一靠，以巧劲将少年推在小巷墙壁上，同时左手张开五指。

手心处传来一记沉闷的撞击声。

原来是有人以石子作为暗器，砸向锦衣少年的头颅侧面。

声势惊人，力道几乎足以贯穿一堵墙壁。

老人砰然捏碎手心拳头大小的石子，却不是杀向那名刺客，而是右手一拳轰向那个黑衣少女。

悬刀少女略作犹豫，强行压抑下拔刀出鞘的本能，而是歪过脑袋，刚好躲过这势大力沉的刚猛一拳。

拳风之烈，瞬间吹乱少女的帷帽薄纱。

高大老人变直拳为横扫，拳头正好砸向少女的脑袋。

拳势圆转如意，毫无凝滞。

少女只得迅速抬起双臂，双手手背叠放在一起，护在耳畔之外，呈现出十字交错的防御姿态，挡在拳路前方。

下一刻，少女整个人侧滑出去十数步。

少女轻轻吐出一口浊气，伸出手心鲜血渗透棉布更多的那只手，扶正了头顶有些歪斜的帷帽。

她有些生气。

少女转过身，望着那个左右张望了一下的高大老人，一板一眼说道："如果不是我，就已经是个死人了。"

老人置若罔闻，只是相较之前，这位对于刺杀偷袭可谓经验丰富的老宦官，已经将少女的危害程度，下降为第二位，第一把交椅，则让位给了小巷另一侧的出手之人。

当然，小巷除了主仆二人，真正的外人，也就只有两个。

小巷那边，站着个高高瘦瘦的蒙面人。

手臂却极其粗壮，隆起肌肉如铁球。

他腰间悬挂两只袋子，装着满满当当的圆状物体。

他就站在原地，好像在说，之前的偷袭，其实只是提醒罢了。

阴冷的视线，掠过少女身上的时候。

男人咧了咧嘴角，吐了吐舌头，眼神炙热。

少女呵呵一笑，说了两个字。

"回来！"

话音刚落。

一剑过头颅。

飞剑来到少女身边，环绕她急速旋转，如稚童撒娇。

她没好气道："滚！"

飞剑一闪而逝。

主仆二人，呆若木鸡。

年老宦官并非震惊于这一手飞剑术的本身，而是对于少女能够在此地随意驾驭飞剑，而感到由衷的恐惧。

这种感觉，让老人恍惚之间，像是回到了少年时代，初次入宫，战战兢兢，某天遥遥看着那位身穿大红蟒服、行走于宫墙下的前辈。

当然不是敬畏那个连名字都不知道的宦官本人，而是害怕那一抹刺眼的猩红。

锦衣少年回过神后，笑了笑，充满自嘲，向前走出一步，关心问道："吴爷爷，没事吧？"

白发苍苍的老宦官脸色沉重，摇头道："小心为妙。实在不行，咱家就……"

少年赶紧摆手，问道："要不然咱们道个歉？"

老人有些措手不及，继而悲愤和自责。

主辱臣死。

尤其是帝王人家！

但是锦衣少年已经笑道："吴爷爷，做了错事，说句对不起，有什么难的。"

老人仍是觉得此举不妥，锦衣少年已经向少女走去。

刹那之间，老人百感交集。

原来少年的后背并无半点泥屑。

第十三章
相　逢

　　帷帽少女没有理睬走向自己的锦衣少年，视线越过少年肩头，望向那个亦步亦趋的高大老人，神色郁郁道："方才你一言不合就要杀人，虽然你有你的理由，但是我觉得这样不对。"

　　锦衣少年在冷峻少女七八步距离外，停下身形，眼神真诚道："我叫高積，是大隋弋阳郡人氏。吴爷爷若有得罪之处，我愿意向姑娘道歉和补偿。"

　　高大老人站在锦衣少年身后，心情复杂。所谓的大隋弋阳郡高氏子弟，其实不过是个含蓄说法罢了。大隋国祚一千二百年，坐龙椅的人都姓高，太祖皇帝便是龙兴于弋阳郡。

　　少女对此无动于衷，抬起双手系紧绷带，对老人说道："若是在外边，面对一位极有可能已经'御风远游'的武道大宗师，我绝非对手。但是此时此刻，我只要假借飞剑，你必死无疑。"

　　高大老人冷笑道："只要那名刺客事先知晓你的撒手锏，以他那副小宗师巅峰的体魄，只要护住要害，任你刺穿十剑又如何？他尚且如此，更何况我比他高出两个境界，其中一道门槛还被视为武道天堑。小姑娘，我不知道你哪来的底气，才说得出来'必死无疑'四个字。"

　　少女皱了皱眉头，一只手悄然扶住刀柄："我是很怕麻烦的人，更讨厌跟人吵架，不然我们出手试试看真假？谁赢了谁有道理，如何？"

　　极少有机会被人威胁的老人有些恼火。如果不是身处于这个神憎鬼厌的诡谲地方，就少女这般修为，任她再天赋异禀，老人一只手也能碾压虐杀十个。退一步说，如果不是重任在身，需要照顾被大隋举国寄予厚望的少年殿下，老人哪怕拼着被此处自行循环的大道镇压重伤，也要好好教训一下不知天高地厚的少女，初生牛犊不怕虎，勇气可嘉，仅此而已，可不意味着猛虎就不会把牛犊吃得一干二净。

自称高稹的锦衣少年赶紧打圆场道："如果姑娘一定要追究，我愿意拿出此物作为弥补。"

高稹低头打开腰间那只布囊，掏出那方玉玺，单手托着，递向远处的帷帽少女："以表诚意，只求姑娘不要追究先前吴爷爷的无心冒犯，他毕竟是出于忠义，并无害人之心。"

眉发皆白的高大老宦官顿时悚然，单膝下跪，惶恐不安道："殿下不可！老奴何等腌臢，此方玉玺却是殿下机缘所在，是世间罕有的纯粹宝物，甚至能够承载民间香火，两者如何能够相提并论，殿下这是要活活逼死老奴啊！"

出身天潢贵胄的高姓少年脸色僵硬。

少女好似有些不耐烦，讥讽笑道："偏居一隅的井底之蛙，倒是人人都喜欢敝帚自珍。将那方玉玺收回去吧，我一直很喜欢一句话，叫君子不夺人所好。"

少女行事干脆利落，转身就走。

锦衣少年如释重负："起来吧，吴爷爷，跪着多不像话。我大隋十二位大貂寺，素来只跪帝王，这要是被六科言官或是礼部的人瞧见，拿出来说事，咱们俩都要倒霉。行了，这趟小镇之行，我承蒙祖宗庇护，圆满完成，我们就不要横生枝节了，速速离开此地，而且在外头跟自己人接应后，也不可掉以轻心，要知道大骊王朝内的六大柱国，其中袁、曹两家虽是对立阵营，但是很不凑巧，这两根大骊砥柱，与我们大隋高氏有不共戴天之仇，一旦吴爷爷你在此有了意外，战力受损，我很难安然无恙地返回大隋。"

老人点点头，缓缓起身："老奴知晓事情的轻重，缓急。"

当老人说到"急"这个字眼的时候，帷帽少女已经走出去二十余步。

锦衣少年身边拂过一阵清风，鬓角发丝和锦衣袍袖都被吹得飘荡起来。

原来身边这位在大隋权柄煊赫的老人，根本就没有放过少女的心思，此时已经一冲而去，前三步重重踩踏在小巷地面上，声响沉闷，直透地面底下一丈有余，第四步的时候，老人已经高高跃起，一拳砸向少女后背心。

帷帽少女腰肢猛然拧转，以左脚脚尖为支撑点，右手拔刀出鞘，小巷当中出现一抹比阳光更耀眼的雪白光辉。

高大老人以压顶之势扑杀而至，一拳直直砸在刀锋上，手背竟然只被锋芒气盛的刃口割出一条血痕。老宦官双脚轰然落地后，继续前冲，推得持刀少女一直向后倒退，老人随即轻描淡写伸出一掌，看似缓慢从容，实则闪电一般推在了少女额头，老人刚要加重力道，一掌碎裂这颗隐藏在帷帽下的脑袋，扑哧一声，他低头一看，有利器从后背穿透自己右边胸口，是剑尖。

老人脸色不变，双指并拢夹住剑尖，向后一推。

将那柄循着少女心意来此的凌厉飞剑，硬生生推出自己的胸口。

因为受到飞剑的阻滞，老宦官非但没能一掌拍碎少女头颅，那个身体倒飞出去摔在小巷中的少女，借此喘息机会，起身后身形矫健如狸猫，很快从一条小巷岔道消失。

少年脸色阴沉得可怕，双拳紧握，气势勃发，满脸怒容道："御马监掌印太监，吴钺吴貌寺！你为何不肯听从我的暗示，非要如此偏执行事，当真以为这座小镇就数你吴貌寺最天下无敌？明明是我们做错在先，事后她也未曾咄咄逼人，已经愿意息事宁人，为何你还要如此毒辣，简直就是欺人太甚！"

老宦官从少女逃离小巷的方向，收回视线，转身走回，腰杆挺直，越发显得气势巍峨。老人一步一步缓缓走回，像是重重踩在心坎上。

少年感受到那股令人窒息的威势，被一个奴才压迫，更是满腔怒火，瞪大双眼，咬牙切齿道："御马监吴貌寺，你这是死罪！"

老宦官淡然道："殿下，死罪活罪，需要陛下亲自定夺。在咱家看来，殿下的安危，是山岳之重，是摆在首要的位置，而小镇少女的存在本身，在咱家看来，已经成为燃眉之急，所以真正想要万事大吉，只有对她痛下杀手，她死了，咱家才能安心。"

看到少年眼眸中几乎压抑不住的熊熊怒火，老宦官叹了口气，轻声道："在皇宫大内任职六十余年，咱家见过太多太多的钩心斗角，血腥的，不沾血的，不计其数，对于人心，咱家实在是没有丝毫信心了。仅是护驾途中的刺杀事件，大大小小，咱家就亲手解决不下三十余起。殿下，那些刺客杀手的阴险狡诈，绝对出乎想象，尤其是一些丧心病狂的死士，根本不可理喻，就拿刚才的蒙面杀手和帷帽少女来说……"

锦衣少年伸出手指，指向脸色冷漠的老宦官，愤怒指责道："闭嘴！你这个老阉人！我不想听你胡说八道！我只确定你毁了我的精心拉拢，就是个瞎子，也知道那个能够驾驭飞剑的少女，是如何天赋异禀、惊才绝艳！哪怕放于山上的修行之人当中，她也是最拔尖的天才！这样的角色，莫说是大隋或是大骊，便是整个东宝瓶洲，她也是凤毛麟角的存在！我只需要培养她十年，最多二十年，她就能够成为我身后影子里，最厉害的刺客！任你是陆地神仙，是武道大宗师，算得了什么？！结果呢？我是高楃，是大隋王朝的未来太子！是你这个吴老阉人的主子！"

很奇怪，饱经沧桑的年迈宦官，非但没有被一口一个"老阉人"惹恼，反而眼神越发欣慰，等到少年发泄完毕，终于停下骂街行为，老人看着气喘吁吁的少年，微笑道："殿下，虽然你可能因为有些事情，未曾亲身经历过，所以不知世道诡谲和人心险恶，但是殿下有件事做得很好，很有陛下当年的风采。"

气氛尴尬。

高楃冷静之后，应该是意识到自己大错特错了，在尚未被钦定成为太子之前，就对一位御马监掌印太监兼大隋皇宫三位看门人之一的老人，如此不敬，而且关键是此人还深得父皇母后两人的信赖，于是皇子高楃张了张嘴巴，却看到那个被自己骂作老阉人的权势宦官，笑道："殿下，记住一点，不要跟下人随随便便说对不起，没有必要，还白白作践了身份，下人也未必领情。哪怕心怀愧疚，也应该深深埋在心底，须知被誉为人间真龙的皇帝君王，是口含天宪的九五之尊……"

高楃道："吴爷爷，以我如今的身份，说这个太早了。"

老宦官突然身体紧绷，如临大敌，一把将锦衣少年拉到自己身后，望向蒙面杀手的尸体那边。

有个身材修长的中年儒士，突兀出现在小巷尽头处，缓缓走入，来到杀手尸体附近，蹲下后，摘下面巾，只看到一张奇怪的脸庞，无眉毛，被削鼻，脸上刻字。

此人生前曾经是刑徒，这一点毋庸置疑。

儒士默然，果然是早有预谋，恐怕这场谋划，要从那座文庙开始算起。

高积眼神炽热，从老宦官身后走出来，弯腰作揖，不管如何先行礼再说，然后才抬头恭敬问道："敢问可是山崖书院的齐先生？"

儒士站起身，对高积说道："若非你率先占据了一份大机缘，你们两人今日无法如此轻松离开。"

外来人氏在小镇上相互厮杀，按照最早四位圣人订立的规矩，惩罚并不重，但也不能算轻，相较于滥杀小镇凡夫俗子必然会被驱逐，外人之间的争斗，就存在一个明显的"漏洞"，让人可以亡羊补牢。高积在内的三拨人，之所以都携带一位"扈从"，也正是做了最坏的打算，以便在关键时刻推出来做替罪羊，要不然仅仅是一个名额，就要耗费大隋高氏皇帝内库的一半积蓄，好歹是一位泱泱上国皇帝陛下的私房钱，整整一半家底子，金额之大，可想而知，所以谁肯无缘无故当这么个冤大头？

其实说得通俗一点，就是花钱消灾罢了。

只不过在这里的开销，用搬空一座金山银山来形容也不为过，世俗市井所谓的一掷千金，对比起来简直就是儿戏。

被下了逐客令的高积，继续自顾自说道："齐先生，以后有机会的话，能否去我大隋书院讲学？我大隋愿意专门为先生，将'国师'虚位以待！"

老宦官想了想，还是没有阻止少年的僭越言论。

如果真的能够说服这位读书人，日后为大隋高氏出谋划策，大隋皇帝肯定龙颜大悦。

儒士笑了笑，对此不曾答话。

老宦官对待萍水相逢的帷帽少女，杀伐果决，心狠手辣，此时面对这位坐镇此处的定海神针，山崖书院的齐先生，就呈现出另一种极端姿态，低头抱拳道："齐先生，多有叨扰，还望海涵。方才对一个晚辈出手，实在是无奈之举，希望先生体谅咱家作为高家奴仆的苦心。"

齐静春一挥袖："速速离去。"

高楀和老宦官只得告辞离去，刚好走了一条帷帽少女撤退的路线。

少年低声问道："她死了？"

老宦官摇头道："肯定命不久矣。飞剑无非是让她多活片刻，于事无补。"

少年犹豫了一下，好奇问道："吴爷爷是什么时候看出她驾驭飞剑，其实远远没有表面看上去那么轻松惬意？"

老人说道："过犹不及，她的早慧露了马脚。"

少年讶异不解。

老宦官带着少年拐出原先的小巷，轻声道："咱家问殿下一个问题，殿下见多了世间富贵豪奢的珍奇物件，还会对小镇寻常瓷器感兴趣吗？"

少年拍了拍腰间口袋，笑道："当然不会，只有这方玉玺，或者跟它差不多水准的玩意儿，才能让我感到欣喜。"

老宦官点头道："正是此理。那个少女在御剑杀人的时候，心如止水，极其镇定从容，就像……常人的吃喝拉撒。而且事后察觉到我的真实武道修为后，便果断放弃争斗的念头，尤其是害怕我反过来看穿她的色厉内荏，故意主动挑衅我们，她的真实意图，是好给双方各自找一个台阶下，是怕咱家心存杀心，宁肯错杀也不愿错放，对她斩草除根，所以她必须要破局，当然，事实证明她做得并不好。不过说到底，小小年纪，有此心思，已经很不简单。但越是如此，一旦放虎归山，任其茁壮成长，将来对殿下的威胁就是越大。"

老人感慨道："少年少女，正值意气风发，若是热血杀人，或是慷慨赴死，其实咱家都不奇怪，但是缓缓思量之后的从容赴死，或是生不起半点心湖涟漪的杀人，就很反常。甚至可以说，这只能被阅历磨砺出来的性情，跟一个人的天赋高低、资质好坏，都没有太大关系。无论修士还是武夫，许多天才夭夭，就在于性情短板太过明显，一遇坎坷就容易坏事。"

高楀哀叹道："不管怎么说，都可惜了。"

老宦官半真半假玩笑道："殿下，如果这样一个人物的生死，就要叹气一次，那么等到殿下以后真正站在山顶，应该会很忙的。"

少年笑道："我不信。"

老宦官突然说道："不知是否是错觉，咱家感觉到那位齐先生，一身通天修为，好像出了不小的问题。"

这位大隋皇子满脸无所谓道："反正原本只要能够拿到这方'龙门'玺，就算大功告成，哪里想到这方价值连城的宝玺，竟然'沦为'了大买卖的小添头，所以是该咱们见好就收了。一说起那条金色鲤鱼，我就忍不住想到那个草鞋少年……"

老宦官笑道："殿下是想着以后找个机会，感谢一下这位少年？"

少年摇头道："哪里啊，我是心疼那一袋子铜钱呢。"

老人哑然失笑。

以后隋朝说不定会有一位勤俭皇帝？

一条南北向的僻静小巷，唯有车轱辘声。

有个头顶莲花冠的年轻道士，今天早早不做生意了，正在推车前行，想着回到住处后，收拾收拾，赶紧打道回府，这个烂摊子，谁掺和谁倒灶。

有个身材苗条的黑衣人，突然从东西向的小巷岔口处，踉踉跄跄走出来，最后背靠着墙壁，缓缓移动，一手越过帷帽浅露薄纱，使劲捂住嘴巴，一手指向年轻道人。

年轻道人赶紧低头，默念道："看不到我……看不到我……太上老君急急如律令……就算了吧，还是佛祖保佑，菩萨显灵……"

一个道士事到临头，不求三清老祖，反而去求佛拜菩萨，实在是有些不像话。

果然，佛祖菩萨好像是不乐意搭理别教门下的徒子徒孙，那帷帽少女不知哪里冒出的最后一点气力，摇摇晃晃冲向道人，扑通一声重重摔倒，但是最后一只手死死攥住了道人的脚踝。

年轻道人双手捧住脑袋，一脸崩溃的凄惨模样，好像是在仰头问天："这么大一个因果砸过来，不等于让贫道在额头刻上'一心求死'

四个字吗？贫道这些年云游四方，风餐露宿，跋山涉水，经常走在街上被狗咬……很辛苦的好不好！干你娘的大隋高氏，还有姓吴的老狗，你们给贫道等着，这笔账没有五百年，根本算不清楚……贫道的道行修为这么浅，真的挑不起什么重担子啊……"

已经语无伦次的年轻道人低下头，只差没有泪流满面了："小姑娘，你发发慈悲心，放过贫道好不好，回头贫道就帮你找一处山清水秀的地方，风水极好，肯定能够福泽子嗣……哦不对，姑娘还是黄花大闺女，那就……"

少女已经彻底晕死过去。

年轻道人眼见四下无人，蹲下身就要悄悄掰开少女的五指。

嗖一下。

飞剑凌空悬停，剑尖距离年轻道人的眉心，不过三寸。

年轻道人不露声色地松开手，满脸怜悯，大义凛然道："人非草木，岂能没有恻隐之心？贫道这一生风光霁月，岂是那种见死不救之人？！"

年轻道人盘膝而坐，整张英俊的脸庞都快要皱成一团："接下来送往何处，也是麻烦啊。"

一直距离道人眉心三寸的那把飞剑，迅猛前移一寸。

道人耐心解释道："想要让你主人活下来，贫道还需要一个帮手，对了，你去老槐树那边戳一枚槐叶过来，贫道先替她吊住这一口元气，你家主人有些特殊，贫道不想为了救人而胡乱救人，到时候不小心耽误了她的修行前程，这一桩新因果……又他娘的让贫道想死了一了百了啊……"

飞剑好似在犹豫，剑尖微微颤抖。

道人没好气道："早去一分，你家主人，就能从鬼门关早走回来一步。去晚了，大家一起完蛋！"

飞剑眨眼间便消失不见。

道人低声气愤道："郎有情妾有意，才成良人美眷，你齐静春齐大先生倒好，乱点鸳鸯谱，拉屎也不擦屁股！"

年轻道人一手托腮帮，一手掐指算卦："容贫道来算算，将你送到小镇哪户人家，你既能活下来，对方也不至于家破人亡。先从卢家……卢家不行，跟赵家差不多，已经机缘在身，那就宋家？”

这边小巷里的道人话音未落。

福禄街上的宋家门庭，张贴在大小门扉上的所有门神，瞬间失去神采，黯淡无光，还有凡人肉眼不可见的缕缕青烟升起。

庭院深深处，有一位赤脚沧桑老人推门而出，站在院子里跳脚怒骂道：“是哪个王八蛋在谋害我宋氏基业？！站出来一战！”

年轻道人咳嗽一声，自言自语：“福禄街的刘家，瞧着香火鼎盛，像是能扛事的主儿，试试看？”

刘家那块传承千年的家族堂匾额，砰然碎裂，出现一条条触目惊心的裂缝。

有老妪嗓音浑厚，以龙头拐杖重重敲击地面：“何方神圣，能否出来一见？！”

年轻道人假装什么都没有发生：“那就桃叶巷的魏家？一看你们家就是积善积德的，肯定承受得起这份因果。”

很快就有个老人以秘术传音，向学塾那边怒吼道：“齐静春！你不管管？！你要是管不了，或是不敢管，就赶紧滚蛋，把位置让给阮邛！让他来收拾这个鬼鬼祟祟的家伙！还是说这一切，就是你齐静春本人在发泄私怨？”

有个男人在小镇廊桥以南的小溪畔，正在领着人挖井，站直身后，他向北方嘴唇微动。

仿佛一声声春雷，在福禄街和桃叶巷上空滚滚响动：“够了！不许对齐先生不敬，而且我阮某人也绝不会在春分之前，涉足小镇事务！”

一时间，天地寂寥，万籁寂静。

而那个小巷推车旁边坐着的罪魁祸首，正在抓起黑衣少女的一只手，然后将那片飞剑带来的翠绿槐叶，丢在她鲜血模糊的手心上。

槐叶触及少女手心伤口后，如冰雪消融，转瞬消散。

年轻道人感慨道：“每每见到此情此景，都要为这份天地造化之功，感到……”

酝酿了半天，道人也没能想出令自己满意的言语。

年轻道人最后低头，看着微微有些气色流溢的少女，有些犯难：

"既然你牵扯到的气数，比贫道想象的还要大，那就只能逆其道而行之了。小镇之上，六百户人家，盘根交错，世世代代浸染此方秘境的气息，你要说让贫道找个有气数萦绕的家伙，轻而易举，可是找个穷光蛋，比登天还难啊。这就像是在朝会大殿上，找个当大官的，容易，找个乞丐，你让贫道怎么找？"

年轻道人咦了一声。

还真找到这么一个可怜虫。

他没有丝毫惊喜，反而悚然，闭上眼睛，扪心自问。

年轻道人叹了口气："不管怎么样，先看你会如何选择，贫道决不强求，你若是不愿，贫道便自己担起这份因果好了。"

最后他学僧人双手合十："佛祖保佑，菩萨显灵，一定要让贫道渡过此劫啊。"

泥瓶巷中。

年轻道人弯腰推着一辆双轮车，来到一处院门外停下，敲门后，问道："陈平安在吗？"

推车上，角落缝隙里，放着一把雪白鞘的长剑，鞘内飞剑，病恹恹的，像是在嫌弃年轻道人找了这么个破落户。

第十四章
五月初五

年轻道人已经想好一大堆措辞，来应对草鞋少年那个"是谁"的问题，只是出人意料，院门很快打开，显而易见，陌巷少年直接跳过了那个环节。

泥瓶巷是小镇最为狭窄逼仄的巷弄之一，道人的双轮木推车不可能放在外头拦路，好在陈平安看着骨瘦如柴，没几斤气力，事实上膂力不小，帮着年轻道人将颇为沉重的推车，一起弄进了院子，并不如何费劲。从头到尾，少年都没有说什么，这就让关上门后的年轻道人有些尴尬，这就像一个人厚着脸皮去登门借钱，主人好茶好酒好肉殷勤招待着，客人但凡剩下点良心，就会越发难以启齿了。

年轻道人想着横竖是难堪，不如来个痛快，就掀开覆在推车上的一张棉布褥子，露出一位身体侧卧蜷缩的黑衣少女，歪歪斜斜却不掉落的帷帽，仍然倔强遮挡着主人的容颜。不知为何，当掀开那层单薄被褥后，顿时有一股血腥气扑面而来，陈平安这时候才发现她一身黑衣，隐约有鲜血渗透出来。陈平安倒是没有想到一块小小被褥，为何就能完全掩饰住这股浓重气味，少年只是后退数步，问道："道长，你要做什么？"

年轻道人说道："救人！她受了重伤，小镇上无人愿意救她，也怪不得他们各扫门前雪，所以贫道思来想去，觉得你有可能会是例外。"

陈平安一语命中要害，问道："她怎么受的伤？"

道人脸不红心不跳道："贫道方才推车经过牌坊楼的时候，见这位外乡年轻女子，竟然说是去对'气冲斗牛'这幅匾额进行拓碑，带着拓包、刷子等物，噌噌噌就爬上去了。至于拓碑啊，怎么说呢，就是这么个临摹勾当，大体是读书人吃饱了撑着，一时半会儿贫道也说不明白，反正这位小姑娘爬上去后，低头弯腰坐在横梁上，看得贫道心惊胆战，只得停下来，时不时提醒她一声小心，哪里想到她最后仍是太过入神，冷不丁，啪叽一下，就结结实实摔在地面上了。你也知道，牌坊那边地面，不比你们泥瓶巷，硬得跟福禄街青石板差不多，这下可好，摔得估计五脏六腑肠子都伤到了，贫道是出家人，必须要慈悲为怀啊，不能不管对不对？这一路过来，家家户户都嫌弃她一身鲜血，刚过完年没多久，太晦气，哪里愿意抬着她进家门，贫道也知道这是人之常情，所以这不实在没法子，才找到你这里来。说句难听的，要是连你也不愿收留她，贫道也不是什么能够从鬼门关拉人的神仙，就只能等着这位姑娘咽下最后一口气，再尽力找处地方，挖个坑，立块碑，就当了事。"

道人故意讲得语速极快，咬字也不清晰，显然是想着把少年给兜圈子兜迷糊了，先蒙混过关再说。万事开头难，只要起个头，之后就能走一步算一步，天无绝人之路，总有柳暗花明的时候。

陈平安眼神复杂，看了眼满脸希冀的年轻道人，又瞥了眼死气沉沉的黑衣少女，内心一番天人交战后，点头道："怎么救？"

年轻道人顿时神采飞扬起来："得嘞！有你陈平安这句话，就算成了一半，别看她看着伤势可怕，感觉像是阎王爷在生死簿上勾去姓名了，其实没你想的那么夸张……当然了，方才贫道所说也句句是真，这其中涉及种种玄机，譬如这位姑娘的求生欲望极其强烈，另外她身上好像也有些家传门道，能够护住她至关重要的心窍和丹室等，还有就是咱们小镇，是个很有意思的地方，奇奇怪怪的玩意儿很多，吃了，或者抓了，大有神益。"

年轻道人回过神，意识到自己泄露了很多天机，干笑道："反正你也听不懂，对吧？"

少年认真道："听不懂，但是大多记得住。"

年轻道人试探性问道："所以你在屋子里一听敲门声音，就知道是贫道这位摆摊的算命先生了？"

陈平安犹豫了一下，说道："对。"

年轻道人又好奇问道："你记性很好？有多好？"

少年看了眼奄奄一息的黑衣少女，年轻道人笑着解释道："她现在处于一种比较玄之又玄的状态，不能随意挪动身体，最好稍等片刻。"

陈平安将信将疑："我看东西，比听别人说话，更容易记得住。"

年轻道人追问道："打个比方？"

陈平安想了想："比如我们那座龙窑的窑头，姚师傅，他的'跳-刀'技术，是小镇所有老师傅里最厉害的，我其实看一遍就记住所有细节了，但是……"

年轻道人笑着接过话题："但是你的手脚始终跟不上，对不对？"

陈平安眼睛一亮，使劲点头。

年轻道人会心一笑："那你有没有想过，姚老头的那手绝活，真正厉害在什么地方？"

陈平安脸色晦暗："以前怎么都想不通，后来刘羡阳跟我说，姚老头说跳-刀这门手艺，想要做到最好，一定要心稳，而不仅仅是手稳。我听到这些话后，就有些明白了。我之前太着急，越心急，手越乱，越乱就越容易出错，一出错，我看得一清二楚，知道自己哪里做得不像姚老头，接下去就更心急，所以在龙窑那边拉坯，我一直是最差的。"

年轻道人淡然道："有句老话叫，师父领进门修行在个人，可人家当师父的，根本就没想着把你领进门，你又如何修行？"

陈平安摇头道："我手脚笨，不说跟刘羡阳比，就是一般的学徒，我也比不上。姚老头看不上我，不奇怪。"

年轻道士突然笑道："陈平安，你知不知道'心稳'两个字，有多难悟？很难想明白的，你不可妄自菲薄。"

陈平安仍是摇头道："就像小溪里抓鱼，我站在水深不到膝盖的地方，弯个腰抓到鱼，是抓。有的人水性好，到大深坑里一个猛子扎下去，憋气很久抓到鱼，那也是抓，同样是抓到了鱼，道长，但是这两者不一样的，对吧？"

年轻道人哈哈大笑，不置可否，突然说道："咱们可以救人了。"

陈平安愣在原地，年轻道人也愣了愣："发什么呆，将这位姑娘抱到屋里床上啊！"

陈平安纹丝不动："然后呢？"

道人天经地义道："当然是先帮姑娘换上一身洁净的衣裳，然后再去药铺抓几味补气养元的药材，到那个时候，就需要贫道亲自出山，一展身手了。"

陈平安黑着脸问道："姑娘醒过来后，我会不会被她打死？"

年轻道人斩钉截铁道："不会！你可是她的救命恩人，世间岂会有如此忘恩负义之人？！"

陈平安默不作声。

道人咳嗽一声，气势骤降："大概不会吧？"

陈平安叹了口气，试探性问道："隔壁家有个姑娘叫稚圭，让她来做这些事情？"

年轻道人无奈道："不可以，问题症结就在这里。"

陈平安也没有坚持，蹲在地上，双手挠着脑袋。

年轻道人突然问道："你就没有想问的？你问出口的话，贫道未必可以全部解惑，但尽量挑一些可以回答的，如何？"

陈平安叹了口气，起身道："先救人。"

年轻道人笑逐颜开："善！"

他悄然拂袖，将一柄蠢蠢欲动的飞剑，死死压制在鞘内。

陈平安背起少女往屋内走，将她轻轻放在垫有被褥的木板床上。先前被刘羡阳一屁股坐塌的木板床，刚刚修好没多久，床底下垫了根板凳。

年轻道人跟在身后跨入门槛，环顾四周，家徒四壁，不过如此。

年轻道人一拍脑袋，出门去拿纸笔，准备开个方子让少年去抓药。

回到屋子后，年轻道人摇了摇头，故意不去看木板床那边，心想着这贫寒少年，板上钉钉是要吃不了兜着走了。

原来坐在床沿上的少年，已经摘下黑衣少女的帷帽浅露，露出一张满脸血污的苍白脸庞。

所谓的七窍流血，大概就是说少年眼皮子底下这幅画面。

少年连忙起身，先从桌边拿了条凳子放在床边，然后快步跑去一处墙角落，那边搭了一个小木架，整齐放着锅碗瓢盆，木架旁边，有一只覆以木板遮挡蚊蝇的小水缸，水缸装满从杏花巷铁锁井那边打来的井水。少年拿了只木盆和葫芦瓢，蹲在水缸旁，从陶缸里舀出清水快速倒入木盆，然后将一块干净棉布搭在盆沿上，端到床边放在凳子上，开始帮摘去帷帽的少女擦拭血污。

年轻道士转过头，扬起手里一张纸："福禄街那边有家小药铺，你拿这个方子去抓药。"

少年疑惑道："道长先前不是说？"

年轻道人一脸懵懂，眨眨眼道："对啊，贫道是说让你抓药的时候小心一些，不要过于高调张扬，以免弄得满城风雨，坏了姑娘的名声。"

陈平安哦了一声，一边清洗棉布一边问道："道长有没有抓药的钱？"

年轻道人顿时紧张起来："你没有？"

陈平安将木盆放在桌上，把一枚不知从何处取出的金色铜钱，轻轻按在桌面上："道长，我拿这个跟你换普通铜钱，至于怎么个换法，道长你说了算。"

年轻道人思量片刻："桌上这颗铜钱，就够买药方上的东西了。贫道这就去给你取钱。"

很快道人就拿回一袋子普通铜钱，还有几粒碎银子，一股脑交给陈平安。

陈平安叮嘱道："这盆水，回头我来倒，道长不用帮忙，住在隔壁的宋集薪，比较喜欢新鲜事情，让他瞧见了，不好。"

年轻道人郑重其事道："陈平安，你难道就没有想问的问题？"

陈平安站在原地，大致掂量过铜钱和碎银子，做到心中有数后，小心翼翼收起来，眼神示意出去说话。两人走出门槛后，草鞋少年抬起头，缓缓道："我知道你们都不是常人，姚老头很早喝醉酒就说过，我们小镇不同寻常，哪里都奇怪，人人都奇怪，但是什么地方奇怪，姚老头也说不出个什么来，我当然就更不懂了。这次顾粲说那个说书先生，一只普普通通的大白碗，能倒出一大缸的水，顾粲虽然挺惹人烦，可这件事情，我知道他没有说谎。就像……"

少年停顿了一下，继续说道："就像今天有个个子很高的女人，在门外这条巷子里，用手指弹了我额头一次，手掌拍了我心口一下，最后她说我很快就要死了，我知道她说的话，是真的。"

年轻道人脸色沉重。

陈平安最后说道："道长说你写的符纸，烧了后，能够给我爹娘带去好运，我其实是相信道长的。所以道长找上门来，说让我救人，我刚才没有说什么，但是我希望道长答应我一件事情，如果答应，接下来道长不管要我做什么，都没有问题，如果道长不答应，这趟抓了药方，再帮道长煎完了药，我就会赶人了。"

道人问道："什么条件，你说说看。"

给人印象一直很平稳老练的少年，竟是有些忐忑，回答道："我爹娘去世得早，当时我很小，不知为什么，小时候很多事情，我都记得，就是我爹娘的模样，总是模模糊糊，记不真切。后来吃了一段时间的百家饭，是靠着街坊邻居才活下来的，有一次我无意间听人说起，说我是五月初五那天出生的，听他们口气，应该不是一个怎么吉利的日子，隔壁有个人说得更直接坦白一些……"

少年一直在绕弯，停了停，终于直奔主题，低下头，语气沉闷："帮道长救了人之后，如果，我是说如果，如果我有天突然死了，道长能不能帮我下辈子还投胎做我爹娘的孩子？"

年轻道人沉默不言。

陈平安咧嘴一笑，挠挠头："不行就算了。确实，天底下哪有这样的事情，是我为难道长了。"

道人苦笑道："这位姑娘咋办？"

陈平安猛然转过身，背对着道人，扬起拳头挥了挥，破天荒开起了玩笑："她长那么俊俏，不救是傻子！"

年轻道人望着故作轻松、推门离去的草鞋少年。

走在泥瓶巷里的少年，好像想起了谁，一下子就泪流满面了。

第十五章
压 胜

在少年走出泥瓶巷的时候，刚好碰到宋集薪的婢女稚圭，她在将那名高挑女子送去顾粲家后，没有急于回家，而是穿过巷弄那头，去逛了一遍杏花巷那边小铺子，虽然没有购买什么物件，心情仍是不错，一路蹦蹦跳跳，欢快轻盈。

生长于乡间野水，好似带着一股青草香的少女，与那些高檐大宅、庭院深深的大家闺秀，做派到底是不一样的。

她在见到草鞋少年后，没有像以往那般低敛眉眼，微微加快步伐侧身而过，反而停下了脚步，凝视着这个不经常打交道的邻居，欲言又止。

陈平安对她笑了笑，小跑着擦肩而过，然后跑得越来越快。

稚圭安安静静站在泥瓶巷口子上，转头望去，阳光下奔跑的寒酸少年，挺像一只生命力顽强的野猫，四处流窜，长得不咋样，但好像也饿不死。

少女在小镇上并不讨喜，受累于少年宋集薪的性情古怪，被取名稚圭的丫鬟不管是去铁锁井打水，还是赶集买东西，或是给少年添置文房用品，总给人一种不合群的感觉，也没有什么同龄的玩伴，遇上熟人从来不爱多说话，对于偏好热闹喜庆的小镇百姓而言，这样的少女，实在是很难亲近起来。

在这方面，陈平安的境况和婢女稚圭，其实有些相似，不同的是少年虽然也不爱说话，但其实本身性格，绝对不惹人厌。相反，少年生性温和友善，从来没有什么刺人的锋芒，只是家境败落的关系，又早早去了龙窑烧瓷讨生计，才显得和邻里之间没有那么熟络。当然，泥瓶巷的街坊们，对于少年的生日，确实会有一些说不清道不明的忌惮。五月初五，在小镇乡俗里，属于五毒并出的"恶日"，少年在这一天出生，加上他爹娘的纷纷去世，陈平安早早成了家里最后一根独苗，自然而然会让人心里头犯嘀咕。尤其是上了岁数、喜欢在老槐树那边凑热闹的老人，对于这位泥瓶巷的少年，尤为疏远，私下也会告诫自家孩子不要接近，但是每当孩子满脸不情愿，刨根问底问为什么的时候，老人们就说不出个所以然了。

此时一个修长身形从小巷走出，站在少女身边，婢女稚圭转过头，一言不发，只是向前走。那人便转身与她并肩走在泥瓶巷里，正是学塾先生齐静春，小镇唯一的读书人，正儿八经的儒家门生。

少女脚步不停，脸色冷漠："我们两个，井水不犯河水，不好吗？而且先生你别忘了，之前确实是你占据天时地利人和，我一个小小的贱籍奴婢，当然只能忍气吞声，但是从最近开始，先生你那座远在不知几千万里外的法脉道场，好像出了点问题，对吧？所以现如今先生只是井水，而我才是河水！"

泥瓶巷的不速之客齐先生微微一笑，道："王朱，罢了，暂且入乡随俗喊你稚圭便是，稚圭，你有没有想过，你虽是天地眷顾，应运而生，可是当真以为我没有制胜的手段？还是说你觉得几千年前，四位神龙见首不见尾的圣人，联袂莅临此地，亲自订立规矩，只是嘴上说说而已，没有留下半点后手？说到底，你只是坐井观天罢了，苍穹之高，大地广袤，远远不是井口那点光景模样啊。"

少女皱了皱眉头："齐先生，你也莫要拿话来唬我，我不是我家少爷宋集薪，对你那套冠冕堂皇的说辞，不感兴趣，也从来不信。先生不妨打开天窗说亮话，打生打死也好，好聚好散也罢，我都接着。"

中年儒士缓缓道："劝你脱离此处樊笼后，以后不要得寸进尺，涸泽而渔，无论对谁都没有好处。尤其是你和他踏上修行大道之后，不管是否结为道侣，都应当收敛锐气，不可跋扈恣睢。这并非什么威胁，而是离别之际，我的一些肺腑之言，也算是善意的提醒。"

照理说两人身份天壤之别，婢女稚圭却极为不卑不亢，甚至当下气势还要隐约压过儒士半头，讥笑道："善意？数千年来，你们这些了不得的修行中人，高高在上，画地为牢，拿此地作为一块庄稼地，今年割一茬明年拔一捆，年复一年，千年不变，怎么到了现在，才开始想起要与我这孽障'与人为善'了，哈哈，我听少爷说过一句话，被你们很多人奉为圭臬，叫作非我族类，其心必异，对吧？所以说也怪不得齐先生，毕竟……"

齐先生继续前行，轻轻踏出一步，似笑非笑："哦？"

一步之后。

婢女稚圭脸色微变。

两人不知何时站在了一处地方，四处漆黑伸手不见五指，唯有遥远的头顶上方，有无数孕育着神圣气息的光线洒落而下。

他们如同置身于一口深不见底的水井井底，那些金黄色的阳光从井口缓缓落下。

中年儒士一袭青衫，衣衫上有阵阵流光溢彩，流转不息。

浩然之气，正大光明。

少女先是面容狰狞，只是很快就恢复脸色淡漠的麻木模样，呢喃道："六十年佛门梵音，如耳畔打雷，声声不歇。六十年道家符箓，如附骨之疽，竭力撕咬。六十年浩然正气，遮天蔽日，无处可躲。六十年兵家剑气，如地牛翻身，无处不被溅射。每一个甲子就是一次轮回，整整三千年了，永无宁日……我就是想知道你们所谓大道根柢，到底在哪里，先生书本上的白纸黑字，先生传道授业解惑时的微言大义，我看得到听得到，但是找不到……"

她痴痴望向那位正气凛然的中年男人，既是穷乡僻壤寂寂无名的教书匠，也是儒家山崖书院的齐静春，一个连大隋王朝权势貂寺也要尊称一声"先生"的读书人。

少女突然笑了，问道："先生何以教我，要如何劝我向善？如果我没有记错，你们儒家那位至圣先师，以及道祖之一，都曾提出过'有教无类'？"

男人摇头道："跟你讲一万句圣人教诲，也没用。"

少女看似在和这位儒士云淡风轻地闲聊，实则整个人就像一张紧绷的弓，眼角余光不断打量四周，寻找破局的蛛丝马迹。

儒士对此视而不见，冷笑道："我知道你其实有无穷无尽的愤怒，怨恨，杀意。我并非容不得异类，只是你要知道，随意起恻隐之心，泛滥施行慈悲之举，从来不是真正的三教教义。"

"我们家少爷经常念叨，跟读书人掰扯道理，最没意思了。"少女扯了扯嘴角，眯起那双诡异的黄金重瞳，"原来齐先生是真的回光返照了，自然比起以往更加不好惹……"

他一笑置之："道理讲不通无妨，但是只要我齐静春在世一天，还有资格坐镇此地一日，你这忘恩负义的孽障，就别想张牙舞爪！"

少女伸手指了指自己，笑问道："我忘恩负义？"

中年儒士怒色道："当年在你最虚弱之时，不得不低头俯首，主动与人缔结契约，是谁在大雪天的泥瓶巷救了你？！又是谁这么多年来，一点点蚕食掉他仅剩的气数？！"

少女笑道："饿了，就要找东西吃，把肚子填饱，这不是一件天经地义的事情吗？再说了，他本来就没什么大的机缘，早死早投胎，说不定下辈子还有点渺茫希望，若是任由他这种无根浮萍留在小镇，嘿，那可就真是……"

儒士一挥大袖，轻声喝道："住嘴！"

读书人怒斥道："大道之玄，天理昭昭，岂是你可以一言断之？！人生各有命数缘法，你有什么资格替他人做出选择？！"

少女头顶，凭空出现一只光芒璀璨的金色大手，气势威严，如佛陀一掌降伏天魔，又如道祖一手镇压邪祟，迅猛按在少女脑袋上，迫使她瞬间跪下，额头重重磕在地面。

磕头声，砰然作响。

低头的少女，双手撑在地上，挣扎着起身，不见容颜的她，发出一阵阴恻恻的笑声："你们可以压我低头，但我绝对不认错！"

那只威势磅礴的金色大手，扯住少女脑袋，一提起一按下，又是一次磕头。

此次声响重如春雷。

儒士沉声道："别忘了！这一线生机，是圣人们给你的，并非你争取而来！否则别说镇压你三千年，三万年又有何难？！"

始终被按住脑袋的少女嗓音沙哑："你们的狗屁大道，我偏不走！"

儒士高高抬起手臂，对着身前虚空猛然拍下："放肆！给我镇！"

从井口投下的金黄光线中央，浮现出一方白玉印章，丈余长宽，方方正正，印章篆刻有八个古老文字，有些极其鲜红刺眼的沁色，无数紫色雷电萦绕印章，嗞嗞作响。

随着齐静春一声令下，真可谓传说中的言出法随，巨大印章从天而降，砸在本就跪在地上的少女背脊上。

这一枚蕴含天道威压的巨大印章，好像不是实物，没有将少女压得整个人匍匐在地，而是裹挟风雷迅速嵌入地面，再无踪迹。

但是一瞬间过后，少女整个人像是被重物砸断了浑身骨肉，一摊烂泥般瘫在地上，无比凄惨。

即便如此，少女有一只手五指如钩，使尽全力，五指指甲好像在地面上刻字。

齐静春面无表情，冷声道："三次磕头，是要你分别礼敬天地！苍生！大道！"

少女眼神呆滞，没有回应。

齐静春轻轻挥袖，散去那股令人窒息的磅礴威严："我齐静春不过是圣人门下一介腐儒，就能压得你三磕头，你出去之后，一旦为所欲为，真不怕遇上比你更不讲理的存在，一根手指就将你碾碎？"

齐静春叹了口气："你在此地，确是被镇压拘押，不得自由，但是你有没有想过，世间哪里有绝对的自由，我儒家至圣制定种种礼仪，何尝不是在为万物苍生，谋取另一种自由？只要你不逾矩，不违制，只需恪守礼节，有朝一日，天大地大，何处去不得？"

少女抬起头，死死盯住中年儒士。

齐静春走出一步。

天地恢复正常，他和婢女稚圭重返泥瓶巷，阳光温暖，春风和煦。

少女摇摇晃晃站起身，笑容惨白，微微露出森森的牙齿："先生今日教诲，奴婢记下了。"

齐静春不再说话，转身离去。

她突然问道："就算我对陈平安忘恩负义，但是先生身为出类拔萃的圣人门生，为何会袖手旁观？为何只对弟子赵繇和我家少爷，青眼相加，对于身世平常的陈平安，不过尔尔？这何尝不是与商贾做买卖无异，若是奇货可居，便精心栽培，对待粗劣货物，便敷衍应付，能否卖出好价格，根本不在乎？"

齐静春笑了："天行健，君子以自强不息。"

少女茫然。

当中年儒士身影消失在小巷尽头，少女顿时浮现出满脸不屑，狠狠呸了一声。

她一瘸一拐返回自家院子，经过陈平安家的时候，皱了皱鼻子，拧了拧眉头，她有些犯迷糊。只是由于那个该死读书人的道行崩坏，当下小镇已是处处天机泄露，就像一艘四处漏水的小船，她尚且自顾不暇，更要为将来仔细谋划一番，也就懒得去斤斤计较了。

当她推开院门后，一条粗看不起眼的四脚蛇，不知道从哪个旮旯角落窜出，飞快爬到她脚边，给她气呼呼地一脚踢飞。

陈平安屋子里，年轻道人端坐在桌旁，眼观鼻鼻观心。

前不久还是将死之人的黑衣少女，竟然已经能够自己盘腿坐在床上，也没有戴上帷帽，露出一张让人记忆深刻的脸庞。

倒不是说少女如何倾国倾城，只是过于英气勃发，很大程度上让人忘记她的容貌出彩。

少女双眉，不似柳叶似狭刀。

当她以一种充满审视的意味，凝视年轻道人的时候，后者有些难得的局促，分明没做任何坏事，却有些心虚。

年轻道人咳嗽一声，赶紧撇清自己："姑娘，事先说好，人是贫道救下的，但背你进屋子，帮你摘去帷帽，再给你洗脸等，可都是另有其人，他叫陈平安，这栋破败宅子的主人，是个黑炭似的穷苦少年，父母双亡，当过烧瓷的窑匠，还跟贫道求过一张符纸来着，大体上就是这么多，姑娘你如果还有什么想问的，贫道一定知无不言言无不尽。"

草鞋少年，这就给卖得一干二净了。

少女点了点头，没有恼羞成怒，只是大大方方诚心诚意说了句：

"感谢道长救命之恩。"

更加心里打鼓的年轻道人干笑道："无妨无妨，举手之劳，姑娘无恙就好。"

黑衣少女问道："道长不是东宝瓶洲人氏？"

年轻道人反问道："姑娘也不是，对吧？"

她嗯了一声。

道人也跟着嗯了一声。

头顶莲花冠的年轻道人笑道："贫道姓陆名沉，并无道号。平时称呼陆道人即可。"

少女轻轻点头，瞥了眼年轻道人的道冠。

年轻道人犹豫了一下，壮起胆子道："那少年虽然有些事情，不合礼节，但是事急从权，加上贫道也不承想到姑娘痊愈如此之快，故而有所冒犯的地方，希望姑娘不要怪罪。"

少女笑道："陆道长，我不是蛮不讲理的人。"

年轻道人打哈哈道："这就好，这就好。"

少女挑了一下眉头，年轻道人的笑容便随之刻板僵硬起来。

她环视四周，眼神平淡。

她随口说道："我听说此洲铸剑第一的'阮师'，打算在这里开炉铸剑，我就一路跟到这里，希望他能够帮我打造一把剑。"

年轻道人感慨道："如果真是他的话，让他亲自铸剑可不容易。"

黑衣少女明显也有些烦恼："是很难。"

这个时候，少年左手拎着一兜兜草药包，右手拎着个小包裹，先象征性敲了敲房门，这才快步跨过门槛，将药材放在桌上，轻声道："道长，你看看有没有抓错，如果有，我马上去换。"

少年始终拎着包裹，转身望向少女。盘膝坐在木板床上的黑衣少女，与草鞋少年对视。

黑衣少女平静道："你好，我爹姓宁，我娘姓姚，所以我叫宁姚。"

草鞋少年下意识道："你好，我爹姓陈，我娘也姓陈，所以……"

少年神色有些尴尬，但是很快就坦然笑道："我叫陈平安！"

第十六章
休 想

少女倒是没什么。

年轻道人忍不住哈哈大笑。

年轻道人突然意识到气氛有些不对劲，连忙转移话题："绿水潭龙鳞桎的嫩叶，哦，在咱们这儿就叫三春柳，它的叶子采摘时候不对，晚了七八天。还有这包龙飞草，俗名叫姑娘腰，研磨粉末的时候也太马虎了，还有这纸堆花，杨家铺子更是不像话，说好了三两，怎么少了一钱的分量？"

年轻道人竹筒倒豆子，挑了一大堆毛病，几乎就没一样是满意的，感觉像是跟杨家药铺有什么私人恩怨，最后来了一个大转折，盖棺定论道："这铺子掌柜的良心给狗吃了，不过桌上这些药材，煎药救人倒是够。当然了，这主要归功于这位宁姚姑娘的身体底子好，跟杨家铺子至多有个半颗铜钱关系。"

年轻道人一拍脑袋，摊开一张素白纸张，一边提笔写字，一边叮嘱道："差点忘了，贫道这就再给你写一份煎药的方子，这是件实打实的细致活，陈平安你可马虎不得，贫道这药方既是疗伤，同时也能固本培元，是兵家在立于不败之地的前提下，以战养战的上乘路数，而且好就好在性子温，不伤人，顶多就是所耗时日多一些，多买些药材，无非是开销银子的事情。何时武火急煎，何时文火慢煎，贫道都已详细写在纸上，甚至什么时辰煎药，也有讲究，总之，接下来一旬，陈平安你多辛苦，男人嘛，本就是扛担子的人，要不然怎么会有顶天立地大丈夫一说？切不可推脱责任，白白叫人家姑娘小看了去……"

说到"顶天立地"四字的时候，年轻道人不易察觉地摇了摇头。

一副药方不过半张纸，如何煎药倒是用了两张纸，字体是很平常的小楷，方方正正，规规矩矩。

陈平安有些着急，问道："道长难道之后就不管事情了？这种生死大事，道长是不是亲自盯着更稳妥些？"

年轻道人无奈道："贫道这就要离开小镇了，南涧国境内有贫道这一脉的宗门，有个典礼要召开，贫道想去亲眼看看。"

陈平安更加无奈："道长，可是我不识字啊！"

年轻道人愣了愣，笑道："没关系，宁姑娘认得字，煎药之前，你多问她相关事宜便是。"

少女点头。

陈平安还想要说话，年轻道人猛然记起一事，从袖中掏出一枚青玉印章，小巧玲珑，对着印面轻轻哈了一口气，然后对着书写药方的那张纸，重重按下，从纸面提起印章后，颇为满意，收入袖子后，年轻道人连同其余两张纸一起递给陈平安："好好收着，小镇上书籍多是私人家藏，你购买不易，如果真想学字，可以从贫道这副药方学起。"

年轻道人向少女笑道："一叶浮萍归大海，人生何处不相逢。宁姑娘，那咱们后会有期？"

黑衣少女正色道："陆道长，后会有期！大恩不言谢，将来只要需要在下帮忙，可以飞剑传书至倒悬山，只是道长记得，千万别忘了署名'陆沉'二字，否则倒悬山未必会允许飞剑进入山门。"

听到倒悬山这个称呼后，年轻道人显然有些惊讶，欲言又止，少女微微摇头，他很快领会心意，也不再刨根问底。有些事情，对屋内少年而言，不知道更好。

年轻道人率先离开屋子，不忘拉上少年的手臂："陈平安，贫道最后与你说些话。"

陈平安先将那包裹放在床上，跟黑衣少女说是新买的衣裳。

之后两人来到院子，年轻道人直接低声问道："以你的记性，想必早已认得第一副药方上的字，再加上隔壁就住着个读书种子，'不识字'这个说法，不是你拦着贫道离开的真正理由。"

陈平安回答道："以道长的本事，肯定知道原因。"

年轻道人哑然失笑："你是觉得自己必死无疑，所以怕无人照顾那位小姑娘？"

陈平安点头道："当时我既然开门了，就要负责到底。"

年轻道人站在推车旁边，双指并拢，悄然一抹，那柄被儒士齐静春按入两字剑气的白鞘长剑，悄悄飞进屋内，应该是黑衣少女不愿吓到陈平安，便默认了这把飞剑的僭越之举。年轻道人思量片刻，他思考问题的时候，会下意识伸出一根手指，敲击头顶的莲花冠，最后说道："来此之前，听一位师兄说过，做事情要讲道理，做人要近人情……既然如此，贫道也不好太过死板苛刻，虽说世人各有各的缘法，可既然贫道所在宗门的根本教义，本就与一般道统宗门的法旨有所偏差……相逢已是缘，勉强还算是一段善缘，贫道不妨顺势而为，那签筒和一百零八支签，无法赠送给你，因果太乱，一旦理不清，又斩不断，很是麻烦。至于那方私印，有点重啊，送给你，小镇一旦没了禁制，所有都暴露在光天化日之下，贫道不是害你是什么，唉，难不成要送点金银铜钱？这未免也太不讲究，太俗气了些，贫道哪里好意思……"

不料陈平安斩钉截铁道："陆道长，送钱的话，很讲究，不俗气！"

年轻道人玩味笑道："之前两样东西，你听不懂，但是肯定晓得意义不小，为何不开口讨要？"

少年缓缓道："能够最少装下一大缸水的白碗，可以烧符纸给阴间长辈的道长，受了重伤、奇奇怪怪的姑娘，还有那一袋子二十八枚金子做的铜钱，以前是姚老头嘴上说我们这里很奇怪，但是现在是我亲眼看到了，如果在遇上那两个外乡男女之前，我肯定会躲着你们所有人，今天门也不会打开。"

年轻道人斜靠在推车上，沉声道："那名外乡女子，用手指点了你的眉心，是一门强行开人窍穴的下作勾当，在武学上被称呼为'指点'，手法有高低之别，用意也有好坏之分，打个比方，你家院门并不牢固，对不对，她便故意用铁锤敲打，门当然可以进，但其实坏了根基，试想一下，在以后风雨霜雪的天气里，那个开门之人，早就脚底抹油，但是你这个常年居住院中的主人，怎么办？"

陈平安犹豫了一下："我还算能够吃苦。"

看着一点不像是说笑话的草鞋少年，年轻道人气笑道："这才是她第一次出手害你，若是筋骨强健、气血旺盛，你活到三四十岁不难，之后她以手掌拍打你心口之举，才是真正的致命伤，坏了你身躯本元不说，还断了你的长生之路……准确说来，你本来剩下一线机缘，借着此方天地翻覆、乾坤倒转的大运势，你未必没有可能续上大道修行，这就像滚滚洪流直下，河中竟是蛟龙鱼虾无数，运气好的人，当然收获大，但是哪怕运气最不好的，别人捞起蛟龙蛇鼋，他说不定沾沾光，也能抓条小鱼小虾之类的。"

陈平安没有满脸骇然或是惊慌失措，安安静静站在那里，甚至没有丝毫故作镇定的迹象。

年轻道人既无欣赏，也无贬低，轻声叹息道："陈平安，年纪轻轻，看淡生死，可不是什么好事啊。你是不是觉得能活着是最好，但是如果真的没法子，老天爷实在不让自己活了，死就死，也不怕，对不对？因为死这件事，其实对你而言，反而是一次有希望重逢的机会？"

陈平安没有否认。

年轻道人突然骂道："那你有没有想过，哪怕你能够在浩浩渺渺的阴冥之间，侥幸与你爹娘相逢，当他们看到你的时候，是什么心情？"

年轻道人越说越气，伸出一根手指，使劲戳着少年的脑袋，像是要把这颗榆木脑袋给戳得开窍了："稗官野史和志怪小说里的白无常，头顶高高的白帽子，每当他来到阳间拘押死人魂魄的时候，死人便能清楚看到白帽上头，写着四个大字，'你也来了'！陈平安！我问你，你爹娘见到你的时候，会不会很高兴地问你陈平安：'儿子，你也来了啊？'他们还能够安心去投胎吗？你真以为世间有几人，有那洪福齐天的气数，能够生生世世做子女或是夫妻？贫道明明白白告诉你，休想！便是那些一言可让山河变色的上宗掌教，也无此通天本事，更何况是你陈平安，一个朝不保夕、三顿饱饭都没有的穷光蛋？！"

说到最后，年轻道人疾言厉色，极为严肃。

少年茫然失措。

这是少年在懂事后，生平第一次感到如此恐惧，手脚冰凉。

少年蹲下身，双手抱着头，这一次没有挠头。

年轻道人低头看着那个瘦小的身影："罢了罢了，为了救人，贫道欠你一次人情，本想着能赖账是最好，不然剩下点放在来世再说，如今看来，还是全部都还你，以后就两清了。贫道与你说三件事，你一一记清楚，第一件事，是等宁姑娘身体好些，带着她去小镇外南边溪边，找一对姓阮的父女，切记，是带着她一起去，否则你自己去一百趟都没用，去了之后，哪怕死皮赖脸撒泼打滚，你也要争取做他们的帮工学徒，挖井搬石也好，铸剑打铁也行，总归都是找到了一处阴凉的落脚处。如此一来，宁姑娘也算是还清了你的人情，你也别觉得自己是占人家便宜。

"第二件事情，是五月初五之后，你要经常去廊桥底下的小溪，捡石头也好，抓鱼摸虾也罢，随你，总之经常去，心烦意乱的时候去，心生感应的时候，更要去，至于收获如何，以你的那点机缘，天晓得，但好歹是'勤能补拙'了，若是这样还一无所获，你小子也就认命吧。"

年轻道人说完两件事后，开始推车，看到那个少年仍然蹲着不动，只不过面朝自己："起来帮忙！"

少年起身后，去帮着推车，好奇问道："不是说好三件事吗？"

年轻道人冷哼一声："早就跟你说了，自己想去！"

少年愕然。

之后道人又叮嘱了一些事情。

"那些铜钱挺金贵，好好留着。

"接下来一段时间，少出门。

"多笑笑，总板着长脸，模样又不英俊，你小子给谁看呢？"

絮絮叨叨。

年轻道人倒像是个长辈了。

将车子弄出院子，少年说他来推出泥瓶巷，年轻道人也没有拒绝。

一前一后走在小巷里，道人最后说道："有句话，还是说了吧。按照贫道推算的命数来看，你爹娘早逝，并非你的过错。"

年轻道人停顿很久，直到推车马上要离开泥瓶巷，这才轻声说道："不但如此，你此生命途坎坷，还是受累于你爹娘。"

少年默不作声。

最后年轻道人坚持不让少年送行，独自推车向东门远远离去。

回首望去，少年依然站在小巷口，朝自己使劲挥手，笑脸灿烂。

全然不像是一个将死之人。

第十七章
不平则鸣

老龙城的少城主苻南华，此时端坐在宋姓少年对面，双手小心握住那只底款山魈的小壶，正在仔细打量底款刻痕，如同欣赏一位倾城佳人的曼妙身躯，百看不厌，端详、摩挲、呵气，苻南华已经翻来覆去折腾了小半个时辰，爱不释手。总有些人或物，会让人一见钟情，心生欢喜。对于眼光挑剔的苻南华而言，这把养心壶，正是此类。虽说捡漏和打眼，只有一线之隔，可苻南华坚信自己这次是前者，而且捡的漏还不小。他所在的老龙城，在东宝瓶洲南方众多宗门当中，名列前茅，所以苻南华是真正见识过大富贵的仙家子弟，这也是先前蔡金简处处示弱的缘由。

宋集薪打了个哈欠，缩在椅子里，换了个更舒服的姿势，懒洋洋问道："苻兄，既然东西真假已经确认无误，那我们是不是该谈谈价钱了？"

很少被人称兄道弟的苻南华，压下心头淡淡的不适感，恋恋不舍地放下山魈壶，笑道："在下诚意如何，宋老弟肯定心里有数，要不然我绝对不会开诚布公，一见面就直接说破此壶的真实价值，更不会如此磨磨蹭蹭，直白显露我对此壶的志在必得，为的就是以免双方漫天要价坐地还钱，空耗光阴，还伤了兄弟情分。宋老弟，我苻南华已经将你视为未来修行路上的知己，目前是可以放心做买卖，以后能否福祸相依，甚至是托付生死，就看咱们今天这第一步，走得踏实不踏实了。"

宋集薪伸出一根手指，点了点这位神情真挚的高冠公子，笑眯眯道："符兄啊，我这人特俗气，浑身铜臭，当然了，朋友也会认。只是到了大家坐下来谈生意的时候，如果有人跟我讲兄弟情，我难免就会在心里问自己，这么一号人，会不会以后需要他讲兄弟情的时候，他其实在心里打小算盘做买卖？"

符南华脸色冷了下来，身体后仰，靠在椅背上，一根手指轻轻敲击桌面，动作轻柔，悄然无声。

对于符南华的态度变化，宋集薪好像浑然不觉："喊你一声符兄，拿出这把壶给你过眼，就是我的诚意了，既然大家都想着做成买卖，那就干脆利落点，符兄你给出价钱，我点头或者摇头，我给你两次出价的机会，两次过后，等于过了这村儿没这店儿，任你许诺给我金山银海，对不住兄弟，我不卖了。"

"先前那块玉佩，算是我的见面礼，名为'老龙布雨'，算不得什么威力巨大的仙家法宝，只是能够避暑、清心和避秽，尤其对冥想坐忘大为裨益，如果有一门道家上宗秘传的口诀作为辅助，就可事半功倍。"

符南华笑容真诚，脸上并无半点倨傲施舍的神色，将一只绣袋放在桌上，用手心推向宋集薪那边，郑重其事道："我这袋子铜钱，叫供养钱，是世间诸多香火钱之一，一般供奉于城隍庙或是文昌阁的神像上，含在嘴里，藏在肚子里，托在手掌上，皆有可能，而且各有各的讲究和功用。但这些都不是最重要的，真正关键的地方，在于这些瞧着像是黄金的钱币，是远远比黄金贵重的'金精'，仙人曾言'水碧或可采，金精秘莫论'，便是说此物。这一袋子金精供养钱，作为买壶钱，不好说绰绰有余，终归是个公道价格，若是再加上那块老龙佩，我符南华敢说宋老弟你绝对是赚的。"

说完这些"肺腑之言"，符南华静等回复。

宋集薪沉默片刻，眨眨眼，问道："完啦？"

符南华苦笑道："说完了。"

少年骤然翻脸，一巴掌拍在桌面上："姓符的，滚你大爷！当小爷是好糊弄的三岁稚童？！你们进入小镇之前，会有三袋铜钱，除去一袋子买路钱，之后每得手一份宝贝，无论大小，照理要送出一袋。一袋子铜钱，多则三十枚，少则二十枚，可你这只干瘪瘪的钱袋子，里头有没有十二枚？！做买卖，连这点诚信也不讲，也敢从小爷手里换机缘？"

苻南华，手指加重力道，由慢及快，一次次轻叩桌面。

宋集薪心口一颤，莫名其妙就呼吸困难起来，满脸涨红，眼眶泛出血丝，少年赶紧伸出一手，按住心口处，心跳剧烈如同擂鼓，咚咚咚，简直就像是要撞破胸腔。

苻南华逐渐放缓手指敲击的速度，少年脸色好转，苻南华笑眯眯问道："既然第一次开价，没谈拢，那我就再开一次价格，二十四枚金精供养钱，你这把山魈壶，卖不卖？"

大汗淋漓的宋集薪犹豫不决，眼见着对方有所动作，少年正要说话缓和形势，那位习惯了被众星捧月的老龙城少城主，已经再次加快敲打速度，如一场突如其来的夏日骤雨。

宋集薪双手按住胸口，英俊的脸庞早已扭曲，狰狞中带着一丝狠辣笑意。

苻南华差点就要忍不住将这头狼崽子，敲死算了，但是最后关头，步步登天、证道长生的大诱惑，仍是压过了个人好恶，于是他停下手指动作，放过了少年一马。

宋集薪大口喘气，眼神炙热，沙哑笑着。

苻南华对此百思不得其解，少年眼中似乎没有什么恨意，苻南华倒是没觉得这是一件值得惊悚的事情，修行路上，光怪陆离，多的是怪胎奇人，只是疑惑问道："你在笑什么？"

宋集薪呼吸越来越平稳，瘫靠在椅背上，抹去额头汗水，眼神熠熠道："我一想到不久的将来，自己也能够拥有你这样的本事，弹指杀人，就无比地开心。"

苻南华一笑置之，不愧是让自己惺惺相惜的同道中人。

这种人，最好打交道，只要你位置比他高；也可能是最不好打交道，一旦被他爬到头顶上去。

不过老龙城的少城主，可不觉得自己在此成功截获机缘后，会比不上一个九岁之前，始终没能被人带离小镇的少年。

宋集薪看了眼桌上的那把小壶，半袋铜钱，抬头后，道："苻南华，我有两个条件，只要你答应，我除了卖给你一把山魈壶，再拿出一件不输给它的老物件。"

符南华压下心中喜悦，尽量语气平淡道："说说看。"

宋集薪也不卖关子兜圈子，语不惊人死不休："第一，我要你给我三袋子金精钱币，而不是两袋！"

符南华毫不犹豫道："可以！"

宋集薪死死盯着对方的眼睛。

符南华笑道："信不信由你。同时，我今天在出门之前，你必须拿出那件值两袋金精的东西，让我亲自掌眼过目。"

宋集薪也点头道："当然！"

符南华问道："那么第二个条件是？"

宋集薪缓缓道："替我杀一个人。"

符南华摇头道："你既然连一袋子有多少颗铜钱都晓得，也就应该知道我们这些'外乡人'，是不可以在此随意杀人的，否则就要被立即逐出小镇，甚至有可能被削去一部分根骨，圣人再以仙家手段剥掉相关机缘，惨不忍睹，更连累家族失去此地一切机缘。"

宋集薪嘴角翘起："你先别急着拒绝，可以静观其变，如何？"

符南华笑问道："我很好奇，你想杀谁？"

宋集薪半真半假道："我也在想呢。"

符南华重新拿起那把小壶，感受着壶身的细腻肌理，随口道："那我就拭目以待了。"

桌对面，少年下意识揉了揉自己脖子，脸色奇差无比。

之前稚圭送蔡金简到了顾家院门外后便自顾自逛街去了，蔡金简推门而入后，如遭雷击，站在原地不敢动弹，望着那个坐在长凳上的老人，颤声问道："前辈可是在书简湖潜修的截江真君？"

老人问道："你是如何认得老夫？"

蔡金简恭敬道："晚辈云霞山蔡金简，十年前曾经跟随家父去往书简湖，观看老鼋驮碑出水的奇景，有幸远远看到前辈的风采，记忆犹新，至今难忘。"

老人点头道："知道了。"

蔡金简心情略微沉重："真君，晚辈是想……"

被称为"截江真君"的"说书先生"，瞥了她一眼，淡然道："看在松霞老祖的分上，老夫便不计较你的不请自来，下不为例。出了院子，记得关门。"

蔡金简只是沉默片刻，便点头道："晚辈先行告退。"

她还真就这么走了，而且没有忘记乖乖关上门，动作轻缓，滴水不漏。

院内，妇人望向院门那边，担忧问道："仙长，她不像会善罢甘休，有没有麻烦？"

拥有"真君"尊号的老人嗤笑道："进了小镇，呼口气放个屁，可能都会有麻烦，难道为此就不要机缘了？"

妇人无言以对。

老人笑了："我且问你，顾氏，如果你可以选择，是愿意让顾粲去往云霞山修行，还是跟随我去往书简湖？"

"莫急着回答。"

老人摆摆手，让妇人不要急于表态，缓缓道："云霞山，是我东宝瓶洲二流垫底的山门，不过你若是觉得这云霞山就不值一提，则是大错特错，云霞山出产的云根石，是真正的天材地宝，别说是东宝瓶洲，便是整座天下，也只此一家，故而云霞山地位超然，大家都愿意敬它三分，尤其是道家丹鼎派的宗门道观，与云霞山更是香火绵延千年，有着很深的关系。而老夫，不过是书简湖的修士之一，只占据着一座湖心岛，弟子屈指可数，奴仆不足百人。"

妇人顾氏嫣然一笑，徐娘半老，风韵犹存："我与那云霞山女子的差距，便是她与仙长你的差距，我怎么可能让顾粲放着洞天福地不去住，跟随那女子去田地里刨食吃？"

老人爽朗而笑，突然记起一事，沉声道："那少年身世如何？顾氏，你往细了说，以防万一。"

妇人愣了愣，捋了捋鬓角发丝，这才轻声说道："那可怜孩子叫陈平安，爹娘都是镇上长大的人，他娘亲跟我关系还很好，模样一般，性子是真好，我好像从没有见她和谁红过脸，她男人那相貌，上不了台面，还真有点配不上她，不过烧瓷手艺不错，如果不是死得早，指不定熬个二十年，就能当上那座大龙窑的窑头。至于是怎么死的，有说是那个暴雨夜，怕断了窑火，匆忙赶路，一失足跌入了溪水，也有说是去砍柴烧炭，贪图小便宜，闯入朝廷封禁的山头，给野兽叼进深山老林了，总之，尸体都没找着。那男人，几棍子打不出个屁的闷葫芦脾气，对自家孩子倒是好，每次回镇上都要捎带些小礼物，小鼓、糖菩萨、老碎瓷，大体上来说，那一家三口，在男人死前，还算安稳。

"陈平安他爹死了后，他娘大概是有了心病，精神气很快就撑不住了，本来就不结实的身子，说垮就垮，不到一年时间，就病倒了，瘦得皮包骨头，看得我们这些老邻见了都发慌，完全认不出是当年那个顶水灵的俊俏女子了。那个时候，就是陈平安那孩子照顾着她，那么点大的孩子，买药熬药、烧饭炒菜，什么都做，孩子当时个子太矮，烧菜还得踩在板凳上，还有，为了省钱给他娘亲买药，有些容易见着的药材，便漫山遍野找去，多了，就卖给药铺。

"估摸着有次是吃错了药草，背着背篓回到泥瓶巷的时候，那孩子突然就摔在地上，口吐白沫，满地打滚。吓得我们以为这一家三口，就这么全没了。当时我婆婆还在世，就说这一家子都走了才好，省得留下谁吃苦，都走了，在阴间还能有个全家团圆。后来，孩子不知怎么，自己就好了，扛过了那场病，只是孩子他娘还是没能熬过那个冬天。哦对了，仙师，陈平安那孩子是五月初五生的，咱们小巷老一辈的街坊邻居都说，这算是一年当中最不吉利的一天了，很容易招来脏东西，还会连累家人，所以那孩子爹娘走了后，家里已经找不出一颗铜钱了，甚至那些个他爹送的小物件，几乎都去小镇别处地方，找那些同龄人换了吃食……"

妇人说到这里，老人终于开口说话："五月初五？有点意思，容我算算。"

五指掐诀，袖有乾坤。

见妇人发呆，老人笑道："你继续说便是。"

妇人哦了一声："念在那么多年邻居情分上，我们这些住在泥瓶巷上的人，虽然不太敢把陈平安往自己家里带，但是时不时救济一下他，送几碗饭菜过去，这点小事情还是能做到的。人心都是肉长的，说实话，如果不是那孩子的生日，实在让人犯怵，要不然没谁不打心眼心疼这个懂事孩子。当然了，有一说一，街坊里也有不厚道的，一些个见不得别人好的家伙，就喜欢故意作践那个孩子，害得他最后只好去当了窑工学徒，要知道他娘亲临死前，可是要孩子答应她，将来哪怕当个乞丐，也绝对不许去龙窑做活的。那么孝顺听话一孩子，能够让他违背誓言，肯定不是一般的事情。"

老人问道："少年的爹娘，两人的姓名和生辰八字，你知不知道？"

妇人只说知道名字，生辰八字就没人清楚了。老人说不碍事，片刻之后，冷笑道："雕虫小技，鬼蜮伎俩！"

妇人一头雾水。

老人解释道："那男子死于非命，多半是无意间知晓了小镇秘密，可惜运气远不如你们家好，祖荫更比不得你家多，最后男人为了他儿子的安危，偷偷打碎了那只本命瓷瓶，如此一来，自然让小镇外的某座宗门落了空，这可是好大一笔投入，一个小窑工，哪里赔得起，就只好以命相抵，一条命不够，就加上他媳妇的，说来可笑，大概是那个窑工的死，对某些人来说太过轻巧，实在懒得耗费多余精力，故而用以瞒天过海的遮掩术法，竟然施展得如此简陋，也太不当回事了。"

妇人脸色黯然。

老人一眼洞穿妇人心思，笑问道："怎么，愧疚反悔了？"

妇人惨然一笑："是有愧疚，终究是我看着长大的孩子，肯定有，但是要说反悔，绝对没有！"

老人点头道："看出来了。"

妇人自言自语道："如果换成陈平安他娘，处于我现在的位置，相信她也会这么做的。"

老人摇头道："那倒未必。"

妇人没来由大声道："她肯定会！"

老人也未生气她的无礼，只是感慨道："可怜天下父母心。"

草鞋少年坐在门槛上："宁姑娘，我能不能问你一些事情？"

黑衣少女背靠墙壁，盘腿而坐，绿鞘狭刀横放膝前："当然。但是涉及机密和隐私的话，我不回答。"

陈平安问道："你们来这里，一般会待上多久才离开？"

少女皱了皱眉头："不一定，有些人运气好，可能当天来回，有些人运气差，一辈子就交待在这里了。如果一定要我给出一个推断的话，也行，但是未必准，你自己看着办，比如我们这拨人，一行八人，两拨属于狗大户，人傻钱多，他们一看就不像是能来去匆匆的，怎么都该在小镇上待个几天，那个戴高冠挂玉佩的公子哥，估摸着会相对顺利一些，有个傻大个，一门心思对付那口水井了，能不能得逞，看老天爷赏不赏这碗饭给他吃。"

陈平安追问道："还有个人呢？"

"谁？"

"就是个子高高的、岁数不大的那个女人。"

"你喜欢她？"

门口的陈平安笑了笑，根本就没有当真。

黑衣少女大概也觉得自己说了个不好笑的笑话，神色沉重起来："我其实听到你和陆道长的聊天了，你和她有恩怨，所以想……报仇？"

她叹了口气："劝你一句，像你们这些半山腰上的人，在山顶那些人的眼中，其实跟山脚的人没什么两样，不光是人家眼高于顶，而是他们确实有资格看低你们，到了这个'末法之地'后，不说那个云霞山的女子，就是那个穿大红袍子的小孩子，他一拳打在你胸口上，也能要你呕血一大碗，反过来你使劲打他一拳，不敢说挠挠痒，但最多就是让他感到一阵气闷，绝对伤不到脏腑。至于原因，很难掰扯清楚，主要还是我不擅长讲这个。"

陈平安背对屋子，望向门口，道："我想知道，她为什么要杀我，我们明明才第一次见面。"

少女酝酿了半天，才开口道："她未必是那种滥杀无辜的人，怎么说呢，修行路上，跋山涉水，有宽有窄，有阳关道，有独木桥，走得快了，不小心踩死了蚂蚁，饿了从江河里抓几条鱼，道法有所小成，随意施展开来，误杀了鸟雀蛇鼠，皆有可能。我说得不太好，你听得懂我的意思吧？"

陈平安嗯了一声，道："大致懂了。"

然后少年有些沉闷，重新望向院门口。

其实他一点都不懂，不懂为什么那些人，可以如此无所谓别人的性命。

很久之后，陈平安转头笑道："要是姑娘不嫌弃，就住在这里好了。需要什么，只管说。"

"那你呢？"

"我认识一个人，这两天就去他那边住，你不用担心，他叫刘羡阳，是我的……朋友。好朋友！"

少女看着门槛上那个瘦弱背影，笑道："谢谢！"

少年咧嘴一笑，挠挠头，没说什么客套话。他犹豫片刻，最后终于鼓起勇气，再次转头道："宁姑娘，如果有一天我回不来了，你就把我那袋子金色铜钱交给刘羡阳，让他以后帮我照看这栋宅子，也不用打扫，偶尔修补一下，加些新瓦，不让它漏雨就行，还有就是墙别塌，院门也别太破了。如果能够在大年三十的时候，贴上门神和春联的话，是最好了！如果觉得这件事太麻烦，不做也没关系。"

少女看到陈平安说到门神和春联的时候，眼睛里闪着异样的光彩。

显而易见，这个泥瓶巷的孤儿，希冀着过年的时候，家门上能够有门神，门楣上能够有春联，已经想了很多很多年了。

爹娘死后有多少年，便想了有多少年。

所以当那个了无牵挂，也无心结的少年，轻轻吐出一口浊气，拍了拍膝盖，缓缓站起身的时候，搁置在屋内桌面上的鞘内飞剑，骤然嘶鸣。

第十八章
五去其三

符南华走出屋子的时候，发现那个清清秀秀的婢女，就坐在院子里的小板凳上，手里拿了一把玉米，正在喂鸡，老母鸡带着一群黄毛绒绒的鸡崽，低头啄食。

见到她后，符南华微微一笑，少女不知是性格腼腆，还是天生冷漠，扯了扯嘴角，就当是回礼了。

符南华拉开院门后，发现蔡金简竟然等在小巷，兴致不高，他转身关上门，透过渐渐狭窄的门缝，看到一张抬起头望过来的容颜，符南华突然发现这个丫鬟，本该满身泥土气息的贫贱少女，竟然有一双颇为不俗的眼眸，衬托得她宛如一抹初春绽放的嫩绿色。不过符南华也未多想，姿色出众的女子，环肥燕瘦，风姿绰约，对于老龙城少主而言，实在是看腻了。

和蔡金简并肩而行，符南华问道："怎么了，不顺利？机缘一事，本就好事多磨，未必能够次次一锤定音，不用灰心丧气。"

蔡金简天生风情柔媚，修行之后，洗髓伐骨，仅就身体而言，比起世俗女子当然更是净如琉璃，山下女子，一眼看去惊为天人，归根到底，终究是一副臭皮囊罢了。

此时云霞山的仙子脸色不太好看，可见她的心情有多糟糕，否则也不至于如此明显摆在脸上，应该之前在小巷等待就憋了一肚子火气，实在是不吐不快："有位高人捷足先登了，是书简湖的地头蛇之一，截江真君刘志茂。连一点商量的余地都没有，见面就搬出我云霞山的掌门师祖，来压我一个晚辈，从头到尾我只说了几句话，就给他赶出那个顾粲的院子。"

符南华若有所思，提醒道："出了泥瓶巷再聊。"

蔡金简疑惑道："此地不是一律术法禁绝吗？"

符南华笑道："能够来此地寻找机缘的人物，谁没有点压箱底本事？如你我这样的年轻人，可能还好，根据小镇的规矩，越是修为高深，被镇压的力度越大，圣人之下，境界越是临近圣人，照理说就越是孱弱如稚童，对吧？但是你有没有想过，若是有得道高人拼着道行折损，也要施展神通的话，难不成当真还不如我们这些后进之辈？"

蔡金简反驳道："有圣人在此，他截江真君还敢明目张胆对我出手？"

符南华劝说道："我们来此是找善缘，不是来结怨的，哪怕没有性命之忧，跟前辈们恶了关系，终归不美。"

蔡金简并非钻牛角尖的人物，点头道："符兄所言甚是，是老成持重之论。"

她苦着脸，楚楚可怜："可是我真的不甘心啊，已经送给你十块云根石，若是竹篮打水一场空，回去如何跟祖师爷们交代？"

走出泥瓶巷后，符南华和蔡金简几乎同时精神一振，这绝非光线骤然明亮那么简单，两人面面相觑，然后视线迅速错开。

原本极为兴奋雀跃的符南华，也冷静许多，他仔细思量这趟小巷之行，与蔡金简的结盟，没有露出任何马脚才对，跟少年宋集薪的交易，也无纰漏才是，本就是一桩符合规矩的公平买卖，那位坐看此地风来风走、水起水落的圣人，岂会有插手的闲情逸致？那么这股压力来自何处？难道是那个连名号也没听过的截江真君？相比符南华的心思深远，蔡金简的想法更加简单，以为是被符南华说中，截江真君确实动用了某种神通法术，对自己进行了监视。她一阵后怕，幸亏只是说了些埋怨言语，不曾放狠话说气话。

各怀心事的两人走在大街上，距离泥瓶巷越远，两人心头的沉闷感觉便越轻，符南华觉得那是机缘气数之重，蔡金简则感觉是家族负担之重。

抬头望着远处那座牌坊，符南华好奇问道："书简湖的截江真君？我怎么根本没印象？即便我老龙城位于一洲极南之地，可是真君之位，何其煊赫，我再孤陋寡闻，也该有所了解啊。"

蔡金简压低嗓音，冷笑道："什么真君，旁门里还算位置靠前的真人而已，最是道貌岸然，也根本没资格称为真君，好事之徒的阿谀之词罢了，想那元武帝何等精明，自然不会敕封此人为真君，一个萝卜一个坑，真君的头衔，给出去一个，很可能意味着两百年都拿不回来，加上元武帝祖辈们的大手大脚，到了他手里，就只剩下两个真君的名额，更不会随随便便给一个沽名钓誉的旁门野修。"

符南华恍然："原来如此。"

每一位真君坐镇王朝，都可以为君主收拢、压制和增长国运。

道家真君之位，几乎可谓道教宗门中人，在世俗王朝的庙堂顶点，兵家的上柱国，儒家的大学士，也在此列。

蔡金简看似随意问道："那个宋集薪如何？"

符南华也随口回答道："那个少年啊，野心勃勃，天生聪颖，靠山不小，就是格局……"

蔡金简笑道："不大？"

符南华哈哈笑道："不能说不大，只是不够大。"

两人走到牌坊下，符南华意气风发，喃喃道："时来天地皆同力。"

蔡金简抬头望着"莫向外求"四字，心头空落落的，只觉得怅然若失，好像先前在泥瓶巷得到的顿悟，又全盘还给了这座小镇。

这让她异常烦躁起来。

宋集薪的宅子，在泥瓶巷属于大户门庭，除了悬挂匾额的大堂，还有左右偏房。

大堂匾额为"怀远堂"，并无署名，宋集薪总觉得仅凭字迹来看，不是什么大家手笔。

主仆二人此刻待在宋集薪的主屋，少年在翻箱倒柜，丫鬟站在门口，她柔柔问道："公子，生意没谈拢？"

宋集薪放下一串铃铛，坐回屋内唯一一张椅子上，双手抱着后脑勺，跷着二郎腿："那个老龙城的符南华，不全是蠢货，一开始就没把我当不谙世事的冤大头，只不过也聪明不到哪里去，想要与我套交情，真是好玩。他后来被我随便一诈，就露出了狐狸尾巴，以为故弄玄虚，来点雷霆手段，就能恩威并施，唬住少爷我，比起让人捉摸不透的齐先生，差了十万八千里。"

婢女稚圭说道："十万八千里，公子，你这个说法太夸张了。"

宋集薪做了个鬼脸，道："那就差了十条泥瓶巷！"

少年丢给自家婢女一只袋子："瞧瞧，这就是那封密信上所说的铜钱了。之前隔壁姓陈的，也得了一袋子，我当时就估摸着，他有这份天大财运砸头上，未必是什么好事。果不其然，这不就惹恼了那对狗男女？我看接下来，姓陈的还有苦头要吃。对了稚圭，我跟你说，来咱们家的家伙，自称是老龙城的少城主，听他口气，再看做派，最少不是个绣花枕头，还有这枚玉佩，说是什么'老龙布雨'，肯定值钱！"

宋集薪拍了拍那枚碧绿可人的玉佩，已经被他挂在自己腰间，少年心底，觉得自己距离齐先生那种读书人，又近了一大步。

稚圭打开那只精美绣袋，轻声问道："公子，能不能多挣些'铜钱'回来？"

宋集薪笑问道："你喜欢？"

稚圭双指捻住一枚金色铜钱，摇了摇，开心笑道："金晃晃的，瞧着多喜庆啊。"

宋集薪哑然失笑："这也行？行吧，既然你喜欢，我就多弄几袋子回来。这些钱在外边，分别是放在横梁上的压胜钱，桃符上的迎春钱，佛像肚子里或者手上的供养钱，不过呢，老百姓有老百姓的讲究，仙家有仙家的说法。"

她笑眯起眼，像两条月牙儿，问道："陈平安那袋？"

宋集薪皱了皱眉头："他？"

婢女察觉到自家公子的异样情绪，小心翼翼收起铜钱，系紧袋子，小声问道："咋了？"

宋集薪撇撇嘴，双手捂住脖子，拧了拧，云淡风轻道："没事，想起一些破烂事。姓陈的那边，不着急，省得惹祸上身。倒是赵繇那书呆子，多半也会得到铜钱，他才好骗，公子我保管给你弄回一袋子来。"

看到婢女有些奇怪，宋集薪也没有继续解释。见自家公子没有说话的兴致，少女也就不去打破砂锅问到底。

稚圭走出屋子，来到院落，看到那条天生碍眼的四脚蛇，半死不活趴在地面上，晒着太阳，经常还打个滚，很享受的模样。

一阵火大的少女快步走去，一脚就踩在四脚蛇脑袋上，脚尖狠狠拧动。

可怜小家伙悲鸣不已。

她抬起脚，四脚蛇嗖一下窜走，满院子飞奔，不断撞墙。

自家这条土黄的四脚蛇。

贪食误入鱼篓的金色鲤鱼。

被顾粲养在水缸里的黑色泥鳅。

金木水火土，五出其三了。

看着那条头顶生角的四脚蛇，少女咧嘴一笑，满脸鄙夷："蠢东西！"

顾粲家的院子里，老人和妇人仍是相对而坐，前者伸出手掌，看着掌心纹路蔓延的情况，心情并不轻松。

老人收起手，抬头问道："顾氏，像你这样嫁给外乡男子的妇人，小镇上多不多？"

妇人摇头道："应该不多，反正泥瓶巷杏花巷这边，就我一个。"

老人犹豫了一下，仍是泄露些天机给她："女孩的六岁、十二岁，男童的九岁和十八岁，分别是两个大门槛，前者需要自己跨过去，后者尚且能够凭借外力推一把，之后还有一事，就能够有更多把握了，越是富贵之家，越有优势。开门，登堂，入室，三件事情，前两步，真正只能看机缘命数，尤其是第一步，成与不成，只看老天爷赏不赏饭吃。"

妇人眼眸里满是笑意："能够被仙长一眼看中，我家顾粲是能够自己走出第一步的人吧？"

老人似笑非笑，道："只要是留在小镇长大的孩子，就意味着根骨资质其实并不出众，你家顾粲虽然没有九岁，但也不例外。"

妇人瞬间脸色难看至极。

老人抬起脚，跺了跺地面，微笑道："放心，根骨好坏，当然重要，却并不是首位的，老天爷看得顺眼，就是路边一条狗，一根野草，也能慢慢修成大道，最终登天凌云。此次小镇破例允许这么多外人进入，也是不得已而为之。一块庄稼地，水土再好，经过持续数千年的开垦、耕耘和收获后，加上这期间还有多次不计代价的涸泽而渔，也会没落衰败，总有彻底贫瘠的一天。此地风水底蕴，终于迎来了最后一个大年份，每当一个人将死之时，回光返照，那时候的精气神，会变得尤其雄壮，你家顾粲，正是受惠于此，机缘之大，远超想象，以至于远远超过之前那些天赋异禀的小镇孩子。"

妇人嘴唇颤抖，竭力压抑自己的惊喜，一双眼眸水汪汪的，也流淌出了几分诱人韵味。

老人瞥了她一眼，笑道："当然，你也别贪心，有此大机缘之人，绝对不止你儿子一人，说句难听的，偌大一座东宝瓶洲，有资格独占这份气运的人，就算有，也一定还没生出来呢。"

妇人双手捧在心口，呢喃道："足够了，足够了。"

老人想起那个云霞山的晚辈女子，讥讽道："忙忙碌碌，殚精竭虑，只知道求一些身外物，真是捡了芝麻丢了西瓜，愚不可及。"

随即老人笑了笑："也对，云霞山那帮老东西，眼界从来不大，要不然也不至于让老夫得了这份先机。拥有一座几乎取之不尽用之不竭的宝山，本该财源滚滚，蒸蒸日上，竟然沦落到需要靠一个徒子徒孙来撑场面的地步。"

屋内，对着房门拳打脚踢许久的孩子，站在一条凳子上，趴在窗口，苦着脸乞求道："娘亲，放我出去好不好，我保证听你的话！"

妇人看了眼老仙长，后者点点头。

她这才去开了门，牵着孩子的手一起走到院子里，板着脸轻声道："小粲，不许捣乱，知不知道？！娘亲从来没有打过你，你要是敢不听话，娘亲真的会再打你一次。"

孩子哦了一声，耷拉着脑袋，病恹恹的。

顾粲搬来一条小板凳，自顾自坐下，跟娘亲和老人，呈现出三足鼎立之势。孩子双手托起腮帮："娘，你刚才和说书先生到底说了啥，我在屋里头听不清楚，你们再说说呗？"

老人咦了一声，略作思量后，手腕摇晃，那口大白碗重新出现在掌心，他低头凝神望去，眼神晦暗不明，只见白碗的水面上，涟漪阵阵，偶有水花溅起，一条黑线在白碗里飞快游弋，时不时撞击碗壁，老人自言自语道："罢了罢了，便随你去吧。"

为了收下这个徒弟，先前泥瓶巷中，老人费尽心思，拼着折损数十年修为道行，才成功动了三次手脚。

一次是让那女子踩中狗屎。

最后一次是以秘术让其深信自己开悟。若是在小镇之外，当然绝无此可能，便是一位名副其实的道家真君，恐怕也不敢如此作为，可小镇之上，蔡金简无异于凡人，老人不惜付出巨大代价，便有了可乘之机。

其中第二次，则最是精巧，甚至连老人自己都觉得是神来之笔，便是让女子误以为草鞋少年的善意提醒，实则是狡黠报复。老人当时让少年开口出声，放慢了一些，又恰好让女子捕捉到这个细节。

不可谓不处心积虑。

修行路上，同道中人，善缘孽缘，一线之间。

此时，院中妇人顾氏一颗心又悬起来，生怕老仙长说出什么坏消息。

老人扯了扯嘴角，眼角余光之中，一个孩子蹑手蹑脚站起身，然后撒腿就跑向院门。

妇人尖叫出声。

老人手托白碗，不急不缓站起身："徒弟，为师先给你看看何谓天地之大，省得你不知轻重，坏了你我师徒二人的千秋大业！"

妇人眼前一黑，昏厥在地。

老人猛然挥袖。

下一刻，刚要碰到院门门闩的孩子一个踉跄，摔倒在地，但是等到他发现不对劲后，茫然四顾，最后抬起头，看着站在自己身边的说书先生："这是哪儿？"

老人双手负后，淡然道："碗中。"

孩子越发茫然，突然听到老人暴喝一声："起来！"

孩子本能站起身，一动不动。

顾粲发现自己好像站在悬崖边上，正前方的远处，云海滔滔。

然后，孩子骇然瞪大眼睛，只见白茫茫之中，有一条巨大的躯干破开云雾，缓缓移动。

但是它实在太大了，根本无法露出完整的真正面貌。

孩子吓得就要后退一步，却很快被老人以手掌按住脑袋，厉色道："此时一退，以后修行路上，你就寸步难行！给我站稳了！"

顾粲吓得泪水一下子就流出眼眶，这个从来无法无天的顽劣孩子，竟是连哭都不敢出声了。

孩子完全克制不住自己的身体，双腿打战，嘴唇抖动。

远处云海，沸腾起来。

雾蒙蒙的白云，似乎在逐渐淡去。

于是天空中显现更多的黑色，极长极大，就像……自家水缸养着的那条小泥鳅长大之后。

孩子脑海中，没来由地蹦出这么个想法。

顾粲那一刻，魂不守舍，不由自主就向前跨出一步，伸出纤细的手臂，朝向天空。

一颗巨大如山峰的头颅，从云海中缓缓游弋而至。

孩子眼睛发亮，丝毫不惧，甚至还招招手，喊道："快来快来！原来你长这么大了啊，难怪我总觉得丢水缸里的鱼虾螃蟹，第二天总会少掉很多。"

站在顾粲身后的书简湖截江真君，百感交集，既有浓重的失落嫉妒，也有油然而生的欣慰。

虽然自己肯定已无此等天大福缘，但是有此徒儿，也算幸事，绝对不枉此行！

老人亲眼看到那颗头颅的临近，呢喃道："天下奇观。"

陈平安突然跟黑衣少女说要进屋一趟，最后蹲在角落，背对着她，将一件东西藏在手心。

他出门后，说是去给她买煎药的陶罐，家里缺这个。

少女在草鞋少年快步离去后，瞥了眼角落阴暗处，那里立着一只老旧罐子。

而且其实少女的听力很好。

他手心之物，是一枚碎瓷片，极其锋利。

第十九章

大　道

在陈平安即将跑出院子的时候，黑衣少女突然喊道："等等，我有些事情要跟你说。"

陈平安假装没听到，正要打开院门的时候，少女提高嗓门："陈平安！"

陈平安只得转身跑回门槛那边，她脸色已经比之前红润几分，只是嗓音依旧有些沙哑，道："第一，我们这些外人来到小镇之后，虽然如之前跟你所说，体魄强健胜过常人，但是除此之外，跟你们没什么两样。第二，外人不可以在这里杀人，一旦违反，无论什么原因理由，都会被驱逐出去，注定一无所获，这个代价很大，大到超出你的想象。第三，你也要想清楚，我们这些外人，到了危急时刻，哪怕拼着两手空空，也一定会出手，毕竟有命活下去，才是最根本的事情。"

陈平安想了想，问道："是不是说做事情，出手一定要快？"

黑衣少女咧嘴一笑，神采飞扬的脸色，熠熠生辉的眼神，仿佛使得整间屋子都亮堂起来，她拍了拍横在膝盖上的绿色刀鞘，点头道："对！出手要很快，更快，甚至是最快！比如我，佩刀也佩剑，我就要做到无论是拔刀，还是出剑，都是全天下最快的那个人！"

她停顿了一下，突然从一个慷慨激昂的远方女侠，变成了一个想要显摆的邻家少女，眯眼笑问道："喂，你知不知道这个天下到底有几座？"

陈平安一脸茫然。

少女好像也看出少年的不感兴趣，顿时索然无味，挥挥手赶人：

"最好把罐子买回来，我等着喝药呢。"

陈平安这次离开院子的脚步，慢了些，也平稳很多。

在他离开泥瓶巷没多久，不曾上锁的院门便被人轻轻推开，屋内黑衣少女睁开眼睛，她刚才以一种奇怪的方式进行呼吸吐纳，望向门口那边，如临大敌。

桌上雪白剑鞘内的飞剑，蓦然寂静无声，无形中却多出一股肃杀之气，仿佛当下的倒春寒，能够冻骨杀人。

婢女稚圭悠悠然走到门口，就像寻常走门串户的街坊邻居，她没有跨过门槛，向屋内探头探脑，四处张望，对于小床板上膝上横刀的黑衣少女，反而视而不见。

稚圭打量许久，才终于看到那个大活人，满脸天真无邪道："这位姐姐，你是谁呀？怎么坐在陈平安床上，我可没听说他有远房亲戚。"

宁姚看了不请自来的少女一眼，便闭上眼睛，不闻不问。

稚圭见她装聋作哑，也不生气，只是轻轻晃了晃脑袋，撇撇嘴，一脸嫌弃。

她看了眼桌上那柄剑鞘雪白的长剑，她的眼眸深处，隐藏着极深的恨意和惧意，隐约有金色丝线在瞳孔中疯狂游走。这位婢女犹豫了一下，仍是抬起一只脚，准备跨过门槛，又突然收回脚，咳嗽一声，装模作样道："我进来了哦。不说话就是不反对，对吧？也是，这本来就是陈平安的宅子，我跟他认识好多年……你该不会听不懂我说的话吧？没关系，反正我们也没啥好聊的，我就是来看看这边，有没有缺什么东西，我们马上就要搬走了，很多物件都可以留给陈平安，你是不知道，这些年他过得很不容易啊。"

絮絮叨叨，心心念念，让她和陈平安，像极了青梅竹马的少年少女。

婢女稚圭走入屋子后，风平浪静，她径直走到小桌旁，坐在凳子上，眼角余光一直在那柄剑上打转。

与此同时，黑衣少女也掏出年轻道人留给陈平安的三张纸，细细观摩，试图琢磨出一点门道来，只可惜翻来覆去仔细看了两遍，仍是不得其法，失望道："这些字，写得真是没有……味道。"

她清楚记得，家乡的那堵长墙之上，断断续续有十八个字，皆是有人以剑刻就，每一个字都蕴含着镇压万妖的磅礴气势。

在她还是稚童的岁月里，她最大的爱好，就是站在那些大字的某一笔画当中，举目眺望。

故而对于小镇四字匾额"气冲斗牛"，少女是真的看不上眼。

婢女稚圭转过身，悄悄挺直纤细的腰肢，双手叠放在膝盖上，约莫是尽量让自己更像一位大家闺秀，面对着黑衣少女，笑眯眯柔声道："唉，姑娘你也太不小心了。"

宁姚忍不住问道："你是谁？"

稚圭哎呀一声，摸了摸自己胸口，故作惊讶："姑娘你会说咱们这边的方言啊。"

宁姚又问道："你有事？"

稚圭伸手指了指桌上长剑："你的？"

宁姚皱眉不言语。

黑衣少女不说话，稚圭也无所谓，站起身走到墙角落，看着木架上的瓶瓶罐罐，那些不值钱的家当，这位婢女看得很仔细。

在当窑工学徒的时候，陈平安光脚走遍了小镇周围所有的山山水水，一个人去山上挖土、砍柴，上山下山跑得很快。只要别人肯教他东西，不管是粗浅入门的，还是晦涩难学的，陈平安都会花十二分力气去做，至于最后能够做到什么程度，陈平安都不管，当然想管也管不着。就像姚老头教他烧瓷手艺，总是抠抠搜搜，从不愿意拿出真正的压箱底绝活，但只要是姚老头开口说过、出手做过，陈平安就会做得异常认真。后来刘羡阳教他制作木弓、鱼竿等，陈平安也同样学得一丝不苟。隔壁宋集薪说话向来刻薄，说陈平安的这种习性，按照书上说，叫作尽人事听天命，只可惜啊，陈平安根本没有什么好命，既然如此，还不如混吃等死，破罐子破摔得了。

稚圭挥挥手，笑容灿烂道："走啦走啦，姑娘你好好养伤。有需要就喊一声，我叫稚圭，住在隔壁院子。"

宁姚面无表情。

婢女离开屋子，走到院子后，以屋内黑衣少女刚好能听到的嗓音，嘀咕道："也没有多么好看嘛。"

宁姚也有意无意轻轻说了一句："这名字真俗气。"

稚圭关上院门的时候，有些用力，砰然作响。

宁姚重新闭上眼睛养神。

奇怪少女的造访，宁姚心无波澜。

不过她是真的很不喜欢这座小镇，尤其不喜欢来此寻求机缘的修行中人，钩心斗角，蝇营狗苟，说是仙人高人，只是站在山上的缘故，并非自身有多高。

在少女宁姚心中，大道不该如此小。

草鞋少年走出泥瓶巷后，阳光有些刺眼，伸出右手遮在额头，轻轻呼出一口气。

然后他开始慢跑，脚步轻快，哪怕已经多次穿街过巷，仍是毫无疲惫，毕竟对于习惯了上山下水的少年来说，这点路程实在是太不值一提，真正称得上艰辛的事情，是上山烧炭，一座龙窑每年需要用掉木炭两三万斤，尤其是大雨天的时候，住在山上砍柴烧炭，那真是一种遭罪，少年曾经差点就死于一座建造时坍塌的炭窑里。少年这些年所做的事情，几乎都是体力活，也讲些技巧，但是入门之后，就纯粹是靠卖力气吃饭了，所以少年表面上的瘦小羸弱，只是假象，拥有一种内在经受过千锤百炼后的精悍。

陈平安在一处十字巷口停下脚步，背靠墙壁，蹲下身，一手始终握拳，一手系紧草鞋。

这一刻，少年心如止水。

只是有些想念小镇上唯一的朋友。

那个家伙曾经神神秘秘跟陈平安炫耀，说他爷爷讲过一个故事，在他爷爷小时候，亲眼看到过有人站在溪畔，只是小跑几步，就一步跃过了整条小溪。后来刘羡阳和陈平安去自己尝试，挑了一处溪面最窄的地段，两人同时后退助跑，同时起跳，结果比陈平安还大几岁的刘羡阳一跃之后，很快力竭落水，然后发现头顶有个黑影，嗖一下，继续向前，最终落在很远处。

在那之后，刘羡阳就再也没提过什么一步跨溪的神仙了。

在那之后的之后，刘羡阳知道陈平安会经常自己去溪边，助跑，起跳，腾空，飞跃，摔落。

少年一次比一次接近对岸，乐此不疲。

有次忍不住偷偷远观，当刘羡阳看到那震撼人心的一幕后，觉得那时候的黝黑少年，好像跟印象中的笨蛋，不太一样。

少年飞跃溪水的时候，就像一只经常盘旋在小镇天空的捕蛇鹰。

第二十章
横生枝节

符南华见蔡金简有些兴致低落，便带着她随便四处走走，两人并肩而行，权且当作散心，其间夹杂一些关于东宝瓶洲南方的奇闻轶事，蔡金简仍然有些强颜欢笑，不过比起离开泥瓶巷后的烦躁，心情确实要好了许多。

她对于这位老龙城的贵公子，印象渐好，要知道老龙城虽然底蕴深厚，英才辈出，距离顶尖宗门只有一线之隔，照理说比较二流垫底的云霞山，要高出许多，但是云霞山这类传承有序、根正苗红的正统仙家，对老龙城这类偏居一隅的南方蛮夷，拥有一种先天的优越感，若是以往遇见，不背后嘀咕一声南蛮子就算修养好的了。

蔡金简苦涩道："符兄，云根石虽是我们云霞山的命根子，但既然事先说定，我便不会赖账，哪怕倾家荡产，也会偿还给符兄。"

符南华安慰道："顾粲家的机缘，是否已是板上钉钉的局面，目前还不好说。"

蔡金简脸色黯然，摇头道："截江真君刘志茂，声名狼藉不假，手段不弱，否则也没办法在书简湖有一席之地，这桩机缘，强求不得了。一旦惹恼刘志茂，我如何扛得住一位旁门大真人的威势，怕就怕已经被刘志茂记恨上，一旦离开小镇，没了圣人坐镇和规矩约束，天晓得刘志茂会做出什么过激举动。想必符兄在边境上，也看出一些蛛丝马迹，山门这趟随我来此寻宝的扈从，实力不济，完全不是他的对手。"

符南华笑道："放心便是，哪怕是为了那十块云根石，我老龙城也会护送你安然回到云霞山。"

蔡金简转头朝他嫣然一笑，翦水秋瞳，脉脉含情。

符南华颇为自得，习惯性想要抚摸那块玉佩，摸了一个空，才记起自己的老龙布雨佩，已经送给那个叫宋集薪的少年。

蔡金简松了口气，走路的时候，脚步稍稍向左倾斜些许，于是她的肩头轻轻触碰了一下符南华。

泥瓶巷之行，蔡金简是做了一次计划外的押注，属于临时起意，却也小心权衡，只不过事实证明她赌输了，代价就是十块价值连城的云根石，这让她对接下来的小镇之行，充满了焦虑，无形中也对符南华产生了依赖感，或者说产生了赌徒心性，十块云根石是赌，五十块不一样是赌？赌赢了，狠狠赚一个盆满钵盈，赌输了……蔡金简觉得自己不会输，绝对不会，她可是云霞山的修行天赋第一人蔡金简！修行路上，一帆风顺，境界提升，势如破竹，蔡金简不相信自己会在这条臭水沟翻船。

在蔡金简心情好转的同时，感觉大局已定的符南华，也有了真正欣赏蔡仙子容貌身段的闲情逸致，不可否认，她是天生内媚的女子，一旦与这种女子结为道侣，朝夕相处，无论修行还是床笫，皆可渐入佳境。

蔡金简曾被一位德高望重的前辈大佬，亲口誉为"云根山风，飞天之姿"，言下之意，其实是极为难得的道侣人选，靠山吃山、做惯了生意的云霞老祖们，这些年不计代价栽培蔡金简，未尝没有待价而沽的私心，仙家联姻的天作之合，比起世俗王朝豪阀大姓的嫁娶，要更为慎重，看得也更加长远。

只是符南华对云霞山实在没什么好感，将山门命运就放在蔡金简一个女人的肩头，实在不像话，这也是符南华对云霞山观感不佳的原因所在。

符南华提醒道："万一宋集薪隔壁的少年，也是外边某方势力的选定之人，还留着那件本命瓷器，那么你这次出手，就会惹来麻烦，容易被人顺藤摸瓜，找到云霞山和你。再者，宋集薪主仆和截江真君刘志茂，都有可能察觉到此事。"

蔡金简笑道："符兄可能专注于机缘线索，不曾在意此地一些不成文的规矩，小镇当地出生之人，男孩在九岁的时候，若是没能被等了将近十年的'买瓷人'，找机会带离小镇，就意味着根骨天资先天不行，已经不太值钱，往后岁数越大，更加廉价，那些宗门帮派与其花一笔天价'领养钱'，来当冤大头，显然远远不如用重金培养几个亲传子弟，来得实惠。"

蔡金简一提起那个草鞋少年，就满心厌恶："凡夫俗子就该有凡夫俗子的觉悟！"

符南华尽量小心措辞，劝说道："理是这个理，可是那少年见识短浅，哪里晓得你云霞山蔡仙子的尊贵，便是有所冒犯，教训一顿也够了，何须两次出手。"

符南华觉得蔡金简的悍然出手，事出反常必有妖，说不定就暗藏玄机，与机缘有关，所以他希望套出些话来，看能不能找到一些蛛丝马迹。以免螳螂捕蝉黄雀在后，自己将她当成秋蝉，其实她才是黄雀。老龙城历经千辛万苦，加上给出远比正阳山、云霞山更加夸张的价格，才只得到一些只言片语的零碎秘闻。所谓机缘，在那场荡气回肠、千古绝唱的惨烈战事之后，除了那群天资卓绝的小镇孩子之外，确实一直只是前辈祖师们遗落此地的法宝器物而已，但是当这块福地面临彻底崩溃之际，就没有这么简单了。

末代王朝，山河破碎，必有神兵重器出世，以迎新王朝新气象。

蔡金简有些闷闷不乐："别提他了，想起来就恶心。"

她秋水长眸中随即流露出一抹罕见戾气，只不过不愿坏了自己在符南华心目中的仙子形象，她才没有将心中所想诉之于口。

如果将来在小镇之外遇上那少年贱种，她一定要让他死个痛快，而不只是拖着一副病秧子身躯，继续苟活十几二十年。

高挑女子尤其讨厌少年那双眼眸。内心深处，她有个自己从未深思的执念。

那种干干净净的眼神，她在以"无垢澄澈"著称的云霞山，修行这么多年，从头到尾都不曾见到过几次，生长于陌巷的贫寒少年，有什么资格日复一日、年复一年拥有这份美好？

蔡金简歪头揉着眼皮子，这个动作使得她的那双远山黛眉，越发纤长。

一直打量四周景象的苻南华随意打趣道："在我们老龙城的井坊间，有个流传很广的说法，叫左眼跳财右眼跳灾，你是左眼跳还是右眼跳？"

蔡金简手指被烫似的赶紧缩回手，瞪了他一眼，她当下显然是右眼皮在跳。

自讨苦吃的苻南华连忙亡羊补牢，笑道："凡夫俗子的瞎讲究，当不得真。"

蔡金简嘴角翘起，侧过身，凝望着苻南华的侧脸，得意洋洋道："被骗了吧？"

苻南华愣了愣，看着小女儿娇憨作态的蔡金简，没来由有些心动。

他突然有些犹豫，对她的杀心开始摇摆不定，是不是与之成为一双神仙美眷，会更有利于老龙城势力北上的谋划？蔡金简一旦在此成功获得机缘，回到山门后，地位势必水涨船高，运作得当，甚至不是没有机会成为云霞山的女主人，在历史悠久的云霞山祖谱上，也不是没有女子当家的先例。如此一来，老龙城就等于有了一块跳板，名正言顺渗透东宝瓶洲的腹地版图，从此南北呼应，进可攻退可守，正是王霸基业，使得老龙城摆脱空有实力却只能偏安割据的尴尬局面，数百年来饱受排斥之苦。

前方不远处，几步外，就是横竖两条巷弄交错的十字路口了。

苻南华看到那个岔口，猛然惊醒，似有所悟，眼神重新坚毅起来。

头戴高冠的苻南华，额头瞬间渗出了细密汗珠。

乱我心志者，必杀之，以坚道心！

这一刻，苻南华再看向蔡金简，他的眼神、气态和心境，便恢复之前的洒脱了，纯粹像是在欣赏一幅画面，美人美景，皆可以养目，如今能多看几眼就几眼，毕竟她在离开小镇后，注定要在他手上香消玉殒。

杀人放火金腰带，修路铺桥无骸骨。

听听，有些市井底层的名言警句，真是放之四海而皆准啊。

苻南华心胸，豁然开朗。

蔡金简侧着身，嗓音柔媚，笑问道："南华，想到什么了，这么开心？"

她悄悄换了个更亲昵的称呼。

符南华摇摇头笑了笑，正要说话，眼角余光瞥见一抹黑影。

一个身材消瘦的少年，仿佛只用了一步，就从那条横向巷弄跨到了蔡金简身前，左手迅猛上挑，与此同时，右手一拳已经砸在云霞山仙子的腹部，势大力沉，尺寸间的骤然发力，竟然隐约有呼啸风声，迫使女子不得不弯腰低头。

虽然少年右手劲道已经远超同龄人，但少年其实是个左撇子，所以少年左手握住的利器，完完全全没入蔡金简的喉咙，直接刺透下口腔。

少年犹不罢休，右手一拳砸在女子胸膛，左手仍是向上一抬。

保证这场偷袭不会有丝毫意外。

那一刻，女子原本纤细白皙的脖子上，鲜血喷涌。

再接下去，少年腰肢、脚踝发力，以肩头撞向高挑女子心口，将其整个人狠狠撞入横向小巷中。

符南华双脚扎根地面，死死站在原地。

这位老龙城少主，头脑一片空白。

第二十一章
捕蛇鹰

符南华回过神，环顾四周，连小巷屋顶都没有放过，没有察觉到任何异样，迅速深呼吸一口气，既没有向前迈出，也没有后退。他再次下意识去抓那枚祖传玉佩，落空后，赶紧默念一段残篇断章的道家口诀，此诀不是术法神通，不过是帮助自己静心凝气，如果说心境如泛湖小舟，那么此诀起到的作用就是船锚。

他开始侧身背向一堵墙壁，横步走到两条小巷的岔口上，身体肌肉紧绷，做出防御姿势，不敢有丝毫掉以轻心，死死盯住那条小巷，只见视线中，草鞋少年站在蔡金简倒在血泊的身躯旁边，少年小幅度弓腰，保持一种微妙的进攻态势，同样死死盯住他符南华，双方虎狼对峙，一为解惑，一为求生，各有不同。横空出世的少年，目标应该只有蔡金简，对于符南华的出现，陌巷少年凭借本能展现出来的姿势，更多是一种你不犯我我不犯人的含义。

符南华问了一个很多余的问题："你杀了她？"

少年默不作声，始终手握杀人凶器，那是一片破碎瓷片，略小于他的手心，露出拳头的部分，极为锋利，少年满手鲜血淋漓，不知是蔡金简的鲜血，还是瓷器刺破手心的结果，滴落在小巷地面上。符南华在确定四周再无他人后，既觉得荒诞不经，又觉得如释重负。最后他便将视线投在蔡金简那具娇躯上，哪怕这种落魄场景，依然无损她的天生丽质，婀娜多姿，丰满的胸脯微微起伏，猩红血液不断从脖颈和嘴巴中涌出，生机即将彻底断绝，但是经过气机反复淬炼的强健体魄，使得她承受的痛苦，也会比常人更加沉重和漫长。

符南华脸上有了些笑意，不过骨子里带着严酷寒意，问道："为什么要杀她？你和这位姐姐无冤无仇，难道就因为她跟你在泥瓶巷开了个玩笑，你就要杀人？小镇什么时候这么无法无天了？你知不知道，杀人偿命欠债还钱，到哪里都是一样的啊。"

少年就像个哑巴，不言不语。符南华不在意少年所思所想，开始缓缓向前，步伐坚定。

他知道蔡金简死定了，这里不是仙气缭绕的神仙洞府云霞山，此处是术法禁绝的天道牢笼，除非出现一位修为通天的陆地神仙，或是金身罗汉，愿意拿大半修为来换取她的性命，才有可能镇压住魂魄，帮她起死回生。很可惜蔡金简绝对不会有这样的泼天福缘，小镇上那位圣人身负重任，俯瞰苍生，绝不会厚此薄彼，只会顺势而为。

修行路上，莫名其妙夭折于阳关大道，或是死于争一线机缘的独木桥上，都有，虽说不算太多，但绝对不是稀罕事。

若是证道长生，能够事事循序渐进，步步为营，无灾无厄，尽享好处而不担风险，那么市井百姓眼中的无忧仙人，好像也太不值钱了。

所以符南华对于小镇此行，甚至做过了一番搏命厮杀的最坏准备，但是要说在小镇里，在一方圣人的眼皮子底下，亲眼看到并肩而行的临时盟友，这么被人以迅雷不及掩耳之势宰掉了，老龙城少城主是第一次。没有眼花缭乱的法宝对攻，没有惊天动地的仙家手笔，就这么给一个最低贱的乡野泥腿子杀了？符南华震惊之余，根本无法接受这个荒诞事实。如果不是这座小镇，草鞋少年这种命贱如野草的小人物，哪怕是遥遥看到云霞山蔡金简一面，都是遥不可及的天大奢望。

符南华脸色肃穆，沉声道："我虽然来不及救下蔡仙子，也无法杀你，为蔡仙子报仇，但是既然亲眼看到你行凶，不做点什么的话，一旦传出去，老龙城的金字招牌就要砸了。所以于情于理，我都该教训教训你，至于之后云霞山那边如何处置应对，如何给蔡仙子一个公道，那就是你的事情了。"

老龙城少主这些冠冕堂皇的言语，是说给此方圣人听的，属于客套话，省得自己之后吃相太难看，惹来那位圣人的恶感。将来也有一个可能，是说给云霞山那帮老祖师听的，符南华无非是要一个摆在桌面上的仁至义尽。要不然，对蔡金简早已心存必杀念头的苻南华，真想好好酬谢一番眼前的少年，误打误撞，鲁莽行事，省了他好大的周章，真可谓自己的一员福将。

苻南华一边前行，一边说道："见你方才杀人的手法，意味着你这副臭皮囊的瞬间爆发力，比起寻常青壮男子只大不小，这其实颇为难得，如果没有今天这场风波，你只要有机会投身行伍，敢杀敢拼，再有些机缘巧合，得到某位兵家大佬、沙场世家武将的青睐，丢给你一份兵家铸身口诀心法，慢慢打熬身体，二三十年后，你这小子未必没有一番新天地。"

在苻南华向前走的时候，少年开始缓缓后退，面朝那位高冠大袖的老龙城少主。

身材修长的苻南华走在小巷中，玉树临风，有一种气质天成的富贵雍容。

苻南华伸出一只手，掌心向下，垂放在腰间，笑道："可惜了。你的命不太好，要不然，依照我的说法，你就有机会达到这么高的成就……是不可能的。"

苻南华被自己这个笑话逗乐，笑意更浓，向前跨出一步的时候，那只脚突然悬在离地面半尺的空中："不好意思，是这么高才对。"

苻南华很难不开心。

进入小镇之后，先是和泥瓶巷少年宋集薪的交易，获利之巨，远超预期。

然后是极有可能是自己大道阻碍的蔡金简，暴毙于眼前，自己不但可以两手干净不染鲜血，还能白白得到她身上的两袋金精铜钱，说不定还能搜出一两件云霞山的秘宝，哪怕不是镇山之宝，也肯定差不到哪里去，他可不相信蔡金简全然没有护身符傍身。比如他苻南华，除了那块仅是障眼法的老龙布雨佩，就还带着两件品相极好、品阶极高的小东西，几乎算是老龙城压箱底宝物。

故而在旁门左道的野路子修士当中，流传着一句脍炙人口的口头禅：替人收尸，必有好报。

苻南华经过蔡金简尸体的时候，看都没有看她一眼。

反倒是淡淡的血腥气，让他整个人处于一种莫名亢奋的状态。

一进一退，两人始终距离十余步。

符南华只需要确定少年跑不出小巷，到时候他再想要逮到一个在此土生土长的少年，无异于大海捞针，何况身后尚且温热的美人尸体，就是前车之鉴。一旦给少年足够喘息的机会，"惊喜"就可能砸在自己头上。

符南华看似在猫抓耗子，实则是在调整自己的身体节奏，毕竟在他九岁正式踏足修行之后，从没有过纯粹依靠近身肉搏来分胜负的机会。

他当然不用跟少年分出生死，那会让自己得不偿失，连同蔡金简，就是两份唾手可得的机缘，但是务必要让这个出人意料的少年，在近期乖乖躺在床上，不给少年丁点儿整幺蛾子的可能性。

符南华突然笑问道："对了，你叫什么名字来着？"

满手鲜血流个不停的少年答非所问，黝黑的脸庞上，满是乡土野草似的坚韧："你和她可能都不清楚，我的眼力很好，所以在泥瓶巷里，她跟我聊天的时候，你看她的眼神，跟现在看我，其实一模一样。"

符南华愣了愣，这下是真的对少年刮目相看了，啧啧笑道："有点意思，真是有点意思。"

符南华的言行举止，看似云淡风轻，其实一直在留心少年的左手，依旧在持续滴血。

这说明少年的手劲一直没有松懈，寻常人恐怕早就拗不过那份刺骨疼痛。

符南华这个时候才觉得先前"可惜了"这个随口评语，原来真是一语中的。

符南华觉得时机差不多了，问了最后一个感兴趣的问题："你杀她杀得如此果决，肯定是有人跟你通风报信了，我倒是不好奇他的身份，我想不通的是，你一个在这里长大的孩子，怎么就那么快跨过了自己心里那个坎，杀人杀得如此……心安理得，这个说法，听得懂吗？要知道，就算是我，第一次杀人后，等到那股兴奋劲头褪去，整个人就开始颤抖，念了很久的静心诀才好受些，哪像你，平平静静，跟吃饭喝水差不多，这不合理……"

一直面无表情的少年，突然露出惊骇眼神和恐慌脸色，视线直勾勾望向符南华身后方向，仿佛是那个死了的高挑女子，活了过来。

谨小慎微的符南华下意识转头，脖子转到一半的时候，心头巨震。

等到转回过去，因为身高悬殊，符南华一直正前方且偏低的视线中，竟然没了少年的踪迹！

千钧一发之际。

原来——

在做出那种眼神和脸色后，刹那之间，草鞋少年毫不犹豫地开始爆发冲刺，三步之后，左脚骤然发力，整个人高高跳起，最终右脚踩在小巷一侧墙壁上，迅猛弹射转折之后，少年朝高冠男子高高举起左手。

少年真像一只捕蛇鹰。

第二十二章
止　境

乡塾一座不挂匾额的草堂书屋内，中年儒士齐静春正在枯坐打谱，并非什么流传千古的名局，也不是棋坛国手之争的复盘。

他正要将一枚白子落在棋盘上，叹息一声，原本早有定数的棋子生根处，儒士突然开始举棋不定，他收回手后，棋子却依旧悬停空中，距离棋盘仍有寸余高度。

齐静春依然正襟危坐，作为负责坐镇此地的当代圣人，儒家七十二书院之一，山崖书院的前任山主，哪怕被贬谪至此戴罪立功，齐静春仍是当之无愧的当世醇儒。

对于小镇普通百姓而言，草木一岁一枯荣，甲子春秋转瞬即逝，教书先生已经换了好几位，模样不同，岁数不同，唯有那股说不清道不明的读书人气质，如出一辙，古板，苛刻，寡言。总之，都很无趣乏味，也没有人想到那几位来来去去的乡塾教书匠，其实是同一人，不但如此，在小镇之外的广袤天地，深居简出的齐先生，曾经拥有超然的崇高地位，还身负正气浩然的无上神通。

下一刻，齐静春元神出窍远游，如一身雪白衣袂飘飘的仙人，从躯壳牢笼当中瞬间挣脱开束缚，飘然去往小镇一条巷弄。

齐静春转瞬之间来到巷弄，他先去看了倒在血泊中的女子，云霞山的蔡金简，三魂七魄晃荡消散，如风中残烛。

齐静春停留片刻之后，终于来到两人身旁。

高冠大袖的老龙城少城主，身体有些后倾，目瞪口呆，肌肤如玉的英俊脸庞上，神色复杂，交织着震惊、疑惑和绝望。

少年保持那个高高跃起、向前扑杀的凌厉姿势，左手握有一片锐利如刀刃的瓷器，哪怕是这种你生我死一线间的关键时刻，身体腾空的少年，依然眼神坚毅，脸色平静，根本不像是一个出生于陋巷小宅、成长于山野的无知少年。大概仅剩符合少年身份的，是隐藏在眼神深处的无奈。对于这种无奈，走出书斋和书院很多年的读书人，已经不陌生了，就像看着一个靠天吃饭的庄稼汉，蹲在旱季干裂的荒芜田垄上，抬头看着烈日，其实不会有撕心裂肺的情绪，而只会是深深的无奈，还有茫然。

作为一方天地的临时主人，齐静春当然知晓陈平安一家三口的来龙去脉，甚至往上追溯百年千年，他哪怕没有亲眼看到过少年的祖辈，大致上也能推衍演化而出。道理很简单，就像是县衙的县太爷，真想要看治下百姓的身世传承，只需要去掌管户籍的户房，查询档案，一目了然。

小镇经过三千余年的繁衍发展，枝叶蔓延于小镇之外，盘根交错，因为每一代都有几个惊才绝艳的人物，虽然不能衣锦还乡，却能够通过秘密渠道反哺家族，最终造就了如今小镇最为兴盛的四姓十族。

陈平安的这个家族，历史同样悠久，祖上也曾飞黄腾达，很是阔绰过，但是经过两次跌宕起伏的风云变幻之后，在藩国无数、王朝如林的东宝瓶洲，逐渐沉寂衰败，让位于其他姓氏。千年以降，江河日下，到了少年父亲这一辈，小镇陈氏这一脉，几乎算是在整个东宝瓶洲，彻彻底底衰败，更别提小镇所在的大骊王朝版图，仿佛是被君王敕令"世世代代不得出仕"的官员，家族再无起复的可能。

齐静春来此主持大阵运转后，六十余年，谨守"方正平和"四字师训，绝不以个人好恶，擅自更改小镇百姓的命运轨迹。否则在这位也曾嫉恶如仇的读书人眼中，小镇高门大户里有太多的污秽，陋巷小户里也有太多的贫苦，不过齐静春在冷眼旁观之后，看到大姓大宅也有他们的徒劳无奈，小门小户也有他们的穷凶极恶。久而久之，齐静春如同高高在上的神像，既不享受香火，也不承人情，只是袖手端坐，对世事不闻不问。

齐静春微微讶异，上前一步，定睛望去，轻轻点头，原来气势如虹的贫寒少年，对于这次扑杀看似势在必得，不杀符南华决不罢休，但其实按照目前的姿态来看，最后少年只是手腕重重砸在符南华脖子上，比起蔡金简的下场，要好太多了。符南华应该是被重重一击，整个人横着摔向墙壁，然后被少年一手掐住脖子，一手以瓷片抵住腹部。

齐静春有些好奇，为何少年这次没有痛下杀手，大好机会，稍纵即逝，后患无穷。齐静春是醇儒，恪守礼节，却不会死守教条，不是那种只会摇头晃脑掉书柜的迂腐酸儒。他对于符南华之流，无论资质根骨还是性情脾气，实在再熟悉不过，哪怕在今日小巷中，被少年威胁得暂时放弃报复，但此事绝对会是年轻人生平仅见的奇耻大辱，上纲上线到道心魔怔都不为过，到时候要跟少年斤斤计较的，可不就是符南华本人，而是整座南海之主老龙城了。

齐静春之所以来此阻挠少年连续杀人，有一定的私心，更是为了公道。如今小镇就像一件出现裂纹的瓷器，迟早会爆裂炸开，齐静春必须要延缓这个大势不可挡的过程，要尽量为更多人安排好退路，最好是能够安安稳稳交到那个铁匠"阮师"手上，撑过最后一个甲子时光，就能够勉强皆大欢喜，山上人得机缘，山下人得安稳，要知道以前者绝大多数的一贯性子，每逢道路崩塌、新旧交替、机缘四起、长生可期之际，几百几千山脚蝼蚁的死活，算得了什么？！

世俗王朝的天家无情，比起很多修士推崇的大道无私，实在不值一提。

齐静春思量片刻，悄然隐去身形。

天地运转，流畅无碍。

之前止境，悄然破碎。

少年手腕"终于"重重砸在符南华脖子上，后者脑袋一晃，横摔向小巷墙壁，被巨大的劲道摔得七荤八素，落地后的少年，迅猛贴身靠近，一记肘击轰在符南华腹部。

符南华并未站直背靠墙壁，少年肘击打得他几乎吐出苦水来，身体本能弯曲起来。

少年一手掐住符南华脖子，一手瓷片抵住这位高冠公子哥的腹部。

符南华很难想象，比自己矮一个头的瘦弱少年，为何五指力道如此巨大，尤其是腹部瓷片的锋利和冰冷，让老龙城少城主再次感受到死亡的逼近，一线之隔，就是阴阳之隔。

符南华当然不会知道，一个年幼时分就需要漫山遍野去寻找草药的稚童，因为某个比自己求生更强烈的执念，所迸发出来的无穷潜力，是何等惊人。

当那个少年误食草药而在小巷绞痛得满地打滚的时候，那种执念，甚至能够让一个原本该在乡塾蒙学的孩子，想着便是爬也爬回家中，要将那竹篓救命草药放回家中。

之后砍柴烧炭、烧瓷拉坯、挖泥尝土等，没有哪件事情，不需要考验少年的体力和耐力。

在小镇之外，符南华随便施展一点仙家术法，就能够肆意碾压一百个、一千个少年，但是选择在小镇内与之生死相向，还真是好运气到了尽头，脚踢到了铁板。

符南华被剧痛和耻辱双重打击，冲昏了头脑，脸色狰狞道："你杀了我，你是死路一条！你不杀我，还是难逃一死！小杂种，总归你是死定了！"

陈平安微微仰头，盯着这个满脸癫狂神色的男人，说道："你知道，我不想杀你，我跟你无冤无仇，只是你想害我，我才还手的。"

符南华狞笑道："小杂种，也配跟我符南华讲道理？！"

他竭力加重语气道："你配吗？！"

陈平安沉默片刻，问道："你是不是一定要杀我？"

当符南华看到黝黑少年的那双眼眸，他突然冷静下来。

被掐住脖子的符南华满脸涨红，很快就又变青再转紫，其实少年五指力道并未加重，但是足够让一个青壮男子窒息致死。

符南华艰难道："我说我不杀你，你信不信？"

他剧烈挣扎了一下。

但是少年几乎同时就加重力道，让符南华五指微动的一条手臂颓然下垂。

陈平安摇了摇头。

符南华越发头晕目眩，虽然心中恨不得一巴掌拍碎这个杂种的头颜，但是表面上仍然尽量和颜悦色，补充了一句："如果我对天发誓呢？我们这种人，是不可以随便发誓的。"

符南华耍了一个心机，佛家发大宏愿，和修士心头起誓，确实有着极大约束力，但是显而易见，符南华只说了一半真话，他哪怕发誓，也只会在嘴上信誓旦旦，并非"不立文字，却无异于刻字丹室心壁"的沉重心誓，所以事后遵守与否，只看心情。再者，修行之人的心誓，也不是没有破解之法，代价大小而已。大体上，代价大小与修士境界高低、发誓内容的轻重，有着绝对关系。

不料草鞋少年竟然还是摇头。

越来越呼吸困难的符南华，已经失去讨价还价的精气神，没来由有些神情恍惚。

就要死了吗？

跟蔡金简那个可怜虫一般无二，还是死在一个小贱种的手里？

那么当这个噩耗传回老龙城，会不会成为全城上下的笑谈？

他甚至都没有机会，伸手去触发腰间玉带的隐秘机关，他腰间所系的白玉腰带，实则是一条地蛟之属的残余精魄。

"可以了。"

一个嗓音在两人耳畔响起，对于符南华而言等于是天籁之音，只不过他正好晕厥过去，不确定是不是自己的幻觉。

陈平安愕然转头。

结果看到一个满身雪亮、虚无缥缈的齐先生。

后者微笑不语。

陈平安眼神复归坚韧不移，右手五指始终没有松开。

齐静春既没有好心被当成驴肝肺的恼火，也没有仿佛看到一副可造之材的欣慰，只是朝着草鞋少年轻轻挥袖，像是"捞取"了一件物品到手中。

这位儒家圣人摊开手心一看，哑然失笑。

一团污秽如墨迹。

原来某人在少年身上种下的心意，黯淡无光，分明早已消亡。

再抬头望向少年陈平安，齐静春有些遗憾，感慨道："难怪先生说世间成事者，超世之才不过其次，坚忍不拔之志，方为首要。陈平安，你替先生又给我上了一课。只可惜，我齐静春如今已经没有了收取关门弟子的机会。"

第二十三章

槐 荫

说完这句话后，儒士自嘲一笑，如今齐静春的弟子，有什么金贵值钱的？坐满一屋子的蒙学孩童，每人收取束脩，不过一年三百文钱，有些家境贫寒的孩子，不过是腊肉三条而已。

齐静春望向坚持己见不愿松手的少年，问道："你在内心深处，其实不愿意杀他，但问题是这个人，看上去无论如何都要杀你，所以杀了他，一干二净，暂时保全自身性命，明日事明日了？还是希冀着息事宁人，大事化小小事化了？对不对？"

经常旁听隔壁读书种子朗诵诗文的少年，脱口而出道："先生何以教我？"

齐静春笑道："陈平安，你不妨先松开右手试试看，再决定要不要随我四处走走。有些事情我难辞其咎，必须要给你一个交代。"

陈平安犹豫片刻，松开右手五指后，赫然发现符南华没有丝毫动静，眼神、发丝、呼吸，悉数静止。

在齐静春运转大阵后，小镇重返止境。

齐静春轻声道："跟紧我的脚步，尽量不要走出十步之外。"

衣袂飘飘、身躯空灵的中年儒士率先走向小巷尽头，陈平安紧随其后，其间低头看了一眼左手手心，血肉模糊，可见白骨，但是那些肉眼可见的鲜血，偏偏不再流淌。

齐静春走在前边，微笑问道："陈平安，你信不信，这世上有神仙精魅、妖魔鬼怪？"

陈平安点了点头："信的，小时候我娘亲经常说些老故事，要我相信善有善报恶有恶报，这句话娘亲说得最多，所以我记得很清楚。其他像小溪里会有拖拽小孩的水鬼，城北破祠堂那边，有专门在夜间审案的冥官老爷，还说我们张贴的门神其实到了晚上，就会活过来，帮我们保护宅子。这些东西，我以前其实不太信了，但是……现在，我觉得多半是真的。"

齐静春轻声道："她说的这些，有些真有些假。至于善有善报恶有恶报一说，则很难定论，因为对于善恶的定义，老百姓，帝王将相，和长生仙家，三者是各有不同的，所以各自得出的结论，会很不一样。"

陈平安藏起瓷片，加快脚步，和儒士并肩而行，抬头问道："齐先生，我能问一个问题吗？"

齐静春好似看穿少年心思，平静道："这座小镇，是世间最后一条真龙的葬身之所、埋骨之地。天底下不计其数的蛟龙之属，都认为此地气运最为鼎盛，注定要在某一天'出龙'的，事实上三千年以来，出龙一事，迟迟不至，倒是这座小镇出生的孩子，根骨、性情和机缘，确实要远远好过外边的同龄人，东宝瓶洲许多大名鼎鼎的仙府道侣，他们结合生下的后代，也不过如此。当然了，也不是小镇每个孩子都有惊才绝艳的天赋。"

齐静春笑了笑，不在此事上深入解释，大概是怕伤了孩子的心，转换话题："当初参与那场屠龙浩劫的前辈修士，几乎无人不身负重伤，很多人便在此定居，结茅修行，可谓从容赴死，也有双双侥幸活下来的道侣，也有在并肩作战后，水到渠成地结成良缘。小镇经过三千余年的繁衍生息，便有了如今的规模，在大骊王朝版图上，此地最先被称为大泽乡，后来被一位圣人亲自提笔改为龙渊，再之后避讳某位大骊皇帝的渊字，又作修改……"

一直把话憋在肚子里的少年，终于忍不住了，轻声打断齐静春的言语，双手握拳，充满渴望和期待："先生，其实我想问的问题，是我爹娘……他们到底是怎么样的人……"

齐静春陷入沉思："既然那远游道人，已经对你泄露了天机，我也可以顺着他破开的口子，与你说些事情。在我的记忆里，你爹是个憨厚温和的人，天资平平，不值得被人带离小镇，自然就成了某些人眼中的鸡肋，被视为一笔亏本买卖，也许是一怒之下，也许是生活实在窘迫，总之小镇外的买瓷人，便在你爹的'本命瓷'上动了手脚，在那之后，不但他命途多舛，也连累你和你娘一起吃苦。后来他不知为何，无意间知晓了本命瓷的秘密，知道一旦被人开窑后带离小镇，就会一辈子沦为牵线木偶，他就偷偷砸碎了属于你的那只本命瓷器，如果我没有记错的话，应该是一只瓷镇纸。"

齐静春沉声道："你要知道，小镇每年出生的婴儿，都有个存入密档的代号，镇上也专门有人，会以独门秘术，抽取出一滴心头血，灌注于日后烧制的那只本命瓷当中，女孩本命瓷一烧就要烧六年，男孩的更久，窑火一日不可断，持续烧九年。孩子的天赋如何，就像是普通烧窑的瓷器品相如何，只能听天由命看运气，但是押注后进行'赌瓷'的出价，很大。虽然说如今你的资质同样平平，但是在你爹毅然决然打碎那件瓷镇纸的时候，小镇外买瓷人的震怒，可想而知。"

"至于你娘亲，是一位性情淑静的女子。"

齐静春说到这里，突然笑了："当时你娘亲嫁给你爹的时候，小镇好些同龄人都很郁闷来着。不过说实话，真要我说你爹娘在世时的生活细节，是为难我了，来到这里后，我除了教书授业，还有很多事情要做。"

少年嗯了一声，轻轻扭过头，用手胡乱抹了把脸，少年大概是忘记左手的糟糕情况，满脸血污，又实在舍不得用衣袖擦拭。

两人经过了十二脚牌坊楼。

齐静春没有看他，与少年打开天窗说亮话："当年真龙陨落于此，四位圣人亲自露面，在这里订立契约，规定每六十年，换一人坐镇此地，帮忙看顾那条真龙死去后留下的残余气数，其实当时是否斩草除根，也不是没有争执……不过与你说这些不可告人的天机，便是害你了。大体上，儒释道三教中人，加上一个兵家，四方为主，其余东宝瓶洲的诸子百家、洞天福地、仙家门第、豪阀大族等，皆有一定的份额和机会，来分润这里的好处。说来可笑，百年内有无'买瓷'的名额，几乎成了界定一个宗门、世家是否一流地位的标志。"

陈平安说道："先生说这些，我听不懂，但都记下了。不过今天知道我爹娘是好人，我就知足了。"

齐静春笑道："我也不奢望你当下能听明白，只不过是些铺垫，否则简单劝你别杀符南华，你肯定听不进去。之所以要你别杀人，不是我齐静春物伤其类，兔死狐悲什么的，更不是我希望他符南华和老龙城因此感恩，以后我好要些好处，不是这样的。事实上正好相反，我儒家门生弟子，推崇入世，对于修行中人的肆无忌惮，最是抵触，双方明争暗斗了无数年，若我齐静春是刚去山崖书院拜师求学的岁数，那截江真君刘志茂也好，老龙城少城主符南华也罢，现在哪里还有活命的机会，早给我一掌打得灰飞烟灭了。"

少年发现这个时候的齐先生，虽然说话语气依旧温和，走路姿势同样文雅，但是给人的感觉就是判若两人。

就像姚老头喝酒喝高了，说我们烧出的瓷器，是给皇帝老爷用的，谁能比？

齐先生说一掌打得别人灰飞烟灭的时候，就跟那时候的姚老头，语气不同，但是神色一模一样。

齐静春皱了皱眉头，抬头望向泥瓶巷那边，像是在听着别人说话，虽然没有流露出厌烦表情，但是眼神中的不悦，毫不遮掩。

他最后冷声道："速速离去！"

陈平安一脸茫然。

齐静春解释道："是那说书先生，本名刘志茂，道号截江真君，其实是旁门里的道人，修为尚可，品行低劣，蔡金简、符南华两人与你的恩怨，大半是他在兴风作浪，最后还在你心头，种下了一道歪门邪路的符箓，那是一幅四字真言，将'一心求死'四字，偷偷刻于你心田，手段极为歹毒。"

陈平安默默记住了刘志茂这个名字。

齐静春叹了口气，问道："你就不好奇，为何我不出手？"

陈平安摇头。

齐静春自顾自说道："此方天地，如同风吹日晒三千年的老旧瓷器，支离破碎在即，你们终究是外人，又有大阵护持，如何作为，只要不要太过分，远远不至于让瓷器崩碎，可我是那个手捧瓷器的人，我的任何举动，都会牵扯到这件瓷器的裂缝，事实上不管我做什么，只会让那些纹路增加蔓延。若只是瓷器碎了，也就罢了，可是这小镇五六千人今生来世的命运，尽在我手，我如何能掉以轻心？"

只是这些积郁多年、不吐不快的言语，齐先生说得太小声，陈平安竖起耳朵也听不清楚。

齐静春看着时不时用右手擦拭脸庞的少年，两人已经走到杏花巷铁锁井附近，那边有妇人正在弯腰汲水，齐静春问道："若有陌生人掉进水井，你若救人，就会死，你救不救？"

陈平安想了想，反问道："我想知道，真的救得了那个人吗？"

齐静春没有回答少年的问题，只是笑道："记住，君子不救。"

少年愣了愣，疑惑道："君子？"

齐静春犹豫了一下，蹲下身，先帮草鞋少年正了正衣襟，然后用手帮他擦去血迹，柔声道："遇见不幸事，先有恻隐心，但是君子并不是迂腐人，他可以去井边救人，但绝对不会让自己身陷死地。"

似乎被这个问题勾起了心思。

少年认真问道："先生，我现在还能活下去吗？如果能，那么我还能活多久？"

齐静春仔细想了想，缓缓站起身，斩钉截铁道："你要是不怕前路坎坷，吃大苦头，就肯定能活下去。"

少年顿时笑容灿烂，天经地义道："我可不怕吃苦！"

齐静春想着这一路行来，少年的泰然处之，便释然了："走，带你去一个地方。虽然我齐静春不能帮你什么，但事已至此，让你渡过此劫，绝不算破坏规矩，其实本来就该补偿你一份机缘才对。"

少年懵懵懂懂。

两人来到老槐树下，不知为何，小镇内外寂静无声，唯有这棵老槐像是唯一的例外，树叶微晃，摇曳生姿。

齐静春站定后，脸色凝重，作揖后，抬头问道："齐静春能否向你们求一片槐叶，让少年日后能够安安稳稳离开小镇，最少在三年内，不受那反扑而来的横祸灾厄？"

千年老槐，无声无息。

齐静春又问道："齐静春坐镇此地五十九年，没有功劳也有苦劳，难道还求不来一枚祖荫槐叶？何况少年本就是你们小镇人氏，诸位先贤，何以如此吝啬？"

老槐仍是没有回响。

此刻的寂静如同无声的讥讽。

你齐静春神通广大，可到底是这天地方圆中的一个，更是主持大阵枢纽的那个可怜人，我们就是不愿白白施舍这份香火情，能奈我何？

齐静春脸色阴晴不定，最后唯有叹息一声，低头望去，满怀愧疚。

少年咧嘴一笑，反过来安慰道："陆道长说我只要去小镇南边，找到一个姓阮的铁匠，当他的学徒，就有希望活下去，齐先生，没有这……槐叶，相信也没啥问题的！"

齐静春笑问道："真心话？"

少年挠挠头，腼腆道："假的。"

齐静春会心一笑。

突然。

一片苍翠欲滴的鲜嫩槐叶，从树冠极高处，飘然坠落。

少年只是伸出手掌，树叶便自行落在他手心。

树叶上，有一个金色字体，一闪而逝。

齐静春有些惊愕，片刻之后，沉声道："此字为姚，陈平安，你可愿意为姚家报恩，无论生死？！实不相瞒，哪怕没有这片树叶，你也未必没有一线生机，这一点，我可以明确告诉你。所以你千万要想清楚！"

少年问道："是姚师傅的那个姚字吗？"

齐静春点了点头："正是。"

少年双手合十，将槐叶轻轻夹在手心，抬头大声道："只要我活着一天，只要是跟你有关的姚姓人，就像齐先生之前所说，哪怕他坠入井中，哪怕救人必死，但我陈平安必救之！"

天籁寂静。

齐静春笑道："走吧。"

带着少年离去之时，悄然转头，望向槐树最高处，齐静春面露讥讽。

"姓陈"的槐叶并非没有，事实上还不止一两片，可是到最后，明知道此地即将崩坏，宁肯另寻宿主，哪怕不姓陈也无所谓，也仍是没有一份香火祖荫，愿意看好泥瓶巷的草鞋少年。

　　齐静春转回头，摸了摸少年的脑袋，打趣道："如果是宋集薪、赵繇、顾粲这些人，像你之前那般发此宏愿，说不定就要引发天地共鸣了。"

　　少年笑容阳光："那我可管不着，我只做好自己的事情。"

　　齐静春又问道："这次是真心话？"

　　少年笑道："是！"

第二十四章
相　赠

桃叶巷的一栋宅子里，有位慈眉善目的老人，坐在廊下的藤椅上，身边坐着位模样俏皮可爱的丫鬟，穿着鹅黄纹彩长裤，外边罩穿着浅罗碧色的纱裙，一边听着老人说故事，一边缓缓扇风。

老人突然开口问道："桃芽，风呢，又打盹啦？不是吓唬你，若是在小镇之外的大家宅子，你这样偷懒，可是要挨罚的。"

没有任何回应，对下人一直优容宽厚的老人，正想继续调笑几句，脸色骤变，抬头望向远方，神情凝重起来。原来小院内，不仅是少女丫鬟所持之扇，没有丝毫动静，事实上就连无形的清风也静止了。老人赶紧屏气凝神，默念口诀，坐忘入定，以免在这场光阴长河的短暂逆流当中，白白折损修为道行。老人轻轻叹息，最为恪守规矩礼数的齐静春，也终于破例出手，如此一来，真是山雨欲来风满楼了。

铁锁井，身材魁梧的外乡年轻人蹲在不远处，使劲盯着轱辘车。但是眼角余光，却偷偷瞥向一位丰腴村妇的侧影，她正弯腰从井口中提起一只水桶，弧度惊人的臀部，沉甸甸坠下的胸脯，整个人略显夸张的曲线，玲珑毕露，身躯绽放出一股饱满麦穗的野性气息，让原本不过中人之姿的妇人，也多出一些别样韵味来。当年轻人意识到周围环境出现诡异静止后，他人没有动，只是壮着胆子，正视那幅妇人汲水的美妙画面，年轻人偷偷咽了咽口水，赶紧扭转身体，换了个蹲姿。

难怪师父说过，山下女子，是出林虎，功力大减了，可要是一旦带上山，就要成为称王称霸的座山虎，是会吃人的，师父喝酒之后，总说天底下的英雄豪杰，全输给自家的入山虎了，没一个例外。但是年轻人觉得出林虎就已经很厉害了，比如眼前那妇人，明明长得普通，却妖娆得让他心痒痒，要是她二话不说给他一耳光，完全不讲道理，年轻人觉得自己还是根本不敢还手，说不定妇人一笑，他还会跟着笑呢。

年轻人想到这些，就有些灰心丧气，低头瞥了眼裤裆，骂骂咧咧："没骨头，难怪没骨气！"

泥瓶巷内，宋集薪正在翻阅一本厚重陈旧的地方县志。宋集薪摸索出很多规律，例如大体上是每六十年一增补，所以宋集薪私下将此书取名为《甲子志》，还有就是小镇百姓在年少时被远房亲戚带出去后，几乎就没有人回到过家乡，好像很不喜欢落叶归根，属于墙里开花墙外香，很多家族姓氏就在外面开枝散叶，甚至成长为一棵棵根深蒂固的参天大树，所以宋集薪又将其昵称为《墙外书》。

少年此时正在翻阅一页人物传，描述了一个叫曹曦的生平事迹。笔墨吝啬，是这本县志的又一特色，宋集薪翻来覆去看了最少七八遍，对于这本书早已滚瓜烂熟，所以如今闲暇时翻阅，只会拣选一些光怪陆离的人物故事，当作一位说书先生描述的演义传奇，真实性如何无从考据，宋集薪当然也不在意，他只记得那个身穿官服的男人，在赴京述职离开小镇之前，深夜独自来此，以一种无比郑重的态度，告诉少年要牢记一件事情，就是背诵记住书中每一个出现过的人名，以及成百上千个人数，和他们身后祖辈们在小镇的各自根脚，尤其是跟四姓十族的关系脉络。

此时宋集薪纹丝不动，就像小镇东南那些破碎不堪的泥塑神像，一座座随意倒在草丛中、泥地里，无论风吹雨打，只是岿然不动。从窗户透过洒在书桌上的光线，保持一种反常的静止状态。

这栋宅子里，唯一能动的人和物，是婢女稚圭和那条不起眼的四脚蛇。她很早就察觉到异样，脑海中第一个冒出的想法，是去隔壁院子，找那个面瘫少女，骂她个狗血淋头，但是当婢女意识到那柄剑的存在后，便打消了这个诱人的念头。她先是来到自己少爷的房间，斜瞥一眼书页内容，看到"曹曦"两个字就嫌烦，便帮少爷向后翻了几页，看到有关"谢实"的篇幅后，才开心笑了笑。只不过很快她就悻悻然，又将书页翻回去，以免泄露天机，害得自己露了马脚。这些年来，精明城府的少爷不过是出于好奇，怀疑她的身份来历罢了，从未抓到过真正的确凿证据，她可不想在大功告成之际，功亏一篑。她跟随少爷经常要去乡塾，觉得读书人有些话，说得很虚伪混账，比如"舍生而取义者也"，有些话则说得还不错，比如"行百里者半于九十"，真是把道理给说通透了。

那条土黄色的四脚蛇，正趴在门槛上晒太阳，此时它寂然静止，便恢复"真身"了，光线映照下，只见它流光溢彩，晶莹剔透，通体像一块琉璃。

隔壁院子的屋内，黑衣少女宁姚陷入一种玄之又玄的胎息状态，不以口鼻嘘吸，如婴儿仍在胞胎之中，神气归根而止念。

雪白剑鞘内，飞剑如获大赦，缓缓出鞘后，它在主人四周轻快飞掠，小鸟依人之温驯亲昵，又有少女衣裙飘曳之美感。它并非胡乱飞行，而是灵犀画符一般，为正在疗伤的主人营造出一块最佳的风水之地，果不其然，没有丝毫呼吸迹象的少女，四周气息迅猛涌入她体内，她如鲸吞水，疯狂汲取这方天地间的本源灵气。于是这一刻，小镇的死寂沉沉，与这栋宅子的风生水起，构成鲜明的对比。

小镇外的南方溪畔。

有个五短身材的汉子，浓眉大眼，锐气逼人，袒胸露腹，手持铁锤正在打铁，一锤下去，火星四溅，满室光辉。

无数星星点点的火光，在空旷的屋子里随处乱窜，绚烂壮观。

一次抡锤，就能砸出一幅画面。

汉子对面，站着一个扎着条清清爽爽马尾辫的少女，身材娇小，她披了件黄牛皮质的罩袍，防止火星溅射到身上，寻常棉布衣衫，很容易被烧穿出一个个窟窿来。

当一次捶打之后，千万点火星，骤然间在屋内全部停滞。

马尾辫少女皱眉问道："爹？"

汉子沉声道："换你来捶打剑条，正好借此机会锤炼你的神意。"

少女放下那根老剑条，拨开身前两侧火星，火星被她随手挥退，牵一发而动全身，本该静止在光阴长河里的星火，不断撞击着火星，一次次相互撞击，使得屋内的光线，显得絮乱无比。

相比小镇内那些好似潜龙在渊的高龄前辈，一个个凝神屏气静心入定，少女的所作所为，实在是过于横行霸道了点。

尤其是当换成她来抢捶之后，势大力沉，动作迅猛，甚至比起经验老到的汉子，还要更加狂野不羁。

每一次捶打溅射出来的火星，在止境当中并不会消失，所以一次次叠加之后，密密麻麻的火星，如璀璨繁星，拥簇在空中。

铸剑之室，火星亿万。

男子死死盯住那根通红的剑胚子，沉声吩咐道："心中默念《铸剑经》的撼龙篇！"

少女气势骤然下降，低声道："爹？"

男人恼火道："干啥子？"

少女气势再降，怯生生道："中午吃得少了，肚子饿，捶不动了。"

男人更加火大，如果不是在铸剑，差点就要调教骂人："明明是让你背书就跟要你命一样，找什么借口……他娘的，闺女你这胃口，饿也很正常，还真不是借口……"

少女偷着笑，嘴上说饿，其实手上动作没有丝毫减弱，刹那之间灵机一动，少女大喝一声后，竭尽全力一锤砸下，鬼使神差道："给我出来！"

这一次溅射出来的火星，极其繁多，尤为刺眼。

汉子脸上不露声色，心道："成了。"

顾粲家的院子。妇人缓缓醒来，头疼如裂，在孩子的搀扶下坐回长凳，截江真君刘志茂正在闭目养神，袖中拇指食指缓缓掐动。

妇人顾氏将儿子按在自己身边坐着，轻声问道："仙长，怎么回事？"

老人没有睁眼，道："老夫收了个好徒弟，你有个好儿子。顾氏你就安心等着母凭子贵吧。"

妇人大喜过望，热泪盈眶，抱住孩子，细细碎碎呢喃道："孩子他爹，你听到了没有，我们顾粲一定会有大出息的……"

刘志茂突然咦了一声，惊讶出声，睁眼低头观看掌心纹路，好似岔开出来一条新路，自言自语道："这是为何？不应该啊。少年没死，反倒是那仙家子弟，莫名其妙死了？"

老人不得不站起身，在院中缓缓踱步，掐指飞快："废物！栽在一个市井少年的手里，云霞山辛苦积攒下来的千年声望，就此毁于一旦。"

妇人忐忑不安道："老仙长，既然我们家槃儿已经拜师了，不如就放过陈平安吧？"

老人怒喝道："妇人之仁！真要有一副慈悲心肠，你我初见时，就不该起杀心念头。这个时候来跟老夫装女菩萨，要脸不要脸？"

妇人被骂得满脸惨白，唯唯喏喏不敢说半个字。

老人犹不解气，伸手指着妇人大骂："乡野村妇，见识短浅！以后顾槃随我返回书简湖后，你们母子相见的次数，绝不可太过频繁，以免妨碍了他的修行，可有异议？"

妇人赶紧摆手道："不敢。"

老人眼神阴森。

妇人愣了愣，很快回过神，哭丧着脸，可怜兮兮道："没有异议，绝对没有！"

老人使劲一挥袖子，冷哼道："气煞老夫！"

先前眼见妇人还算有些别致风韵，刚刚有了将她收为贴身奴婢的念头，她便表现得如此俗不可耐，活该她错过一份有望步入修行门槛的福气。

老人突然如临大敌，环顾四周，果然此方天地被人为静止为"止境"了，止境是世间诸多小洞天的一种，陆地神仙、金身罗汉也休想开辟而成。

这种大神通，可谓登峰造极，虽说很大程度上归功于那座大阵，但依然让人倍感敬畏。

试想一下，只要身处此方天地当中，任你是仙佛神魔鬼怪，来此皆需向我磕头，那是何种感受？

截江真君刘志茂做梦都想要达到此等高度。术高莫用？去你的鬼吧！刘志茂恨不得有此小洞天之后，将佛陀、道祖、儒教教主这三位的第三代弟子，全部拉进来，不敢说要他们低头弯腰，好歹大家一起平起平坐，同辈相称。

刘志茂毫无征兆地吐出一口鲜血，手心也鲜血溅射，像是被人用利器使劲割出一条血槽。

另外一只手上，也不由自主地显现出那只白碗，水面波纹混乱，黑线乱窜，四处撞壁。

老人没有丝毫犹豫，手心叠在手背，身为道家旁门中人，却以儒家作揖行礼，一弯到底，虔诚至极，颤声道："书简湖青峡岛岛主刘志茂，恳请齐先生怜悯晚辈赤忱求道之心，若有冒犯之处，还望先生大人……圣人不记小人过！"

良久之后。

"速速离去！"

四字如春雷炸响在这位真君的耳畔。

刘志茂狂喜道："先生放心，晚辈这就携带顾氏母子离开小镇。"

一直以晚辈自居的老人记起一事，小心问道："敢问先生，晚辈身上这两袋子金精铜钱，应该如何处置？"

威严嗓音再度响起："一人一物，刚好是两份机缘，留在院中即可。三十年内，你不许离开书简湖半步。"

刘志茂如释重负，这次总算没那般诏媚，故意行儒生揖礼，而只是打了个庄重的道家稽首："长者赐不敢辞，齐先生的大恩大德，晚辈铭感五内，没齿难忘！"

在这之后，齐静春的声音并未出现，止境也很快随之消失，刘志茂不废话，立即让顾氏带着顾粲随他离开小镇，顾氏正要说话，就被刘志茂一个凶狠至极的眼神瞪过去，吓得妇人噤若寒蝉，刘志茂掏出两只袋子，虽然心中有些恋恋不舍，但是这位志在一个名副其实真君头衔的旁门道人，仍是毫不犹豫地放在了长凳上，只是刚走到小院门口的时候，刘志茂突然问道："你们家有没有留下什么老物件？"

顾氏茫然，鬼头鬼脑的顾粲立即提醒道："爹不是留下个多宝阁嘛，就是藏在床底下吃灰的那个？"

刘志茂眼前一亮，二话不说就让妇人带路，去一探究竟。

既然那位圣人认可了顾粲本身即是机缘，那就意味着这个孩子可以带走属于他自己的机缘。

至于这些机缘的最终归属，在小镇上，恐怕天王老子来了，也得听齐静春的，但是到了书简湖，可就不好说了。

终于无人看管的顾粲等到两人进屋后，一手一把抓起两只袋子，轻轻拔出门闩，撒腿飞奔向泥瓶巷另一端。

屋内妇人顾氏跪在地上，探入床底去搬箱子，箱子不大却很沉，有些费劲，搬得她气喘吁吁。

结果她的丰盈臀部被截江真君狠狠踢了一脚，老人调笑道："顾氏，你亏在后天保养上，不过就凭这个，在青峡岛做个二等丫鬟，有些勉强，不过当三等丫鬟，绰绰有余。老夫瞧你是瞧不上眼，不过青峡岛上，倒是有几位客卿散人，说不得好你这一口，到时候你可要好好争取，莫要羞怯，白白错失了一桩福缘。"

妇人身体微微僵硬，她此时大半身体仍在床底，看不清表情。

走到一条巷口，齐静春对陈平安说道："蔡金简和苻南华，就交由我处置。如今你有了这片祖荫槐叶，就更不要看轻生死，好好活下去，才是对你爹娘最大的回报。至于之后云霞山、老龙城和截江真君三方势力，我不敢说他们永远不会找你的麻烦，但是十年内肯定不会来寻你的麻烦，运气好的话，你就一直是个市井平民，也能够三十年安然无恙。"

齐静春笑道："也无须对小镇心存忌讳，以后……过不了多久，应该就再没有那些算计了。如果你想要二三十年安稳日子，不妨就在这里找个姑娘娶了，成家立业便是。如果想要去小镇之外，见识一下真正的天地景象，也是好事情。读万卷书，行万里路，是我们读书人必须要做的事情，你以后就会发现，在小镇上是读书难，走路容易，到了外头，很多读书人是买书、看书、藏书都很容易，可就是不喜欢走远路，嫌吃苦，所谓的负笈游学，不过是乘车郊游罢了。"

少年惊讶道："齐先生，走路也算吃苦？"

齐静春开怀大笑："先不说小镇以外，只说身边好了，你见过福禄街、桃叶巷有几个同龄人，跟你这样漫山遍野乱跑的？"

少年点头道："还真是。"

齐静春想了想，伸手拔出插在发髻上的一根碧玉发簪，弯腰递给贫寒少年："就当是离别赠礼好了。并非贵重物件，更非仙家物品，放心收下。其实我与你一样，曾是陋巷少年，发奋苦读，经历重重磨难、坎坷，当然也有种种际遇，这才进入山崖书院，拜师求学的那段时光，是我齐静春这辈子最开心的岁月，后来先生出山之时，便交给我这根簪子，算是对我的一种期许和嘱托，只可惜如今回头来看，这么多年来，我做得一直不好，相信如果先生在世的话，一定会失望了。"

少年哪里敢接下这份礼物。

这根碧玉簪子，似乎还蕴含着齐先生和他先生的师徒情谊，情意重不用说，何况礼也不轻啊。

少年再没见识，到底也是烧御用瓷出身的人物，对于一件东西的好坏，还是有些鉴赏力的。

齐静春温声道："留在我这里，恩师遗物就要随我一起埋没了，还不如转赠给你。何况你其实是无功不受禄，我在小镇逗留了将近六十年，一直有个小心结，不得解开，可惜恩师已逝，原本以为这辈子都会得不到答案，是你无意间帮我解惑了，所以我将这根簪子送你，于情于理于礼，都很合适。陈平安，只能帮你求来一片槐叶，无法给你再多机缘了。"

少年双手接过那根材质普通的玉簪子，抬头真诚道："先生已经做了很多了。"

齐静春一笑置之，眼见着少年被自己说服收下簪子，便少了一块心病，簪子确实普通平凡，可到底是恩师遗物，能够赠送给一个不辱玉簪铭文的少年，很好。

所以齐静春最后叮嘱道："陈平安，记住，以后不管遇到什么，你都不要对这个世界失去希望。"

第二十五章

离　别

　　泥瓶巷一栋宅子外头，有个挂着鼻涕虫的顽劣孩子，正在凶狠踹门，骂骂咧咧，唾沫四溅："陈平安！再不滚出来，我就找人砍死你，把你家一堆破烂都砸了！我知道你在家里，忙啥呢，难道是在跟宋集薪的小媳妇，跟稚圭在那个啥？大白天的，也不晓得照顾一下宋集薪的感受？好好好，不出来是吧，我走了，我可真走了啊？我这一走，你这辈子就甭想见着我啦，我那些宝贝，本来想着都留给你，陈平安！快出来啊！"

　　不知为何，骂到最后，孩子竟然带着点哭腔，狠狠将两条鼻涕虫抽回老窝。

　　顾粲猛然间觉得脑壳一阵生疼，赶紧转身望去，看到那张熟悉面孔后，孩子破口大骂道："陈平安！你大爷的……"

　　草鞋少年脸色不太好看，顾粲赶紧见风转舵地补了一句："身体还好吗？"

　　行云流水，转折如意，毫不生硬。

　　习惯了这兔崽子的没心没肺，提着个新陶罐的陈平安没好气道："好不好，你还不知道？"

　　顾粲意识到自己还有正事，赶紧把陈平安扯到院门口，然后将两只绣工精美的袋子，一股脑塞到陈平安手里，孩子压低嗓音问道："还记得我去年跟你要的那条小泥鳅不？"

　　陈平安一头雾水，拿着沉甸甸的袋子，东西并不陌生，当时强行买走那条金色鲤鱼的锦衣少年，事后就专程送了一袋子铜钱给自己。

陈平安四处张望，泥瓶巷两头并无行人，仍是赶紧开门，把顾粲带进院子，将陶罐放在一旁后，直截了当问道："有外乡人跟你买那条泥鳅，对不对？！顾粲，我劝你千万别卖！打死都别卖，你不是想着以后让娘过上好日子吗，你一定要留着那条泥鳅，知不知道？！"

顾粲哇一下就哭出声，双手抓住陈平安的袖子，哽咽道："我想把泥鳅还你的，可是娘亲不让，还打了我一耳光，娘亲从小到大都没打过我，还有那个说书先生，不知道是神仙还是鬼怪，吓人得很，先是把我给带到了白碗里，然后那条泥鳅一下子就变得很大很大，比我家大水缸还要粗很多很多……"

陈平安一把捂住孩子的嘴巴，脸色严肃瞪眼道："泥鳅送给你了，就是你的！顾粲，你还想不想以后让你娘亲过上好日子？能每天都吃上肉，让你娘用上胭脂水粉，买那种摸上去滑溜溜的绸缎衣裳？"

顾粲抽了抽鼻子，使劲点头。

陈平安松开手，蹲下身，问道："两袋子钱是怎么回事，是不是你偷拿出来的？"

顾粲眼珠子一转，刚想骗人，陈平安跟他实在是再熟悉不过，小王八蛋撅起屁股就知道拉什么屎，直接又赏了顾粲一个板栗，厉色道："拿回去！"

顾粲犟脾气也上来了："就不！"

陈平安给气得脸色铁青，扬起手就要来个货真价实的板栗，只不过看到孩子死犟死犟的表情，陈平安又有些心软，缓了缓语气，想了想，问道："到底是怎么回事，你给我说说。"

顾粲就将事情原原本本说了一遍，不否认这个孩子平时让人恨得牙痒痒，但确实聪颖早慧得很，从老槐树到铁锁井，再到泥瓶巷院子，把那个说书先生要收他为徒的奇遇，给陈平安说清楚明白了。陈平安这一刻心里大致有数了，顾粲多半就是小镇上自己得到祖荫槐叶的人物之一，祖坟冒青烟也好，像齐先生陆道长所说有机缘福气也罢，顾粲应该是会被那个说书先生带离小镇。但是一想到那个截江真君刘志茂，陈平安就心弦紧绷，按照齐先生的说法，此人品行实在低劣，更想将自己除之后快，不惜用上了仙家神通来陷害自己和蔡金简，顾粲认了此人做师父，真是好事？不过退一步说，此人愿意收顾粲为徒，而不是坑蒙拐骗，或是强买强卖，是不是可以说明顾粲暂时不会有性命之忧？

鬼灵精怪的孩子眼珠子急转，趁着陈平安想问题的时候，冷不丁抓起陈平安手里的两只钱袋，一下子砸向屋内，然后转身就跑。

结果被陈平安一把抓住后领口，扯回原地。

顾粲双手抱头，可怜兮兮的模样。

陈平安虽然把孩子强行拽回来，但是如何处置，犹豫不决，涉及的事情太大，陈平安很怕做出错误的选择，害得顾粲和他娘亲被连累。

若只是自己的事，这个无依无靠的草鞋少年，恐怕就要干脆利落很多。

黑衣少女不知何时已经下床，站在门槛后头："我娘曾经说过，各人有各人的缘法，这个孩子一看就是祸害遗千年，以后也不缺狗屎运的那种人。"

顾粲眼睛一亮，赶紧把两条鼻涕擦掉，咧着嘴，露出缺牙的光景，笑脸谄媚道："姐姐你长得真俊，长得跟我家二姐一模一样！这里地方小，去我家坐坐？"

陈平安无奈道："你娘啥时候改嫁给你爹的？"

被拆穿后的孩子立即翻了个白眼，换了一种脸色和语气，啧啧道："陈平安，可以啊出息了，啥时候拐骗了个婆娘回家？要闹洞房吗？可惜我是赶不上了，要不然我一定蹲墙脚根，听你们在床上神仙打架……"

陈平安一巴掌按在顾粲的脑袋上，对黑衣少女歉意道："他就这样，别生气。"

少女瞥了眼孩子："熊样！"

顾粲正要发挥一下家传本事，察觉到自己脑袋上的手掌，悄悄加重了力道，立即病恹恹的，有气无力道："姐姐你长得这么水灵，说啥都对。"

黑衣少女没搭理这孩子，转头望向陈平安，含有深意道："那两袋子铜钱，你最好收下，省得以后反目成仇。而且这孩子将来一旦修道有成，你今天不让他少一些愧疚，极有可能害得他道心不稳，导致外化天魔乘隙而入。"

这话顾粲爱听，对那位姐姐伸出大拇指："头发长，见识也长，果然比隔壁某个小娘们靠谱儿！"

黑衣少女挑了挑眉头，竟是欣然接受。

泥瓶巷远处，响起一声火急火燎的怒吼："顾粲！"

孩子脸色微白："走了走了，陈平安，我走了啊！"

嘴上说要走了，其实孩子自己都没有意识到，抓住陈平安的五指越发用力。

可能在潜意识里，顾粲早已把陈平安当作娘亲之外，唯一的亲人了。

陈平安带着孩子走出院子，蹲下身，悄悄说道："顾粲，记得小心你师父。还有，照顾好你娘亲，男子汉大丈夫，你娘亲以后只能靠你了，别总让她担心。"

顾粲嗯了一声。

陈平安又说道："到了外边，多做事少说话，管住自己这张嘴巴，吃些亏就吃些亏，别总想着嘴上讨回便宜，外边的人，不像我们，会很记仇的。"

孩子红着眼睛，唱反调道："我们这边的人，也很记仇的，就你不是。"

陈平安哭笑不得，一时无言。

陈平安猛然惊醒，沉声问道："顾粲，你有没有拿到一片槐叶？"

如果没有的话，陈平安不觉得顾粲是得了仙家机缘，说不定那说书先生的到来，就是一张催命符。

孩子一听到这个就来气，哗啦一下从兜里掏出一大把，习惯性骂娘道："不知道哪个挨千刀的混账，偷偷往我兜里塞了这么多破烂叶子，我也是刚才偷溜出家的时候，藏那两袋子钱才发现的，不是赵小胖，就是刘梅那丫头片子！要是给我娘洗衣服的时候看到，可不又得骂我不省心了！亏得我这就要离开，不然看我不偷偷往他们茅坑里砸石头……"

孩子骂得起劲，陈平安先是目瞪口呆，然后如释重负，眼见这家伙要使劲往地上丢，赶紧阻止这孩子的举动，神情无比凝重道："顾粲，收好它们！一定要收好！如果可以的话，这些槐树叶子，最好连你娘亲也不要给她看到，这很有可能是为了她好。"

孩子茫然，但仍是点头道："好的。"

陈平安长呼出一口气，自言自语道："这下子我是真的放心了。"

顾粲突然身体前倾，使劲用脑门磕了一下陈平安的脑袋，呜咽道："对不起！"

陈平安揉着他的小脑袋，笑骂道："傻样！"

顾粲突然在他耳畔窃窃私语。

陈平安愣在当场。

孩子转身跑开，一边慢跑，一边转头挥手："听那老头子说，要带我和我娘去一个叫书简湖青峡岛的地方，以后你要是混得媳妇也娶不起，就去找我，不是我吹牛，隔壁稚圭这种姿色的臭婆娘，我一送就送你十七八个！"

陈平安站在原地，点了点头。

也有些伤感。

毕竟顾粲这个家伙，就像是他的弟弟，所以什么事情，陈平安都愿意让着顾粲。

草鞋少年望着那个孩子渐渐远去的身影，怔怔出神。

他的人生总是这样，真正在意的人，好像如何也挽留不住。

泥瓶巷里的少年咧嘴一笑。

老天爷挺小气的。

隔壁院门轻轻打开，走出婢女稚圭，她亭亭玉立，如一株池塘里的荷花。

陈平安问道："先前顾粲说你坏话，都听见了？"

她眨了眨那双秋水长眸，道："就当没听到，反正我吵架也吵不赢他们娘俩。"

陈平安有些尴尬，只好帮顾粲那个兔崽子说好话，打圆场道："其实他心眼不坏的，就是说话难听了点。"

稚圭面无表情地扯了扯嘴角："顾粲心眼好坏，我不知道，他那个寡妇娘亲，不是什么省油的灯，我很确定。"

陈平安不知如何作答，只好跟她现学现用，假装什么也没听到。

她突然问了一个莫名其妙的问题："陈平安，你真不后悔？"

陈平安愣了愣："啥？"

稚圭见他不像是装傻扮痴，叹了口气，转身返回院子，关上木门。

眼力极好的陈平安一直站在巷中，终于看到远处顾粲家院门打开，走出三人，其中母子二人各自背着大小行囊，缓缓走向泥瓶巷另一头。

陈平安甚至清楚看到，那位说书先生转过头，瞥了自己一眼，笑意玩味。

在三人身影消失在小巷尽头后，陈平安回到自己院子，看到黑衣少女竟然已经能够自己坐在门槛上。

她的身子骨是铁打的不成？

陈平安先将齐先生赠送的玉簪子，以及顾粲拿来的两袋子铜钱，都放在桌上，然后开始烧水、抓药、煎药，熟门熟路，不像是窑工出身，反而像是在药铺里待了很多年的伙计。

黑衣少女有些疑惑，却也没有开口询问，百无聊赖的她起身来到桌旁，想了想，又自顾自将陈平安藏在一只瓶肚里的钱袋拿出来。

她坐下后，桌面上摆着三袋钱和一根玉簪，当然还有一把识趣"龟缩"在角落的灵性长剑。

陈平安没阻拦她取钱，但是转头叮嘱道："玉簪是齐先生送给我的，宁姑娘你小心些。"

大概是生怕少女不上心，陈平安又赧颜提醒道："真的要小心。"

少女翻了个白眼。

三袋子金精铜钱，迎春钱，供养钱，压胜钱，很巧，刚好凑齐了。

少女一手托着腮帮，一手伸出手指，拨弄着三枚铜钱，随口问道："你的事情如何了？能不能跟我说说？"

陈平安蹲在窗口那边的墙根，小心盯着火候，时不时翻看一下三张药方，听到问话后："合适说吗？"

少女皱眉道："你都混到这般凄惨田地了，还担心我听了秘密后，被谁杀人灭口？陈平安，不是我说你，实在是你这种滥好人，我劝你这辈子都别离开小镇，否则怎么死的都不知道。"

少女很是哀其不幸，怒其不争。

这种古板性格的少年，哪怕是一位兼具罗汉金身、天君道术的强大剑仙，只要丢到她家乡那边，一年之内必死无疑，而且尸骨无存。

草鞋少年乐呵呵道："那我就给你说说看？"

少女用三根手指按住三枚铜钱，在桌面上抹来抹去："爱说不说。"

陈平安便将齐先生出现之前的事情经过，跟少女说了一遍，之后的事情，选择性说了一些。

少女听完之后，云淡风轻道："那截江真君刘志茂，显然是罪魁祸首，不过蔡金简和符南华，也都不是什么好鸟，若不是齐先生出来捣糨糊，你以后就算逃到天涯海角，也逃不出三方势力的围剿捕杀，说句难听的，杀你真的很容易，如果不是在小镇上，别说刘志茂，就是那个云霞山的女子，一根手指头就能将你碾压得魂飞魄散。"

陈平安点头道："我知道。"

少女气呼呼道："你知道个屁！"

陈平安没有反驳，继续煎药。

她问道："你之所以有这场劫难，全是因为那条泥鳅，为什么不告诉那个孩子真相？"

陈平安这次没有沉默，也没有转头，坐在小板凳上，低头看着青红色的火焰，轻声道："这样做不对。"

少女欲言又止，最后望向那个瘦弱背影，感慨道："那你知不知道，你的拳头不硬的话，就没有人会在乎你的对错。"

少年摇头道："不管别人听不听，道理就是道理。"

他好像有些不确定，便转头笑问道："对吧？"

少女怒目相向："对你个大头鬼！"

少年悻悻然重新转过头，继续熬药。

黑衣少女，叫宁姚的外乡姑娘，拿起那根碧玉簪子，凝神望去，发现篆刻有一行小字。

她瞥了眼叫陈平安的少年。

簪子上有八个字，便是仅算粗通文墨的少女，也觉得极为动人。

言念君子，温其如玉。

第二十六章
好说话

煎药是一件像是线穿针眼的细致活，陈平安做得有板有眼，沉浸其中，身上散发出一种莫名其妙的快乐。

不过黑衣少女不是个耐性好的，事实上除去练刀练剑，少女对什么事情都不太提得起兴趣，小小年纪便背井离乡，独自游历四方，很粗糙地活着，所以对家徒四壁的少年小宅，她没有任何不适的感觉，实在是她自己风餐露宿多了去，风里来雨里去，原本再精致讲究的人，也会变得很不讲究。

少女问道："你的左手没事情？"

左手用棉布条包扎的陈平安，正用双手端来一碗药，在少女接手后，笑道："没事，我回巷子之前，找了些草药捣烂，给伤口敷上了，以前我当窑工那会儿的跌打割伤，都用这个，百试百灵，是很久之前杨家铺子一个老人告诉我的秘方，不过我当初答应老人不许外传，要不然宁姑娘你走南闯北，说不定用得着，你要是想要，我可以去找找杨家铺子的老人，跟他求一求。只是今天去药铺比较急，也没见着那位老人，只希望他是临时走开了。"

少女喝药的时候，那双不似柳叶似狭刀的长眉，微微皱了一下，但仍是面不改色地喝完药汤，将瓷碗还给一旁等待的草鞋少年后，嘀咕道："滥好人，难怪穷得叮当响，活该被人欺负。"

不等少年反应过来，少女又添加了一句："别介意，我这个人说话比较直。"

少女大概不知道，后边这句话更伤人。

陈平安欲言又止。

黑衣少女用拇指擦拭掉嘴角的药汤残渍，然后端正坐姿，一本正经道："如今坐镇此方天地的圣人，也就是你所说的那位学塾先生，虽然有心帮你收尾，好让你今后性命无忧，但是你要知道，人力终有穷尽之时，哪怕是圣人也不例外。更何况那位齐先生的处境不太妙，有点泥菩萨过河自身难保的意思，怕就怕他之后管不着你的生死，我宁姚为人处世，滴水之恩，也会涌泉相报，瞪我一眼，就要睚眦必报！"

人力有尽时，涌泉相报，睚眦必报，泥菩萨过河……

此时少女的内心，充满不为人知的骄傲，听听，我这番话说得是不是很有学问？

只可惜陈平安隔壁，就住着位学识不浅的读书种子，几乎每天清晨黄昏两次，邻居就要诵读圣贤书以明志，按照宋集薪自己的说法则是"吾善养浩然气"。所以陈平安没吃过猪肉也见过猪跑，对于读书人文绉绉的那套说法，并不陌生，即便有些晦涩词语，通过上下文来解析，也能猜个八九不离十。

少女死死盯着陈平安，试图从少年脸上寻找出震惊、仰慕和疑惑，可陈平安偏偏是一脸"我听明白了，姑娘你接着说"的欠揍表情。

少女很是灰心丧气，本来意气风发的神采，锋芒锐减，没好气道："比如你救了我一命，我事后自会帮你杀掉老龙城的苻南华，或是书简湖的刘志茂，但是你想要两个都杀的话，永绝后患，就得破财消灾，因为咱俩萍水相逢一场，可没那么深厚的情分，所以你需要用一袋子金精铜钱，作为报酬。"

少女很快用手指了指那袋子迎春钱："比如这袋，我就很喜欢，其他两袋子供养钱、压胜钱的铜钱样式，不好看，铸文也不讨喜。"

接下来少女微微扬起下巴："如果在做成这笔买卖之外，你愿意支付给我两袋子铜钱，我就帮你摆平老龙城和云霞山。当然，如果我早早死在刘志茂手里，一切休提，毕竟我现在修为不高，武道九境，才刚刚跻身第六境，作为纯粹武夫的体魄坚韧程度，还不成大气候，至于修行登山的十五重楼，十五层境界，更是只到达中五境里的龙门境，丹室之内，我有六幅图案，尚未成功画龙点睛，也未让天女飞天……"

这下子陈平安是真的听迷糊了，一头雾水。

少女顿时有些恼羞成怒，境界低下，一直被她引以为耻，陈平安这种"姑娘你再给我解释解释"的痴呆模样，无疑是戳中了少女的最伤心处。

看到少女阴沉的脸色，陈平安就是傻子也知道形势不妙，赶紧转移话题："为何姑娘你先前伤得那么重，现在就像痊愈大半了？"

少女眉目低敛些许，双手环胸，嗓音沙哑道："当时的确是快死了，如果陆道长没有救下我，我就要……反正我欠了你一个天大人情，我更不该趁火打劫，让你拿出三袋子金精铜钱。我宁姚的一条性命，哪里是刘志茂之流可以媲美的，所以是我不对，你就当我什么都没有说，等我离开小镇之后，我会尽力而为，争取帮你解决那些后顾之忧，但是我丑话说在前头，我宁姚只会量力而为，不会心知必死依然去跟人拼命……换命。"

大概是少女的低头认错，太过稀罕难得，所以她心情极其失落。

陈平安问道："供养钱是哪袋子？"

少女指了指其中一只金黄绣袋。

陈平安从里头拿出三枚铜钱，握在手心后，用手臂将三袋子铜钱横推到少女身前，笑道："这些，送给你了。"

少女目瞪口呆，久久回神后，问道："陈平安，你小时候脑子被门板夹过？"

陈平安无奈道："没有，小时候帮人放牛的时候，经常被牛尾巴甩。"

少女蓦然勃然大怒，一拍桌子，质问道："你是不是喜欢我？！"

陈平安呆若木鸡。

少女咧嘴一笑，朝陈平安伸出大拇指道："眼光不错！"

然后她弯曲大拇指，指向了自己，神采奕奕道："但是我可不会答应，我宁姚喜欢的男人，一定要是全天下最厉害的剑仙，全天下！最厉害！大剑仙！什么道祖佛陀，什么儒家至圣，在他一剑之前，也要低头，都要让路！"

陈平安涨红了脸，挠挠头道："宁姑娘你误会了，我没喜欢你啊……"

少女一挑眉毛，想了想，她身体前倾，眯起一眼，抬起一手，拇指食指之间空出寸余距离，心虚问道："这么点喜欢，也没有？"

陈平安斩钉截铁，语气坚定道："没有！宁姑娘你放心！"

少女收回手，重重叹了口气，怜悯道："陈平安啊，你以后就算侥幸娶了媳妇，多半也是个缺心眼的。"

陈平安坐在桌对面，开心笑道："只要她人好就行。"

少女对此不置可否。

混吃等死，小富即安，飞黄腾达，就像她娘亲所说的，是因为各有各的缘法，未必有高下之分。

只不过她爹对此也有不同意见，命里无时莫强求，不强求，并不意味着一点都不求，求还是要求一下的，如果最后仍是求而不得，则是另外一回事。

当然这些话，她爹是绝不敢跟她娘当面说的。

陈平安随口问道："宁姑娘也是来咱们小镇求机缘的？"

少女没有任何藏着掖着，回答道："我耗尽所有奇遇积攒下来的家底，加上一个人情，才换来进入小镇的这个名额，不过我跟那些人不一样，我不求什么机缘气数，只是想着让人帮我铸一把剑，最好能够合我的心意，至于锋利不锋利，能否承载海量剑气，是很其次的事情。"

陈平安疑惑道："铸剑？"

少女说道："就是那个打铁的阮师傅，他在你们这儿名声很大，还有个'铁打不动'的规矩，每三十年只铸一把剑，他之所以愿意来此顶替齐静春，就是觉得此地适合开炉铸剑，我去碰碰运气，看他愿不愿意为我铸剑。实在不行的话，我也没辙，就当自己运气不好。"

陈平安笑道："好人有好报。"

少女有气无力道："没辙。"

她瞥了眼少年："你左手不疼？"

陈平安愣了愣："疼啊。"

她怀疑道："那你怎么看着不像啊。"

陈平安天经地义道："我就算满地打滚，大喊大叫，也不会就不疼了啊。"

少女一拍额头："真没辙了。跟我爹一个德行，不过你本事比他差远了。"

陈平安笑着不说话了，安安静静望向屋外的院子。

少女将那三袋子铜钱推回去："我不要。"

陈平安收回视线，轻声道："宁姑娘，你有没有想过，我留着它们，不一定是好事情。见过齐先生之后，我更加确定这点。"

少女决定一件事情后，就再不会更改了，摇头道："那就是你的事情了，跟我无关。我想好了，报答救命之恩一事，我以后一定会偿还，而且绝对不偷工减料，要对得起'宁姚'这个名字！但是你在这些年，一定要好好的，别一不留神就死了。你只要熬过这段时间……"

一直很好说话的少年，第一次主动打断少女的言语："救你的是陆道长，宁姑娘，所以你不用觉得亏欠什么，我如果当时不是觉得自己死定了，想着能够让陆道长为我爹娘多做点什么，我根本就不会开门。"

少女冷哼道："那是你的事情！"

少年笑着重复她的话："那是你的事情。"

大眼瞪小眼。

少女竟然率先败下阵来，自顾自头疼道："假如你喜欢我，我真的不能答应你啊。"

陈平安双手抱住头。

摊上这么个一根筋的奇怪姑娘，他也没辙啊。

此时有人从院墙爬入院子，会这么做的人不作他想，肯定是刘羡阳，他小跑到门槛后，正要扯开嗓子，像是突然给人掐住脖子，一个字也说不出口。

陈平安赶紧起身，来到刘羡阳身边低声道："我这两天能不能去你那边住，这位姑娘可能要住我这里。"

刘羡阳一把推开陈平安的脑袋，如苍蝇搓爪一般，搓手殷勤道："姑娘，我家宅子大，物件也齐全，姑娘不嫌弃的话，去我家住，如何？"

背对两人的黑衣少女平淡道："嫌弃。"

刘羡阳龇牙咧嘴，看着那个纤细动人的佩刀背影，不死心道："姑娘，你是不晓得，之前就有两伙人在廊桥那边堵住我的路，哭着喊着求我把祖传宝物卖给他们，我都没答应，倒霉催的，那帮人害我差点被阮师傅骂死。我见姑娘你也是来小镇碰运气的外乡人吧，我刘羡阳虽然也未必卖给你，但是让姑娘过过眼，开开眼界，肯定没问题啊！"

宁姚依然冷漠道："不需要。"

刘羡阳自顾自坐在原先陈平安的位置上，看到黑衣少女的容貌后，两眼放光道："姑娘你别这么见外，我和陈平安挤在这破宅子就是了，姑娘你去我大宅子后，也就不会感到拘束了，好像连手脚都没地方搁放。"

宁姚板着脸回答道："好意心领，人一边凉快去！"

刘羡阳也不觉得尴尬，起身道："得嘞，金窝银窝不如自家的草窝，了解了解。"

刘羡阳把陈平安拉扯到门槛外，用手肘顶了一下少年："咋回事？"

陈平安为难道："一时半会儿说不清楚。你就说我能不能去你那边住？"

刘羡阳白眼道："这有啥能不能的，但是你得答应我，帮我盯着稚圭，千万别让宋集薪那个小畜生强行糟蹋了，到时候你可得帮我保住我未来媳妇的清白！"

陈平安毫不犹豫道："别想！"

刘羡阳拍了拍陈平安的肩膀，语重心长道："就当你答应了。"

屋内黑衣少女突然转头说道："你知不知道自己是一个天生的剑胚子？买瓷人之所以在你九岁的时候，没有带你出去，应该是想让你在这里汲取更多的灵气。这个选择，是对的。所以你在阮师傅那边，一定要抓住机会，让他收你为徒，记住，最少是入室弟子，最好是嫡传门生。至于关门弟子，不用奢望，你的根骨天资，还没有好到那个夸张地步。"

刘羡阳笑着使劲点头，嘴上说着好的好的，然后回头望向陈平安，指了指屋里少女，然后指了指自己脑袋。

陈平安说道："她说的是实话，你别不当真。"

刘羡阳不再嬉皮笑脸，沉默下来，低声道："我觉得事情不太对劲，廊桥那两拨人，你猜是谁领头带路的？是福禄街卢正淳那个龟孙子！这不是黄鼠狼给鸡拜年吗，我又没掉钱眼里去，凭啥要跟他们做买卖，何况那件铠甲是我家一代代留下的老物件，我要卖了，以后在梦里梦着我爷爷，还不得给他骂个半死啊！"

陈平安听到这一切后如临大敌："你要小心，卢正淳和那些外乡人，不好惹！"

少年转头问道："宁姑娘，知道那些人的来历吗？"

黑衣少女点头道："老人和女娃娃，来自正阳山，算是你们东宝瓶洲的名门正派，老人非人……总之，他比起符南华或是蔡金简，要厉害百倍。妇人和她儿子，也不简单，其实能够结伴进入小镇的，当然不是一般有钱的有钱人了。那个妇人城府很深，小男孩也不像是个心思良善的，所以我劝你，朋友，赶紧让阮师傅认了弟子，就等于有一张保命符傍身，在小镇上，靠山再高，背景再厚，也还没有人敢跟一位圣人掰手腕。"

陈平安又问刘羡阳："你有没有把握做那个阮师傅的徒弟？"

刘羡阳有些纠结，吞吞吐吐道："这不当时第一天去当学徒帮工，阮师傅看我的眼神，就跟姚老头那会儿差不多，估计是观察我一段时间再做决定，要不要收徒弟吧。只是……"

陈平安狠狠瞪眼。

刘羡阳讪笑道："只是阮师傅有个宝贝女儿，特别能吃，把我给震惊到了，于是就稍稍玩笑了几句，没想到那闺女打铁的时候，抢起锤头来，那叫一个生猛霸道，偏偏平时又特别腼腆害羞，我哪里想得到她这么开不起玩笑，当时就把她给惹哭了，又不凑巧给她爹撞了个正着，看我的眼神就不对劲了，认徒弟保准没影了，不过反正我也没想着给人做牛做马当徒弟，伺候过姚老头一个怪脾气的，就够咱们受的了，我这不就想着在铁匠铺那边混碗饭吃嘛……"

陈平安抬头，黑着脸。

个子比草鞋少年高出大半个脑袋的刘羡阳，低着头，不敢正视少年。

这一幕场景，让宁姚感到有些疑惑不解。

这也是少女第一次看到陈平安真正生气的模样。

陈平安低声问道："你经过老槐树那边的时候，身上有没有莫名其妙多出一些槐叶？"

刘羡阳摇头道："没有啊，倒是那个老喜欢偷瞄妇人的算命道人，跟我说了些晦气话，我差点把他的摊子都砸了。"

陈平安脸色微变，眉头紧皱，转头望向屋内，问道："宁姑娘，作为交换，三袋子金精铜钱，行不行？还有就是，会不会让你有大麻烦，这一点，请你务必事先说清楚。"

黑衣少女仔细想了想："麻烦不小，但问题不大。不过这两天一定要小心，让你朋友别满大街乱窜，毕竟我眼下情况不太妙。"

她又说道："两拨人，两袋钱。让阮师傅认徒一事，又一袋钱。总之做成几件事，我收几袋钱。放心，我既然答应下来，就算是有保底两袋的收成了。"

陈平安跑进屋子，赶紧将迎春钱在内的两袋钱，火速推给少女："收下吧。"

少女本就不是拖泥带水的性子，没有拒绝，收起两袋子铜钱后，皮笑肉不笑道："天底下多的是往自己兜里搂钱的人，还有你这种喜欢当散财童子的？"

少年这一次没有反驳，点头笑道："钱是很重要，很重要很重要。"

一直被蒙在鼓里的刘羡阳火急火燎道："陈平安，你疯了吧，为啥把钱给她？整整两袋子铜钱，够你花多久了！"

陈平安没好气道："我的钱，你管得着？"

刘羡阳理直气壮道："你的钱，不就是我的钱吗？你想啊，我要是跟你借钱，你有脸皮催债要我还？"

陈平安不说话，陷入沉思。

刘羡阳也意识到自己的插科打诨，不合时宜，闭嘴不言。

一时间屋子里的气氛有些沉重。

陈平安开口问道："宁姑娘，你真的不会因此……"

黑衣少女瞥了眼桌上的白鞘长剑，点头道："没问题！"

之后她实在忍不住，说道："婆婆妈妈，你烦不烦？你还说你不是滥好人？"

陈平安笑了笑。

刘羡阳想了想，没有说话。

高大少年最后把话藏在肚子里，心想姑娘你大概是没见过这家伙的另外一面吧。

　　陈平安很少有不好说话的时候，可一旦不好说话，真的会很不好说话。

　　他刘羡阳见过。

　　隔壁的宋集薪应该也见过。

第二十七章

点　睛

在刘羡阳来到泥瓶巷没多久，小巷又来了个稀客，气度翩翩的青衫读书郎赵繇，颇有几分神似教书先生齐静春。

赵繇是小镇四大姓之一的嫡长孙，比起卢正淳那些游手好闲的纨绔子弟，同样出身富贵的赵繇，口碑就很好，小镇许多孤寡老人都受过少年的恩惠，若说这是书本上所谓"名士养望于野"的手腕，好像太高估赵繇的心志，有点小人之心度君子之腹，毕竟少年从十岁起，就已是这般与人为善的心性，年复一年，并无丝毫懈怠。哪怕是福禄街看着少年郎长大的老人，也都要伸出大拇指，每次训斥自家子弟，总会把赵繇拎出来作为参照，这就使得赵繇在同龄人当中没有几个交心的朋友。

卢正淳那拨人心性自由，也不爱跟一个成天之乎者也的书呆子打交道，试想一下大伙儿兴致勃勃去爬墙头偷窥俏寡妇，结果有人在旁边念叨非礼勿视，岂不是大煞风景。总之，少年赵繇这些年喜欢跟福禄街以外的人打交道，大大小小的巷弄，他几乎都走过，除了泥瓶巷，因为这条小巷里住着宋集薪，一个让赵繇经常感到自惭形秽的同龄人。

不过真要说朋友的话，赵繇大概只认宋集薪这个棋友，虽说这么多年下棋一直输给宋集薪，但是胜负心归胜负心，想赢棋的执念归执念，对于天资高绝的宋集薪，赵繇其实心底一直很佩服。只不过赵繇有些失落，是因为直觉告诉他，宋集薪虽然跟自己嘻嘻哈哈，平时交往亲密无间，可好像从来没把他看成真正的朋友知己。

赵繇虽然之前没有拜访过宋集薪家，但是当他一眼看到某栋宅子，就知道这家肯定就是宋集薪的家门了，缘于门口张贴的那副春联，字极多，且一看就是宋集薪的字，理由很简单，委实是风格太多变了，几乎可以说是字字不同，例如"御风"二字，一气呵成，随心所欲，大有飘然之意；"渊"一字，水字边，尤为深意绵长；奇一字，那一大提起，气魄极大，雷霆万钧；国一字，又写得中正平和，如圣贤端坐，挑不出半点瑕疵。

赵繇站在院门口，几乎忘了敲门，身体前倾，痴痴望着那些字，失魂落魄，只觉得自己快要没了敲门的胆气。正因为他勤恳练字，临帖众多，才更加知道那些字里的气力之大、分量之重、精神之盛。

赵繇黯然伤神，掏出一只钱袋子，弯腰放在门口，准备不告而别。

这时候院门骤然打开，赵繇抬头看去，宋集薪好像正要和婢女稚圭出门，两人言笑晏晏。

宋集薪故作惊讶，打趣道："赵繇你行此大礼，所欲何为？"

赵繇有些尴尬地拿起钱袋子，正要开口解释其中缘由，就被宋集薪一把拿走绣袋，笑嘻嘻道："哟呵，赵繇是登门送礼来啦，收下收下了。不过事先说好，我是穷苦人家，可没有能让赵兄入法眼的礼物，来而不往就非礼一回吧。"

赵繇苦笑道："这袋子压胜钱，就当是我的临别赠礼吧，无须往来回礼。"

宋集薪转头对自家婢女会心一笑，将钱袋子交给她："看吧，我就说赵繇是小镇最懂礼数的读书人，如何？"

少女接过钱袋子后，捧在胸口，笑得眯起双眼，很开心，稍稍侧身施了一个万福："谢过赵公子，我家少爷说过，积善之家有余庆，行善之人有福田，奴婢在这里预祝赵公子青云直上，鹏程万里。"

赵繇赶紧回礼作揖道："感谢稚圭姑娘的吉言。"

宋集薪摸着后脑勺，打着哈欠："你们不累啊。"

稚圭笑眯眯道："若是每次都能拿到一袋子钱，奴婢施一万次万福也不累。"

赵繇有些汗颜道："要让稚圭姑娘失望了。"

宋集薪大手一挥："走，喝酒去！"

赵繇一脸为难，宋集薪激将法道："草包一个！读书只读出死板规矩，不读出点名士风流，怎么行？"

赵繇试探性问道："小酌怡情？"

宋集薪白眼道："大醉酩酊！"

赵繇正要说话，就被宋集薪搂住脖子拖拽离去。

婢女稚圭锁门的时候，那条四脚蛇想要偷偷溜出来，被她一脚踹回院子。

在她经过隔壁宅子的时候，悄然踮起脚跟，斜瞥了几眼，看到刘羡阳的高大身影，后者也发现了她，立即笑脸灿烂起来。刘羡阳正要跟她打招呼，她已经收回视线，快步走掉。

小镇有酒楼，只是真的不大，开销却不小，只不过赵繇毕竟是赵家子弟，风评又好，出了名铁公鸡的酒楼掌柜，今天也不知道哪根筋搭错了，拍胸脯说不收一文钱，能够让两位读书人来小店赏脸喝酒，是他家酒楼蓬荜生辉了，两位公子收他钱才对。宋集薪立马就笑呵呵伸出手，当场就讨要银子来着，掌柜的悻悻然自己给自己找台阶下，说欠着欠着，明儿就让人给宋公子送几坛子好酒去。赵繇当时恨不得挖个地洞钻下去，掌柜素来晓得泥瓶巷宋大少爷的古怪脾性，倒也没真生气，亲自给三人在二楼找了个雅静的靠窗位置。

宋集薪和赵繇说话不多，宋集薪也没劝酒坑人，这让原本视死如归的赵繇反而很奇怪。

从酒楼二楼窗户望去，正好能够看到十二脚牌坊的一块匾额——当仁不让。

宋集薪问道："齐先生真的不跟你一起离开小镇？"

赵繇点头道："先生临时改变了行程，说要留在学塾，教完倒数第二篇《知礼》。"

宋集薪感慨道："那么齐先生是要讲一个大道理了，为儒家至圣传授世人，告诉我们世间最初，是没有律法一事的，圣人便以礼教化众生，那时候的君主皆崇尚礼仪，认为悖理出礼则入刑，于是就有了法，礼法礼法，先礼后法……"

赵繇已经微醺，有些口齿模糊，问道："你觉得对吗？先生又为何不干脆传授最后一篇《恪礼》？"

宋集薪答非所问："走出小镇之前，如山魈水鬼，神仙精怪，信则有，不信则无。至于齐先生怎么教，学生如何听，各安天命吧。"

婢女稚圭也喝了一杯酒，晕晕乎乎的俏皮模样，从头到尾都没看那座巍峨牌坊。

十二脚牌坊，石柱底座分别是龙生九子的九种异兽，之外便是白虎、玄武和朱雀。

小镇老百姓世代居住于此，早已见怪不怪了。

赵繇忍不住打了个酒嗝，摇摇晃晃站起身，道："与君一别，希望再会。"

宋集薪想了想，也跟着起身，微笑道："肯定会再见的，赵繇，莫愁前路无知己啊。"

两眼发花的赵繇咬着舌头，诚心诚意道："宋集薪，你也早日离开小镇，天下谁人不识君，你一定可以的！"

宋集薪明显没怎么当真，摆手道："走啦走啦，醉话连篇，有辱斯文。"

赵繇和宋集薪出了酒楼后，就分道扬镳，赵繇在离开之前，约莫是酒壮尿人胆，问了一句："宋集薪，要不要去窑务督造官的官邸看一看，我能说服门房的……"

宋集薪冷着脸从牙缝蹦出一个字："滚！"

赵繇黯然离去。

婢女稚圭看着那个背影，低声道："少爷，人家也是好意嘛。"

宋集薪冷笑道："世上好人的好心好意，到头来办坏事结恶果，少吗？"

她想了想，好像还真是这么个乏味无趣的道理，便不再坚持。

赵繇所住的福禄街在小镇北面，泥瓶巷在贫户扎堆的西边，宋集薪和婢女并肩走过牌坊的时候，她抬头看了眼"气冲斗牛"匾额，如同迟暮老人了。

本名王朱的少女，笑不露齿。

赵繇回到福禄街的祖宅后，下人告诉他老祖宗在书房等他，必须马上过去，一刻也不能停，一身酒气的青衫读书郎立即头大，硬着头皮赶往书房。

赵家在小镇不显山不露水，富贵内敛，不像卢家那般气焰外露，喜欢自诩为书香门第，书房也很古色古香。

手持拐杖的老妪正站在一张书案旁，抚摸着桌面，她那张沧桑脸庞，满是伤感的追忆神色。

老妪闻到门外嫡长孙的浓郁酒气后，也不生气，笑着招手道："繇儿，进来啊，杵在门口作甚，男儿喝点酒算什么，又不是喝马尿，不丢人！"

赵繇苦笑着跨过门槛，毕恭毕敬给老祖宗行礼，老妪不耐烦道："读书多了，就是这点不好，条条框框的，搞得读书人一辈子都在鬼打墙，腻歪得很，就说你爷爷吧，啥都个顶个拔尖，唯独与我说起大道理，絮絮叨叨，真是烦人啊，尤其那做派那神态，啧啧，尤为欠打，我偏偏说不过他，真是让人恨不得一拐杖砸过去……"

老妪突然自己被自己逗乐，哈哈大笑起来："差点忘了，那会儿我可用不着拐杖。"

她笑问道："怎么，是跟姓宋的小白眼狼一起喝酒？"

赵繇无奈道："奶奶，跟你说多少回了，宋集薪很有才气的，悟性很高，学什么都快人一步。"

老妪嗤笑道："他啊，聪明是最聪明了，只不过你爷爷生前早就三岁看老，看死了那小东西，想知道你爷爷是咋说的不？"

赵繇赶紧答道："孙儿不想知道！"

老妪才不管宝贝孙子愿不愿意听，自顾自道："你爷爷说啊，'小小年纪，城府深重，只可惜败祖辈家声者，必此人也'。"

然后她指了指赵繇："你爷爷还说，'温良恭俭，初无甚奇，却倒是培子孙之元气者，必吾孙也'！"

老妪说完后，笑了笑："死老头子，酸了一辈子，最后总算说了句顺耳的好话。"

有些疑惑的赵繇刚要说话，只听奶奶唏嘘感叹道："老喽老喽！"

少年只得收回话，笑着上前挽住老妪的手臂："奶奶寿比南山，还年轻得很。"

老妪伸出干枯的手掌，拍了拍宝贝孙子的手背："比你爷爷强，读书不仅会讲狗屁道理，也会说好话给人听。"

少年笑道："爷爷是真有学问的，齐先生也说爷爷治学有道，解'义'字，极有心得。"

老妪立即露出狐狸尾巴了，遮掩不住的得意洋洋，却要故作冷哼道："那可不，也不看是谁挑中的男人！"

赵繇紧抿嘴唇，忍住笑。

老妪带着赵繇来到书案后的椅子旁，少年发现书案上，摆放着一座卧龙木雕，栩栩如生，只是不知为何，仔细观察后，就发现这条青色木龙，有眼无珠。

老妪拿起早已蘸满墨汁的毛笔，是一支由老槐枝制成木管的崭新小锥笔，双手捧住，颤颤巍巍递给嫡长孙。

赵繇不明就里地接过毛笔，突感肩头一沉，原来是奶奶将手按在了自己肩上，他顺势坐在那张只有赵氏家主才能落座的椅子上。

老妪向后退出一步，无比庄严肃穆道："赵繇，落座！今天就由你替赵家列祖列宗，为龙点睛！"

一尊尊破败不堪的泥塑神像，在荒草丛生的地面上，横竖歪斜，无人问津。

千百年来皆是如此，甚至会不断有泥像沦落此地，小镇百姓不只是对很多事物见怪不怪，其实见到这些神像，也早就没有太多敬意了。

老人偶尔会唠叨几句，让自家孩子不要来这边玩耍，可是稚童孩子们仍是喜欢来此捉迷藏、捉蟋蟀等，可能等到这些孩子长大成人，再变成了垂垂老矣的老人，也一样会跟孩子们说不要来此嬉戏，一代一代，就这么过来了，也无风雨也无波澜，平淡无奇。

只见这里，滚落的头颅，断裂的躯干，分开的手掌，好像被人勉强拼凑在一起，才堪堪维持大致原貌，但也仅剩下这点颜面了。

一个草鞋少年，从泥瓶巷那边匆匆忙忙跑到这里，他手心攥紧着三枚供养钱，当他来到这里后，一路绕来绕去，还碎碎念着，然后无比娴熟地找到一尊神像，蹲下身，环顾四周，并无人影，这才将铜钱悄悄放入神像破裂的缝隙中去。

起身后去找第二尊，第三尊，皆是如此作为。

少年离去之前，独自站在绿意郁郁的草丛中，双手合十，低头默念道："碎碎平安，碎碎平安，希望你们保佑我爹娘下辈子不要吃苦了……如果可以的话，请你们告诉我爹娘，我现在过得很好，不用担心……"

第二十八章

财 迷

黄昏时分，陈平安返回小镇路过城东门的时候，看门的邋遢汉子，还在那里哼着曲子，正唱道"一寸光阴不可轻，荣华富贵皆可抛"，兴许是被草鞋少年的急促脚步惊扰，汉子睁开眼，刚好和小跑入门的少年对视，汉子看到是这个催债鬼后，扫兴至极，没好气挥手道："去去去，你小子的光阴值个鸟钱，荣华富贵四个字，你要能有一个字沾边，就烧高香吧。"

陈平安跑过之后，高高抬起一只手掌，五指张开，使劲晃了晃。

显然是在提醒那看门汉子，他们两人之间，可是有着五文钱的香火情。

汉子狠狠吐了口唾沫，骂道："也不是啥好鸟！"

少年身影很快消失，汉子抬头看了眼蔚蓝色的澄净天空，就像一层漂亮的釉色。

汉子揉着满是胡楂子的下巴，啧啧道："齐先生说过一句诗，什么来着，好物，琉璃？"

一辆牛车缓缓驶出小镇，车上坐着一位有口皆碑的青衫读书郎，车夫是个神色木讷的中年汉子。

汉子立即招手，大声笑道："繇哥儿，你先别忙着走，哥哥我有句话掉肚子里了，只记得好物、琉璃啥的，其余如何也想不起来了，你小子学问大，给说道说道！"

神采飞扬的赵繇怀里抱着一只行囊，朗声道："世间好物不坚牢，彩云易散琉璃脆！"

汉子伸出大拇指："不愧是繇哥儿，学问顶呱呱，以后出息了，莫忘记回家乡看看老哥，说不得到时候还能代替你先生，给咱们小镇孩子当个教书先生，也很好嘛。"

赵繇愣了愣，随即抱拳微笑道："承老哥吉言！"

汉子一高兴，从袖子里掏出只绣袋，一抖腕，高高抛给青衫读书郎，咧嘴笑道："这么多年白让你写了那么多副春联，关键是你小子也厚道，从来不觉得麻烦，老哥看人从来没错，送你点小玩意儿，一路顺风！"

赵繇连忙接住钱袋："后会有期！"

汉子笑着点头，朝少年的牛车摆摆手，只是却呢喃道："难喽。"

草鞋少年向小镇深处走，赵繇的牛车则奔赴小镇以外的天地，彼此擦肩而过。

坐在树墩子上的汉子掰着手指头数着："拎着竹篓金鲤鱼的大隋少年，泥瓶巷顾寡妇的崽子，再加上福禄街的繇哥儿，这就已经是三个啦。可是接下来还有那么多人，一头撞进来，还不得只剩下捡破烂的活计？要不然，我也趁机找个能揉肩敲背的孝顺徒弟？"

汉子伸出手扒拉一下皱巴巴的黝黑脸颊，嘿嘿笑道："若是个盘儿亮、条儿顺的漂亮女徒弟，就最好了。嗯，脸蛋差些也能忍，可腿一定要长！"

这位小镇出了名的光棍汉子，双手抱住后脑勺，仰头望着天空，独乐乐偷着乐呵。在想到这些开心事后，便一下子没了忧愁，只觉得天地之间有大美。

陈平安离开泥瓶巷之前，就跟刘羡阳和黑衣少女约好了，到时候直接在刘羡阳家的宅子碰头，等到陈平安跑到刘羡阳家，门没锁，推门而入，到了正堂，看到刘羡阳正在用洁净棉巾清洗、擦拭那副祖传宝甲。

黑衣少女宁姑娘重新戴上了浅露帷帽，腰间佩刀，那柄雪白剑鞘的长剑，则被她随意拎在手里。不知为何，陈平安总觉得宁姑娘好像有些嫌弃这把剑。

桌上那件刘家代代相传的压箱底老物件，说是宝甲，在陈平安看来是真的丑陋吓人，巨大甲胄上，布满了枯树瘤子似的铁筋，更有五条并列的深刻抓痕，从左肩头一路倾斜向下，一直抹到右边腰间。

关于这一点，两个少年百思不得其解，实在想象不出，到底得是多么庞大的山林猛兽，才能够造就这幅恐怖光景，后来朝廷多有封禁山峰，不得百姓进山砍柴烧炭，陈平安和刘羡阳几乎从不逾越禁例，很大部分原因便在这里。

陈平安有些奇怪，这副黑炭似的铁甲，丑归丑，但是刘羡阳是真打心眼将它当了传家宝，哪怕是陈平安这样的交情，这么多年来也只给看了一回，不到半炷香就又小心翼翼搬回朱漆箱子，供奉起来。

不过眼见着刘羡阳时不时偷瞄黑衣少女的情形，陈平安有些释然，刘羡阳从来就是这种德行的人，见着好看的女子就管不住眼睛，但他其实不是真的喜欢心动，只是喜欢显摆炫耀，比如以前夏天在廊桥那边，在小溪里光膀子洗澡，若是有提着秧苗或是牵着黄牛的同龄少女经过，刘羡阳是必然要来三板斧的，先火烧屁股地爬上岸边的大青石上，然后大声咳嗽——宋集薪对此点评为"昭告天下"，最后再一个扎猛子。眼力很好的陈平安，其实看得清楚远处少女们的眼神、脸色，所以一直很想告诉刘羡阳真相，那些相貌好看的姐姐，有翻白眼的，有嘀嘀咕咕骂人的，更多就是根本视而不见，唯独就是没有眼睛一亮，觉得你是一条英雄好汉的。

当然，后来刘羡阳看上了宋集薪的婢女稚圭，莫名其妙就深陷其中，在那之后，高大少年好像眼里头就再没有其他的漂亮女子了。哪怕此时此刻跟黑衣少女摆阔绰，也更多是希望傲气冷漠的少女，不要小看他，别以为挎着刀提着剑，就能拽得天王老子似的，我刘羡阳的这件传家宝，那也是小镇独一份。

帷帽少女等到陈平安后，环顾四周，最后将长剑横放在一只彩绘饯金花卉的老旧博古柜上，彩漆斑驳翻裂，她为了给长剑腾地方，挪开许多瓶罐杂物，发现柜子后壁镶嵌一幅图案，一株金色桂树，正值圆月当空。

少女转头说道："剑放在这里，你们不要动它，否则后果自负，我没有开玩笑。"

刘羡阳忙着擦拭宝甲，时不时低头呵口气，直接用手臂轻轻摩挲，已经真正乐在其中了。

陈平安承诺道："一定。"

少女对刘羡阳说道："这只柜子不值钱，但是这幅金桂挂月的镶嵌图案，你别轻易贱卖了。"

刘羡阳头也不抬道："那玩意儿，我打小就不喜欢，姑娘你要中意，自己刮下来便是。"

黑衣少女当然未作此焚琴煮鹤之举，只是好奇问道："这幅图案的材料是什么？"

刘羡阳回头瞥了眼："好几百年的物件了，我哪晓得，就连我爷爷也说不出个一二三来。"

陈平安轻声道："应该是从小溪滩里捡来的石子，有很多种颜色，不过刘羡阳的长辈，当年肯定是只拣选了金黄色的，先碾碎了再粘在一起。我们把这种石头叫蛇胆石。"

黑衣少女问道："石子？溪里多不多？"

陈平安笑道："宁姑娘你要是想要，我能给你一天捡一大箩筐来，我们这边没谁待见这个，就顾粲喜欢，经常自己一个人去捡。"

黑衣少女叹了口气，深深望着泥瓶巷的贫寒少年："住在金山银山上的穷光蛋啊。"

陈平安惊讶道："这种石子在外边，值钱？"

她扶了扶帷帽，说道："价格高低，也看落在谁手里，除此之外，哪怕落入懂行的人手上，成不成，还要看运气。运气好，一颗就够，运气不好，堆积成一座山的石子也不成事。不过不管如何，是值钱的，而且很值钱。就是不知道能否带出小镇，这点很关键。"

刘羡阳插了一句话："这石头有一点比较古怪，只要拿出小溪之后，一旦风吹日晒，颜色就会变淡，尤其是下过雨雪之后，掉色掉得更厉害。除此之外，就没啥了。"

少女惋惜道："果然如此。"

陈平安犹豫了一下："要不然我明天去捡一大箩筐回来，试试看？

万一有例外的呢？"

少女摇头道："对我来说，没有意义。"

刘羡阳已经将那具宝甲搬回屋内藏好，此时斜靠着房门，笑道："陈平安是个大财迷，说不定今晚就要去小溪摸石头去了。"

少女撂下一句："走了。"

她走到门口的时候，转头问道："簪子和药方，我会替你妥善保管。不过明天还是需要你去泥瓶巷帮着熬药。"

陈平安点头道："没问题。"

她想了想，脸色凝重，提醒道："跟我差不多时候进入小镇的这拨外乡人，最厉害的，应该就是正阳山的那个老头子，这趟是专程护送小女孩的，接下来才是打伤我的那个大隋宦官，之后是带走顾粲的刘志茂，那个笑里藏刀的妇人也别小觑。所以你们只要遇上正阳山那个老家伙，尽量别起争执，可一旦起了冲突，只管拖延时间，不许跟人动手，不要有任何侥幸心理，一定要拖到我出现为止。"

刘羡阳低声道："在咱们地盘上，这些个人生地不熟的外地佬，真敢杀人不成？"

陈平安看了他一眼，点头道："敢。"

刘羡阳咽了咽口水。

陈平安突然问道："还记得陆道长……也就是那个摆摊的算命先生，是怎么跟你说的吗？"

刘羡阳一阵头大，使劲回忆之后，抓耳挠腮道："这我哪里记得清楚，只知道是些不好听的晦气话，反正就是说什么有大祸、要烧香之类的，乱七八糟，我当时只当他是胡说八道，坑人骗钱的……"

陈平安转头望向黑衣少女。

少女恶狠狠道："他自己记不牢签文，我怎么给他解签？真当我是神仙啊！"

陈平安有些摸不着头脑，想不通宁姑娘为何突然如此恼火。

少女大步离开宅子。

比来时的慢慢悠悠，雷厉风行了许多。

佩刀少女走在宽敞巷弄，心想是不是回头抽空找几本书啃啃？

少女一想到自己以后行走四方，干脆利落地飞剑斩头颅之后，再来几句慷慨激昂的即兴诗词，哪怕四下无人，她也觉得真的很帅气啊！

正当少女充满憧憬的时候，一个熟悉身影飞一般擦肩而过。

"宁姑娘明天见啊。"

嗓音落地的时候，身影几乎已经在小巷尽头了。

草鞋少年，背着箩筐，健步如飞。

少女呆若木鸡，喃喃自语："真有这样的财迷啊？"

第二十九章

狐 魅

少年一路踩着细碎星光，出了小镇一直往小溪去，虽然是在夜幕里，可是陈平安跑得不比白天慢。陈平安刻意绕开了水位最深的廊桥位置，那边溪水要远远高出其他地方，陈平安拣选了一段溪水仅仅没过膝盖的溪流，他摘下背后那只竹编大箩筐，弯腰拿起藏在里头的一只小竹篓，紧紧系挂在腰间，脱掉草鞋，卷起裤管，这才下水去摸石子。

他左手被碎瓷割破的伤口还刺心疼，自然不能浸水，少年就只能用右手在小溪里翻翻捡捡，其实干涸河床的石子最容易拾取，但是就像刘羡阳所说的那样，颜色会褪得厉害。如今陈平安从黑衣少女那边粗略知晓了其中玄机，并不难理解，觉得这些石子，其实就像是早年自己跟随姚老头翻山越岭，四处嚼尝各座山头的土壤，看似平常的泥土，有些地方哪怕隔着一座山头，到了嘴里，就是截然不同的滋味。

姚老头说这叫树挪死人挪活、泥土挪窝成了佛，一把抓在手里的泥，只要离开了原本的土地，很快就会变味。

小溪没有名字，小溪里那些大如拳头、小若拇指的石子，五颜六色，可小镇百姓，世世代代见惯了它们静静躺在清澈的溪水当中，自然没谁觉得是什么稀罕玩意儿，谁要是往家里搬这些石头，肯定要被当成傻子，吃饱了撑的，有这份气力，不去多干点农活，不是傻子是什么。

弯腰蹚水的陈平安不断搬开、翻动溪底的大石块，已经捡了七八颗石子放入竹篓，大小不一，颜色各异，石子皮色有像秋天高挂枝头的金黄橘子的，也有白皙细嫩得像是婴儿的肌肤的，还有一团漆黑的，而且黑得发亮，还有鲜艳得像是大红桃花的，又以虾背青的颜色最多，不一而足。

这些村野俗名叫蛇胆石的石子，多半不大，握在手里滑腻沉重，如果是白天在阳光下高高举起，或是深夜烛光映照，石头内在的肌理纹路，纤毫毕现，隐约如丝，如细微的蛇鱼蜿蜒，稍稍拉开一段距离观看，皮色又如闪闪发光的鱼鳞、蛇鳞。

大概将近一个时辰，陈平安腰间鱼篓差不多已经装满，原路回到安放笭筐草鞋的溪畔，先去岸边拔了几大把芦苇、野芹和狗尾巴草，垫在笭筐底部，这才将石子一颗颗放入笭筐，拎着草鞋，系着鱼篓，背着笭筐，上岸而行，到了之前折返处的小溪岸边，再次放下草鞋笭筐，下了小溪继续翻挪石头。

捡了半篓后，陈平安直起腰，仰头望着星空，希冀着能够看到流星划过夜空，只不过今晚显然没有这么好的运气。陈平安回神后，继续凭借依稀星光和过人眼力，做一个财迷该做的事情。

每次成功翻捡出石子，陈平安就油然而生一股喜悦。对少年来说，每颗石子，都像一份希望。

不知不觉，陈平安已经积攒了大半笭筐石子，总计约莫八十颗，其中最大一颗比他拳头还大，色彩极为瞩目，如同凝结成团的鸡血，且色艳而正，丝毫不给人不舒服的感觉，这么大石头几乎没有瑕疵裂纹。此时陈平安走在岸上，走向下一段溪流，手里正把玩一颗中等大小的蛇胆石，浅绿色，比起小镇瓷器里的梅子青，要淡许多，石子圆润光滑，十分可爱，陈平安一眼就喜欢上了。

陈平安走向岸边的巨大青石崖，小镇孩子在炎炎夏日多在这段溪水洗澡，崖下溪水尤其深，最深一个坑得有两个陈平安那么高，是这条小溪水深仅次于廊桥下深潭的地方，水性好的少年，最喜欢在这里比拼谁在水坑底下待的时间长。

陈平安之所以选择这个深坑，是因为他以前和刘羡阳在这里洗澡的时候，发现坑底的蛇胆石极其繁多，刘羡阳有次为了显摆自己的水性出众，甚至故意腋下夹着一块蛇胆石上浮，陈平安记得那块石头最少得有顾粲的脑袋那么大，石头微微白色透明，里头竟然有鲜红色的细细点点，就像被冰冻起来的桃花瓣。

刘羡阳当时觉得此举颇有意义，便让陈平安帮他把那么大块石子扛回家，结果到了小镇上，没个定性的高大少年又觉得没劲，就让陈平安自己解决掉石头。陈平安那次刚走进泥瓶巷，就发现隔壁稚圭莫名其妙跟在自己身后，也不说话，一直死死盯着他怀里那块石头，眼神就跟陈平安每次瞧见杏花巷贩卖的肉包差不多。陈平安实在扛不住她的眼馋，就将石头送给了她，结果她一开始还搬不动，差点砸了脚，陈平安又只好干脆搬到宋集薪家的院子里去，至于之后石头的最终下落，陈平安便不得而知了。

石头清白如水，桃花漂浮其中。

就像桃叶巷那边的雨后桃花，雾色茏葱。

哪怕到今天之前，陈平安根本不晓得这种石头的玄妙，他也始终打心底觉得那块大石头，是真的好看。

陈平安叹了口气，突然停下脚步。

三十步外，溪畔青色石崖上，坐着个青衣少女，腮帮鼓鼓的，可她还在往嘴里塞东西。

陈平安脑子里的第一个印象，少女应该饿死鬼投胎吧，才会大半夜饿得这么可怜兮兮。

陈平安想了想，就不再走近了，生怕打搅了少女吃宵夜的心情。只不过也没掉头就走，毕竟他已经打定主意，今晚一定要去那个水坑碰碰运气，每次摸一两块石头上岸便是，次数多了，总能成功，再者这个水坑里的蛇胆石，比起小溪其他地方，更大，色彩似乎也更加鲜艳。

陈平安水性没刘羡阳那么好，但也不算差。

陈平安没有想到那陌生少女吃完了一样，又从身边拿起一样吃食，就没有空闲停歇过，腮帮就没有不鼓胀的时候。陈平安背着大半箩筐沉甸甸的石头，想着等下下水摸石也是体力活，就侧过身摘下箩筐放在地上。

陈平安低估了那个青衣少女的听力，结果只是这轻轻一放，少女就蓦然竖起耳朵，眼神瞬间直接扫过来。

陈平安又不好说姑娘你慢慢吃便是了，只好尴尬笑着。

少女表情有些呆滞，接连打了两个饱嗝，然后她好像噎到了，赶紧挺起胸膛，伸手使劲拍打胸脯。

陈平安这才发现她年纪不大，脖子往下，那边的风景，真是壮观，竟然完全不输很多生养过孩子的妇人。

胸前衣衫紧绷得厉害。

陈平安赶紧收回视线，可没有任何邪念遐想。

青衣少女这才想起自己带了水壶，不忘侧过身背对着陈平安，仰头灌了一大口水，呼吸这才顺畅了。

拎着草鞋的少年，当时其实只有一个简单念头，这位姑娘身上衣裳的布料，一定不是便宜货，否则吃不住这么大劲。

青衣少女继续吃东西，这次含蓄许多了，最少腮帮没那么夸张，低头小口小口啃咬，时不时拿眼光斜瞥奇奇怪怪的小镇少年，一双桃花似的狭长眼眸，眼尾微微上翘，让少女天生就像一头年幼狐魅。

她好像在用眼神询问少年："你咋回事，继续赶路啊。"

陈平安满脸无奈，只得伸手指了指青色石崖外的溪水，喊道："我不是路过这里，我要在你那边去溪里。"

她看着那个清瘦少年，就是不说话。

陈平安赶紧从箩筐里拿起一块石子，继续解释道："我要去溪里捡这些石头。"

少女突然记起要紧事情的模样，伸出手指竖在嘴边，示意陈平安不要说话，然后她挪了挪位置，显然是让陈平安过去，她不会妨碍他下水捡石头。

陈平安只得背起箩筐，硬着头皮走过去，好在青色石崖很大，能站十多个人，而且少女已经主动坐到边缘，不像之前双腿伸直了，规规矩矩盘腿而坐，她膝盖上放着一只打开的包裹，堆满了形形色色的糕点小吃，像一座小山，目前为止，才被少女吃掉一个小山头而已。

陈平安放下草鞋、箩筐和竹篓，原本是想着三更半夜的，就打赤膊下水，现在就别想了，旁边就坐着个陌生的黄花大闺女，且不说她会不会尖叫，这要是给她家长辈看到或是听到，陈平安估计自己要被人打断两条腿，还不冤枉。

陈平安来到石崖边，一个扎猛子，冲进水坑底部。

很快就摸上来一块石头，手掌大小，可惜不是蛇胆石，只得抹了一把脸，继续下潜，三次过后，终于摸起一块青黑色的蛇胆石。陈平安浑身湿漉漉地爬上石崖，放入箩筐，然后继续扎入水中。

从头到尾，少女都背对着这边，忙着吃东西呢。

不到半个时辰，陈平安就已经摸出七八块石头，除了第一块颜色偏暗，其余石头皆是大且鲜艳。

最后一次扎猛子下去，却没有拿石头上岸，而是抓了条手掌长短的活鱼上来，小镇俗称石板鱼，一遇见人，就喜欢躲藏在石块下，肉味极美，一般不过是比手指稍长，很少有陈平安手中这尾这么大的石板鱼。陈平安之前其实也在坑底石头缝隙，摸到过几条，只不过当时为了石头，给放了，这次灵光一现，突然觉得若是今夜能够抓个十来条鱼，明天炖锅鱼汤给宁姑娘，也挺不错。

陈平安上岸后，将鱼随手丢入竹篓。

第二次抓鱼上岸的时候，陈平安突然发现那个少女就蹲在鱼篓旁边，看着只躺着孤零零一条鱼的鱼篓，也能看得她满脸神采焕发，就跟当年稚圭在巷子瞧见那块石头差不多。

陈平安把第二条石板鱼丢入竹篓。

少女缓缓抬起头。

赤着脚的少年已经转身快步走去，又下了小溪。

少女听着少年扑通一声后，迅速从竹篓一手抓起一条鱼，低头望着还在蹦跳的它们，神情严肃，点头道："厉害的厉害的！"

青衣少女知道这座小镇有很多怪异的景象，名叫杏花巷的那口水井，所挂铁锁不知有多长。不远处的廊桥，前身其实是一座横跨小溪三千年的石拱桥，桥底有一把锈迹斑斑的铁剑，剑尖所指，是一座深不见底的碧绿水潭。那座长着十二只脚的螃蟹牌坊；祠堂外草丛里，横七竖八的破败泥像；北方有座瓷山，堆积着历朝历代被督造官亲笔判定为残次品的瓷器，一律被敲碎打烂，等等。

她甚至知道大半缘由。

她很小就跟随爹走南闯北，所以属于当之无愧见过大世面的。

但是当陈平安第三次抓着石板鱼上岸后，双手已经空空的少女，依旧蹲在鱼篓旁，只是两只手还在偷偷擦拭着衣角，她仰头看着赤脚少年走近，就像老百姓看待神仙的眼神。

陈平安被她的古怪眼神给看得浑身不对劲，试探性问道："你想要这些鱼？"

少女下意识使劲点头。

陈平安笑道："那这三条就都给你好了。之后我再抓。"

少女眨了眨眼睛，然后开心笑了。狐魅且狐媚。

第三十章
暗　室

　　陈平安很熟悉这种眼神，就和自己小时候看待刘羡阳是一般无二的，那会儿的刘羡阳，是杏花巷泥瓶巷这一带的孩子王，抓蛇捕鸟捞鱼，好像天底下就没有刘羡阳不会的事情。到后来，原本跟在刘羡阳屁股后头当跟班的同龄人，有些也去了龙窑当学徒，更多是散入小镇各个杂货铺子当伙计，或是给亲戚帮忙管账，也有如宋集薪所说，最没出息的人，才会去庄稼地里刨食吃，最后还跟刘羡阳混在一块的，就只剩下他了。

　　陈平安将送给少女的三条石板鱼，用几根狗尾巴草穿过鱼鳃穿在一起，递给少女。她接过这串鱼，拎了拎，有些轻，感觉不像是能凑足一碟青椒炒鱼，便歪头瞥了眼小溪水坑，满是期待。陈平安心领神会，歉意道："接下来抓起的鱼，我要熬汤给朋友补身体，不能送给你了。"

　　少女指了指不远处那只打开的包裹，示意可以用那些糕点来换鱼，陈平安摇头笑道："不行，糕点好吃，也能填饱肚子，但是不如鱼汤养人。"

　　少女点点头，没有强人所难，默默坐回原位，小心翼翼将鱼放在脚边，然后继续她"坐吃山空"的大业。

　　陈平安虽然好奇她的身份，但也没有多嘴询问，看她穿着打扮，不像是福禄街桃叶巷那边的大家闺秀，倒是有些像是隔壁邻居稚圭，秀里秀气的，也不爱说话。陈平安突然有些担心，她不会是偷了家里东西出来吃的小丫鬟吧，听说那些大宅里的规矩厉害得很，刘羡阳和宋集薪两人总喜欢反着说话，唯独在这件事情上倒是例外，只不过刘羡阳的说法很吓人，说是丫鬟婢女在那些院墙高高的宅子里头，一个走路姿势不对，就会被眼睛跟捕蛇鹰一样好的管家派人打断腿，丢到墙外的街上等死。宋集薪则说刘羡阳以讹传讹，才没那么夸张，只不过大家门户里的丫鬟嬷嬷，确实走路都跟猫似的，听不着半点声音。当时刘羡阳瞥见一旁偷着乐的婢女稚圭，立即就恼羞成怒了，大骂宋集薪鹅什么鹅，你家的鹅能说话啊？

陈平安最后抓上来七八条石板鱼，竹篓被它们撞得摇摇晃晃，脸色惨白的少年知道自己差不多到达极限了，春天的水冷，是往骨子里钻的那种，最主要当然还是受伤的左手经不住。陈平安最后一次上岸后，快步跳下青色石崖，钻入溪畔草丛里，发出一阵窸窸窣窣的声响，没过多久就拔出三四样草，不少草根带着泥土，一大把握在手心，捡了块普通石子，回到石崖后，找到石崖一处手心大小的天然小坑洼，擦干抹净后，开始轻轻捣捶草药，很快就变成一团青色的糊糊，汁水散发出春季水畔野草的独有芬芳。

背对着少女，陈平安深呼吸一口气，咬紧牙关，开始拆解左手棉布，额头很快渗出汗水，一下子覆盖了从头发滑落的冰冷溪水。血肉模糊的伤口，虽然比起包扎前的白骨可见，已经好上一些，但仍然称得上触目惊心。陈平安来时并没有想到左手会触碰溪水，所以没有准备棉布条，之前满脑子都是蛇胆石可以挣钱以及抓鱼炖汤两件事，这个时候才意识到自己犯了一个大错。少年正有点蒙，突然一只手掌出现在眼前，摊放着几条干燥洁净的布条，原来是青衣少女不知何时撕下了一截袖管。陈平安惨然一笑，顾不得跟少女客气，往手心伤口涂抹上草药后，靠近嘴边，用牙齿咬住一端，右手扯紧，围绕手背两圈后打结，一系列动作，有条不紊，又如蝴蝶绕枝，让旁观者眼花缭乱。

绑扎完毕后，陈平安缓缓抬起右臂擦拭满脸汗水，两条胳膊颤抖不止，根本不受控制。

蹲在附近的青衣少女，朝陈平安伸出一根大拇指，满脸你很厉害的表情。

陈平安右手指了指自己眼睛，苦笑道："其实痛得我眼泪都流出来了。"

少女转头瞥了眼少年自己编织的大笸筐和青竹鱼篓，有些疑惑。

陈平安神色尴尬："那些石头能挣钱的，而且抓鱼也很重要。"

少女懵懵懂懂，但仍是没有开口说话，两眼有些放空，扭头怔怔望着波光粼粼的溪水。

潺潺溪水摩挲着那些露出水面的石头，哗啦啦作响。

那一刻，星空璀璨，天地寂寥，人间好像唯有一双少年少女。

陈平安的身体逐渐安静平稳下来，原先急促的呼吸，开始下意识放缓，转为悠长绵绵。

就像从山洪暴发的小溪，变成了春秋枯水的溪水。

这种悄然转变，少年自己根本没有在意，浑然天成，水到渠成。

陈平安知道一身湿漉漉的，不能被初春的冷风吹太长时间，得赶紧回到小镇换身衣衫去。少年自然不会懂医书上的那些养生和病理，但是这辈子最怕生病一事的少年，对于四季节气变换和自身身体的适应，早就培养出一种敏锐直觉。所以很快穿上草鞋，在腰间系上鱼篓，背起笸筐，跟青衣少女挥挥手，笑道："我走了，姑娘你也早些回家。"

陈平安一边走下石崖，一边忍不住转头提醒道："廊桥那边水特别深，千万小心别脚底打滑啊。回家的时候，最好靠着水田这边一侧，哪怕摔倒了，一身泥总好过掉溪里去……"

陈平安说着说着，突然意识到自己说的话有些不吉利，听着不像是好话，反倒是像泥瓶巷顾粲他娘最擅长的那种咒人的混账话。陈平安很快就闭上嘴巴，不再唠叨了，加快脚步，向北跑向小镇。

笸筐很沉。

可是草鞋少年格外开心。

解开那个近乎死结的心结后，陈平安第一次觉得自己要好好活下去，好好的。

比如说要有钱！

能买得起带着独特墨香的春联，彩绘门神，吃得上毛大娘家铺子的肉包子，最好再买一头牛，像隔壁宋集薪那样能养一窝鸡……

青衣少女依然还在孜孜不倦地"挖山"，神色认真严肃，每次拿起一样新糕点，都像是在对付一位生死大敌。

她正在跟一块桃花糕较劲的时候，突然身体僵硬，意识到大事不妙后，不是逃跑，而是张大嘴巴，囫囵吞下大半块糕点，然后拍拍双手，坐在原地束手待毙。

不知何时多出一个汉子，个子不高，但给人一种敦厚结实的感觉，可也不会让人误以为是个村夫庄稼汉，因为男人的眼神实在太过刺眼，让人不敢正视。

男人看着只剩下"山脚"的那个碎花纹包裹，满脸无可奈何，想要开口教训两句，又舍不得，默默看着自家闺女那种我犯错就认罚的倔强模样，他更是心疼得一塌糊涂，好像自己才是犯错的那个人。

男人很想说些缓和气氛的话，比如闺女你饿了，就在剑炉茅屋那边吃便是，吃完了明天爹再去小镇给你买。

可是话到了嘴边，生性内敛的男人又说不出口，仿佛一字千钧，死死压住了舌头，如何也不知道如何安慰女儿。

这一刻，男人觉得自己还不如那个草鞋少年有本事，好歹女儿不用那么紧张兮兮。

青衣少女突然抬起头，问道："爹，当时为啥不收他当学徒？"

闺女主动说话，让男人如释重负。

男人虽然板着脸，但已经一屁股坐在女儿身边，解释道："那娃儿后天性情挺好，但是根骨太差了，就算爹收下他，他也会一下子就被师兄弟们拉开距离，再努力，也只能眼睁睁看着差距变大，万一到时候又要多出一个柳师兄来，何必。"

青衣少女脸色黯然，不知是听到那个"柳师兄"的缘故，还是草鞋少年的擦肩而过。

男人犹豫了一下，还是不打算藏掖，以免她误入歧途或是坏了圣人谋划："再者，这个少年太平凡了，在小镇上，反而显得很特殊。秀儿，你大概不知道，这娃儿的本命瓷器很早被人打碎，所以就成了孤魂野鬼一般的货色，不受祖荫的荫庇，与此同时，又会有种种不易察觉的怪事发生，这也是宋集薪和那女子选择做他邻居的原因，要不然以宋集薪的身份，会连福禄街也住不得？显然是不可能的。"

少女认真思考了一番："爹你是说他有点像是鱼饵？"

男人摸了摸她的脑袋："差不多。"

然后他笑道："若我们父女二人，不是天底下最不讲究外物、机缘和气数的剑修，说不得爹也会让他留在身边，看能否让你多一些好处。"

青衣少女有些闷闷的，心情不太好。

男人感慨道："秀儿，爹话糙理不糙，别嫌不好听。"

青衣少女还是病恹恹的模样，提不起精神。

男人想了想，指向远处如黑龙横在溪水之上的廊桥："那座廊桥的建造，是大骊王朝耗费无数心血的大手笔，只为镇住那柄不起眼的铁剑。试想一下，一柄元神残破、流逝殆尽的无主之剑，在整整三千余年后，为了压制它仅剩的那点威势，一座王朝仍是需要付出那么大的代价，所求之事，仍然不过是让它休憩片刻……"

少女哦了一声，耷拉着脑袋，眼睛余光一直瞥那座山脚，心不在焉地附和道："厉害的厉害的。"

男人哭笑不得，揉着额头。

天大地大，吃饭最大。

可是孩子她娘也不是这样的女子啊，那么这闺女到底是随谁的性子？

男人拍了拍女儿的肩头，柔声道："爹去见个人，你自己吃吧，慢些吃，没人跟你抢。"

少女猛然抬起头，抓住男人手臂，她手腕上一只赤红手镯，熠熠生辉，呈现出头尾衔接的蛟龙之姿。

如一条鲜活的火焰小蛟缠绕于少女手腕。

男人欣慰道："总算还有点良心，行了，别担心，爹是去见齐先生。"

少女松开手，立即抓起糕点，狼吞虎咽。

男人气不打一处来，千辛万苦忍到现在，终于忍不住嘀咕道："吃吃吃，姓刘的兔崽子欠揍不假，可是还真没有说错话，迟早有天要吃成一个肥嘟嘟的胖妞！到时候谁敢娶你当媳妇！难道爹还要抢个上门女婿不成？"

少女停下吃东西，双手捧着糕点，泫然欲泣。

男人落荒而逃，背对自己闺女的他不忘给自己一巴掌。

次次都是这样，功亏一篑。

大半夜的，陈平安一路跑回到刘羡阳家的宅子，开锁的时候，就能听到那家伙打雷一般的鼾声。

心真大。

换成是他陈平安的话，今夜绝对睡不安稳。

先将箩筐和鱼篓都放到搭建在院里的灶房，去到刘羡阳倒腾出来给他的右边偏屋，陈平安赶紧换上一身衣服后，这才回到院子灶房，开始对付那些石板鱼，开膛剖肚，洗干净后放在一只干净瓷碟里，再用另外一只碟子覆上，以免勾引来蛇鼠虫。

陈平安又从箩筐里，挑出五六颗最有眼缘的蛇胆石，搬到自己睡觉的偏屋里。

之前顺便看了眼宁姑娘放在柜子上的那把长剑，还在那儿安安静静横躺着。

做完这一切后，陈平安终于能够躺在被窝里，身体渐渐温暖起来，但是少年两眼发亮。

一方面是左手刺疼，一方面也是没有困倦睡意。

但是真正的原因，还是陈平安比刘羡阳，更知道那些外乡人的"不讲道理"。

少年不敢睡死过去。

于是陈平安一宿没睡，始终留心院门和屋门两个地方的动静。

到了拂晓时分，陈平安起床来到灶房，挑起担子，准备去杏花巷的铁锁井那边挑两桶水回来。

睡眼惺忪的刘羡阳躲在被窝里，只露出一颗脑袋，听到轻微声响后，迷迷糊糊喊道："陈平安，起这么早？你干啥去？"

陈平安没好气道："挑水！"

刘羡阳又喊道："要是碰到稚圭，替我问一声好。"

陈平安懒得理睬这家伙。

正要走出小院，陈平安突然听到刘羡阳说道："陈平安，你只要肯帮忙，回头我就帮你去水坑摸石头！"

陈平安灿烂一笑："好嘞！"

刘羡阳翻了个白眼，连脑袋都缩进被子，嘀咕道："没义气的家伙，就知道这招才管用。"

廊桥石阶上，坐着一位中年儒士，他独自枯坐到天明。

当天开青白出现第一缕曙光，他抬头望去，轻声笑道："千年暗室，一灯即明。"

第三十一章
敲 山

陈平安挑着水桶来到铁锁井的时候，中间经过杏花巷的几家早点铺子，肚子也不打声招呼就饿了起来，只是囊中羞涩，少年只能硬着头皮排队挑水，他前面还有三户人家，轮到他的时候，稚圭突然拎着只小水桶横插一脚，后边的人立马不乐意了。

虽不至于骂骂咧咧，可话也说得不好听，尤其有个佝偻老妪，人称马婆婆，两个儿子都很出息，各自拥有一座龙窑，虽然极小，在三十几口龙窑里头垫底，可在杏花巷这边自然算是顶天高的富贵门庭了，但是不知为何，老妪和两个儿媳妇的关系都处不好，儿子儿媳早已搬到桃叶巷那边去，老妪就一直独居在杏花巷的祖宅。在陈平安刘阳羡这一辈人眼中，马婆婆一直是很可怕的长辈，骂人极狠，尤为小气吝啬，大冬天院门外的积雪，她都恨不得往自己家里搂，若是有孩子打雪仗用了她家门口的雪，或是拔掉她家屋檐下的冰锥子，她能拎着扫帚追着打骂几条街也不累。

以前小镇西边这些座巷子，应该就只有顾粲他娘亲，能够压得住马婆婆的气焰。如今顾寡妇据说跟着她那死鬼男人的远房亲戚，投奔了夫家的家乡，这些年原本已经稍稍慈眉善目一些的马婆婆，立即就生龙活虎、重返江湖了，逮着谁都瞧不顺眼。这不宋集薪的婢女来这么一出，马婆婆立即就开始阴阳怪气说话，嗓门不大，皮笑肉不笑，故意跟身边妇人拉家常，说有些姑娘家家的，总算可以开脸绞面啦，反正走起路来双腿都没法子并拢了，这是大喜事，终于不用小姐身子丫鬟命，可以光明正大被人喊夫人喽。

陈平安听得头皮发麻，又不好把有错在先的稚圭赶走，毕竟这么多年的邻居了。帮刘羡阳两桶水装满后，赶紧给她也拎上来一桶水，想着早点离开这个七嘴八舌的婆娘堆。马婆婆见宋家那小贱婢竟然假装听不到，一时间更加恼火。

高手过招便是如此，最怕对方根本不接招，空有一身好武艺，便无处落脚。

以往跟顾寡妇那个骚狐狸吵架，输归输，老妪每次事后觉得功力见长，下次吵架肯定能找回场子，哪像这个泥瓶巷的小浪蹄子，次次故意闷不吭声。但是每次少女离开时候的眼神，又透着股让老妪极其不舒服的意味，真是让老妪恨得牙痒痒，很想上前抓她个满脸花，省得附近几条巷子的少年和青壮汉子，人人恨不得把魂都挂在那不要脸婢女的腰肢上。

尤其是她那个孙子，虽然在外人眼中一直是个傻子，可最近就连她这个奶奶，也觉得这孩子真真正正是失心疯了，一天到晚都说些胡话，总说以后要把这个泥瓶巷的婢女，娶回家当媳妇，然后要把这老天一拳打出个窟窿来。

见可恨至极的少女没反应，马婆婆就把主意打到贫寒少年身上，啧啧道："没出息的贱泥坯，害死了爹娘也有脸活在世上，知道自己注定没本事娶媳妇，就舰着脸勾搭别人家的婢女，真是天造地设的一对狗男女，干脆在一起好了，反正泥瓶巷就是住垃圾贱种的地儿，以后生出来的孩子，说不得真能在泥瓶巷称王称霸呢。"

陈平安想了想，弯腰刚要放下肩上的担子。

婢女稚圭已经早早放下水桶，大步走向那个有恃无恐的老妪。少女二话不说就是一巴掌，打得马婆婆整个人原地转了一圈，晕晕乎乎，给旁边妇人们搀扶住才没跌倒。稚圭不等老妪回过神，上前一步，劈头盖脸又是一耳光甩下去，骂道："老不死的东西，忍你很久了！"

老妪晃了晃脑袋，气得七窍生烟，正要还手，不知是不是错觉，身边两位妇人的搀扶，太过尽心尽力，让她一时间无法挣脱开，结果惨遭第三次羞辱。那婢女第三次出手，弯曲手指在老妪额头往死里一敲："以后再敢骂人，就把你这个长舌妇的舌头拔出来，你骂一个字，我就用针刺你一次！"

老妪吓得不轻，竟然忘了还嘴，更别提还手。

少女转身快步离去，发现邻居少年已经帮她提着水桶，笑了笑，跟他一起返回泥瓶巷。

不等陈平安说话，少女就把话说死了："别谢我啊，我骂人跟你没关系。"

陈平安无言以对。

两手空空的少女，自己在那边嘀嘀咕咕，反正没想要从草鞋少年手里拿回水桶。

铁锁井辘轳车旁边，老妪坐在地上干号："挨千刀的小贱婢，要遭天谴啊……我的命好苦啊，老天爷不长眼，怎么不劈个雷下来，砸死这个小浪蹄子啊……"

少女脚步轻快，双手一下一下向天空撑起，很古怪的手势。

好在陈平安跟她做了这么多年邻居，并不觉得奇怪。

两人经过早点铺子的时候，陈平安看到一个熟悉背影，她个子不高，身穿青色衣裳，正在买刚出炉的肉包子，热气腾腾，香味飘荡整条街。

今天的清晨，不知何时已是云层低垂的景象，格外厚实，像一条富人家的大被褥，铺在那边晒太阳。

轰隆隆，小镇头顶雷声大震。

铁锁井那边的马婆婆麻溜站起身，匆匆忙忙跑回家去了，小水桶摇摇晃晃，一路洒出井水，估计到家后，不会剩下半桶水。

约莫是老妪心知肚明，老天爷若是真开了眼，第一个雷劈下来，多半就要落在她头上。

陈平安听到雷声后，抬起头望去，有些疑惑，不像是下雨的迹象。

少女笑眯眯道："我家少爷说他在书上看到过，传闻每逢初春，就会有天庭正神身披金甲，擂鼓于云霄，辞旧迎新，震慑万邪，以报新春。"

陈平安点头道："你家少爷读书确实多。"

少女叹了口气："我家少爷什么都好，就是懒散了些，再就是喜欢骂老天爷，我觉得这样不好。"

陈平安没有背后说人是非的习惯，对此没有说什么。隔壁宋集薪有个坚持很多年的怪脾气，就是骂老天爷，跟马婆婆是一个路数，骂贼老天不开眼之类的。不过读书人也有读书人的讲究，风雪夜，雷雨天，天边挂满彩霞的时候，这是宋集薪的三不骂，说他是要趁着老天爷打盹的时候，骂他一骂，老天爷听不到，便不会生气，而他宋集薪也能解气舒坦，一举两得。

见陈平安不搭话，稚圭就看似漫不经心说道："你昨晚没回家，去刘羡阳那边啦？"

陈平安点头道："家里有客人，不方便。"

她冷不丁问道："对了，齐先生是不是跟你见过面，还说了什么啊？"

陈平安反问道："为啥这么问？"

她天真无邪笑道："随便问问，因为今天我出门打水的时候，刚好碰到齐先生说是清晨散步，还问我你在不在家呢，我便如实回答了。"

陈平安笑道："之前无意间遇上了齐先生，先生就跟我说了几句家常话，大致意思是当年我应该和刘羡阳，一起去学塾读书的。我只能说家里穷，没法子的事情，要不然我也愿意读书。"

稚圭疑惑道："这样吗？"

陈平安望向她的那双眼眸，笑问道："要不然你以为？"

她一笑置之。

两人在街角分开，稚圭接过水桶去往泥瓶巷，陈平安返回刘羡阳家，在这之后，还要去城东门那边取家书信笺，一封一文钱，要是早早拥有这份生意，就凭陈平安跑遍方圆百里山头的脚力，估计媳妇本都已经攒够了。

泥瓶巷口子上，稚圭看到自己少爷站在那边，打着哈欠。

她快步走去，好奇道："公子，你怎么出来了？"

宋集薪缓缓伸展身体，懒洋洋道："待着也无聊。"

她小声问道："公子，新任督造官什么时候回小镇啊？那之后咱们是不是就能去京城啦？"

宋集薪想了想："也就一旬之内的事情吧。"

稚圭犹犹豫豫，手里的小水桶也跟着晃晃荡荡。

宋集薪笑问道："咋了，有心事？"

她怯生生道："公子，那本地方县志能借给我瞅瞅不？就一两个晚上，我好认字，省得到了那啥京城，给人瞧不起，到时候连累公子给人看笑话。"

宋集薪哑然失笑，略作思量后："这有啥不好意思开口的，不过记得翻书之前，洗干净手，别在书页上沾上污垢，再就是小心蜡烛油滴上去，其他也没什么需要注意的，一本'到此为止'的破书而已。"

稚圭灿烂笑道："奴婢谢过公子！"

宋集薪乐了，开怀大笑道："来来来，公子帮你提水。"

稚圭躲闪了一下，正色道："公子！不是说好了君子远庖厨吗？这些杂事，公子哪里能沾碰，传出去的话，我可是会被街坊邻居戳脊梁骨的！"

宋集薪气笑道："规矩、道理、礼法这些东西，糊弄吓唬别人可以，公子我……"

说到这里，这位生长于陌巷的读书种子，不再说下去了。

她好奇道："公子是什么？"

宋集薪恢复玩世不恭的笑容，伸手指了指自己："公子我啊，其实也就是个庄稼汉，把一块田地给一垄垄，一行行，划分出来，然后让人撒种，引水灌溉啊，我就坐等收成，年复一年，就这样！"

她迷迷糊糊。

宋集薪哈哈大笑。

少年突然收敛笑意，一本正经道："稚圭啊，姓陈的是不是帮你提了一路的水桶？"

婢女点点头，眼神无辜。

少年语重心长道："有一位圣贤曾经说过，愿意把陌生人的些许善意，视为珍稀的瑰宝，却把身边亲近人的全部付出，当成天经地义的事情，对其视而不见，这是不对的。"

婢女更加懵懂疑惑："啊？"

少年揉了揉下巴，自言自语道："竟然没有听出我的言下之意，让少爷我怎么接话才好？难道到了京城，要换一个更聪明伶俐善解人意的漂亮水灵小丫鬟？"

婢女忍不住笑出声，根本不把自家少爷的威胁放在心上，揭穿真相道："少爷其实是想等我问，谁是这位大学问的圣贤吧？少爷，我知道啦，是你嘛！"

宋集薪爽朗大笑："知我者，稚圭也！"

学塾书屋内，中年儒士正襟危坐，他眼前棋盘上的所有黑白棋子，皆在春雷声中，化作齑粉。

小镇少年孩子们在小溪抓石板鱼，有一种法子，是手持铁锤重击溪中石块，就会有躲在石底的鱼被震晕，浮出水面。

与书上所谓的敲山震虎，有异曲同工之妙。

可若是要警告一方圣人，莫要逆天行事，悖理大道，那么天地间与之身份匹配的重器，大概就只有威势浩荡的天雷了。

第三十二章
桃 叶

陈平安挑水回到刘羡阳家的院子，倒入灶房水缸里，然后跑到房门口喊道："刘羡阳，我用一下你家的柴火油盐，要给宁姑娘炖鱼汤补补身体，可以吧？"

美滋滋睡着回笼觉的刘羡阳被惊醒后，怒吼道："姓陈的！你烦不烦，老子刚梦到稚圭对我笑了！快赔我一个稚圭！"

陈平安摇了摇头，记起一事，歉意道："刚才还真在铁锁井那边遇上稚圭了，不过被马婆婆打岔，忘了帮你捎句话。等会儿我去给宁姑娘送鱼汤的时候，保证帮你把话带到。"

刘羡阳一个鲤鱼打挺，迅速穿上衣服，跑到正房大堂外的门槛坐着，看着灶房里忙碌的消瘦身影，嘿嘿笑道："等下我跟你一起送鱼汤去，对了，今天稚圭是不是穿那件大红色的石榴裙？还是浅绿色那条？唉，回头等我再攒两百文钱，就能买到那只百余碾龙银粉盒了，我知道她看中它很久了，就是舍不得买。都怪宋集薪那个臭穷酸，实在小气，自己穿得挺像是福禄街的阿猫阿狗，可怜稚圭一年到头也没几件新衣裳，换成我是她家少爷，保准让她看中啥就买啥，比福禄街的千金小姐还富贵，做那万金大小姐！"

陈平安没理睬刘羡阳的痴人说梦，他实在不理解为什么刘羡阳偏偏就喜欢稚圭，当然不是看不起她作为宋集薪婢女的出身，也不是觉得稚圭长得不好看，只不过总觉得她和刘羡阳，怎么看都不像是有姻缘的。

陈平安好奇问道："你怎么也喊她稚圭，不喊王朱了？"

刘羡阳咧嘴笑道："晓得原来你也不知道'稚圭'两个字怎么写之后，我就无所谓了。"

陈平安无奈道："你跟我比有啥用，跟宋集薪比啊，稚圭又不是我的丫鬟。"

刘羡阳嗤笑道："那个家伙也不是样样比你好的，比如他这辈子喊过谁'爹''娘'不？没有吧，这不就不如你陈平安啦？也难怪顾粲他娘还有马婆婆那些婆姨娘嘴巴毒，宋集薪那家伙，本来就算不得什么清清白白的人家，不然为啥不光明正大住在那座督造官衙署，反而要去你们泥瓶巷过苦日子？这家伙竟还敢狗眼看人低，所以活该给人泼脏水，骂野种。"

陈平安站起身走到灶房门口："刘羡阳，虽然我和宋集薪根本算不上朋友，但是你这么说人家……"

刘羡阳急忙举起双手，坚决不让陈平安继续絮叨下去，狡黠道："我不说了，行了吧？陈平安你这认死理的烂脾气，随谁呢？我爷爷可说过，你爹娘都很好说话的，尤其是你娘亲，说话细声细气的，还喜欢笑，那脾气好得真是没话说，我爷爷还说早年马婆婆，几乎骂遍了附近巷弄的人，唯独见着你娘亲，非但不挑刺，还会有些笑脸呢。"

陈平安笑得合不拢嘴。

刘羡阳挥手赶人："赶紧给你家小媳妇炖汤去。"

陈平安翻了个白眼："有本事你当着宁姑娘的面说？"

刘羡阳笑道："你傻我又不傻。"

不久之后陈平安捧出一只小陶罐，两人锁好屋门院门，一起走向泥瓶巷。到了陈平安院门口，看到他在那儿傻乎乎敲门，刘羡阳才知道原来这家伙，把家门钥匙全留给了黑衣少女，刘羡阳觉得这家伙是真无药可救了。

黑衣少女在家的时候并不戴帷帽，开门的时候露出一张清清爽爽的容颜，刘羡阳心底有些害怕这个不苟言笑的少女，高大少年甚至都不知道原因。要说性子冷淡，隔壁稚圭有过之而无不及，刘羡阳一样有胆子死皮赖脸，若说黑衣少女悬佩刀剑的缘故，也不对，刘羡阳对上福禄街的膏粱子弟，哪怕几次被围追堵截，像一条丧家犬逃窜，但少年内心其实从头到尾都没怵过。

可他就是有点怕名叫宁姚的外乡小娘。

黑衣少女坐在桌旁打开罐子后，闻着香味，微微眯起那双狭长眼眸，点头柔声道："谢了。"

陈平安的观察细致入微，知道这应该就是冷漠少女心情很好的意思了。

陈平安先帮她煮了一锅粥，让她自己注意火候，然后对刘羡阳说道："你自己等着稚圭出门？我得去送信。"

刘羡阳正坐在门槛上，竖起耳朵聆听那边的动静，唯恐被他听出一点神仙打架的声响。心情正糟糕的高大少年不耐烦道："你忙你的！"

陈平安离开院子，即将跑到泥瓶巷路口的时候，突然发现前方视线昏暗下来，抬头一看，原来是一位身穿一袭雪白袍子的高大男子，他一手负后，一手搭在腹部的白玉腰带上，放眼远望。

大概是意识到自己挡住狭窄巷弄的去路了，男人微微一笑，主动侧身给陈平安让路。

陈平安一肚子疑惑，加快步子离开泥瓶巷，回望一眼，男人已经缓缓走入泥瓶巷。

先前哪怕是惊鸿一瞥，陈平安也看到一尘不染的雪白袍子上，胸前后背两处，皆绣有疏淡的金丝，隐隐约约，构成两幅图案，好像有活物游走于山雾云海之中，很是奇妙。陈平安不再深思，只当是苻南华那般的外乡人，又要来泥瓶巷寻找机缘了。在和齐先生一起走过老槐树底之后，草鞋少年倒是已经不太担心，总觉得只要有齐先生在小镇，退一万步说，哪怕真出了事情，好歹也能求到一个公道。

陈平安小跑路过杏花巷的时候，看到昨夜遇到的青衣少女，还在那边一家馄饨铺子坐着，一手一根筷子，竖立在桌面上，轻轻敲打，整张略带稚气肥嫩的圆乎乎脸庞，神采奕奕，她满眼都是那边热锅里煮着的馄饨，根本没注意到五六步外的陈平安。

对青衣少女而言，美食当前，天塌下也要吃完再跑路！

陈平安由衷佩服这位陌生的姑娘，也不打搅她，笑着继续跑向小镇东边。

某些人和事，哪怕是路边的风景，可是只要看一眼，依然会让人觉得很美好。

　　陈平安来到东边栅栏门的时候，那邋遢汉子站在树墩子上，踮起脚跟向东边眺望，好像在等待重要的人物。

　　陈平安以前在老槐树那边听老人闲聊，说起现任督造官大人第一次进入小镇的时候，就有很大的排场阵仗，四姓十族的祖祠老辈们几乎倾巢出动，在城东门这边"接驾"，只不过大太阳底下等了几个时辰，最后一名官署管事火急火燎跑到东门，说督造官大人在衙署后院午睡刚醒，让众人直接去衙署会晤便是，给那帮富贵老爷气得一佛出世二佛升天，不过据说事后进了衙署大门后，没谁敢放一个屁，一个比一个笑得像人家的乖孙子。

　　陈平安一直感到奇怪，那些个老人怎么说得自己亲眼见到似的，每次说起福禄街、桃叶巷的小道消息，比真的还真，例如说起卢家二姨奶奶跟护院教头成了相好，给人撞破房门的时候，连二姨奶奶慌乱之下，如何收拾衣裳遮挡丰硕胸脯的一大串细节，也说得半点不差，说故事的人，简直就像是那护院教头本人。

　　刘羡阳每次都听得咽口水，宋集薪偶尔也去，不会带着稚圭，笑得比刘羡阳含蓄些，但跟着众人一起偷偷起哄的时候，格外卖力，比早晚两次读圣贤书还要大声。

　　陈平安蹲在树墩子旁边，耐心等着小镇看门人。

　　汉子骂了句娘，跳下树墩子，瞥见草鞋少年后，也不说话，去黄泥茅屋拿了一摞信过来，六封家书，只给了五颗一文的铜钱。

　　陈平安大略翻过了书信地址，也没说什么，因为有两封信是福禄街的隔壁邻居，陈平安也不愿意占这便宜，当然如果汉子破天荒发善心，起先就给六文钱，陈平安也绝不把钱往外推。

　　陈平安想好送信的顺序后，随口问道："等人？"

　　汉子瞥了眼东边的宽敞大道，气咻咻道："等大爷！"

　　陈平安不想留下来当出气筒，赶紧跑路。

　　汉子气笑道："哟呵，还是个有点眼力见儿的。"

　　汉子看了眼天色，滚滚雷声早已没有，原本像是几乎要压到屋檐的低垂云层，已经渐渐散去。

汉子一屁股坐在树墩子上，叹息道："神仙打架，凡人遭殃啊。"

六封信，福禄街那边的卢李赵宋四大姓，各有一封，还有两封在桃叶巷，其中一封很凑巧，还是先前那位和蔼老人的家书，更巧的是开门收信的人，还是老人。看到是陈平安后，老人认出了草鞋少年，就玩笑道："孩子，真的不进来喝口水？"

陈平安腼腆一笑，摇摇头。

老人没有觉得意外，只是从袖子里摸出一把铜钱，递给陈平安，笑呵呵解释道："今天家里有好事，这点喜钱，见者有份，图个吉利而已，不多，就十几文钱，所以你就放心拿着吧。"

陈平安这才接过铜钱，笑道："谢谢魏爷爷！"

老人点点头，突然说道："孩子，最近啊，没事的时候，可以经常去槐树底下坐坐，见到地上有槐叶、槐枝啊什么的，就拿回家去放着，能够防蚁虫蜈蚣的，多好，还不用你花钱。"

陈平安在台阶下，向老人鞠躬致谢。

老人微笑着："去吧去吧，一年之计在于春，少年多活动筋骨，肯定是好事。"

少年跑着离开青石板街面的桃叶巷。

老人久久站在家门口，看着两边的桃树，一名身材婀娜的妙龄丫鬟来到老人身旁，小声道："老祖宗，看什么呢？外边天冷，可别冻着。"

丫鬟服侍老人有些年数了，知道老祖宗是菩萨心肠，少女对老人是有敬无惧，就笑脸嫣然，俏皮问道："老祖宗，该不是想起少年时遇见的姑娘了吧？那位姑娘当时就站在桃树下？"

白发苍苍的老人笑道："桃芽，你跟那送信少年一样，亦是'有心人'啊。"

丫鬟得了表扬，娇憨笑着。

老人突然笑道："这两天有个远房亲戚要登门拜访，到时候桃芽你就跟随家里那几个孩子，一起离开小镇。"

丫鬟愣了愣，眼睛一下子红了，带着哭腔道："老祖宗，我不想离开这里。"

一向极好说话的老人挥挥手："我再看一会儿巷子风景，你先回去，桃芽，听话，否则我会生气的。"

丫鬟只得怯生生离去，一步三回头。

桃叶巷的桃叶郁郁，尚无桃花。

老人轻轻呼出一口浊气，跨过门槛，走下台阶，走向最近的一棵桃树，站在树底下，老人伤感道："桃之夭夭，灼灼其华。真的是再也见不到啦。"

老人回望一眼自己宅子，呢喃道："小镇的得天独厚，本就不合大道，当初被圣人们硬生生改天换地，享受了整整三千年大气运，历代走出小镇之人，多在整个东宝瓶洲开枝散叶，可是老天爷何等精明，所以是时候来秋后算账，跟咱们收取报酬喽。你们这些孩子，不赶紧离开这里，难道跟随我们这些本就破碎不堪的老朽旧瓷，一起等死吗？要知道，死分大小，咱们小镇几千口人，这一死，是大死啊，连来生也没了。

"所以啊，如今趁着老天爷还睁一只眼闭一只眼的时候，能多走一人是一人。"

老人伸出干枯手掌，扶住桃枝："有心人有心人，希望真能天不负吧。"

不知何时，少年读书郎赵繇的奶奶，拄着拐杖的老妪已经走近这边："都快入土的老头子了，还这般天真，如老娘们涂抹胭脂，真是尤其面目可憎。这场灭顶之灾，是你那点好心肠就能改变丝毫的？"

老人眼神有些恍惚，看着同样满头雪白的老妪，莫名其妙说了一句："你来了啊。"

老妪先是一愣，然后立即恼羞成怒，一拐杖就打过去："老不羞的贼坯子，一大把年纪了，还敢嘴花花？！"

拐杖雨点般落在身上，老人只得落荒而逃，不过哈哈大笑。

老妪站在桃树下，犹然气恼不已，后悔自己不该心软，鬼使神差走这趟桃叶巷。

最后，老妪抬起头，看着抽出嫩芽的桃叶。

老妪一步一步走回福禄街，拐杖在青石板上一次次敲响。

一座繁华千年的安详小镇，不承想到最后，皆是没有来生来世的可怜人。

当真就没有一线生机吗？

溪水渐浅，井水渐冷，老槐更老，铁锁生锈，大云低垂。

今年桃叶见不到桃花。

第三十三章
白龙鱼服

陈平安又一次看到青衣少女，是她默默跟在一个中年男人身后，低着头啃着一张葱油鸡蛋饼。

那男人一脸生无可恋的模样。

见到陈平安后，男人停下脚步，问道："你是不是上次那个被我赶走的家伙？"

男人后背被重重一磕，撞了"墙壁"的青衣少女，抬头后一脸茫然，突然看到陈平安，她刚想要笑，猛然转身背对着陈平安，手忙脚乱擦拭嘴角。

陈平安忍住笑，对男人点头道："阮师傅你好。"

看样子，那位姑娘多半是阮师傅的女儿了。

不过父女的长相是真不像，也幸好不像。

被陈平安称呼为阮师傅的男人，正是那个到了小镇没多久，就迁往南边小溪畔的铁匠，他继续问道："刘羡阳这两天怎么没去打铁？"

陈平安刚要帮刘羡阳解释，男人已经冷声道："你去告诉那小子，今天要是再见不着他这位大爷的面，明儿就不用去我家铺子了。"

陈平安急匆匆道："阮师傅，他家里出了点急事……"

男人打断少年，很不客气道："那是他的事情，关我屁事？！"

陈平安本就不是擅长言辞的人，愣在当场，急得满脸涨红，又不知如何开口，生怕自己帮倒忙。阮师傅的耿直脾气，他可是切身领教过的。

青衣少女试图帮陈平安说点好话，结果被知女莫若父的男人提前教训道："吃你的饼！"

满腹委屈的少女突然加快脚步，一脚狠狠踩在男人脚背上，然后脚下生风，瞬间就一溜烟没影了。

男人哀叹一声，把陈平安晾在一边，继续前行。

陈平安也叹息一声，跑去早点铺子买了一笼六只包子，赶往泥瓶巷。

到了自家宅子，结果看到刘羡阳蹲在墙头上，半边身体倾向宋集薪家院子，偷听得很是聚精会神。

陈平安有些时候也会觉得，刘羡阳确实是挺欠揍的。

他只得提醒道："刚才见到了阮师傅，让你今天就去铁匠铺子帮忙，还说要是今天见不着你，就把你辞退。"

刘羡阳心不在焉道："急啥，我这种既手脚利索又吃苦耐劳的学徒，打着灯笼也难找，阮师傅就是放狠话，明儿再去也没关系。"

陈平安摇头道："我确定阮师傅绝对没有开玩笑。"

刘羡阳烦躁道："等会儿就去，别耽误我干正事。"

陈平安给黑衣少女送去早餐，直接给刘羡阳拿去三个包子，自己只咬着一个。

刘羡阳三下两下就解决掉所有肉包，一边抹嘴一边小声说道："刚才宋集薪家来了个客人，一看就了不得的大人物，如果我没有看错的话，应该就是现任官窑督造官大人，那次他穿着官服去咱们龙窑的时候，姚老头嫌你们这帮不成材的学徒碍眼，根本就没让你们露面长见识，我不一样，姚老头还让我给那位大人演示一下何谓'跳－刀'。"

陈平安笑道："新任督造官比较照顾宋集薪，是小镇所有人都知道的事情，你在这里疑神疑鬼做什么？"

刘羡阳忧心忡忡道："宋集薪这种小白脸，是绝对争不过我的，可是万一稚圭喜欢上这位气度不凡的官老爷，我胜算就不大了啊！到时候你的未来嫂子就跟人跑了，我咋办？你也咋办？"

陈平安直接走回屋子。

留下刘羡阳蹲在墙头自怨自艾。

黑衣少女坐在桌旁，腰杆挺直，一手握住刀柄，如临大敌。

她的额头渗出汗水。

这是陈平安第一次看到少女如此神情，虽然身体紧绷充满戒备，但是眼神发亮，跃跃欲试。

陈平安退回到门槛那边，她问道："知道隔壁客人的身份吗？"

陈平安答道："听刘羡阳说是咱们小镇的现任窑务督造官，人挺和气的，刚才在巷口那边，还给我让了路。"

少女冷笑道："这种人才可怕。"

陈平安疑惑不解。

她问道："人走在路边，看到蚂蚁，会踩上一脚吗？"

陈平安想了想，回答道："顾粲肯定会，他经常拿水去浇蚂蚁窝，或是用石头堵住蚁窝的出路。刘羡阳心情不好的时候，估计也会。"

黑衣少女无言以对。

陈平安咧嘴一笑："宁姑娘的意思，其实我懂了。"

她讶异道："真的假的？"

陈平安点头道："我觉得姑娘你说了两层意思，一层意思是我们小镇的老百姓，在你们这些外乡人眼中，都是脚底爬来爬去的蚂蚁。第二层意思是外人当中，又分高低，符南华蔡金简是顾粲这样的稚童，才会觉得掌握蚂蚁的生死，会有趣，或者会觉得碍眼，但是来到我们泥瓶巷的那位官老爷，不一样，说话做事，都会符合他的身份，所以显得特别客气。宁姑娘，对吧？"

少女问道："怎么琢磨出来的？"

少年玩笑着回了一句："捡了条命回来后，好像脑子灵光了些。"

黑衣少女郑重其事问道："临死之前，你看到了什么？"

"我没看到什么啊。"陈平安有些疑惑，不过仍是诚实回答，"其实在那条巷子里，我从头到尾都没多想什么，这个问题，宁姑娘问符南华和蔡金简比较好，他们说不定能看到什么。"

她冷哼道："哟，口气真大！"

说完这句话，她没来由死死盯着草鞋少年。

陈平安给看得心慌："咋了？"

少女皱紧眉头，有些懊恼，用家乡方言自言自语道："我家的剑学，无论是剑诀心法，还是用以淬炼体魄神魂的法门，都是独门独路的不传之秘，我学都没学全，哪敢教别人啊。而且我也没学过那些别处天下的粗浅东西，要不然也能给他指条明路，就算只是用来强健体魄、延年益寿也好。现在让我去哪儿找本门槛最低的入门秘籍来？"

少女眼睛一亮："打劫？不对不对，不是打劫，是找人借一本秘籍，有借有还的嘛。"

可惜她很快脸色黯然，恨恨道："该死的老宦官！给我等着，看我不把你们皇宫掀个底朝天。"

她哭丧着脸，忧伤道："难道真的只能去找姓阮的铸剑师？砍人我还凑合，有我娘的四五分真传了，可是求人，我真的不擅长啊。"

草鞋少年坐在门槛上，看着那个名叫宁姚的少女，自说自话，脸色变幻不定，就像是天边的云彩。

白袍玉带的英俊男子站在宋集薪的房间，环顾四周，微微皱眉："姓宋的他就给你安排了这么个寒酸地方？"

宋集薪嘴唇抿起，没有说话。

婢女稚圭早已识趣躲到自己偏屋去了。

按照小镇流传最广的说法，前任督造官宋大人，业务不精，没能造出让朝廷满意的御用贡瓷，靠着那点苦劳，留下一座廊桥，就回京任职了，当然也留下了宋集薪这个私生子，只给他买了个贴身丫鬟照顾起居，再就是"托孤"给好友，即顶替他位置的新任督造官，听说也姓宋。

但是事实真相如何，是当局者迷，旁观者未必清。

宋集薪自己也不清楚眼前这家伙，跟那个姓宋的男人，到底是何种关系，关系莫逆的官场同僚？昔年求学的同窗好友？还是京城庙堂其他山头派系的对头？姓宋的离开之前，略微提到过几句，说新任督造官到了小镇之后，很快就会带他们主仆二人离开小镇，赶赴京城，对那位大人，要求宋集薪必须极其礼敬，不得有丝毫怠慢。

宋集薪对眼前这个气势凌人的京城男人，大概是恨屋及乌的缘故，并无半点好感。

他在婢女稚圭那边流露出来的胸有成竹，对于接下来离开家乡的从容不迫，不过是少年的自尊使然。

男人笑道："罢了，那姓宋的酸秀才，历来就是谨小慎微的性格，不像大老爷们，倒像是个娘们，否则也不会让他来这边看顾你。"

宋集薪眉宇间阴沉沉的。

男人漫不经心瞥了眼少年储藏物品的大箱子，撇撇嘴，一副不屑一顾的神色，缓缓道："来这里之前，我已经见过老龙城的苻南华，真是个倒霉秧子，在这里都会差点道心崩碎，你与他的买卖，照旧进行便是，你小子亏盈自负，我不掺和这种芝麻绿豆大小的破烂事。不过离开之前，你必须跟我去趟廊桥，磕几个头，之后就没你事情了，跟我回家，做你该做的事情，坐你该坐的座椅，尽你该尽的本分，就这么简单，听明白了没？"

"听当然听明白了，宋大人的言辞并不晦涩。"

少年讥笑道："只不过凭什么？"

男人笑了，转身第一次正视这个少年，反问道："姓宋的娘娘腔说你天资卓绝，这评价也真是不怕闪了舌头，你不妨猜猜看，觉得我凭什么？"

若是细看，就会发现两人之间，竟然有几分形似和神似。

宋集薪怒气更重，只是始终隐忍不发。

男人不再卖关子，玩味道："凭什么？当然凭本王是个天字号的大倒霉秧子，竟然会是你小子的亲叔叔。"

宋集薪内心巨震，脸色微白。

白袍男人对此视而不见，双手扶住那根玉带，望向窗外的天空，微笑道："也凭本王是大骊王朝武道第一人。"

其实这句话换成另一个说法，更为震慑人心，只不过男人宁做鸡头不做凤尾，觉得只要是居于人后，哪怕是仅仅一两人之后，也根本不值得宣扬。

男人想起那个坐镇此地的儒家圣人，嘴角满是鄙夷，冷哼一声。

他心心念念。

假若不是身处此方天地，老子一只手，就能捶杀你齐静春之流的三教神仙。

学塾茅屋内，齐先生正在听蒙学稚童们的书声琅琅。

正襟危坐。

真正意义上的正襟危坐，宋集薪和赵繇这些读书种子，也难以领略其精髓。

儒教有一部"立教开宗"的经典，名为《大礼》，其中《修身篇》有专门讲到，君子当坐如尸，因为尸者神象，坐姿如尸，则其庄重肃穆，可想而知。

此时此刻，齐静春好像一五一十听到了白袍男人的心中默念，云淡风轻，微笑道："武夫掌国，了不得了不得。只不过，白龙鱼服，不是吉兆啊。"

第三十四章
齐 聚

宋集薪家门口那边传来脚步声，刘羡阳刚想要跳下墙头，便未见其人，先闻其声，有人温声笑问道："你小子是不是宝溪窑口姚老头的徒弟？姓刘？"

是那位身穿白衣腰系玉带的窑务督造官，大步走出门槛，向墙头这边笑脸望来。

刘羡阳随之身体僵硬，发现自己竟然没了力气跳下墙头，心虚干笑道："回大人的话，是我，当时大人去咱们龙窑开窑的时候，师父让我给大人演示过几样活计。"

男子点了点头，打量了一眼高大少年，开门见山地问道："少年，想不想去外边看看？比如投军入伍，上阵厮杀，我保证你只要熬得过十年，就能当上大官，到时候我亲自给你在京城摆酒庆功，如何？"

站在男人身后的宋集薪脸色阴沉似水，握紧那块苻南华赠送的老龙布雨玉佩。

这位顶着"私生子""野种"头衔很多年的读书种子，如今已经知道身边男人的真实身份，所以少年才更加明白男人所说言语的分量，"亲自摆酒"这四个字，将会是一张大骊最厉害的保命符，是一架官场最长的青云梯。

刘羡阳绞尽脑汁想出一些酸文醋字，结结巴巴道："谢过督造官大人厚爱，不胜惶恐……只是小的已经答应要做阮师傅铁匠铺的学徒，实在不好反悔，还望大人不要……大人不计……"

高大少年想说的话一下子卡在喉咙那里，死活都记不得了，急得满脸通红。

宋集薪看似善解人意地提醒道："是大人不记小人过。"

白袍男人一笑置之，不以为意："无妨，等你哪天有机会走出小镇，可以去最近的丹阳山口，找到一个叫刘临溪的武人，说是京城宋长镜举荐你来此投军，他若是不信，你就跟他讲那个叫宋长镜的人说了，你刘临溪还欠他三万颗大隋边骑的头颅。"

刘羡阳痴痴点头道："好的。"

男人笑着离去，宋集薪送到院门口就想止步，男人好似算死了他的心思，没有转头直接说道："随我去趟督造官衙署，我领你见个人。"

宋集薪两只脚如钉子一般扎根地面，黑着脸道："我不去！"

那个于小镇百姓而言门槛极高的地方，对于听着流言蜚语一年年长大的少年而言，却是一座龙潭虎穴，是一道过不去的心坎。

在外边一向行事雷厉风行的男人，没有恼火少年的不识时务，也没有停下脚步，但是放缓许多："根据衙署谍子眼线的记载，你已经见过那个姓高的隋朝皇子了吧？你知不知道，隋朝高氏与我们大骊宋氏，是有着不共戴天之仇的千年宿敌，同样是皇子，他敢来到这座位于敌国大骊腹地的小镇，而你宋集薪，同样是皇子，却不敢在自己家的江山版图上，去一座小小的官邸？"

宋集薪第一时间不是咀嚼这番话的深意，而是瞬间转头望向刘羡阳，只见高大少年正坐在墙头上揉手敲腿，好像完全没有听到男人说话。

走在泥瓶巷里的大骊白袍藩王嘴角翘起，男人收获了一点意外之喜。

不愧是我们老宋家的种。

不过一想到少年还是那个女人的儿子，身为大骊第一武道宗师的权势藩王，也觉得有些心烦和棘手。

宋集薪一咬牙，回头跟站在屋门口的稚圭说道："我去去就回，午饭不用管我。"

宋集薪刚走出院门，又转头笑道："拿上我床头那兜碎银子，去杜家铺子买下那对龙凤香佩，反正以后咱们都不用攒钱了。"

稚圭点点头，打了一个小心的哑语手势。

宋集薪开心一笑，潇洒离去。

等到宋集薪走远，坐在墙头上的刘羡阳小心翼翼问道："稚圭，宋集薪跟督造官到底啥关系？"

稚圭用怜悯眼神看着高大少年。

刘羡阳最受不了她这种视线："干啥，不过是认识个管烧瓷的官老爷，了不起啊？"

稚圭扯了扯嘴角，自顾自回屋取了食物来，开始喂养老母鸡和那群毛茸茸的小鸡崽子。

刘羡阳没来由觉得灰心丧气，跳下墙头对屋内嚷嚷道："姓陈的，咱们去铁匠铺！不受这窝囊气了。"

少女背对着一墙之隔的邻家院子，嬉笑道："佛争一炷香，人争一口气，可惜窝囊废就只有一肚子窝囊气。"

刘羡阳热血上涌，连耳根子都通红了，走到黄泥墙边，一拳重重砸在墙头上："王朱！有本事你再说一遍！"

婢女丢掉所有玉米、菜叶，拍拍手，转头笑眯眯道："你以为你谁啊，让我说就说？"

刘羡阳看着身姿正在抽条、越来越明艳动人的少女，说不出话来，心里空落落的，就像一只瓷碗摔在了地上。

陈平安其实早已站在门槛那边，看到这一幕后快步走到院子，轻声道："走吧。"

两个少年并肩走在小巷里，高大少年突然问道："陈平安，我是不是很没有出息？"

陈平安想了想，认真说道："巷子里的街坊邻居都说我娘亲很好，又说我爹是出了名的闷葫芦，所以我觉得喜欢不喜欢谁，跟有没有出息，可能关系没那么大。"

刘羡阳哭丧着脸："那我更惨啊，就算以后自己打拼出来一座龙窑，或是把阮师傅的手艺都学到手，她岂不是也一样不喜欢我啊！"

陈平安识趣地闭嘴不言，以免火上浇油。

陈平安走在熟悉的小巷里，突然想起一幕场景，早年跟随姚老头沿着溪水进入深山，看到一头小麋鹿在水边饮水，见到他也不惧怕，它喝过水后，就低头望着溪水，久久没有离去。溪水水面除了麋鹿的倒影，水中还有一尾徘徊不去的游鱼。

在走出祖宅前，宁姑娘建议他既然有了一片槐叶，就早点离开小镇，有了祖荫槐叶的无形庇护，便不至于有太大的意外，最好不要在小镇逗留太久，因为她不知道刘羡阳一事，会不会殃及他陈平安。

但是陈平安坚持要亲眼看到刘羡阳被阮师傅收为徒弟，才能安心离开。

因为当年没有刘羡阳，他早就饿死了。

当然，陈平安内心也希望那位宁姑娘，在他家里把伤养好了，只不过当时少年没敢说出口，怕被她认为是轻薄。

陈平安突然问道："你爷爷留给你的那具宝甲，是不是绝对不会卖给外人？"

刘羡阳一脸天经地义道："废话，当然死也不卖！"

他一拳捶在身边少年的肩头，玩笑道："我又不是你这种财迷。"

高大少年双手抱住后脑勺："有些东西暂时没有，可以用钱挣来，可有些东西没了，这辈子就真的没了。"

陈平安自言自语道："懂了。"

快走到泥瓶巷巷口的时候，刘羡阳爆了一句粗口，陈平安随之收起思绪，抬头望去，顿时有些心情沉重。

是福禄街的卢家大少卢正淳，当年就是此人带着一帮狐朋狗友，把刘羡阳堵在这条巷子，差点把他活活打死，如果不是陈平安跑去喊那几嗓子，家中已无长辈亲戚的刘羡阳，恐怕就真要被扔去乱葬岗了。

宋集薪当时蹲在墙头上看热闹，还不停推波助澜，之后又跟心有余悸的陈平安说，卢正淳他们那种行为，在小镇外叫作"为气任侠"。

卢正淳拦住刘羡阳的去路，挤出笑脸道："别紧张，我今天不是来跟你算旧账的，而是……"

刘羡阳打断卢家公子的话语："还来？好狗不挡道，给老子起开！"

卢正淳脸色尴尬，强颜欢笑道："刘羡阳，我这次是真的有事情跟你商量，上回那事儿，你不等我们把话说完，就直接跑了，这样不好，你好歹听听看我这边给出的条件，对不对？真要说起来，咱们两哥们也算不打不相识，没必要闹得那么僵，我和那些客人，是很有诚意的！"

刘羡阳歪了歪脑袋，讥讽道："怎么，你给人牵线搭桥还上瘾了不是？我就奇了怪了，你说你卢正淳，好歹是咱们小镇最阔绰人家的孙子，咋就那么喜欢给外人当狗腿子？"

卢正淳脸色铁青，却依然要维持住脸上的笑容，整个人显得很滑稽可笑，近似哀求道："刘羡阳，只要你开口，不管要什么，他们都会尽量满足你，比如说铜钱？要不然你说个数目，如何？例如……一百五十贯钱？便是……两百贯，我也能帮你还价去，两百贯啊，这都能让你在咱们福禄街买下半栋宅子了。"

刘羡阳凝视着眼前此人的眼神和脸色，鄙夷道："两百贯，你打发叫花子啊？还诚意？劝你就别跟我在这虚头巴脑的了，老子还要忙活正事去，你滚一边去！"

泥瓶巷外拐角处，粉雕玉琢的小女娃娃骑在魁梧老人的肩头，身穿一袭大红袍子的男孩被妇人牵着手，本该天真烂漫的岁数，脸上已经有了与年龄不符的阴鸷神色，用自家家乡那边的言语说道："这个卢家人是不是太蠢了些？要来何用……"

妇人摇头柔声笑道："施恩与人，要懂得斗米恩升米仇，谈买卖，想要获利最大，就该如卢正淳这般，先试探对方心理价位的底线所在。"

孩子疑惑道："跟这些土人贱民做生意，也需要如此麻烦？"

妇人笑道："人性复杂，人心阴暗，并不以修为高低来分多寡。小地方的人物，哪怕见识短浅，可是也不全是傻子。你若作此想，迟早有一天会吃亏的。"

孩子哦了一声："娘亲熟稔人心，为何不直接出面谈？"

妇人耐心解释道："看看咱们的穿着，任你去哪家店铺买东西，只要是稍微精明的卖家，都忍不住会宰客的。"

孩子叹了口气："只是我们如此扭捏，也太不舒心了。"

妇人蹲下身，双手扶住孩子的脸颊，望着那张酷似他爹的脸，正色道："记住，修心，亦是修行之一。顺境修力，逆境修心，缺一不可。"

孩子晃了晃脑袋，挣脱开妇人的双手，没好气道："又来这套空泛道理，烦死了。"

妇人有些无奈，却也没有继续语重心长传授道理，只觉得自家孩子天资好、根骨好，又有两个姓氏的家世作为靠山，所以未来的路还很长，虽说性情稍显偏执阴沉，但是大可以文火慢炖，拔苗助长才是最大的不妥。

听着小巷里的无趣对话，女童有些忧愁："白猿爷爷，要是那人死活不愿意卖东西，我们怎么办啊？"

双手及膝如猿猴的老人笑了笑，"那就让他去死好了。老奴来此，本就是为了应付这种最坏的情况，要不然那笔钱，就等于打了水漂，连个响儿也没有。不过到时候小姐的安危，会有些麻烦，估计得托付给宋家，或是李家才行。"

抛开其他不说，若是杀人，虽然老人会被圣人驱逐出境，但是比起无声无息打了个水漂，算是往水里投下一颗石子，好歹有点水花溅起。

只不过不到万不得已，老人绝不会出此下策，毕竟那部剑经意义再大，正阳山再视若珍宝，比起自己肩头上这位小姐的长生大道，终究是远远逊色的，最少对老人而言，是如此认为。

小镇四姓十族，以卢氏为首。

但如果放在外边，恰恰相反，实则是卢氏垫底，缘于由卢氏主支当国执政的一个王朝，被大骊两大边军联手覆灭后，卢氏在东宝瓶洲的地位，已是岌岌可危。

巷子那边，刘羡阳听着卢正淳说着什么高官厚禄、腰缠万贯、美女如云，就像是对着一个掉书柜的宋集薪，格外恼火，上前一步，指着卢正淳的鼻子斩钉截铁道："那铠甲是我刘家的祖传，跟钱没关系！你就算今天就让我搬到你家去住，从今以后你卢正淳每天喊我爷爷，我也懒得理你！姓卢的，听清楚了没？！"

孤零零站在泥瓶巷口子上的卢正淳，死死盯着眼前这个浑不吝，摆明了光脚的不怕穿鞋的，卢家大少一头撞死在这里的心都有了。

之前自己在廊桥那边担任说客，挡住刘羡阳去往铁匠铺子的路，结果出师不利，回到福禄街的宅子，爷爷招待过了那些高高在上的贵客，不露声色地将他喊到密室，没有说任何狠话，也没有说任何家族大业的大话，只是指着白布下的尸体："正淳啊，爷爷没有其他要求，只希望别让你弟弟死不瞑目，希望到了头七那天，你已经走出小镇，就当是替他看看外边的风景。"

卢正淳突然眼眶湿润，哽咽颤声道："刘羡阳，算我求你了，好不好？"

刘羡阳目瞪口呆。

这位锦衣玉食的年轻人，越发脆弱无助，嘴唇颤抖，泣不成声道："好不好？我给你下跪，我给你认错，行不行？"

扑通一声。

卢正淳结结实实跪在泥瓶巷的泥地上，开始磕头。

男儿膝下有黄金。

年轻人磕头磕得很不含糊，砰砰作响。

泥瓶巷外墙角那边，小女孩脚丫一下一下轻轻踢着老人胸膛，想着这一路行来，相中了哪些入眼的山峰，想着挑选哪一座搬回家乡才好。

男孩有些幸灾乐祸，随口问道："娘亲，这个姓卢的是不是失心疯了？以后咱们难道真要带着个疯子离开小镇，那多丢人现眼啊？"

妇人神色复杂，想起许多亲眼看到的奇人异事，欲言又止，最后摇头道："不会的。"

刘羡阳有些手足无措。

高大少年打破脑袋也想不到卢正淳会如此作为，一个小镇最富裕门户的嫡长孙，就这么跪在自己脚边磕头？

刘羡阳脸色纠结，就在此时，一直在观察刘羡阳和卢正淳的草鞋少年，突然扯了扯他的袖子，对他轻轻摇头。

刘羡阳于心不忍道："这也太不像话了……"

陈平安眼神坚毅，不言而喻。

大大咧咧的高大少年，已经有心软的迹象。

可是在黑衣少女眼中是滥好人的草鞋少年，此刻反而显得极其铁石心肠。

陈平安的直觉告诉他，如果刘羡阳在卢正淳下跪之前，答应下来这笔买卖，说不定最多吃些苦头，但是性命无忧。可是现在刘羡阳，已经陷入自己之前遇到的困境，当时若非齐先生插手，自己的命运就是杀死符南华，然后被杀，或是云霞山的人，或是老龙城。

而且更致命的是，按照宁姑娘告诉他的"规矩"，卢正淳本身就是小镇人氏的话，他或者卢家要杀刘羡阳，齐先生极有可能是无法管束的。

陈平安心思一转，趁着卢正淳还在拼命磕头，压低嗓音跟刘羡阳说道："实在不行就假装答应他，咱们先见到阮师傅，等你被收为徒弟再说。"

刘羡阳点了点头，对卢正淳说道："哥们，你还是先起来吧，起来说话！他他娘的这么整，算哪门子事！"

卢正淳没有起身，抬起头，红肿额头上沾满泥土。

刘羡阳无奈道："不过你需要先回去，跟他们好好合计合计，商量出一个公道价格才行，别再糊弄我了，我又不是傻子，什么两百贯铜钱，且不说我会不会亏到姥姥家，只说那帮贵人不嫌掉价吗？"

卢正淳缓缓起身，笑道："是这个理儿！只要你肯松口就好，刘羡阳，以后我卢正淳就是你兄弟了！你认不认我都没关系，反正我认你！"

刘羡阳走过去，跟卢正淳勾肩搭背，一起走向巷口，安慰道："老卢啊，以后可要带着兄弟一起享福。回头等到这笔买卖谈成了，我怎么都该请你喝顿好酒。"

卢正淳一边擦抹额头，一边欢畅笑道："喝酒还不简单，这有什么难的，而且我来请，哪能让你破费，就这么说定，不然老哥我可就生气了。"

刘羡阳哈哈笑道："就知道老卢你是厚道人，以后跟你混准没错！"

陈平安跟在两人身后，稍稍偏向小巷墙壁一侧，死死盯住巷口那边的动静。

白袍男子带着少年宋集薪，在年迈管事的领路下，赶往督造官衙署后厅。

管事说那位远道而来的书院李先生，在此等候了小半个时辰后，说要动身去学塾拜访一位儒门长辈。

宋长镜对此不置一词，只是问道："死在小巷的那个刺客，查出来是哪方势力的棋子没？"

管事有些犹豫。

宋长镜皱眉道："嗯？"

年迈老人赶紧弯腰惶恐道："正是福禄街的宋家。"

宋长镜冷笑道："也不知道给本王一点点惊喜！"

年迈管事汗如雨下。

宋集薪默不作声，眼神炽热。

学塾内，齐静春轻轻放下书本，转头望去，门口那边站着一位面容英俊的年轻人，高冠儒衫，笑而不语。

齐静春面容沉静，不苟言笑。

小镇上，一个身穿古怪衣服的光头男人，赤脚而行，神色枯槁，来到铁锁井旁，望向深井，双手合十，闭眼轻声道："佛观一钵水，十万八千虫。"

小镇外，一座山峰之巅，有人立于一株参天古树的粗壮树枝上，眺望小镇轮廓，腰悬一枚虎符，背负一柄长剑。

此方天地之外。

一条倾斜向上、仿佛通天的漫长道路上，四周云雾缭绕，看不到任何风景。

有年纪轻轻的黄冠道姑，身骑白鹿，缓缓登高。

她身旁又有一位面如冠玉的道士，步伐轻灵，如行云流水，有一红一青两条长须大鱼，在他四周萦绕游弋。

儒释道兵，三教一家，即将齐聚于小镇。

小镇南边溪畔的铁匠铺，父女打铁，火星四溅如一场绚烂火雨。

男人手持剑胚，对正在抡锤的马尾辫少女说道："这段时日，不要去小镇了。"

少女手上的力道立即弱了一大截，感觉全身力气都随着小镇上的吃食点心溜走了。

男人气笑道："出息！"

少女化悲愤为力量，重重一锤，使劲砸在通红剑条上。

璀璨火花照映之下，少女如一尊火神降世。

第三十五章

甘 草

　　刘羡阳和陈平安走出泥瓶巷后，发现两拨人马分别站在左右，小女孩骑在魁梧老人的脖子上，身穿鲜艳红袍的倨傲男孩，站在气态雍容的妇人身边。刘羡阳从中走过的时候，泰然自若，落在白发老人眼中，倒也算有几分大将风度，草鞋少年竭力隐藏的那份谨慎拘谨，则相当不入法眼。

　　卢正淳和两人告别后，战战兢兢留在原地，小心翼翼禀报道："刘羡阳提议诸位仙师给出一个适宜价格，下次他便忍痛割爱，卖了传家宝。"

　　妇人望向正阳山的那位白发老人，笑问道："猿前辈意下如何？"

　　老人略作思量，沉声道："事不过三，在这之前，就按照刘羡阳所说，给他一份滔天富贵便是，正阳山能够给这少年一个山门真传弟子的身份，除此之外，我还会私自借他一件法宝，为期百年。至于你们清风城许家，自己看着办。"

　　妇人震惊道："正阳山真传身份，已经尊贵至极，猿前辈竟然还要拿出一件法宝？难道这名刘姓少年，还是一位九岁时被买瓷人放漏的修行天才？"

　　老人置若罔闻，只是对小主人笑道："小镇好些铺子，各有渊源来历，小姐可以逛逛，说不定就能捡漏。"

　　小女孩童心童趣地嚷着"驾驾驾"，身为正阳山首席供奉的老人哈哈大笑，慢跑起来，如山岳移动。

　　男孩笑道："正阳山真是好大的威风！"

妇人示意卢正淳先行打道回府，她自己带着儿子随意走在街道上，给他解释其中渊源："正阳山除去那条普通的登山主路，还有专门的'剑道'，传承至今，已经开辟出六条登顶之路，这就意味着正阳山涌现过六位货真价实的证道剑仙。"

男孩嗤笑道："老黄历再厚有何用，吃老本能吃几年？能够进来小镇的各方炼气士，就算比我们后来的那几拨，家家户户，谁家祖上没阔过？"

妇人牵着孩子的手，笑道："那你知不知道，最近百年，有两条崭新剑道即将到达正阳山之巅？那个跟你同龄的小女孩，出奇之处，在于她可以在那座剑气纵横的'剑顶'之上，进退自如，逗留时间之长，甚至比起正阳山几位老祖也不逊色。"

男孩愣了愣，随即停下脚步，无比恼火道："既然那蠢丫头这么身世不俗，娘亲你为何不早就告知我，我就不会一路上跟她针锋相对，惹得她有事没事就顶撞我，若是让我过几年娶了她做媳妇，以后再顺势结成道侣，对于我们清风城岂不是一桩大利好？！"

妇人看着那张犹带稚气的漂亮脸蛋，怒气冲冲，像一头雏虎，她不怒反笑："你与那小女孩，都是有望登上'上五境'的修行巨材，所以你们的姻缘线，就会更加复杂多变，一意孤行，刻意为之，反而不美。你真的以为现在那丫头，只是全心全意讨厌你？"

男孩皱眉道："不然咧？"

妇人柔声道："顺其自然吧。"

男孩突然一本正经说道："娘亲，我不喜欢跟在刘羡阳身后的那个家伙。第一眼起，就很不喜欢！"

妇人好奇问道："这是为何？"

孩子用心思考片刻，回答道："这个家伙，有些奇怪，他跟什么都明白的卢正淳，还有什么都不懂的刘羡阳，都不一样。还有，我尤其讨厌他那双眼睛！"

妇人只当是儿子又开始耍孩子气，便劝解道："小镇之内，不可随心所欲，但是你要想啊，这里所有人在此方天地崩塌之后的下场，你心里是不是就舒服很多了？"

孩子点了点头，下意识重复说了初见草鞋少年时的两个字："蝼蚁！"

出了小镇，陈平安和刘羡阳很快就见到那座廊桥，刘羡阳随口问道："你说宋集薪他老子，为啥要建这座廊桥？建也就建了，又为啥偏偏要将以前那座石拱桥给覆住，听说石头桥也没拆，就像穿了件衣服似的，不晓得到了夏天会不会热，哈哈哈……"

说到最后，高大少年被自己逗乐。

廊桥这端悬挂一块金字匾额，是一块不知出自谁手笔的四字匾额，字极大，"风生水起"。

两个少年走上台阶的时候，刘羡阳狠狠跺了几脚，神秘兮兮道："姚老头有次跟我说，这台阶底下有古怪，说在刚刚建造廊桥那会儿，有天深夜里，宋集薪他爹命人在这里挖了个大坑，埋下一只等人高的大瓷罐。你怕不怕？"

陈平安没好气道："这有什么好怕的。"

两人走入阴凉的廊桥，刘羡阳低声道："你说会不会是因为桥底下的那个深潭，淹死过好几个人，需要请和尚道士来作法镇邪？"

陈平安从不妄言鬼神之事。

刘羡阳得不到答案，也就没了兴致。

这条新建没多久的木制廊桥，如今还泛着一股淡淡的木香和漆味，主要梁柱的木头，全是从封禁无数年的深山老林里砍伐而来，极难搬运出山，绕山而行的小溪平时水位不高，远远不足以浮起那些巨大木料，只好挑选暴雨时分，山路泥泞湿滑，一个不小心就会掉入洪水当中，可谓极其危险，所幸那一次并无青壮百姓落水身亡。有人说是那趟运木出山，学塾先生齐静春亲自前往帮忙，手把手教人如何运作，所以是托了齐先生的福，这才万事平安。

到了北边的廊桥台阶，刘羡阳突然一屁股坐下去，坐在巨大的长条青石上，陈平安只得跟着他蹲在一旁。

刘羡阳笑问道："如果不是因为我，你和宋集薪会不会成为很要好的朋友？"

陈平安摇头道："可能关系好一些，但也好不到哪里去。"

刘羡阳好奇问道:"为啥啊,你们俩街坊邻居的,又是差不多岁数,说实话,宋集薪是喜欢掉书袋,说话也难听,可好像也没做啥伤天害理的事情啊,你又是好相处的脾气,怎么就不行?"

陈平安笑道:"不聊这个,等下咱们到了铁匠铺,你千万别吊儿郎当的,能不能保住你家的宝甲,就看你能不能当上阮师傅的入门徒弟了。"

"知道啦知道啦,陈平安,说实话,你这喜欢叨叨叨的脾气,以后真得改改,要不然能被你烦死。"

刘羡阳向后倒去,后脑勺搁在廊桥最上边的台阶上,望着蔚蓝天空,道:"你跟着姚老头走得很远,爬山也爬得很高,那到底能看到多远的风景啊?"

陈平安随手拔出一根甘草,掸去尘土后就放在嘴里咀嚼,含糊不清道:"最远一次,应该是大前年的时候,我跟姚老头来回一趟,大概是一旬时间,光是封禁的山头就绕过十多个,最后走到一座很奇怪的山,高到吓人,说出来你可能不信,爬到半山腰的时候,一眼看去,就已经全是云雾了,最后我和姚老头好不容易才到了山顶,结果……"

刘羡阳等了半天,一直没等到下文,转头笑道:"没你这么拉屎拉一半,就提起裤裆的啊!"

陈平安有些感伤,轻声说道:"你也知道,姚老头对我印象很差,几乎从来没有跟我说过道理,也不愿教我烧瓷的真本事,每次进山,姚老头不爱说话,往往从进山到返回龙窑,加在一起,其实都没几句话的,可是那次到了山顶之后,姚老头大概是心情好,便多说了一些,说让我看到那边的风景,看到就算了,下山之后别多嘴,做人就该埋头做事,光耍嘴皮子,以后就算出了小镇也是丢人。"

刘羡阳安慰道:"不是我给姚老头说好话,他不喜欢你,可也不讨厌你,他对谁都是那副臭脾气,也就到我这边稍微好点。"

陈平安点头道:"所以我其实心底,一直很感激姚老头。"

刘羡阳突然怒道:"扯了这么多,你还没说到底看到啥!"

陈平安伸手指向东边:"我们爬的那座山已经很高了,但是我在山顶看去,最东边还有一座山,更高,我都说不出来它到底有多高。"

刘羡阳骂骂咧咧道:"不就是看到一座高山嘛,我他娘的还以为你看到腾云驾雾的神仙了!"

陈平安想了想,充满憧憬道:"说不定那座山上,真有神仙呢?"

刘羡阳笑问道:"陈平安,那你觉得神仙也需要吃喝拉撒不?"

陈平安揉了揉下巴:"如果神仙也要拉屎的话,比较不像话啊。"

刘羡阳一巴掌狠狠拍在陈平安脑袋上,然后站起身就跑:"这不神仙就在你头顶拉屎啦!"

刘羡阳下手没轻没重,这一下给陈平安打得有点晕乎,也没想着追杀高大少年,起身后自言自语道:"打雷,是不是神仙们在睡觉打鼾?下雨的话,总应该不是神仙撒尿吧,那咱们也太惨了……"

陈平安加快脚步,很快就追上刘羡阳。

打打闹闹,终于来到溪畔那座铁匠铺,已经搭建黄泥屋和茅舍等七八栋,在陈平安眼中,这些都是大把大把的铜钱啊。

还有一大拨小镇少年和青壮正在打井,同龄人多是刘羡阳这般的龙窑学徒出身,没了皇帝老爷赏赐的那口瓷饭碗后,能够在铁匠铺继续混个铁饭碗,已经算运气很好的了。不过按照刘羡阳的说法,这些帮忙的人当中,多是临时打杂干活的短工,阮师傅说他最多只收几个入室弟子,其余人最多成为长工。

刘羡阳挥手道:"你在这等着,我去跟阮师傅打招呼去,看能不能带你见识见识打铁的光景,啧啧,你要是看到他闺女抡锤打铁的模样,我保证能吓死你!"

陈平安站在原地,没有随意走动。

环顾四周,已经有七口水井的雏形了,井口还留着辘轳架子和围栏,有些井口,不断有人用头顶着簸箕钻出来。

看着打井的忙碌众人,陈平安习惯性蹲下身,捏起一把泥土,在指尖缓缓摩挲。

摸上去比较湿润,但其实并不是水性土,恰恰相反,而是火性土,不过属于火性土的最后一种,按照姚老头的说法,这叫"七月流火壤",土性会自行转为温凉,不算太燥,可塑性强,而且这意味着加固井壁的时候,不易塌方,是好事情。

显而易见，铁匠阮师傅即便不是挖凿水井的行家，也绝对不是外行人。

只是陈平安不太明白这么点大的地方，凿出这么多口水井做什么。

陈平安转头望向小溪方向，咧嘴一笑。

现在这条无名小溪，落在草鞋少年眼里，那就是一座躺着金银铜钱的宝库了。

只不过今夜摸完蛇胆石之后，陈平安要偷偷去趟泥瓶巷，按照顾粲离开小镇之前的悄悄话，去他家那只大水缸底下挖东西。顾粲当时走得火烧屁股，也没说啥，只说是他家的宝贝，连他娘亲也不晓得东西被他藏在那里了。

陈平安一想到那个鼻涕虫，就想笑。

以前陈平安是刘羡阳屁股后头的跟屁虫，跟着刘羡阳抓鱼捕蛇掏鸟窝，陈平安成为少年之后，自己身后也多出一个小跟班了。

对无依无靠的草鞋少年来说，一个是他的哥哥，一个是他的弟弟。

一个需要他报恩，一个需要他照顾。

所以这么多年下来，陈平安活得很艰辛，但是不苦。

第三十六章
古　书

　　刘羡阳很快背着一只笭筐跑回来，陈平安正在水井旁边观看凿井运土的情景，刘羡阳对着陈平安的屁股就是一脚，踹得草鞋少年差点一个狗吃屎，回头瞧见是高大少年后，便没计较。刘羡阳大大咧咧道："事情成了，阮师傅说让我这些天，老老实实在这边别乱跑，白天挖井，晚上打铁，一旬半之后，我就算他在小镇这边的第一个徒弟，叫啥开山弟子来着。我给你弄了个笭筐过来，帮你摸石头去，从铁匠铺这边摸上去，摸到廊桥那边为止，事先说好，青牛背那个地方的水坑，我是帮不了你的忙了，阮师傅说我这些天敢跨过廊桥以北、以西两个地方半步，就打断我的腿。"

　　刘羡阳一把搂过草鞋少年的脖子，窃窃私语道："阮师傅说小镇是不会丢东西的，还说那些外乡人，遵守一条很古怪的规矩，做得了公平买卖的商贾，也做得了坑蒙拐骗的骗子，甚至连捡破烂的乞丐也能做，唯独做不了鬼鬼祟祟的窃贼小偷。说在这，老天爷不会打盹不会闭眼，就盯着咱们看呢，你说瘆人不瘆人，反正我瘆得慌。"

　　刘羡阳突然威胁道："姓陈的，我家宅子你可以继续住着，可是别等我回去，你已经把我家的那具宝甲给卖了啊！"

　　陈平安一拳捶在刘羡阳胸口，捶得高大少年连忙松手，使劲揉了几下才缓过气，骂道："瘦竹竿似的小毛猴子，哪来这么大的力气！难道跟姚老头隔三岔五走个一百里山路，或是在深山里砍柴烧炭几个月，就能往死里长气力？"

　　陈平安笑道："反正我背着一筐石头，还能比你先跑回小镇。"

刘羡阳斜眼道:"那咱俩比比谁在水底憋气久?"

临近溪畔,陈平安弯腰卷起裤管,随口道:"只比一口气的事情,我才不干。"

下水之前,陈平安拔了许多溪畔春草垫在笋筐里,还唠叨说每捡二十块石头后,就要再垫些草。把刘羡阳烦得要把背后笋筐甩给陈平安,后者不答应,说换成自己背笋筐的话,按照刘羡阳那种毛躁性子,一定会直接丢石头进笋筐,他会心疼。刘羡阳差点当场就要撂挑子,这些个花花绿绿的石头,千百年来始终一文不值,怎么到了你陈平安这边就金贵娇气起来了?还敢嫌弃刘大爷的手法不够温柔?

只是到最后,高大少年仍是不情不愿地下水摸石,陈平安与之一左一右,打算将这条小溪彻底扫荡一遍。这边溪水依然多是膝盖高低,一些个稍高处,才会水位及腰,偶尔也有等人高的小水坑,多是巨石聚拢的落脚处,到了这些地方,就是刘羡阳大显身手的时候了,先将笋筐摘下递给蹲在巨石上的草鞋少年,他就一口气潜到水底,从庞然大物的大石缝隙,甚至是层层叠叠的石堆里,掏出他想要的蛇胆石。

当然陈平安也做得到,只是会很辛苦,耗时耗力远远超过刘羡阳。

还没有摸到廊桥,笋筐就满了七八分,其中有一块墨绿色的蛇胆石,刘羡阳在一处深坑水底摸了三次,才好不容易摸出来,它大如手掌,夹杂有金色的星星点点,有水波状纹路,石质坚细,入手极沉,当陈平安以手摩挲,竟然有烁烁然溅起锋芒之感。

只要不是瞎子,就知道这块石头很不一般。

最后两个少年肩并肩坐在一块溪中巨石上,刘羡阳双手撑在石面上,望着缓缓流淌的溪水,问道:"陈平安,你想过以后要离开小镇吗?"

陈平安回答道:"暂时没想过,出远门总得有钱吧,而且离开之后,宅子怎么办,也没人帮着收拾,万一哪天垮了咋办?而且我爹娘的坟头那边,也需要我经常去拔杂草。"

刘羡阳无奈道:"你怎么总想这么多没用的事情,没意思啊,难怪宋集薪说你就是鬼打墙的命,在这么个屁大的地方兜兜转转,一辈子都走不出去。"

陈平安转头笑问道:"你还记得上次我跟你说过的事情吗,就是那棵树。"

刘羡阳没好气道:"坟头长了一棵树,也值得大惊小怪的?再说了,那也是陈氏另外一支老祖宗的坟头,跟你陈平安没有半个铜钱的关系!"

陈平安盘腿而坐,轻声感慨道:"不知道小镇以外,姓陈的人多不多啊。"

刘羡阳拆台道:"小镇以外的我不知道,我只知道在小镇上,姓陈的只有小猫小狗三两只,而且除了你之外,好像全是那四姓十族的家生子,世世代代的奴婢身份,好笑的是,这些人在宅子里头当牛做马,低头哈腰,可只要出了那些大宅子,见到所有人就立即换了面孔,最喜欢狗眼看人低。所以姚老头说得对,要是你陈平安哪天也去给他们当下人,那你们这一支没有迁出小镇的陈氏,就算全军覆没喽。"

按照姚老头的说法,姓陈的人最早在小镇有两支,只不过其中一支很早就迁出去,陈平安这一支,以前也旺盛过,只不过这个"以前"实在是太久了,就连姚老头也说不清楚是几百年,五百年,八百年?还是一千年了?后来又分成好几房,人丁越来越稀少,运气大概是都给外迁的那支带走了,香火经常断,以至于许多坟头都渐渐没人看管了,加上大部分坟所在的山头,陆陆续续被朝廷派来的督造官,下令变成了一座座封禁之山。

姚老头最后一次带陈平安进山,经过其中一座山头的时候,指了个地方给他看,说那是陈氏另外一支的老祖宗下葬地方,坟墓就在那座山上,风水很好。至于陈平安这一支的,姚老头说神仙也找不着了,近几百年来,这一支姓陈的子孙都没出息,尽是些破落户,除了死撑着没给四姓十族当奴做婢,一无是处。

陈平安有次偷偷去找过那座陈氏老祖的坟头,结果到了地方,只是杂草,还看到了许多狐兔,就是没看到坟头,其中有一棵草鞋少年认不得的树,不高,比镇上的老槐树可要矮很多。

杂草丛生,狐兔出没,孤苦伶仃,一树独茂。

陈平安摇头道:"我娘走之前,要我发过誓,可以当要饭的,哪怕饿死,也不许我给那些大户人家当下人。"

刘羡阳脱口而出道:"那你娘亲死前,不是还要你发过誓,绝对不可以去龙窑当学徒?"

草鞋少年脸色黯然,没有反驳,也没有被揭短后恼羞成怒。

刘羡阳有些愧疚,又不是那种做错事后愿意说"对不起"三个字的脾气,只得假装什么都没有发生,起身道:"走了走了,挖井去,对了,我再跟阮师傅磨一磨,争取让你来这边当个短工学徒,到时候想要摸石头也容易。"

陈平安说道:"不急,等那两拨人死心离开小镇再说,这段时间我帮你看家。"

刘羡阳好奇问道:"你说为啥我跟阮师傅拜师学艺,就能逃过一劫?"

陈平安想了想,不确定道:"就像突然下雨,你总得找个屋檐躲躲吧?"

刘羡阳转头望向剑炉铁铺:"你说阮师傅到底是谁啊,看着不像是多厉害的人嘛,压得住那两拨人吗?"

陈平安安慰道:"人不可貌相。"

刘羡阳转头说道:"你陈平安看着像是穷人,那你是不是穷人?"

陈平安咧咧嘴,无话可说。

刘羡阳站起身,问道:"要不要帮你背到廊桥那边?"

陈平安摇头道:"不用,也不重。"

"记得下次把箩筐还我。"

刘羡阳说完这句话后,直接跳下巨石,在溪水中快步前行,溅起水花无数。

陈平安背起箩筐,小心翼翼下了巨石,上岸后,缓缓向廊桥那边行去。

陈平安走了一段路程后,就听到身后传来一阵脚步声,转头望去,是刘羡阳。

初春的和煦阳光下,高大少年抢过草鞋少年的箩筐,自己背起,转头讥讽道:"远远看你背着箩筐,就跟小蚂蚱背大石头似的,真是可怜,就发发善心,帮你背到廊桥那边再说。"

春风里,两个少年一起走着。

"姓陈的，以后我要是学艺有成，一定要出去看看，娶到比稚圭还要好看的媳妇，喝最贵的好酒，住最大的宅子，还要骑最快的马！

"我要去看跟天一样高的山，去看比咱们小溪大上无数的大河。

"总之，我刘羡阳绝对不会这辈子都待在这里等死。"

春风里，高大少年憧憬着未来，草鞋少年细嚼着草根，一个说，一个听。

陈平安将一箩筐石头背回刘羡阳家院子，依然是拣选出最有眼缘的几块石头，拿到偏屋，其余依旧留在灶房那边。锁好屋门和院门后，跑向泥瓶巷，到了自家院子，看到黑衣少女正坐在院子里晒太阳，陈平安打过招呼后就开始煎药。

隔壁院子不断传来劈砍声，这很奇怪，宋集薪虽说过着外人眼中没爹没娘的日子，但这么多年一直衣食无缺，甚至手头始终很宽裕，不敢说比四姓宅子里的少爷过得好，比起十族嫡系子弟确实不差，文房四宝，案头雅玩，书房清供，许多陈平安没见过也没听过的奢侈物件，隔三岔五，一样样往宋集薪屋子里搬。其实宋集薪那边从来没有真正的脏累活和体力活，腌菜太臭，宋集薪不许婢女稚圭去做，砍柴太累，宋集薪每年都是直接买来一捆捆的烧火柴火，一袋袋上等木炭。

陈平安给黑衣少女端去药汤的时候，隔壁院子竟然还在断断续续劈柴，陈平安在宁姑娘喝药的时候，忍不住走到院墙旁，踮脚望去，发现稚圭正拎着把菜刀，在砍杀"一个人"，是木头制成的坯子，陈平安烧瓷多年，见过的好东西不少，砍过的树木更是不计其数，所以一眼就看出大致深浅，那木头色泽如玉，肯定是很老的物件，而且木偶身上布满密密麻麻的红点黑点，木偶已经被稚圭连砍带剁，给劈成了好多截。

少女突然转头，发现了陈平安，满脸汗水和污渍的她抬起手臂，抹了把脸，牵强笑道："你回来了啊，我先前想跟你借一把柴刀来着，可是你家那位客人，不愿意给我开门。"

陈平安愣了一下："我这就给你拿柴刀去，一开始别太用力，柴刀不比菜刀，容易打滑，别伤到自己。"

少女坐在小板凳上，精疲力竭，挥手道："知道啦，快点去拿呀。"

陈平安取回柴刀，少女已经站在院墙那边，笑问道："你知道那是什么东西吗？"

陈平安摇头道："不知道。"

稚圭也不给出答案，转身继续坐在小板凳上，使劲劈砍。

她那些生疏凝滞的动作，以及种种吃力不讨好的错误姿势，看得陈平安很着急，只不过人家既然没要求帮忙，陈平安就不自作多情了。转头一看，发现宁姑娘已经不在院子，陈平安记起一事，快步走向屋子，将一样东西放在桌上，放到黑衣少女的对面。

那是块蛇胆石，刚好能一手握在手心，如同一块冻结凝固的蜂蜜，纹理细腻，颜色极正。

宁姚有些奇怪。

陈平安笑道："宁姑娘，送你的。"

刀不离身的黑衣少女突然问道："你最喜欢这块？"

陈平安有些难为情："这块……大概排第四吧，最好的三块，我已经藏起来了。"

她这才收下那块石头，双指捻住，举过头顶，光线透过窗户进入屋子，映照在石头之上。

她仰起头，眯起眼眸，仔细观察石头的微妙纹路。

她看着石头。

少年看着她。

深夜里，一个少年偷偷潜入泥瓶巷，如野猫夜行，无声无息，悄悄来到顾粲家的院子，他找到那口摆在院子角落里的大水缸，蹲下后，发现原本堆砌得整整齐齐的蛇胆石，已经被人翻拣得七零八落，好像此人比陈平安还要更早知晓石头的价值。顾粲是小镇唯一一个喜欢收集蛇胆石的怪胎，而且不管在小溪里找到多少，每次只拿一块回家。孩子只挑选最顺眼的那块石头，日积月累，才攒下五六十块石头，被他用来遮挡水缸底部的空隙。

陈平安挪开许多色泽已经干涸的蛇胆石后，看到水缸底部并无挖掘痕迹，这才松了口气。

他开始用右手一点一点刨土，最后当他碰到黄油纸的时候，心头一震，放缓速度。

最后他取出由黄油纸包裹而成的物件，看样子，像是一本书。

藏入怀中后，陈平安重新将土填回去，再仔细看过了那些蛇胆石，剩下来的石头，都"死"了，比起陈平安这两次从小溪里新捡起的石头，无论是颜色、纹理还是重量，都截然不同，眼前这些石子，就像死气沉沉的老人，而陈平安捞起的那些，就像初生的婴儿，朝气勃勃。

陈平安想了想，打算从自家宅子那个方向离开泥瓶巷。

他走到宋集薪家院门口的时候，听到吱呀一声，屋门打开，陈平安只得装模作样去敲自家门，喊道："宁姑娘，睡了吗，我回来拿点东西。"

屋内很快灯光亮起，黑衣少女给陈平安打开院门。

隔壁那边，婢女稚圭慢悠悠走出屋子，到了院子后，看到陈平安那边的影影绰绰，怀里捧着一本大部头泛黄书，她摇头晃脑，嘴里啧啧啧啧，像是恰巧抓到了一对狗男女。

她独自一人走在泥瓶巷里，蹦蹦跳跳。

她那金黄色的重瞳，在夜幕小巷里，显得格外冰冷和神圣。

这纤细婀娜的少女，如同一条游走在狭窄石缝里的蛟龙，好像只要走出了小巷，就要走江化龙。

宁姚虽然让陈平安进了院子，甚至进了屋子，但是她的脸色很不好看，坐在桌旁，一条胳膊贴靠在刀鞘上，手指轻轻敲击刀柄。

陈平安在确定稚圭走入小巷后，这才尴尬解释道："我是去顾粲家拿东西，结果她刚好要出门，我只好来这里躲一躲，宁姑娘你千万别多想。"

她问道："什么东西？"

陈平安犹豫了一下，掏出那黄油纸包："我现在也不知道。"

她转过身，道："你先自己打开看看，再决定要不要让我知道。"

陈平安点点头，坐在她桌对面，打开一层层黄油纸，不断有泥屑滚落在桌面，最后的的确确露出一本古书。

古书封面唯有两字，陈平安只认识其中一个字，山。

他将古书放在桌面上，调转方向，推向黑衣少女，好奇问道："宁姑娘，这个字读什么？"

少女重新转过身，低头瞥了眼，说道："撼。"

书名"撼山"。

第三十七章
拳 谱

撼山？

黑衣少女皱了皱眉头，伸手就要去拿那本古书。

不承想陈平安向后挪了挪。

黑衣少女在这一刻，身体僵硬，怒火中烧，好像从无如此被人羞辱过。

堂堂宁姚，爹娘皆是十二楼之上的大剑仙不说，她自己自诞生起，便被誉为顶尖的剑仙胚子，哪怕离家出走这么多年，也只是与人比剑或是斗法输过，从来没有人会如此侮辱她的人格，一本破书，还需要她宁姚以下作手段去翻阅、偷窥、占有？

宁姚握紧刀柄，眯起那双尤为瞩目的狭长双眼。

细眼朱唇。

大概就是形容这位姑娘了。

其实细看之下，宁姚容颜极美，只是浑身通透的英毅之气，全然压过了脂粉气。

但是草鞋少年下一句话，拥有一种化腐朽为神奇的效果，让少女差点憋出内伤来。

"宁姑娘，这书是从顾粲家拿来的，虽然我觉得这不算偷，但以后还是要还给顾粲的。不过我们是朋友了，所以不管这本书上写了什么，希望宁姑娘看过之后，自己知道就好。"

少女深呼吸一口气，一拍桌子瞪眼道："看什么看，自己看去，我不稀罕！"

陈平安下一句话，更是让少女感到哭笑不得："宁姑娘，我不认识字啊，你教教我？"

黑衣少女心头一转，嗤笑道："就不怕我占了你大便宜？你想啊，顾粲明摆着是承受大量祖荫的家伙，就连天然剑胚的刘羡阳也比不上，小镇千年以来，也没几个人能够媲美，那么他小心翼翼珍藏起来的传家宝，能差到哪里去？你就不怕我见财起意？独占了这份价值连城的秘籍？"

一盏微微灯火摇曳的油灯的昏黄光线下，草鞋少年微微笑着，也不解释什么。

少女冷哼一声，挪了挪位置，示意草鞋少年坐到自己身边，结果对面陈平安半天没抬屁股，少女气笑道："我宁姚一只手能打一百个你……"

说到这里的时候，少女自顾自笑起来："难不成你是怕我占你便宜？"

陈平安坐在少女身边，有些忐忑，也有紧张。

少女宁姚还沉浸在先前那句话的语境里，越陷越深，自言自语道："一只手打一百个陈平安，嗯，这个说法，适用范围很广啊，见到谁谁谁，切磋之后，如果败于我手，就撂下一句，'你才三千个陈平安的实力，也敢与我一战'，感觉不错哎，遇见一条洪荒凶兽、大泽恶蛟，就告诉自己'这条孽畜相当于三万个陈平安，快跑'，哈哈，可以可以……"

陈平安只觉得莫名其妙，肩并肩坐着的黑衣少女，突然就傻呵呵笑起来。

少女笑得家徒四壁的贫穷少年突然觉得自己像个有钱人。

而少年和少女，此时此刻更不会意识到，"一只手打一百个陈平安"这句玩笑话，在将来漫长岁月里展现出来的重量和力气。

尤其是当草鞋少年不再是少年之时。

越往后越是如此。

宁姚终于回过神，咳嗽一声，坐直腰杆，拿过古书，快速翻了几页，然后她合上书，一根手指在封面上点了两下，转头对陈平安淡然道："这是一部拳谱，拳法名撼山，如果按照江湖人的规矩，你可以称之为《撼山谱》。”

陈平安满脸期待：“然后呢？”

黑衣少女强忍着翻白眼的冲动，尽量让自己郑重其事地翻开一页，那根嫩如青葱的纤细手指，指向扉页序文，一边向下滑动，一边念道：“家乡有小虫名为蚍蜉，终其一生，异于别处同类，皆以搬运山石入水。”

“我的拳法，分生死，不分胜负，重神意，不重招式，将此拳六式练至炉火纯青之时，杀力巨大，动辄伤人肺腑至深……

“虽然《撼山谱》一直不曾跻身当世拳谱之清流高品，但我始终坚信，遍观天下武学，必有此拳一席之地。希望有缘人，将其发扬光大……”

宁姚耐着性子，把序文一句句读给陈平安听。

薄薄一本册子，整部拳谱的拳法才六势，序文篇幅倒是不小。

宁姚读完序文之后，把拳谱推到陈平安身边，拍了拍陈平安的肩膀，敷衍道：“好好收着啊，别遭贼了。”

陈平安点了点头，小心翼翼伸出双手扶住那部古老拳谱。

把宁姚给看得一直想笑，这么本书搁在桌面上，还能自己长脚跑了啊，还是你陈平安怕它会摔跤？

陈平安右手在衣襟上狠狠搓了搓，这才翻开书页，序文一字字看过去，之后图文并茂，反正草鞋少年看得云里雾里。

宁姚侧身而坐，手肘抵在桌面上，望着少年的侧脸，调侃道：“是不是觉得自己发大财了？以后砍柴要用金斧头、吃饭要用金饭碗？”

少年没有抬头，仔细琢磨那些图画和天书一般的文字内容，直言不讳道：“其实方才我看到你的眼神，就知道这本拳谱不会太好，不过没关系，对我来说，它已经足够好了。”

宁姚挑了一下眉头，也开门见山道：“我见识过或者听说过的东西，确实是很好的东西，但是在这之外，我只分得出好东西坏东西，可好东西有多好，坏东西有多坏，就很难说了。”

陈平安抬起头：“那这本《撼山谱》，是属于‘好，又不算太好’的行列喽？”

宁姚没好气道：“我是不知道该如何描述，这部破拳谱到底有多糟糕！"

草鞋少年眨眨眼，嘴角有些笑意。

显然早就心里有数，只是跟少女打趣罢了。

宁姚伸手推刀出鞘寸余，威胁道："想被砍是不是？"

陈平安低头看了眼她佩于腰间的绿鞘长刀，由衷赞赏道："很好看。"

宁姚坦然受之："我宁姚亲自拣选的刀剑，当然不孬！"

陈平安看着她，有些羡慕和佩服她的那种自信，哪怕她与自己同龄，还身处人生地不熟的异乡，但是无论如何，无论何种处境，她都像是一轮朝阳，冉冉升起，势不可挡。这一点，从陆道长跟她打交道时候的小心谨慎，心思敏锐的陈平安就感受得到。

陈平安情不自禁地说道："如果阳光可以换铜钱多好！"

宁姚不明就里，讶异道："陈平安，你是不是想钱想疯了？"

陈平安连忙转移话题，翻到第一幅拳谱："宁姑娘，能不能帮我读一遍这幅图画的文字？"

宁姚想了想，没有拒绝，只是问道："知道为什么我第一眼，就判定这部拳谱不如何吗？"

陈平安摇头道："我也很奇怪。"

少女笑了笑，干脆在长凳上面向少年，盘腿而坐，指了指那部摊开的拳谱，耐心解释道："武人的武学秘籍和修行之人的炼气之法，一般都有三种记载方式，第一种就是这部《撼山谱》，用普通材质的纸张书页，能够保存多少年，看运气，兵灾人祸不说，经过漫长岁月的潮湿、蚁害等，也会逐渐损毁消失，对吧？"

陈平安恍然，点了点头。

少女继续道："所以，在这种以实物承载文字的方式当中，就出现了一条不成文的规矩，就是注重材质的珍稀程度，即承载文字的东西，与文字内容的价值能够相匹配，这就像你不会用榆木打造的盒子，去盛放一枚镇国玉玺。"

陈平安若有所思。

宁姚略作犹豫，仍是对少年打开天窗说亮话："接下来一种是不立文字，讲究言传身教。这些多是宗门帮派的压箱底本事，往往秘不示人，或者有传男不传女等繁缛规矩，甚至许多所谓的嫡传弟子、入室弟子，也未必能够尽得真传，真传真传，便在于此。"

宁姚叹了口气："至于最后一种，是只可意会了，不可言传，连说也说不得，说也无法说。打个比方，这趟进来小镇的两股势力，云霞山的蔡金简，她的云霞山，有'观云海'一事，云海滔滔，云雾霞光尤为特殊，蕴含灵气，被你们东宝瓶洲炼气士誉为'天上尤物'，有些能够自行幻化成历代祖师爷，若有机缘者，就能与之会晤交流，而正阳山之巅的浓郁剑气，据说阴差阳错，因缘际会，也会出现正阳各峰老祖的剑灵，演化剑道，至于能否看到，只看福分大小，不看身份贵贱，不看修为高低。"

宁姚最后说道："当然了，三种方式也无绝对高低划分，第一种方式，若是将文字刻在玉碟之上，或是七十二福地之一的竹海福地，专门出产的一种玄之又玄的洗字竹，就要另当别论了，除此之外，还有不计其数的古怪物品，你只要走得够远，就总能遇到惊喜。大千世界，无奇不有，你以后，最好还是要出去走走，不说奢望离开东宝瓶洲，离开这座天下，好歹争取走到大骊王朝的版图边境上。"

陈平安嗯嗯嗯着，明显心思都牵挂在那部拳谱上，他指向一个字："宁姑娘，这个念啥？"

少女气不打一处来："滚！"

第三十八章

九 境

　　陈平安一脸怀疑，宁姚怒目相视，指着那串文字："真念'滚'！此拳悟自于大骊观雨，拳势滚走之势，拳罡如泼墨大雨，跌落人间后，滚走于大骊皇宫之龙壁，倾泻直下！"

　　陈平安凝神望着那几幅一气呵成的拳势图，排兵布阵一般，挤在一页之内，所以每个挥拳小人的图画不大，加上炭笔画工并没有如何精细，也亏得是陈平安眼力好，在昏暗灯光下依然看得纤毫不差。少年听到宁姑娘那些听不太懂的话语后，呢喃道："听上去这一式拳法很威猛啊。"

　　宁姚微微凑过脑袋，看着那几幅画谱，点头道："有一招拳法，在江湖上传了几千年，都没有失传，跟这一招拳法有几分神似啊。"

　　陈平安转头好奇问道："怎么说？"

　　昏黄灯火中，少女长眉微弯，如春风压弯了一束桃枝。

　　她忍住笑意道："江湖上有套老少咸宜的拳法，叫王八拳，一顿瞎抡，保管能够乱拳打死老师傅。"

　　少年无奈道："哪有你这么说的。"

　　陈平安在脑海中想象了一番，这可不就是顾粲的拿手好戏和成名绝学吗？记忆当中，顾粲他娘亲在很多年前，好像有过一场不那么美好的争执，是在杏花巷的一间脂粉铺子门口，那时候顾粲还刚刚会走路，顾粲他爹，因为是外乡人的缘故，又常年不着家，早已被泥瓶巷的街坊邻居忘记。那时候妇人们开始忧心，忧心自家男人在经过顾氏寡妇家门口的时候，就会不由自主地放慢脚步，仅仅是竹竿上晾晒着的妇人衣物，就轻而易举将男人的魂魄勾走了。后来有一次，马婆婆便召集五六位妇人，联袂去堵顾氏的院门，顾氏在那一战当中，吃了不少亏，但是马婆婆她们也没占到多大便宜，两败俱伤，只不过越到后边，顾氏终究是势单力薄，双拳难敌四手，就连衣衫也被扯碎。她衣衫本就单薄，一时间难免春光乍泄，更让那些自惭形秽的妇人失心疯，抓挠撕咬，无所不用其极，看得巷子周围男人们一个个咽口水。

好在当时陈平安恰巧从龙窑回到小镇，这么多年他一直得到顾氏照拂，就上去帮顾粲他娘挡下许多阴险招式，从头到尾，草鞋少年没敢还手，陈平安不是怕惹麻烦，而是怕自己一拳就打死人。

那个时候的少年，在姚老头的呼喝声、谩骂声中，已经走过无数山和水，才十二三岁，就走过了很多小镇老人几辈子的路。

那会儿，少年和妇人坐在院门口，顾粲始终被关在门内，大概是她不希望孩子看到他娘亲的狼狈模样。

少年转头望去，给妇人指了指嘴角位置。

妇人随意撇了撇嘴，然后伸出大拇指，重重擦掉嘴角的血迹。

孩子在院子里哭得撕心裂肺，一声声喊着娘亲。

妇人先是对草鞋少年笑了笑，然后哗啦一下，眼泪就滚出眼眶。

第二天，草鞋少年身边，就多了一个不情不愿的拖油瓶。

宁姚的问话打断了陈平安的幽幽思绪："你想什么呢？"

陈平安问道："你说顾粲和他娘离开小镇后，随了截江真君去了那座书简湖，真能过上好日子吗？"

宁姚反问道："你觉得他们母子在泥瓶巷过得不好？"

陈平安想了想："顾粲那小子没啥良心，年纪又小，肯定没觉得日子难熬，不过顾粲他娘……应该不会觉得小镇是个好地方，尤其是泥瓶巷和杏花巷的女人，她一个都不喜欢。而且我觉得顾粲他娘吧，好像天生就不该在小镇这边，她总觉得很不甘心，如果按照姚老头的话来说，就是心不定，男人心不定，叫志在远方，娘们心不定，就要红杏出墙，我觉得这话说得不太对……"

宁姚猛然直起腰，一拍桌子："扯什么扯，还要不要学拳谱？！"

陈平安吓了一跳："宁姑娘你继续说。"

宁姚没好气道："与你说修行，并无意义，因为你注定无法修行。所以我只能跟你说武学，说武道。"

陈平安刚想说什么，少女已经自顾自往下说去："天下武学分九境，当然也有人说其实九境之上，还有第十境，就像各大王朝都会豢养一群棋待诏……"

说到这里，少女心情又好了许多，笑眯眯问道："陈平安，知道什么叫棋待诏吗？"

陈平安当然老老实实摇头。

少女脸上光彩流溢："围棋的高手，九段品秩最高，就等于官场的一品大员吧，但是有一些百年一遇的天才，会被誉为'十段国手'，然后这些人就会有各种花哨的独有头衔，你们大骊王朝的棋待诏啊，特别丢人，据说你们的九段，只等于隋朝的七段实力，整个大骊，也就一个绰号'绣虎'的家伙，被隋朝棋坛真正视为敌手。哦，对了，你知道啥叫围棋吗？"

陈平安点头道："知道，规矩也懂些，就是自己不会下。宋集薪和稚圭家里就有棋盘和棋子。"

少女满是失落："这样啊。"

少女绕了半天，少年仍是不晓得"九境"到底是个啥。

少女似乎也意识到自己有点不靠谱，咳嗽一声，郑重其事道："我娘说过，武道九境，一步一台阶，但是哪怕等你登顶第九境，最后的景象，就像身处一座山，抬头望向远处的另外一座山，却只看到了半山腰。"

陈平安若有所思："我懂了。"

因为少年亲眼见识过这幅画面。

少女也不在意少年是否真懂，说道："武道九境，分炼体、炼气和炼神，各有三层境界，步步登顶，一步差不得，更错不得，走得越坚实越好，走得快慢与否，反而没有那么重要，这与修行是不太一样的。

"炼体三境界，第一层泥坯境，听意思就知道，跟你宅子所在的这条泥瓶巷一样，粗糙不堪。不过修至巅峰圆满，自身如一尊泥菩萨，虽是泥塑，却也有几分不俗气象，气沉丹田，不动如山，算是在武道一途真正入门了。总之，这一层的精髓在于一个'散'字，以及一个'沉'字。习武之人的天赋高低，悟性的好坏，领路的师父，一下子就能看出来。

"第二层木胎境，寓意你的体魄开始由粗渐细，大成之时，肌肤纹理精密有序，如通体篆刻符箓，就像……对，就像这块从溪里摸出来的蛇胆石，跟一般的鹅卵石，内里其实已经截然不同。这一层境界的深意，为'开山'，拓宽经脉，把一条狭窄如羊肠小道的经脉，变成能够容纳马车通行的阳关大道。习武之人的根骨好坏，会在这个境界当中高下立判。"

说这些话的时候，黑衣少女高高举起那颗少年赠送的石子。

她凝视着灯火照映下的漂亮石头，轻声道："炼体最后一境界，名为'水银镜'，血液浓稠如水银，重量却更加轻盈，气血凝聚合一。突破门槛，需要渡过一劫，叫'泥菩萨过江'。能否成功走过最后一个门槛，鲤鱼跳龙门，就得看习武之人的运气了。"

陈平安听得懵懵懂懂，痴痴望着那盏油灯，灯火摇曳，心神随之摇曳。

少女打了个哈欠，趴在桌子上，懒洋洋道："说到这里就差不多了，炼体三境界，已经将八成入品武人挡下来，再难更进一步，要知道穷学文富学武这个道理，除了我家乡，其余天下皆然，按照你的家底，以及你的悟性，我估摸着这辈子能够到达第二层境界，就该烧高香了。"

陈平安问道："那这本拳谱怎么练？"

少女挑了一下眉头："明天再说，我有些困。"

陈平安嗯了一声："那我拿箩筐去捡石头了，明天再来找宁姑娘。"

少女说道："如果你放心的话，拳谱留下来，我再看看有没有纰漏，会不会是陷阱之类的。"

陈平安笑道："好的，可是宁姑娘记得小心些，这本《撼山谱》，我以后还要原原本本还给顾粲的。"

少女转头皱眉道："你要说几遍才放心？！"

少年笑着去角落背起箩筐，离开屋子的时候不忘提醒道："宁姑娘别忘了锁院门。"

少女趴在桌子上，没有转头，摆摆手，有气无力道："知道啦知道啦，你怎么比我爹还话多啊。"

少年身轻如燕，身影没入小巷。

等到陈平安约莫已经离开泥瓶巷，少女立即直起身，以视若仇寇的眼神，狠狠盯着那部《撼山谱》，然后整个人瞬间垮下来，再次趴在桌上，愁眉苦脸，自言自语道："这玩意儿怎么教啊，我生下来就是世间第一等的剑仙之体，哪里需要走这些山脚的路程。我连三百六十五座窍穴的名字也记不全，气息如何自然流转，我打从娘胎起就会了啊……"

少女双手挠头，悲愤欲绝。

突然有一个嗓音在门外怯生生响起："宁姑娘？"

宁姚身体僵硬地缓缓转身，看到一张极其欠揍的黝黑脸庞。

她板起脸，不说话。

少年咽了咽口水，歉意道："我是怕你忘了锁门，就来提醒一声，再就是如果宁姑娘晚上肚子会饿的话，我可以先去刘羡阳家做些宵夜，给宁姑娘拿过来，之后再去小溪那边。"

少女大手一挥。

少年立即跑路。

一路上，陈平安脑海中都是拳谱第一式的图画。

拳走人动，脚不离地，如蹚烂泥，势如大雪及膝，缓缓而行。

少年自己都没有察觉，当他试图按照图谱去练习拳架后，他不由自主转变了每次呼吸的快慢长短。

少年甚至异想天开，在溪水当中练拳，岂不是更好？

齐静春身前放着两枚印章，由最上等蛇胆石雕刻而成，皆不大，且都尚未篆刻印文。

白天，那位气质温润如玉的年轻读书人，造访学塾，之后两人私下对话，远道而来的儒家君子问了他一个问题："先生可想继承某人遗愿，继续为万世开太平？"

齐静春当时回答道："容我考虑考虑。"

这显然不是一个如何令人满意的答复，不过那位享誉半洲的年轻君子，没有咄咄逼人，与慕名已久的齐先生，聊了聊小镇的风土人情和小镇之外的风云变幻，然后就告辞离去。

从头到尾，年轻君子都没有询问那块玉牌如何处置。

但是齐静春心知肚明，东宝瓶洲儒教书院的这位君子可以忍，道教宗门的那对金童玉女，佛教大小禅寺的护经师、那位蜚声海外的苦行僧，以及兵家的代表人物，这三方势力都不太可能会顾及山崖书院的颜面了，尤其不会听从他齐静春的意愿，肯定会毫不犹豫取回各自势力的压胜之物。

不过这些都是意料之中的事情。

齐静春正襟危坐，手握刻刀，破天荒有些为难，不知如何刻写印章的篆文："杀身成仁，舍生取义。对这个孩子来说，好像太大了一些，不妥当，也不吉利。安心在平，立身在正，是不是太虚了一些？可如果是三枚随手凿就的急就章，好像又显得太没有诚意了？"

齐静春转头望向窗外的夜空，夜幕当中，星星点点，如一颗颗夜明珠悬挂于一张黑幕之上。

齐静春怔怔失神，良久才回过神，一手拿起印章，开始下刀。

最终刻出"静心得意"四个古朴篆文，尤其以为首之"静"字，最为神意饱满，包罗万象。

齐静春轻轻放下手中印章，底款这面朝上。

齐静春如释重负。

这位两鬓霜白的儒士心意微动，便随手挥袖，只见桌面上很快"风生水起"，山川起伏，依次展开。

最后齐静春凝神望去，看到小镇陌巷的破落祖宅当中，少年和少女并肩而坐，聊着武道九境的概况。

武道九境之上，有第十境。

齐静春早就读书破万卷，对于庙堂江湖更不陌生，自然晓得武道之事。

齐静春那张近乎古板的脸庞，浮现出一些笑意。

于是这位坐镇一方天地的儒家圣人，开了一个无伤大雅的玩笑。

他在第二枚私章上篆刻三字。

陈十一。

第三十九章

骂　槐

　　陈平安想着以后若是白天摸石头的话，可以从刘羡阳那边摸起，一直往上游，到那座廊桥为止，所以今夜就选了第一次下水位置的更上游，所以会远离廊桥，以及那个被土话称为青牛背的青色石崖，即陈平安初次见到青衣少女的地方，他也因此错过了与宋集薪和督造官的见面。

　　廊桥那边，高高挂着"风生水起"四字匾额。

　　白袍玉带的男人名义上是龙窑督造官，实则是大骊第一权势藩王，在他的带领下，宋集薪来到廊桥台阶底部，来之前，不但在官署沐浴更衣，还悬佩香囊和一枚材质普通的龙形玉佩，色泽黯淡，毫不起眼。反倒是那块无论质地、品相还是寓意，都要更为出彩的老龙布雨玉佩，被那个男人强令摘掉，绝对不许悬佩。

　　宋集薪手里捧着三炷香，站在台阶下，不知所措。

　　大骊藩王宋长镜转过身，伸出一手，双指在三炷香顶部轻轻一搓捻，香便被点燃。

　　男人随意道："跪下后，面朝匾额，磕三个响头，把香火往地面上一插，就完事了。"

　　宋集薪虽然满肚狐疑，但仍是按照这位从天而降的"叔叔"所说，捧香下跪三磕头。

　　虽然男人说得云淡风轻，可是在少年跪下后，他脸色凝重，极为复杂，看着少年磕头的那处地面，流露出隐藏极深的憎恶。

　　将三炷香插在地面，起身后，宋集薪问道："在这里上香，没有关系？”

男人笑道：“也就是走个仪式而已，不用太上心，就从现在开始，先学会逢场作戏吧，要不然以后你可能会忙得焦头烂额。”

男人收起笑意：“只不过也别忘了，这座廊桥是你的……龙兴之地。”

宋集薪嘴唇乌青，不知是不是倒春寒给冻伤的。少年故作轻松道：“这四个字，不好随便乱用吧？”

男人一手拍打肚子，一手扶住腰间那根白玉带，哈哈笑道：“到了京城自然如此，在这里便无妨了，既无庙堂家犬，也无江湖野狗，不会有人逮着本王一顿乱咬。”

宋集薪好奇问道：“你也怕被人非议？”

男人反问道：“本王在大骊王朝，已经打遍山上山下无敌手，如果再没有一点怕的东西，岂不是比那个坐龙椅的人，还舒坦？小子，你觉得这像话吗？”

宋集薪略作思量，犹豫之后，仍是下定决心开口问道：“你是在韬光养晦？还是养寇自重？”

男人哑然失笑，伸手指了指锋芒毕露的少年，摇头道：“这些大逆不道的言语，你也真敢说，太不知轻重利害了，以后到了京城也好，还是去山上某座仙家府邸，暂避风头，本王劝你一句，别如此言行无忌，否则肯定会倒大霉的。”

宋集薪点头道：“我记住了。”

男人指向金字匾额：“风生水起，风生水起，本王问你，水起，怎么个起法？”

宋集薪干脆利落道：“不知。”

男人嘀咕了一句：“知之为知之，不知为不知，是知也。什么狗屁话，读书人就是花花肠子，放个屁也要来个九曲十八弯。”

不过面对少年，这个男人要稍稍文雅：“如果本王没有记错，你们小镇三千年来，不管发多大的洪水，这条小溪的最高水位，从来没有高过锈剑条的剑尖。”

宋集薪疑惑道：“家住杏花巷铁锁井那边的老人，确实经常在槐树底下，跟我们念叨这个说法。其中，当真有玄机？”

男人伸手指向极远处，是小溪离开群山之出口处，笑道："山林之间，蛇有蛇道，屋舍之内，鼠有鼠路。至于这江河溪涧之中，则是蛟有蛟道。"

男人缩回手指，耐心解释道："大骊王朝众多别处，其实也有许多桥下挂剑的习俗，只不过那些铜钱剑、桃木剑或是符箓剑，往往挡得住一次山蛟林蟒的入江，再也挡不住第二次了，甚至许多悬挂法剑之人的道行浅薄，一次走江的威力，也经受不住，反而惹恼了洪水当中的蛟龙之属，故而洪水一过，本来可以不用倒塌的桥也塌了，剑更是没了踪迹。唯独这一处的这一把剑……"

男人话说了一半，就沉默下去。

宋集薪一直忍着没有追问。

男人叹了口气，道："唯独这把剑，从悬挂在桥下的第一天起，就不是针对什么蛟龙走江的，而是被圣人用来镇压那口锁龙井的出口，所谓出口，也就是桥底下的那口深潭，防止龙气流溢涣散过快，以免将这一方小天地给强行撑破。"

宋集薪一针见血问道："天底下最后那条真龙，到底有没有死？"

宋长镜笑道："三千年前那场屠龙之战，死了不计其数的炼气士，就连三教圣人和百家宗师，也多有陨落，你小子是当他们所有人都是脑子有坑，还是圣人一大把岁数都活到狗身上了？故意留着最后一条真龙，当一般的花鸟鱼虫来豢养啊？"

宋集薪反驳道："说不定是无法彻底杀死那条真龙呢？只能用上缓兵之计和蚕食之法。我虽然不知数千年之前的圣人初衷和谋划，但是我猜得出那条真龙绝对不简单！"

男人摇头之后，也点了点头："你说对了一半，真龙是已死无疑了，至于它的真实身份和象征意义，'不简单'三个字，可绝对承载不起。"

宋集薪欲言又止。

"总之，大骊所有谋划，付出无数心血，只是为了'生风起水'，为了将来的南下大业。"

男人率先走上台阶，缓缓道："你要是问本王，三千年前圣人们为何要屠龙，本王不好回答你。可你要是问为何把你丢在这里，你又为何是大骊嫡出的尊贵皇子，本王倒是可以一五一十告诉你真相。"

宋集薪低着头，看不清表情。

少年不问，男人自然也就不自作多情，当他走到台阶最高一层后，转身面向小镇："以后气量大一些，跟刘羡阳之流做意气之争，甚至还起了杀心，你也不嫌掉价？"

宋集薪坐在台阶顶部，与男人一起望向北方，问了一个风马牛不相及的问题："我们大骊在东宝瓶洲的最北端？"

男人点头道："嗯，被视为北方蛮夷近千年了。如今不过是拳头够硬，才赢得一点尊重。"

宋集薪依然低着头，只是眼神炙热。

这个名叫宋长镜的男人，平淡道："到了京城，要小心一个绰号叫'绣虎'的人。"

宋集薪一头雾水。

宋长镜笑道："他便是我们如今的大骊国师，更是你那位同胞弟弟的授业恩师。我大骊能够在近五十年当中，由开国七十郡、八百城，变成如今的一百四十郡、一千五百城，疆土扩张如此之大，此人有一半功劳。"

宋集薪猛然抬头望去。

男人笑了："小子，你猜得没错。"

男人也坐在台阶上，双手撑在膝盖上，举目远眺。

另一位为大骊开疆拓土的功勋，显而易见，远在天边近在眼前。

宋集薪这一刻，浑身颤抖，头皮发麻。

两两无言，长久之后，宋集薪突然说道："叔叔，我虽然对刘羡阳有杀心，之前甚至考虑过跟老龙城的符南华做交易，让他找办法去杀掉刘羡阳，但是，我心里从来没有觉得一个刘羡阳，有资格跟我平起平坐，哪怕他拥有一份历史悠久的家族传承。我杀他，只是觉得杀了他，我也不用付出多大的代价，仅此而已。"

宋长镜有了一些兴致："如此说来，你另有心结？"

少年摸了摸脖子，沉默不语。

三更半夜，万籁寂静。

小镇竟然还有人走在街道上，她身影纤细，衣衫单薄，当她走过杏花巷铁锁井的时候，有些咬牙切齿，她经过牌坊楼的时候，还狠狠踹了一脚石柱，最后她来到那棵枝繁叶茂的老槐树下，按照老人的说法，这棵树不知道活了多久，而且无论什么时候掉落枯枝，从不会砸到人，极有灵性。

大摇大摆来到树底下的少女，当然对这些说法，相当不屑一顾。

她打开那部从自家公子那里借来的古书，开始"按图索骥"。

她一个一个报名字过去，像是沙场秋点兵的大将。

等到有些口干舌燥的时候，她停下点名，一手拿着那本被宋集薪称为"墙外书"的地方县志，一手指向槐树，仰头骂道："给脸不要脸是不是？！"

悄然无声，并无答复。

少女立即跺脚，破口大骂："四姓十族，先从四姓开始，卢李赵宋，你们四大姓，识趣识相一点，赶紧的，每个姓氏最少掉三张槐叶下来，少一张槐叶，我王朱这辈子就跟你们没完！出去之后，一个一个收拾过去，管你们是少年青壮，还是妇孺老幼，反正都是一群养不熟的白眼狼，忘恩负义还有理了？！"

少女骂得气喘吁吁，一手扶住腰肢，犹然骂骂咧咧："姓宋的，大骊王朝能跟你们姓，最大的功臣是谁？你们心里没数？跟我装傻是不是？信不信我一出去，就让大骊姓卢姓赵姓什么都行，就是不姓宋？！

"十大家族，每个姓氏两张槐叶，其余普通姓氏，最少一张，当然，谁若是有魄力押注，多多益善，回头我一定让他赚个盆满钵盈！

"十族里的曹家，对，就是出了个王八蛋曹曦的曹家！这兔崽子当年什么恶心事不做，穿着开裆裤的时候就一肚子坏水！你们除了两张槐叶之外，必须多给我一张，作为补充，否则我王朱发誓，出去之后，一定要让曹曦断子绝孙！竟然敢往井里撒尿，这种缺德鬼，是怎么当上一国之君的？！

"还有那个谢家，你们家族出了一个叫谢实的家伙，对不对？嗯，我跟他有点交情，当初如果不是我，他早就给洪水冲走了，所以你们不多给一张槐叶，说得过去？"

远处，齐静春安安静静望着槐树下的景象，不言不语。

如一位只会打板子教训子女的严父，看待一个越大越骄纵的子女，有些无奈。

只是当他看到少女不断翻书，然后那一片片离开枝头的槐叶，纷纷飘落到一页页书之间，齐静春又有些欣慰。

千言万语，齐静春最后只是呢喃道："离家以后，要好好的。"

少女似乎有所感应，蓦然回首。

并无人影。

少女怅然若失，晃了晃脑袋，不再深思，回头继续骂槐。

第四十章
还 礼

陈平安背起箩筐上岸后，往青牛背那边走去，不知道是不是错觉，少年觉得小溪水位好像下降了一些。

当他临近青色石崖，突然停下脚步，因为他清楚看到不少人站在那边，每人容颜几乎纤毫毕现，之所以如此，并非星光璀璨的缘故，而是那座青牛背上，站着一头雪白麋鹿，通体晶莹，焕发出丝丝缕缕的白色光线，如同小溪里随水摇晃的水草。

白鹿低下头颅，一个身穿大红棉袄的小女孩，则使劲踮起脚跟，伸手抚摸它的鹿角。

之外是两个身穿道袍的年轻男女，不知道是不是白鹿光线映照的关系，男女两人的肌肤胜雪，晶莹剔透，打个比方，若说小镇百姓是泥坯子捏的土人，那么这两个外乡道人就是烧造而成的精美瓷器，真真正正有着天壤之别。

男女的道袍样式，跟摆算命摊子的陆道长有些像，又有很多细节不同，道冠是最不一样的，陆道长是莲花冠，这两人头顶的道冠，则形若鱼尾。

草鞋少年怔怔望去，只觉得站在白鹿旁的男女，宛如神仙挂像里走出的人物，仿佛下一刻就会飘然飞升而去，摘星拿月唾手可得。

另外两人稍稍站远一些，一人陈平安认识，正是铸剑师阮师傅的女儿，青衣少女这次没有携带装满食物的包裹，一手托着块小绣帕，只放着几块玲珑可爱的糕点，少女低着头，很犹豫的模样，不知道从哪一样吃食下手。她身边之人，约莫三十来岁，背负长剑，腰悬一枚怪异佩饰。

在陈平安看到他们的同时，几乎所有人也察觉到草鞋少年的突兀出现，年轻道姑有些讶异，便弯下腰揉了揉红棉袄小女孩的脑袋，一边指向陈平安这个方向，一边窃窃私语，小女孩竖起耳朵听那位神仙姐姐的问话，使劲睁大眼眸，定睛望去，依稀认出陈平安的模样后，就开始竹筒倒豆子，应该是在给白鹿的主人，那位神仙姐姐解释陈平安的身份来历。

这一刻，陈平安也认出那个八九岁的小女孩了，最早见面，是在他去龙窑烧瓷之前，曾经在泥瓶巷遇到过一个扎羊角辫儿的小女孩，年纪很小，却跑得飞快，手里拿着一只纸鸢，两条瘦竹竿似的纤细小腿，跑得却跟风一样，让陈平安尤为记忆深刻。后来又断断续续见到过几次，有次小女孩趴在铁锁井井口，往里头偷偷丢过石子，被陈平安无意间撞见她的顽劣举动，小女孩吓得赶紧就跑，跑出去十数步才记得糖葫芦落在井口上，实在熬不过嘴馋，就又跑回铁锁井。这一去一回，太过仓促，结果啪唧一下，整个人扑倒在地上，站起身后一把抓过糖葫芦，然后猛然停下脚步，张开嘴巴，伸手拔下那颗摇摇欲坠的牙齿，放入兜里，她不哭不闹，二话不说继续跑路。

那一幕看得陈平安满头冷汗。最后一次见到她，是在荒草丛生的那片神像破败之地，是去年秋天的一个黄昏，陈平安离开龙窑回到小镇，四处闲逛，结果看到忙着捉蟋蟀的她，在草丛里四处打滚、蹦跳、飞扑，她看到陈平安后，显然也认出了陈平安，又如一阵清风远遁而去。

后来陈平安听顾粲说，这个整天脏兮兮的小姐姐，虽然看上去是个无人管束的野丫头，但其实是福禄街李家的人，而且不是仆人丫鬟那种。只不过不知道为啥，她就是喜欢一个人瞎逛荡，家里人也不管，顾粲最后说到她的时候，满满的骄傲和鄙视，说她别看跑得快，人可笨了，有次他们两人凑巧一起在溪水里抓鱼，那个笨蛋忙了一下午，才抓到一只螃蟹，一条石板鱼也没逮着，而且她之所以能抓住那只大螃蟹，还是因为螃蟹的蟹钳，狠狠夹住了她的手指。顾粲当时在陈平安屋里说这个，笑得在小木板床上捂住肚子打滚，说她是真傻，竟然还故意扬起手，跟他炫耀，好像抓到一只螃蟹有多了不起似的，关键是当时她明显已经被蟹钳夹得快哭了。

面容英俊的年轻道人瞥了眼白鹿，对年纪轻轻的女冠道姑笑道："贺师姐，让你小心些，不要太宠溺它，不过是不到一句的时间，再者障眼法而已，也不妨碍它的自由，你偏偏不听。这下给凡夫俗子撞了个正着，如何是好？"

有倾城之姿的道姑在听完小女孩的介绍后，微笑道："顺其自然吧。"

年轻道人皱了皱眉头，再次举目望去，一眼之后，又仔细端详片刻，实在看不出那背着箩筐的草鞋少年有什么不俗气象。他们所在宗门，看相望气和寻龙点穴的本事，虽算不得冠绝一洲，但也算是颇为擅长，这位道士既然能够代替宗门来此取回压胜之物，还要负责把那件镇山之宝，安然无恙地带回去，未来还要呈交给上宗，当然绝非池中之物，所以当他没有看出少年有太多奇异之后，便没了将其招徕进入山门的心思，年轻道人精于看相一事，不觉得自己会看错人。

两人所在师门，是东宝瓶洲的道家三宗之一，而且是一洲道统之首宗，尊贵无比。他这次和贺师姐两人联袂出山，作为报酬，每人都有一个为宗门招收真传弟子的宝贵名额，这名弟子同时会被他们各自收为徒弟。所以他可不想随意挥霍，必须慎重对待。

宗门上下皆知，贺师姐重修心一事，所以一句轻描淡写的顺其自然，极有可能就是动了收徒的念头。

他和贺小凉，被誉为东宝瓶洲的金童玉女，一洲道家的天之骄女，便是人间君王，遇到他们，也要以礼相待，并且礼仪之重，完全不输大国真君。

因为他们是一洲之内，最有望跻身上五境的修行天才。

当年轻道姑牵起小女孩的手，一起走下青牛背，通灵的白鹿尾随其后，不仅仅是同门师弟的年轻道人感到匪夷所思，那位腰佩虎符、背负长剑的兵家巨子，也流露出惊讶之色。

当看到年轻道姑缓缓走来，陈平安有些头大，少年现在实在是不愿和这些来自外乡的神仙打交道。

因为陈平安知道，他们简单的爱憎喜怒，就会决定自己的生死荣辱。

而且陈平安知道自己的运气一向不算太好，所以就更怕招惹他们了。

只不过陈平安也不至于因此落荒而逃，相反，他还象征性向前走了一段路程，如此一来，落在旁人眼中，还算得体。

白鹿微微加快步伐，小跑而至，绕着草鞋少年走了一圈，最后低下头颅，主动蹭了蹭贫寒少年。

白鹿回到主人身边，她动作轻柔地摸了摸它的背脊，下一刻它便变成了一匹马的身姿。

指鹿为马。

年轻道姑望向陈平安，微微叹息，笑着说了一句话，然后低头望向身穿红棉袄的小女孩。

小女孩便将其解释成小镇方言，怯生生道："贺姐姐说了，'你是惜福之人，可惜你我缘浅，做不成道友'。"

少年哑口无言，因为根本不知道说什么才不失礼。

背着箩筐，穿着草鞋，卷着裤管，少年的模样，显得格外滑稽可笑。

道姑笑问道："你也知道了这些石子的妙用？陈平安，你不用担心，我只是随口一问。"

小女孩照搬解释，语速飞快，声音清脆。

陈平安犹豫了一下，点头道："有位道长提醒过我，可以常来小溪捡石头抓鱼什么的。"

哪怕陈平安对这位年轻女冠心生好感，可是小心起见，连陆道长的姓氏也没有透露。而且真正泄露天机之人，点破蛇胆石价值不菲的人，是宁姚才对。

道姑微笑道："你也认识我们那位陆小师叔？"

陈平安愣了。

道姑会心一笑，粗略解释道："陆小师叔，严格说来，并非与我们同宗，只不过陆道长多年之前造访我们宗门，与我们一位师叔平辈相交，待了好些年，我们这些晚辈与他相熟，自然也就习惯了以'小师叔'相称。"

陈平安咧嘴一笑，彻底没了戒心。

草鞋少年对那个陆道长，心怀感恩，这辈子都不会忘记。

他想起一事，弯腰屈膝放下箩筐，拿起其中一块之前一见倾心的石子，大如鸡蛋，绿莹莹的，清亮似冰，迥异于其他蛇胆石，递给气质幽兰的年轻道姑，问道："道长，以后见到陆道长的话，能不能帮我把这块石头送给他？"

她听完小女孩的解释后，略作思量，接过石头，缓缓说道："来此之前，我刚好遇到离开的小师叔，他要去南涧国参加一座道统宗门的重要典礼，下次何时见面，还真不好说，但是只要见到陆小师叔，我一定帮你转送给他。"

陈平安听着小女孩的言语，笑容灿烂，向这位观感极好的年轻道姑弯腰致谢。

对于陌生人的好坏，少年一直相信自己的直觉。

像苻南华蔡金简，又像陆道长和宁姑娘。

陈平安又拿出一颗蛇胆石，再次递给她。

这位在东宝瓶洲年轻一辈当中，被誉为"机缘第一"的道家女冠，也不拒绝，笑眯眯收下了，不忘感谢。

红棉袄小女孩双手拧着衣角，小声说道："我也想要一块。"

陈平安笑着转身，去箩筐里挑石头给小女孩。

小女孩跑到他身边，小心翼翼说道："我想要一块大些的，行不行？"

陈平安笑道："只要你搬得动，就送你块最大的。不过这里到小镇，再到家里，可不近。而且我觉得箩筐里这些大的，不如小的好。"

她想了想，双手扒在箩筐边沿上："好吧，那我要挑块小的，好看的。"

陈平安便给她挑了块藕粉色的小石头，水润可爱，小女孩握在手心，很满意。

她突然歪着脑袋，咧咧嘴，指了指自己的牙齿，然后对陈平安嘿嘿一笑，满脸得意。

估摸着她是在显摆自己牙齿又长齐了。

陈平安开心道："下次我们一起去抓蟋蟀。"

小女孩眼睛一亮，但是很快黯然，笑容牵强地点了点头。

陈平安背起箩筐，跟年轻道姑告辞离去，朝小女孩挥了挥手，独自小跑返回小镇。

同样是仙子，这位年轻女冠的含金量，远不是云霞山蔡金简能够媲美的，几乎是仙家金精之于世俗金子。

她带着小女孩还有白鹿返回青牛背，年轻道人从草鞋少年的背影收回视线，盖棺定论道："缘浅便是福薄，自然不当大用。"

东宝瓶洲的道家门派，多如牛毛，每三十年都会选出一对"金童玉女"，他和师姐贺小凉便是这一届的天生道侣，只不过让人惊讶的事情出现了，金童的资质不比以往逊色，但是那位玉女的机缘，简直是好到令人发指。出生之时，便有祥瑞之一的白鹿，主动走出山野大泽，来到她身边认主，之后涉足修行大道，好像从无坎坷，一路顺风顺水，甚至有人扬言她只有等到跻身上五境之后，才会遇到第一个瓶颈。

对于师弟对那草鞋少年的轻视，她不置可否，一笑置之。

此时，一个矮小少年从廊桥底下的深潭附近，一直来到青牛背底下的水坑，手里只拿着一块蛇胆石，竟然如先前白鹿一般，在夜色当中大放光彩。

木讷少年手持石头，站在一块露出水面的石头上，如同顶天立地的仙人，手持一轮袖珍圆月。

年轻道人豢养的青红两尾大鱼，不入水中，只在溪水之上，缓缓游走。

如果陈平安看到这个少年，就会知道他正是杏花巷马婆婆的那个孙子。

少年自幼痴呆，很小就被爹娘嫌弃，马婆婆就自己带着孙子，少年很不合群，经常一个人爬到屋顶上去看着云彩。

从小到大，跟随马婆婆姓马的少年，被人欺负到最后，觉得踩他一脚都嫌脏鞋子，这个可怜孩子，好像只对泥瓶巷的婢女稚圭笑过。

所以马婆婆才会格外记恨那个婢女，认为她就是个不要脸的狐媚子，肯定是她主动勾引自己的宝贝孙子。

年轻女冠走到那名背负长剑的男人身边，问道："关于马苦玄，当真没有回旋余地？"

男人语气冷漠道："你们那个小师叔，如果真是想要收这孩子做开山弟子，怎么不自己来？他的名号再响亮又如何？又没跟我打过，凭什么要让给他？他要是不服气，就来真武山找我，赢了，就让他带走这个孩子。"

年轻道人微笑道："无非是让我们小师叔多跑一趟，何苦来哉？"

绵里藏针。

负剑挂符的男人眯起眼："哦？"

年轻女冠有些气闷，看了一眼同门师弟。年轻道人哈哈一笑，便不与那人针锋相对，自顾自抬头道："今晚月色真好。"

她有些无奈。

只要涉及自己宗门的那位小师叔，莫说是她和师弟，恐怕一洲之内的所有年轻道士，皆是与有荣焉。

廊桥那边，台阶下，站着一名赤脚僧人，他脸庞方正，有坚韧刚毅之神色。

这位苦行僧没有抬头望向那块金字匾额，而是看着之前宋集薪插香的地面，双手合十，低头悲悯道："阿弥陀佛。"

矮小少年上岸，来到青牛背，看了看两位飘飘欲仙的年轻道人，又看了看不苟言笑的背剑男人，最后他死死盯着腰挂虎符的后者，咬牙切齿道："我不要学什么长生大道，你能不能教我杀人？！"

男人傲然笑道："我兵家剑修，自古便是天下杀力第一！"

年轻道人还以颜色，笑道："哦？"

年轻女冠摇了摇头，知道大局已定，便觉得辜负了小师叔的托付，心怀愧疚。

一时间溪畔的青牛背上，剑拔弩张，气氛凝重。

李家的红棉袄小女孩，赶紧躲在神仙姐姐身后。

青衣少女刚吃完最后一块糕点，心情正糟糕得很，没好气道："你们有本事找我爹打去！"

跟少女以及她爹大有渊源的男人，不再板着脸，笑道："怎么打？"

年轻道人打趣道："阮秀，这就有些欺负人了啊。你爹可是接替齐先生的下一位圣人，就像是此方天地的主人。"

青衣少女撇撇嘴，不说话。

僧人缓缓走来，登上青牛背。

年轻女冠说道："你们佛门的雷音塔，我们道家的天师印，加上兵家的一座小剑冢，当然还有儒家的山岳玉牌，四件最早由四位圣人留下的压胜之物，不说他们儒家自己内部如何钩心斗角，只说我们三方，这次各自取回，虽然名正言顺，但是如果真的跟齐先生一声招呼也不打，是不是不太合适？"

僧人一言不发。

年轻道人忧心道："是有点不近人情，但是上头的旨意难违，师姐你还是不要画蛇添足了。"

那位兵家之人讥笑道："我不是来跟谁套近乎的。"

小镇那边，陈平安回到刘羡阳家所在的巷弄，结果看到齐先生就站在门口。

少年快步跑去，不等他发问，齐静春就交给他两方私印，微笑道："陈平安，不是白送给你的，是我有事相求，以后如果山崖书院有难，希望你力所能及地帮上一帮。当然，你也不用刻意打听书院的消息。"

少年只说了一个字："好！"

齐静春点了点头，语重心长道："切记之前跟你说过的'君子不救'，那是我的肺腑之言，并非在试探人心。"

少年咧嘴笑了笑："先生，这个不敢保证。"

齐静春欲言又止，最后还是没有说什么，正要离去。

他原本想说，以后若是山崖书院真有大困局，陈平安你心生悔意，也无须愧疚，只当是没看见没听说便是，不用刻意为之。

但是齐静春不知为何，内心深处，偏偏存有一丝侥幸，连他自己也百思不得其解。

思来想去，这位山崖书院的山主，只得出一个答案。竟然是只因为眼前少年，姓陈名平安。他好像跟谁都不太一样。

你托付他一事，千难万难，哪怕明知道少年到最后，拼尽全力也做不到，可是你却能实实在在笃定一件事，他只要答应了，就一定会去做，十分气力做不到，也愿意咬牙使出十二分力气。

这就是一件让人感到心安的事情。

这本是齐静春苦求多年而不得的事情，这位主动要求贬谪至此的读书人，原先只觉得天地处处是异乡。

在齐静春正要转身的时候，还背着箩筐的少年，连忙极为吃力地作揖行礼。

巷弄之中，儒家圣人一板一眼地还了少年一礼。

第四十一章

练 拳

夜幕深沉，督造官衙署，宋长镜一人独自返回，少年宋集薪已经去往狗窝一般的泥瓶巷，对此男人没有强求，身为统兵多年的沙场大将，在尸山血海里，尚且能够鼾声大作，所以那个被放养的侄子，这些年日子过得没那么符合天潢贵胄的身份，宋长镜没觉得这就亏欠了那孩子。能活着返回大骊京城，就不错了。

衙署的年迈管事，一直等候在门口，手里提着灯笼。

宋长镜率先跨过只开了一扇侧门的门槛，大步向前，说道："不用带路。"

年迈管事默然点头，放缓脚步，然后悄然离去。

福禄街上的这栋衙署，建造得并不豪奢，占地远远不如卢李两姓的宅子，前任那位货真价实的窑务督造官，生活得清苦紧巴，小镇大户们也没觉得如何不妥。

但是宋长镜不一样，当今大骊皇帝的同母弟弟，还立下过开疆拓土不世之功，更是东宝瓶洲名列前茅的武道宗师。

他的到来，就像过江龙闯入了一座小湖，地头蛇们哪怕谈不上如何畏惧，面对宋长镜这种人，谁都会拿出该有的恭谨姿态。

宋长镜经过一座小院子的时候，看到有人还在房内挑灯夜读，坐姿端正，独处之时，仍是一丝不苟。

不愧是一位正人君子。

宋长镜大袖飘摇，快步走过，嘴角泛起讥讽笑意。

昔年有少年求学于观湖书院，书法通神，名动朝野，被南魏国主召入皇宫，于侧殿撰写诏书，正值隆冬大雪，笔冻不能书，帝敕令宫嫔十余人侍于左右身侧，为其呵笔。

此事迅速风靡东宝瓶洲，传为一桩美谈。

只是无人深思，皇城宫禁何等森严，这种事情，皇帝不说，宦官不说，嫔妃不说，老百姓是如何知道的？

走在幽深小径上，宋长镜蓦然爽朗大笑。

身穿一身素洁衣衫的宋集薪回到泥瓶巷，院门未锁，推开屋门后，看到婢女稚圭坐在正堂一张椅子上，半眯着眼，歪着脑袋打瞌睡，当脑袋倾斜到了一个幅度后，就立即坐正，然后继续歪斜。

看来少女是真的很累了。宋集薪弯下腰，轻轻晃了晃她的肩膀，柔声道："稚圭稚圭，醒醒，赶紧回自己屋子睡觉去，小心冻着。"

睡眼惺忪的少女揉着眼睛，迷糊道："公子，怎么这么晚才回来啊。"

宋集薪笑道："去了趟廊桥那边，路程有点远，所以晚了些。"

稚圭看到宋集薪的这身陌生礼服，惊讶道："咦？公子怎么换了一身衣服？"

宋集薪不愿在这个话题上多聊："不提这个。那本地方县志借给你后，读书识字怎么样了，要不要我教你？"

少女摇头道："不用。"

宋集薪回到自己屋子，漆黑一片，脱掉外袍，踢掉靴子，摸到床上，呢喃道："王朱，王朱，原来如此。"

稚圭回到自己屋子，熄灯睡觉，整个人缩在被窝里，发出一阵阵轻微的动静，像是在偷吃东西，嘴里嚼着些什么。

最后她竟然还打了一个饱嗝。

刘羡阳在铸剑铺子这边，虽然还没有正式成为阮师傅的徒弟，但是谁都看得出来，阮师傅对这个高大少年很器重，否则也不会手把手亲自教他如何锻打剑条，那一排铸剑室，如今并不是谁都可以进入的。

正午歇息的时候，有一个烧瓷窑工出身的年轻人跑到刘羡阳跟前，说有人找他，挤眉弄眼，充满玩味，说是一个比福禄街那些夫人还好看的美妇人，来找刘羡阳。

刘羡阳嬉皮笑脸跟着他走去，心情其实一下子沉重起来。

果不其然，在一座水井旁边，站着一位身材修长的妇人，四周许多挖井搬土的青壮汉子，干活特别起劲。

如小夫子宋集薪所鄙夷的那样，刘羡阳确实就是个土鳖，但是女子好看与否，跟读没读过书，识不识字，实在是没有任何关系。也许高大少年不知道，笼统含糊的好看一说，其中其实有一种叫妩媚，尤其是端庄且内媚，尤为动人心魄。

媚这个字，若是解字，本就是画眉之女的意思。

眼前这位不知姓名、根脚的夫人，眉毛细巧如蛾虫之须，额头像蝉，广而方正，光洁丰满。

今天她只身一人来此，没有兴师问罪的架势，也不像是要仗势凌人，刘羡阳稍稍松了口气。

只不过这位雍容华贵的夫人，脸蛋再好看，刘羡阳不否认，如果是以往，说不定在街边遇上，还会吹几声口哨，可是这不意味着刘羡阳就会动心，高大少年心仪的女子，以前是那个泥瓶巷的婢女，如今是，以后也是。

刘羡阳带着美丽妇人走向小溪，语气坚定道："夫人，你如果是想要说服我，卖给你们那件传家宝，我劝夫人不要开这个口了。"

妇人嫣然笑道："先别急着拒绝，容我跟你说清楚利害关系，你再来做决定。"

高大少年脸色不变，故作轻松，其实一颗心瞬间沉入谷底。

远处，少女蹲坐在一间铸剑室门槛上，端着一碗饭，白米饭堆积出山尖尖的模样，高耸出大白碗的边沿，她正在狼吞虎咽，吃掉"山头"后，如愿以偿看到被她隐藏其中的红烧肉，整个人洋溢着幸福的光彩，偷偷背转身，背对着坐在门槛另一端细嚼慢咽的男人，问道："爹，不管一管那外乡婆姨？"

男人瓮声瓮气道："不管。"

青衣少女忧心道："他可是你以后在这里的开山大弟子，就不怕走岔路？"

男人淡然道："那就是那小子没福气。"

少女疑惑道："爹，不会感到可惜啊？"

比如她，看到铺子里那些好吃又精致的糕点，兜里没钱也就罢了，有钱，买了，结果不小心掉地上，真是活该被天打五雷轰。

男人答非所问："红烧肉好吃不？"

少女下意识开心点头："好吃好吃！"

少女猛然绷紧身体，爹下过"旨意"，她每天只能吃一份荤菜，所以她假装像是只盛了一碗白米饭，将红烧肉藏在其中，为的就是晚上能够光明正大吃上一份荤菜。

少女尴尬转头，高高抬起白碗，理直气壮道："只有一块哟，我又没有坏规矩！"

男人呵呵一笑，问道："那么藏在碗底的那块红烧肉，吃不着，会不会感到可惜啊？"

少女微微张大嘴巴，整个人跟被雷劈了似的，心如死灰。

男人还往自家闺女伤口上撒盐："你要是不多嘴问刘羡阳的事情，爹也就睁一只眼闭一只眼了。"

少女闷不吭声，小口小口吃着红烧肉，一看就知道以后肯定勤俭持家。

男人吃完饭，望向小溪那边的妇人和少年，说道："这小子只要一天不登中五境，爹就不会管他的死活。哪怕进入中五境，爹会管一两次，但也绝不会多管，事不过三吧。福祸无门，唯人自招。"

少女赌气道："为啥不管？！"

男人没好气道："文人收学生，武人收徒弟，都不是江湖帮派招徕小喽啰，不是想着以后跟人起了争执，仗着人多势众来跟人吵架或是打架。归根结底，在我眼中，师生也好，师徒也罢，就是同道中人。何况如今刘羡阳还不是我的徒弟。"

少女没说话。

男人感叹道："傻闺女，只说这偏居一隅的大骊王朝，知道有多少人吗？两千多万户！天下这么多人，这么多烦心事，你管得过来吗？爹会在接下来的六十年里，从齐静春手里接管小镇，你也别成天乱逛，安心在剑炉这边铸剑练剑，要不然惹了麻烦，爹是管还是不管？"

不等男人把话说完，少女就冒出一句话："不用你管。"

她这句话，把男人憋得差点内伤，威力之大，不比某位剑仙的压箱底手笔更弱。

男人真想使劲敲着这个傻闺女的榆木脑袋，你的事情，爹能不管？

男人有些哀愁啊。

少女一脸"震惊"道："咦，碗底怎么多出一块红烧肉来，哎，我今天的份额用完啦，还是给你吃吧？爹？"

男人不用转头看，都能感受到傻丫头的蹩脚演技，无奈道："算了，你吃吧，爹就当你今天只吃了一块红烧肉。记得下午打铁，别再偷懒了。"

这次少女的感激，丝毫不作伪："爹，你真好！"

男人气笑道："是红烧肉好吧。"

少女低下头，扒了一口米饭，轻声道："爹也好。"

男人绷着脸，好不容易才忍住笑意，想了想，觉得还是生个闺女好啊。

耳边突然响起一个嗓音："爹，晚上还能再吃一块不？两块和三块，差不太多，对不对？爹你不说话，我就当答应了哦？"

少女以迅雷不及掩耳之势跑掉了。

最后那句话，则是少女已经跑出去老远，她才说的。

男人揉了揉脸颊，自言自语道："我家秀秀以食为天。"

陈平安穿街走巷送完信后，买了一份早点，送去给泥瓶巷的宁姑娘，然后开始熟门熟路地煎药。

宁姚今天穿了一件崭新的墨绿色长袍，干净利落，她本就长得英气勃发，这一身衣饰，加上腰佩长刀，比起福禄街桃叶巷那边的富家子弟，更有贵气。

宁姚犹豫了一下："就目前而言，你如果真想研习那本《撼山谱》，在学拳势之前，你要先做三件事，站桩、走桩和睡桩，最后一件事，比较讲究窍穴积淀和气息流转，很难用言语描述，先不说它便是。反正前两件事情，无须太考虑天赋根骨，你老老实实按照拳谱上绘画出来的姿势，长久以往坚持下去，终归是有用的，哪怕无法让你在武道上登堂入室，但是强健体魄和延年益寿，不是没有可能。"

陈平安说出自己的一个想法："在溪水里练习走桩，是不是也行？"

宁姚点头道："当然。及膝练起，再及腰，最后及脖。"

陈平安顺着她的话问道："最后不是整个人在水里吗？"

宁姚冷笑道："怎么，你是想在水底练习闭气，然后练出一只千年王八万年龟啊？"

陈平安悻悻然不说话。

宁姚想了想："来，我给你演示一下走桩。看仔细了！"

宁姚让陈平安把桌子挪开，然后向前走出六步，步伐为三小三大，最后一步当她一脚重重踏下，整栋屋子的泥地，仿佛都发出了一阵沉闷震动。

少女一气呵成。

看似轻描淡写，其实行云流水，给草鞋少年一种说不清道不明的感觉。

如一条瀑布直泻而下，天经地义，而且蕴含着巨大的力道。又如树叶在溪水里打了一个旋儿，圆转如意，轻柔至极。

所有都是对的，但是陈平安只是知其然，不知其所以然。

看到少年一脸茫然的神色，宁姚又撤回原位，再次演示一遍。

宁姚站定，转头问道："看明白了吗？来试试看？"

陈平安深呼吸一口气，尝试了一遍。

摇摇晃晃，像个醉醺醺的酒鬼。

陈平安站在原地，挠挠头，显然他自己也觉得有点不像话。

宁姚黑着脸，沉声道："再来！"

三遍之后，陈平安已经略有好转，但是宁姚已经脸色阴沉得像要下一场暴雨。

她无法想象，世上怎么会有陈平安这样的笨蛋，练武如此没有悟性，天资如此糟糕！

没办法。

宁姚是一个自幼就站在剑道极高处的人，出身，根骨，天赋，眼光，皆是如此。

所以少女根本无法理解，在距离她有十万八千里之遥的山脚，那些人是如何一步一步登山的，更不会懂得那些人为何要走得踉踉跄跄。

最后少女实在没辙，生怕自己一个忍不住，就要拔刀砍人，于是她灵机一动，拍了拍草鞋少年的肩膀，勉强安慰道："陈平安，读书百遍其义自见，习武也是一样的道理，练拳几万下，出不来味道，那就几十万，一百万！你去捡你的石头吧，笨鸟先飞，别灰心丧气，慢慢来，在小溪里一遍遍练习这个走桩。"

陈平安一想，真是这个道理。

以前听宋集薪说过一句话，跟宁姑娘的"读书百遍"差不多意思，叫读书破万卷，下笔如有神。

不过少年觉得更有道理的，还是宁姑娘所说的几万几十万不够，那就练一百万次嘛。

陈平安笑着跑出泥瓶巷，一路上默念三小三大，按照记忆去模仿宁姚的走姿。

草鞋少年在心中，告诉自己的"真相"，是练习一百万次之后，兴许就能练拳小成了。

所以这部《撼山谱》的练拳起步，就是一百万次，在那之后，他陈平安才有资格再来谈其他。

宁姚独自坐在门槛上，自言自语道："为何感觉自己好像挖了一个天大的坑？那家伙会不会爬不出来啊？"

第四十二章
天　才

　　小镇来自外乡的生面孔，越来越多，客栈酒楼的生意，随之蒸蒸日上。

　　与此同时，福禄街和桃叶巷那边，许多高门大户里的这一辈年轻子弟，开始悄然离开小镇，多是少年早发的聪慧俊彦，也有寂寂无名的偏房庶子，或是忠心耿耿的家生子，世家子赵繇便在此列。至于泥瓶巷的孩童顾粲，被截江真君刘志茂一眼相中，算是一个例外。

　　陈平安去刘羡阳家拿了笭筐鱼篓，离开小镇去往小溪，在人多的时候，陈平安当然不会练习《撼山谱》的走桩，出了小镇，四下无人，陈平安才开始默念口诀，回忆宁姑娘走桩之时的步伐、身姿和气势，每个细节都不愿错过，一遍一遍走出那六步。

　　陈平安当时在泥瓶巷的屋子里，第一次模仿宁姚的时候，那么拙劣滑稽，比起常人还不如，其实少年少女的认知，出现了一个鬼使神差的误会，陈平安一直知道自己有个毛病，从烧瓷窑工开始就发现自己眼疾，手却慢，准确说是由于少年的眼神、眼力过于出彩，导致手脚根本跟不上，这就意味着换成别人来模仿宁姚的走桩，可能第一遍就有三四分相似，虽粗糙蹩脚，但好歹不至于像陈平安这么一两分相似。这恰恰是因为陈平安看得太明白真切，对于每一个环节太过苛刻，才过犹不及。手脚跟不上之后，就显得格外可笑，而且九分不像之下，暗藏着一分难能可贵的神似。

　　宁姚并不知道，模仿她这位天剑仙胚子的走桩，哪怕是九分形似，也比不得一分神似。

当然话要说回来，莫说只有她宁姚的一分神似，就算有七八分，宁姚也不会觉得如何惊才绝艳。

宁姚眼中所见，视线所望，只有人迹罕至的武道远方，以及并肩而立之人、屈指可数的剑道之巅。

陈平安坐在廊桥匾额下的台阶休息，少年大致算了一下，一天十二个时辰，哪怕每天坚持五到六个时辰，重复练习走桩，撑死了也就三百次左右，一年十万，十年才能完成一百万次的任务。草鞋少年扭头望向清澈见底的溪水，呢喃道："让我坚持个十年，应该可以的吧？"

虽然这段日子里，陈平安不曾流露出什么异样情绪，但是陆道长临行前的泄露天机，将云霞山蔡金简的阴毒手段——道破，仍是让这位少年倍感沉重。有一件事情，陈平安对陆道长和宁姑娘都不曾提及，那就是在蔡金简对他一戳眉心和一拍心口之后，少年当时在泥瓶巷子里，就已经隐隐约约感受到身体的不对劲，所以他才会在自家院门口停留那么长时间，为的就是让自己下定决心，大不了破罐子破摔，也要跟蔡金简拼命。

毕竟那时候的陈平安，按照年轻道人陆沉的说法，就是太死气沉沉了，完全不像一个本该朝气勃勃的少年，对于生死之事，陈平安当时看得比绝大多数人都要轻。

蔡金简以武道手段"指点"，让草鞋少年强行开窍，使得陈平安的身体，就像一座没有院门屋门的宅子，确实可以搬进、吸纳更多物件，但是每逢风雪雨水天气，宅子便会垮得格外厉害、迅速。所以陆沉才会断言，如无例外，没有大病大灾的话，陈平安也只能够活到三四十岁。

之后她在陈平安心口一拍，坏了他的修行根本，心为修行之人的重镇要隘，城门塌陷后，蔡金简等于几乎封死了这处关隘的正常运转，这不单单是断绝了陈平安的修行大道，也越发加快了陈平安身躯腐朽的速度。

蔡金简这先后两手，真正可怕之处，在于门户大开之后，一方面陈平安已经无法修行长生之法，就意味着无法以术法神通去弥补门户，无法培本固元；另一方面，哪怕少年侥幸在武学登堂入室，的确能够依靠淬炼体魄来强身健体，但是对陈平安而言，巨大风险将会一直伴随着机遇，一着不慎，就会身陷"练外家拳容易招邪"的怪圈，就又是延年益寿不成反而早夭的可怜下场。

当务之急，陈平安是需要一门能够细水长流、滋养元气的武学，这门武学是不是招式凌厉、霸道绝伦，是不是让人武道境界一日千里，反而不重要。

陈平安的希望，全部在宁姚看不上眼的那部《撼山谱》当中，比如她说过，走桩之后还有站桩"剑炉"，和睡桩"千秋"。

但是陈平安不敢胡乱练习，当时只是瞥了几眼，就忍住不去翻看，他觉得还是应该让宁姑娘鉴定之后确认无误，再开始修习。

只要走在正确的道路上，你悟性再差，只要够勤奋坚韧，每天终究是在进步。走在错误的方向上，你越聪明越努力，只会做越多错越多。

这些话是刘羡阳说的，当然他的重点在于最后一句："你陈平安是第一种人，宋小夫子那个伶俐鬼是第二种，只有我刘羡阳，是那种又聪明又走对路的真正天才。"

当时刘羡阳自吹自夸的时候，不小心被路过的姚老头听到，一直对刘羡阳青眼相加、视他为得意弟子的老人，不知道被少年哪句话戳中了伤心处，姚老头破天荒勃然大怒，追着刘羡阳就是一顿暴揍。反正在那之后，刘羡阳再也没有说过"天才"两个字。

陈平安重重呼出一口气，站起身，走上高高的台阶，进入廊桥走廊后，才发现远处聚集着一拨人，四五人，或站或立，好像在护卫着其中一名女子，陈平安只看到女子的侧身，只见她坐在廊桥栏杆上，双脚自然而然悬在溪水水面上，闭目养神，她的双手五指姿势古怪，手指缠绕或弯曲。

给陈平安的感觉是她明明闭着眼睛，却又像是在用心看什么东西。

陈平安犹豫了一下，不再继续前行，转身走下台阶，打算涉水过溪，再去找刘羡阳。今天他背着两只箩筐，一大一小套放着，要将那只稍小的箩筐，还给阮师傅的铁匠铺，毕竟那是刘羡阳跟人借来的。

廊桥远处，那拨人在看到一身寒酸相的草鞋少年识趣转身后，相视一笑，也没有说话，生怕打破那位"同年"女子的玄妙"水观"

心境。

此法根本，源自佛家，这一点毋庸置疑。只是后来被许多修行宗门采纳、拣选、融合和精炼，最后一条道路上分出许多小路。

只不过东宝瓶洲一直被视为佛家末法之地，在数次波及半洲疆域的灭佛浩劫之后，近千年以来佛法渐衰，声势远不如三教中的儒道两家。

"只闻真君和天师，不知护法与大德"，便是如今东宝瓶洲的真实状况。

不过受惠于佛法的仙家宗门，确实不计其数。

陈平安卷起裤管蹚水而过，上了对岸，突然听到廊桥那边传来惊呼声和怒斥声，想了想，没有去掺和。

到了阮师傅的铁匠铺，仍是热火朝天的场面，陈平安没有随便乱逛，站在一口水井旁边，找人帮忙通知一声刘羡阳。

原本以为要等很久，不承想刘羡阳很快就跑来，拉着他就往溪畔走去，压低嗓音说道："等你半天了，怎么才来！"

陈平安纳闷道："阮师傅催你还箩筐啦？"

高大少年白眼道："一个破箩筐值当什么，是我跟你有重要的事情要说。你捡完石头回到我家院子后，就等那个夫人去找你，就是那个儿子穿一身大红衣服的妇人，上回咱们在泥瓶巷口见着的那对母子，她找上门后，你什么都不要说，只管把那只大箱子交给她，她会给你一袋子钱，你记得当面清点，二十五枚铜钱，可不许少了一枚！"

陈平安震惊道："刘羡阳，你疯了？！为啥要卖家当给外人？！"

刘羡阳使劲搂住草鞋少年的脖子，瞪眼教训道："你知道个屁，大好前程摆在老子的面前，为啥白白错过？"

陈平安满脸怀疑，不相信这是刘羡阳的本心本意。

刘羡阳叹了口气，悄声道："那位夫人要买我家的祖传宝甲，另外那对主仆，则是要一部剑经，我爷爷临终前叮嘱过我，到了实在没办法的时候，宝甲可以卖，当然不许贱卖，但是那部剑经，就是死，也绝对不可以承认在我们老刘家里。我答应卖宝甲给那位夫人，除了谈妥价格之外，还要求她答应一个条件，她得到宝甲之后，还要说服那个一看就魁梧的老人，近期不要找我的麻烦，就是一个拖字诀，等到我做了阮师傅的徒弟，这些事也就都不是事了。"

陈平安直截了当问道："为啥你不拖着那位夫人？难不成她还能来铁匠铺找你的麻烦？再说了，她又不能破门而入，抢走你家的宝甲。"

刘羡阳松开手，蹲在溪边，随手摸了块石子丢入溪水，撇嘴道："反正宝甲不是不能卖，现在既然有个公道价格，不也挺好，还能让事情变得更稳妥，说不定都不用宁姑娘冒险出手，所以我觉得不坏。"

陈平安也蹲下身，火急火燎劝说道："你咋知道她现在给的价格很公道？以后要是后悔了，咋办？"

高大少年转头咧嘴笑道："后悔？你好好想想，咱俩认识这么多年，我刘羡阳什么时候做过后悔的事情？"

陈平安挠挠头，总觉得哪里不对，可是少年口拙，实在不知道如何说服刘羡阳。

刘羡阳这辈子活得一直很自由自在，好像也从来没有难倒过他的坎，从没有解不开的心结和办不成的事。

刘羡阳站起身，踹了一脚草鞋少年背后的箩筐："赶紧的，我拿去还给阮师傅，回头等我正式拜师敬茶，你可以来长长见识。"

陈平安缓缓起身，欲言又止，刘羡阳笑骂道："陈平安你大爷的，我卖的是你的传家宝？还是你媳妇啊？"

陈平安递给他箩筐的时候，试探性问道："不再想想？"

刘羡阳接过箩筐，后退数步，毫无征兆地高高跳起，来了一个花哨的回旋踢。

沉稳落地后，刘羡阳得意洋洋，笑问道："厉害吧？怕不怕？"

陈平安没好气地回了一句你大爷的。

远离阮家铺子后，心事重重的陈平安下水捡石头，不知是心神不宁的缘故，还是溪水下降的关系，今天收获不大，一直等到陈平安临近廊桥，只捞取二十多颗蛇胆石，而且没有一颗能够让人眼前一亮，一见钟情。

陈平安摘下箩筐鱼篓，将它们放在溪边草丛里，深呼吸一口气，在溪水中转身而走，开始练习走桩。

一趟来回后，陈平安心头一紧，他看到藏着箩筐鱼篓的地方，蹲着一个矮小少年，嘴里叼着一根绿茸茸的狗尾巴草。

是杏花巷马婆婆的孙子，从小就被人当傻子，加上马婆婆在陈平安这辈少年心中，印象实在糟糕，吝啬且刻薄，连累她的宝贝孙子被人当出气筒。少年之前每次出门，给人追着欺负，每逢穿新衣新靴，不出半个时辰，板上钉钉会被同龄人或是大一些的少年，折腾得满是尘土。试想一下，一双马婆婆刚从铺子里买来的崭新靴子，孙子穿出门后，立即被十几号人一人一脚踩踏，等孩子回家之后，靴子能新到哪里去？

这个真名马苦玄早已不被人记得的傻小子，从来就很怪，被人欺负，却从不主动跟马婆婆告状，也不会号啕大哭或是摇尾乞怜，始终是很平淡的脸色、冷漠的眼神。所以杏花巷那边的孩子，都不爱跟这个小傻子一起玩，马苦玄很早就学会自己玩自己的，最喜欢在土坡或是屋顶看天边的云彩。

陈平安从来没有欺负过马苦玄，也从来没有怜悯过这个同龄人，更没想过两个同病相怜的家伙，尝试着抱团取暖。

因为陈平安总觉得马苦玄这种人，非但不傻，反而骨子里跟宋集薪很像，甚至犹有过之。

他们好像是没有开口说话，但是他们似乎一直在等，好像在跟人无声说着，老天爷欠了我很多东西，迟早有一天我要全部拿回来。欠我一个铜钱，宋集薪可能是要老天爷乖乖还回来一两银子，马苦玄，甚至是一两金子！

陈平安没觉得他们这样不好，只是他自己不喜欢而已。

那个少年再不像之前的那个傻子，口齿清晰，笑问道："你是泥瓶巷的陈平安吧，住在稚圭隔壁？"

陈平安点点头："有事吗？"

少年笑了笑，指了指陈平安的笋筐，提醒道："也许你没有发现，溪水下降很多了，好石头只剩下廊桥底下的深潭，和青牛背的水坑这两个地方，其他地方都不行，就像你这筐里的，是留不住那股气的，石质很快就会变，有些运气好的，撑死了去做一块上好磨刀石，有些可以成为读书人的砚台，最后这些东西，当然还是好东西，卖出高价肯定不难，只不过……算了，说了你也未必懂。"

陈平安笑着嗯了一声，没有多说什么。

矮小少年突然说道："你刚才在小溪里练拳？"

陈平安依然不说话。

马苦玄眼神熠熠，哈哈笑道："原来你也不傻嘛，也对，跟我差不多，是一路人。"

陈平安绕过少年，说了声我先走了，然后背起笠筐就上岸。

少年蹲在远处，吐出嘴里嚼烂的狗尾巴草，摇头小声道："拳架不行，纰漏也多，练再多，也练不出花头来。"

马苦玄头也不转："取回咱们兵家信物了？"

背后有男人笑道："以后记得先喊师父。"

少年没搭理，起身后转头问道："能不能给我看看那座小剑冢？"

正是背剑悬虎符的兵家宗师，自称来自真武山，他曾经扬言要与金童玉女所在师门的那位小师叔一战。

男人摇头道："还不到火候。"

然后他有些恼火："你干吗要故意坏了那女子的水观心境，你知不知道这种事情，一旦做了，就是一辈子的生死大敌！"

少年一脸无所谓道："大道艰辛，如果连这点磨难也经不起，也敢奢望那份高高在上的长生无忧？"

男人气笑道："你连门也未入，就敢大言凿凿，不怕闪了舌头？！"

少年最后咧嘴，露出洁白森森的牙齿，笑道："以后我在修行路上遇到这种破境机缘，会主动告知那女子一声，到时候师父你不许插手，让她尽管来坏我好事。"

男人感慨道："你知不知道，世间机缘分大小，福运分厚薄，根骨分高低，你若是事事以自己之理衡量众人，以后总有一天会遇到比自己拳头更大、修为更深、境界更高之人，到时候人家心情不好，就一拳打断你的长生桥，你如何自处？"

少年微笑道："那我就认命！"

男人自嘲道："以后为师再也不跟你讲道理了，对牛弹琴。"

少年突然问道："那个泥瓶巷的家伙，怎么晓得水里石头的妙处？

还开始练拳了？"

男人突然神色严厉起来："马苦玄！为师不管你什么性格桀骜，但是有一点你必须谨记在心，我们兵家是正宗剑修！修一剑破万法，修一剑顺本心，修一剑求无敌，但是绝对不许滥杀无辜，不许欺辱俗人，更不许日后在剑道之上，因为嫉妒他人，就故意给同道中人下绊子！"

少年伸了个懒腰："师父，你想多了，泥瓶巷那家伙就算再厉害，只要不惹到我，就与我无关，说到底，小镇这些人成就再高，将来也无非是我的一块垫脚石而已，嫉妒？我感谢他们还来不及呢。"

男人无奈道："真是讲不通，我估计以后真武山，会不消停了。"

少年好奇问道："你在真武山排第几？"

男人笑了笑："不说这个，伤面子。"

少年白眼道："早知道晚些再拜师。"

男人一笑置之。

他有句话没跟自己徒弟挑明，世间天才是分很多种的，天赋亦是。

先前那个草鞋少年，看似平淡无奇的六步走桩，其实浑身走着拳意。

第四十三章
少年和老狗

陈平安没有直接回刘羡阳的宅子，而是先回了泥瓶巷，跟宁姚说了一下刘羡阳的打算。

宁姚听过之后，没有发表意见，只说这是你们之间的事情，她只管收人钱财替人消灾，如果刘羡阳能够不用她出手就躲过一劫，她自会返还那三袋子金精铜钱。陈平安说这不是钱的事情，结果宁姚冷冰冰回了一句："那你是要跟我谈感情，咱俩到那份上啦？"陈平安差点被她这句话噎死，只好蹲在门槛那边挠头。

宁姚瞥了眼桌上陈平安捎来的糕点，有价廉物美的糯米枣糕，也有相对昂贵的雨露团，肯定是少年竭尽全力的待客之道了，少女便破天荒有些心软和愧疚，一时间觉得自己好像有些不厚道，吃人家的，住人家的，遇到难事，她哪怕帮不上大忙，也不能火上加油，于是问道："刘羡阳会不会是在铁匠铺那边，受到实实在在的人身威胁，才不得不将那件青黑痩子甲卖出去？比如说铺子里藏有四姓十族的爪牙，暗中教训了一顿刘羡阳？"

陈平安思量片刻后，摇头道："不会，刘羡阳绝对不是那种被威胁就低头认输的人，当年我第一次见到他，哪怕被福禄街那帮人打得呕血，也没说半句服软的话，就一直扛着，差点真的被人活活打死，这么多年，刘羡阳性子没变。"

宁姚又问道："血气方刚，意气之勇，重诺言轻生死，其实巷弄游侠儿从来不缺，我一路行来，就亲眼见识过不少。只不过一旦大利当前，换了一种诱惑，他刘羡阳到底能不能守得住本心？"

陈平安又陷入沉思，最后眼神坚定道："刘羡阳不会因为外人给了什么，就去当败家子，他对他爷爷的感情很深，除非真的像他说的，他爷爷临终前叮嘱过他，宝甲可卖，但是别贱卖，而那部剑经则一定要留在他们刘家，以后还要留给后人。"

宁姚说道："就我知道的情况而言，那件瘊子甲品相是不俗，但是也算不得太过珍稀，倒是那部剑经，既然能够让正阳山觊觎已久，并且不惜出动两人来此寻宝，摆明了是视为囊中之物了，所以肯定是样好东西。所以卖宝甲留剑经，这个决定，是说得通的。"

陈平安点了点头。

宁姚抚摸着绿色刀鞘，眼神冷冽："小心起见，我陪你一起去刘羡阳家宅子，先打发了那位妇人，既然是刘羡阳亲口说要卖，那么装载宝甲的箱子搬就搬，之后我再跟你一起去阮家铺子，见一见刘羡阳，问他到底是怎么想的，如果真是他爷爷的临终遗嘱，你我就不需要指手画脚了，家家有本难念的经，不该是你管的，就别瞎管。如果不是的话，便让他说出苦衷，大不了我再将那箱子重新抢回来！"

陈平安担忧问道："宁姑娘你的身体没问题？"

宁姚冷笑道："如果是对付正阳山的搬山老猿，肯定会灰头土脸，可要是那个娘们，在这座小镇上，我一只手就够了。"

陈平安好奇道："搬山猿？"

宁姚敷衍道："遗留在这座天下的一种上古凶兽孽种，真身为体型大如山峰的巨猿，传言一旦显露真身，能够将一座山岳拔地而起，扛起背走。只不过这些都是传言，毕竟谁也没真正看到过。正阳山这几百年来一直隐忍不发，其实底蕴很厚，虽然宗门在东宝瓶洲名次不高，可是不容小觑，所以咱们能够不跟他们起争执，是最好，起了争执……"

陈平安小心翼翼问道："起了争执咋办？"

宁姚站起身，拇指推刀出鞘寸余，一脸看白痴的眼神望向草鞋少年，天经地义道："还能咋办？砍死他们啊！"

陈平安咽了咽口水。

之后少年背着箩筐，带着重新戴上帷帽、腰佩绿刀的少女，一起缓缓走向刘羡阳的祖宅。

宁姚扭头瞥了眼少年的箩筐，问道："今天怎么这么少？"

陈平安叹了口气："马苦玄，哦，就是杏花巷那边马婆婆的孙子，跟我差不多岁数，现在好像完全变了一个人，按照他的说法，是小镇风水变了，所以这些小溪里的石头越来越留不住'气'。"

宁姚神情凝重，沉声道："他说得没错，这座小镇是要变天了。你最好趁早解决掉这档子事，赶紧走出小镇，哪怕离开以后再回来，也比一直待在小镇来得好。"

陈平安不是不撞南墙不回头的一根筋，自小一个人过惯了，反而更加知道人情冷暖和轻重缓急，点头笑道："会的，只要看到刘羡阳跟阮师傅喝过拜师茶，我就马上离开这里。最好那个时候，阮师傅也答应给你铸剑。"

看着满脸喜悦的家伙，宁姚纳闷道："跟你无关的事情，也值得这么开心？说你滥好人，你凭啥不服气？"

大概是认为两人有些相熟了，陈平安说话也没之前那般遮遮掩掩，理直气壮道："刘羡阳，顾粲，加上宁姑娘你，你想啊，天底下那么多人，我也就在乎三个人的好坏，我咋就滥好人啦？"

宁姚笑眯眯问道："那三个人里头，我排第几？"

陈平安既诚恳又赧颜道："暂时第三。"

宁姚摘下佩刀，随便握在手中，用刀鞘轻轻拍了拍少年的肩膀，皮笑肉不笑道："陈平安，你要感谢我的不杀之恩。"

陈平安莫名其妙问道："煎药你不觉得烦？"

宁姚愣了愣，理解了他的想法："陈平安，我突然发现你以后就算到了外边，也能活得挺好。"

陈平安一点都不贪心，诚心诚意道："跟现在一样好就行。"

宁姚不置可否，轻轻摇晃手中绿刀，就像乡野少女摇晃着花枝。

到了刘羡阳家的巷子拐角处，一个黑影蓦然窜出，宁姚差点就要拔刀出鞘，幸好及时忍住，原来是一条黄狗，围绕着陈平安亲昵打转。陈平安弯腰揉了揉黄狗的脑袋，起身后笑道："是刘羡阳隔壁那户人养的，叫来福，好多年了，胆子特别小，以前我和刘羡阳经常带它上山，就只会跟在我们屁股后头凑热闹，刘羡阳总嫌弃它抓不住山兔山鸡，总说来福连一条猫都不如，像马苦玄家养的那只猫，有人看到它经常能够往家里叼野鸡和蛇。不过来福年纪大了嘛，十来岁了，很老啦。"

说到这里，草鞋少年忍不住又弯腰，摸了摸来福的脑袋，柔声道："一大把岁数，就要服老，对吧？放心，以后等我赚到大钱了，一定不饿着你。"

宁姚摇了摇头，对此她是无法感同身受的。

哪怕这一路行来，她见过很多人很多事，高高在上的仙家高人，肉眼凡胎的市井百姓，权贵子弟的锦衣怒马，御风凌空的神仙风采，见过了许许多多的悲欢离合。

有那佛家的行者，在凄厉风雨夜，赤足托钵而行，唱着佛号，步伐坚定。有赴京赶考的穷书生，在破败古寺里，为披着人皮的狐魅温柔画眉，最后重新动身启程之时，哪怕明知自己已是两鬓微霜，也无悔恨。

有顶着天师头衔的年轻道人，在古战场和乱葬岗之中独自穿行，默念着福生无量天尊，不惜消耗自身修为，为孤魂野鬼们引领一条超脱之路。有上任之初亲手禁绝淫祠龙王庙的中年文官，嘴唇干裂渗出血丝，在干涸河床边上，摆下香案，沙哑诵读着《龙王祈雨文》，最后为了辖境内的百姓，面向龙王庙，下跪请罪。

有前朝遗老的古稀老人，不愿带着出仕新朝的儿子，只带着蒙学的小孙子，登高作赋，面对家国破碎的旧山河，老泪纵横，跟心爱孙子说那些已经改了名的州郡，原本应该叫什么。有一叶扁舟在千里长峡中，顺流直下，有读书人在两岸猿声中，意气风发，读至快目会心之处，仰天长啸。有面覆甲胄的倾国女子，在硝烟落幕后，纵马饮酒最绝色。

一路行来，一路见闻，一路感悟，宁姚的向道之心，始终稳若磐石，没有任何拖泥带水。

现如今，宁姚又多看到一幕。

一个孤苦伶仃的陋巷少年，背着箩筐系着鱼篓，摸着一条老狗的脑袋，对未来充满着希望。

两人刚回到刘羡阳家没多久，就有人敲响院门，陈平安和宁姚对视一眼，然后陈平安出去开门，宁姚只是站在屋门口，不过她回头瞥了眼那柄安静躺在柜台上的长剑。

敲门之人是卢正淳，自然是以妇人为首，此外还有两名卢氏忠仆。

卢正淳面容和善，轻声问道："你是刘羡阳的朋友，叫陈平安，对吧？我们是来搬箱子的，刘羡阳应该跟你打过招呼了。所以这袋钱你放心收下，除此之外，我们夫人答应刘羡阳的条件，将来也会半点不差交到他手上。"

陈平安接过那袋子钱，让开道路，雍容大方的妇人率先走入院子，卢正淳带着两名下人跟随其后。妇人亲自打开已经被摆在正堂的红漆木箱子，蹲下身，伸手抚摸那具模样丑陋的宝甲，眼神出现片刻迷离，然后是难以掩饰的炙热和渴望，但是这抹情绪很快就被妇人收敛，恢复正常神色，她站起身后，示意卢正淳可以动手搬箱子了，东西并不沉重，毕竟里头只有一具甲胄而已。

妇人最后一个离开屋子，走到门槛的时候，回头看了一眼草鞋少年，微笑道："刘羡阳真的很把你当朋友。"

不明深意的陈平安只好一言不发，只是默然送他们这一行人离开院子。

最后陈平安站在门外，久久不肯挪步。宁姚来到他身边。

妇人走在卢正淳三人之后，走到巷子尽头后，转头望去，看到并肩而立的少年少女，玩味笑道："年轻真好，可是也得活着才行啊。"

那座横跨小溪的廊桥里，一位高大少年倒在血泊中，身体抽搐，不断吐出血水。

只是这一次，这个高大少年，再没有能够听到某个黑黑瘦瘦的家伙，一遍遍撕心裂肺喊着"死人了"。

廊桥北端桥头的台阶那边，人头攒动，议论纷纷，远远看着热闹，唯独不敢靠近那个少年，生怕惹祸上身。

有两人快步走入廊桥，男子蹲下身，搭住少年的手腕脉搏后，脸色越发沉重。

青衣少女恨极，咬牙切齿道："一拳就砸烂了他的胸膛，好狠辣的手段！"

男人不说话。

扎了一根马尾辫的青衣少女怒道："爹！你就眼睁睁看着刘羡阳这么被人活活打死？刘羡阳是你的半个徒弟！"

男人一直没有松开少年的手腕，面无表情，淡然道："我哪里知道堂堂正阳山，这回竟然如此不讲规矩。"

少女猛然起身："你不管，我来管！"

男人抬头缓缓问道："阮秀，你是想让爹给你收尸？"

少女大踏步前行，一往无前，沉声道："我阮秀不是只会吃一件事！也会杀人！"

男人眉宇间隐约有雷霆之怒。

小半原因是自己闺女的愣头愣脑，更多自然是正阳山那头老猿的歹毒出手。

男人想了想，既然自己还未正式接手齐静春的位置，那么是不是就意味着，自己也可以不用那么讲道理？

青衣少女突然停下脚步。

少女突然看到有个消瘦少年，从廊桥那一头，向自己这边疯狂跑来。

她看到那个熟悉的身影，穿着一双草鞋，面无表情，古井不波。

两人一瞬间就擦肩而过，少女想要说些什么，却说不出口，没来由的，她便觉得很委屈，一下子就流下眼泪。

当草鞋少年坐在身边，伸手抓住高大少年的一只手，视线早已模糊的刘羡阳，好像一下子多出几分精神气，试图挤出一个笑脸，断断续续说道："那婆娘说我不交出宝甲，她就能杀了你……她还说，反正她是母子两个人来咱们小镇的，一人被驱逐而已，这个代价她出得起，我怕，很怕她真的去杀你……之前我跟你说的，其实不全是假话，我爷爷的确跟我说过那些话，所以我觉得卖了就卖了，没啥大不了的……只是刚才她又让人去找我，说那个老人疯了，一听说我没有剑经，就执意要先杀你，再来杀我，我实在是担心你，想给你打声招呼……就一路跑到这里，然后就被那老王八蛋打了一拳，是有点疼……"

草鞋少年低着头，轻轻擦掉刘羡阳嘴角的鲜血。少年死死皱着那张黝黑消瘦的脸庞，轻声道："不怕，没事的，相信我，别说话了，我带你回家……"

高大少年那股子强撑起来的精神气，渐渐淡去，视线飘忽，喃喃道："我不后悔，你也别怪自己，真的……就是……我就是有点怕，原来我也是怕死的。"

最后高大少年死死攥紧他唯一朋友的手，呜咽道："陈平安，我真的很怕死。"

草鞋少年坐在地上，一只手死死握着刘羡阳的手，一只手握拳撑在膝盖上。

大口喘息，拼命呼吸。

年纪轻轻的少年，此时就像一条老狗。

草鞋少年眼眶通红。

当他想要跟老天爷讨要一个公道的时候，就更像一条狗了。

陈平安不想这样，这辈子都不想再这样了！

第四十四章
水落石出

福禄街卢氏的宅子，小巧玲珑，却别有洞天，便是清风城许氏妇人，也觉得是螺蛳壳里做道场，做到了极致，不能再苛求什么。在一座临湖水榭里，刚刚成功将刘家瘊子甲收入囊中的妇人，满面春风得意，慵懒斜靠着围栏，大概是心情实在太好，至于卢正淳那只苍蝇站在水榭台阶上，也觉得不是那么碍眼。

身穿一袭大红袍子的儿子站在长凳上，往小湖里丢鱼饵，近百尾红背鲤鱼拥挤在一起，红浪滚滚，画面颇为壮观。

妇人对卢正淳吩咐道："你就不用在这边候着待命了，等到此间事了，你便随我们去往清风城，除了让我家夫君收你为入室弟子，也会答应你爷爷那个有些无理的请求，务必保证让你有朝一日能够跻身中五境，要知道这种承诺，才是最值钱的，所以说你爷爷是只老狐狸。"

说到这里，妇人自顾自嫣然而笑："要我看啊，如果你爷爷是卢氏掌舵人，卢氏王朝未必会这么快崩塌。哪怕是眼高于顶的大骊藩王宋长镜，也坦言能够在一年内就立下灭国之功，功劳簿上有你们卢氏皇室一半。当然了，你们这支小镇卢氏，运气不太好，跟主支卢氏，一荣未必俱荣，一损倒真是俱损，所以这次我们清风城给你这个千载难逢的机会，不要错过了，要好好把握住。"

卢正淳弯腰极低，双手作揖高过头顶，感激涕零道："卢正淳绝不敢忘记许夫人大恩大德，日后到了那座名动天下的清风城，必当为许夫人做牛做马，并且卢正淳发誓，此生只忠心于夫人一人！"

清风城许氏笑意妩媚，眯起眼眸，柔声道："这种掏心窝子的话啊，可别让我夫君，也就是你未来的师父听到，或者到时候你也可以在他面前重复一遍？"

兴许是在泥瓶巷给刘羡阳下跪后，卢正淳对于此事已经不再心怀芥蒂，听到妇人的诛心言论后，立即跪下，整个人匍匐在水榭外的台阶顶部，颤声道："卢正淳绝不敢忘本！"

妇人笑了笑，随意挥挥手，开始赶人："行了，起来吧，以后到了清风城，修行一事最耗光阴，路遥知马力，你是不是忘本，自然水落石出。"

卢正淳后退着离开水榭，下了台阶才缓缓转身，这位曾经在小镇呼风唤雨的天字号纨绔，在妇人跟前，好像腰杆就从来没有直起过。

小镇之外的卢氏，作为一座大王朝的掌国之姓，在被大骊边军重创之后，可谓大伤元气，一蹶不振，短期之内很难东山再起，从上到下，卢氏嫡系和旁支以及远房，只得夹着尾巴做人。

否则，以清风城的家底和声望，绝对不敢如此在小镇卢氏宅子，做起鸠占鹊巢的勾当，还敢居高临下，对卢氏子弟呼来喝去。就算换成正阳山的那对主仆，其实都很勉强。

如今卢氏龙游浅滩，时局艰辛，实在是不得不低声下气。

红袍男童嗤笑道："真是个天生奴才命的狗腿子，娘亲你收下这种废物做什么？不会真要让我爹收他做徒弟吧，而且还答应他一个中五境？中五境什么时候如此廉价不值钱了？"

妇人微笑道："卢正淳虽然面目可憎，但并非没有可取之处，此人资质一般，本来成为外门弟子就属万幸，不过说到底，这个年轻人只是那笔大买卖之下的小添头而已，掀不起半点风浪。至于表面上看，娘亲许诺给小镇卢氏这么多，答应卢氏皇室那些逃难的皇亲国戚和金枝玉叶，可以在清风城避难并且扎根，清风城会以礼相待，奉为座上宾，甚至在城内专门划分出一大块区域，作为卢氏的私人地盘，期限为一百年。"

孩子丢完鱼饵，突然跑出水榭，捡了一大把石子回来，然后趴在栏杆上，朝着那些鲤鱼使劲丢掷石子，玩得不亦乐乎，转头说道："娘亲，咱们来小镇寻觅瘗子甲，是不是就是一个掩人耳目的由头，是咱们清风城许氏借此机会掌控卢氏的障眼法？毕竟百足之虫死而不僵，卢氏那拨浩浩荡荡的丧家犬，听说仅皇室成员就有三千多人，加上内宦奴婢附庸和不愿依附大骊宋氏的亡国遗老，对于我们清风城的人气增长，帮助很大。"如此说来，这里才是落魄卢氏如今真正的消息运转枢纽？

妇人欣慰笑道："能够想到这一层，说明我的儿子很聪明，但是呢，还是错了。"

男孩皱眉，等着答案。

妇人眨了眨眼睛："那具瘊子甲，内有玄机，简单而言，就是不比那部剑经差。"

男孩狠狠丢出一颗石头，砸在一尾鲤鱼背脊上，鲜血四溅，可怜鲤鱼疯狂拍打水面。

孩子眼神炙热："我爹最擅长攻伐之道，杀力之大，不比那大骊宋长镜逊色太多，只可惜一直受困于先天身体孱弱，最怕对手与他以伤换伤的无赖打法，这才无法扬名，还沦为笑柄，就连清风城的自家人也敢在背地里取笑我们，娘亲，是不是我爹得了这具宝甲之后，就能够攻防皆备，可以与那宋长镜一较高低？"

妇人仍是摇头。

红袍男孩重重一拍栏杆，怒色道："你不要跟我卖关子！"

龇牙咧嘴，择人而噬，就像一头虎豹幼崽。

妇人从来没觉得儿子在自己面前大呼小叫，有何不妥，毕竟自己儿子一出生，就得到过一位高人评价极高的谶语，"虎狼之相，人主资质"。

妇人耐心解释道："你爹得到宝甲后，一旦参悟成功，能够百尺竿头更进一步，要什么防御，一力降十会，一鼓作气碾压敌人便是。"

男孩哈哈大笑，快意至极："杀杀杀，到时候让我爹就从咱们清风城内部杀起！自己人做的恶心事，才最恶心！"

男孩笑过之后，很快冷静下来，突然想起一事，问道："娘亲你这么戏耍正阳山，真是耍猴了，就不怕那头蠢猿万一回过神，离开小镇后就对我们大打出手？还有一件事，我始终没想明白，那个姓刘的，既然早早有了买瓷人，本身就根骨极好，加上有宝甲有剑经，这样的香饽饽，简直是少之又少，就连我也不得不承认，对他需要刮目相看，那么买瓷人为何迟迟不愿露面，使得娘亲你能够浑水摸鱼，还让那正阳山老猿帮咱们解决掉了烂摊子？他一拳打死刘羡阳后，什么都清净了，天大麻烦由正阳山来兜着，至于我们清风城，便有了极大的回旋余地。"

妇人胸有成竹道："正阳山那头千岁高龄的搬山老猿，脑子不算好用，但还不至于蠢笨到被娘亲任意当猴耍的地步，其实他早已猜出娘亲借刀杀人的手段了，为何老猿愿意捏着鼻子，自己跳入陷阱，其中原因比较复杂，既有正阳山不怕惹祸上身的自负，也有一段不为人知的秘史内幕，你暂时不用管这些。"

妇人陷入沉思，再次捋了捋思路，试图查漏补缺，以免后患无穷。

少年刘羡阳的买瓷人，曾是鼎力支持卢家王朝的一股势力，王朝覆灭后，赔了一个底朝天，血本无归，在这之前，确实是山下世俗王朝一等一的门阀，否则也不至于在确认刘羡阳的剑胚资质后，仍然能够耗费重金将刘羡阳留在小镇，买下了之后的九年时间。

正阳山不知通过什么渠道知晓此事后，便去找到那个破落户，试图购买刘羡阳的本命瓷，正阳山一位老祖，当面就给出了一个天价。但是那户人家吃错药了一般，死活不愿松口，只说是已经转手卖给其他人了，至于是谁，什么来历，更是守口如瓶。

之后迷惑不解的正阳山，便听到风声，说是正阳山的死敌，风雷园抢先抓住机会，趁火打劫，得了先机。那户人家自然不敢当着正阳山剑仙的面，说自己已经把东西卖给了你们正阳山的仇敌风雷园。

至于刘家祖传瘊子甲和剑经一事，以及风雷院接手刘羡阳本命瓷的消息，到底是谁泄露给正阳山的？

远在天边，近在眼前。

正是清风城许氏，不过当然是躲在幕后的那种。

她更是主要谋划之人，这趟亲自赶赴小镇，花费巨大代价，她自然要保证这笔买卖，最少能够回本，否则她这一支在清风城的地位，就会一落千丈，岌岌可危，更别奢望独立执掌清风城。

事实上小镇这边，卧虎藏龙，不容小觑，不提日薄西山的卢氏，其余三大姓氏，在东宝瓶洲版图上，谁不是雄踞一方，如日中天？

其实四姓十族，真正的底蕴，不是说盘踞着多少条术法通天的地头蛇，这些家主、老祖宗，其实已经注定离不开，老话说树挪死人挪活，可惜他们早已与桃叶巷的桃树、小镇中心的老槐差不多，属于挪了就死，更无来生一说，所以空有一身大神通，无法施展。

这些家族的底蕴，在于他们能够掌握多少口龙窑，管辖多少门户，因为这将直接决定每年为外边提供多少只本命瓷，一旦出现修行的好坯子，押中宝的买瓷人，只要不是手头太拮据，多半还会额外包一个"大红包"，除此之外，也等于双方结下一份香火情，比起点头之交，当然要分量更重。

妇人突然对自己儿子感慨道："千万不要小觑任何人，哪怕是卢正淳这种弯腰做狗的小人物。你以为来了小镇，就能够轻而易举将那些机缘、宝物拿到手吗？不是这样的，老龙城的符南华，几乎道心崩碎，云霞山的蔡金简更是人间蒸发，生死不知。还有一名资质不俗的后辈，在廊桥那边看似福至心灵，便作水观，给人坏了心境，无异于在心湖底部，被人硬生生砸出一个大坑，使得湖水下降。这类事情，不会到此为止，反而接下来只会越来越多，所以说，修行路上，无一个逍遥人。"

孩子想了想："小心驶得万年船，娘亲，我会注意的。"

妇人点头道："如此最好。"

孩子丢掷出最后一颗石子，问道："那个齐静春到底怎么回事？"

妇人罕见动怒，厉色训斥道："放肆！尊称齐先生！"

孩子一愣，仍是乖乖改口道："齐先生是不是有了麻烦？"

妇人犹豫片刻，缓缓说道："齐先生的恩师，曾经不但陪祭于那座文庙，而且还是在儒教教主的左手第二位。"

孩子目瞪口呆。

这意味着齐静春的恩师，是儒家，准确说是儒教漫长历史上的第四人？

这种超乎想象的存在，要是有谁夸下海口，说这类圣人一怒之下，能够一脚将东宝瓶洲最大的山岳彻底踩碎，孩子不敢说自己全信，但也肯定会半信半疑。

　　妇人心有戚戚然，低声道："只是那位圣人中的圣人，如今地位却比这座小镇的那些破败神像……也不如了。"

　　孩子咽了咽口水，随口问道："刘羡阳那个朋友如何处置？"

　　妇人想了想："你是说泥瓶巷那个姓陈的孤儿？"

　　孩子点点头。

　　妇人笑道："你不也一见面就称呼他为蝼蚁吗？让他自生自灭便是。"

第四十五章

阳 光

督造官衙署来了两位风尘仆仆的客人，两人皆是弱冠之年，玉树临风，如楠如松，头等美质。门房听说是来拜访崔先生后，连身份也不询问了，赶紧领进官邸，领到那位崔先生暂居的别院，帮着敲响门扉，门房便恭谨告辞。

开门之人，正是那位代表儒家来此讨要压胜之物的君子，年少时就赢得过呵笔郎的美誉，一直被视为下任观湖书院山主的不二人选。他看到两位年轻人之后，有惊喜也有讶异，望向其中一位斜靠门扉的年轻人，笑问道："灞桥，你身边这位朋友是？"

被称呼为灞桥的年轻人，嬉皮笑脸道："这家伙啊，是大雍王朝龙尾郡的陈氏子弟，崔兄你叫他松风就行，这家伙生平不好美色美酒，唯独有石砚之癖，听说这边的小溪有几个老坑，就想来碰碰运气。他还有一位远房亲戚，这次也与我们同行，要不是因为她，我和松风也不会耽搁到现在才进小镇，本该早两天来的。她不喜欢与人打交道，便自己去逛小镇了。唉，可惜鸟可惜鸟，来的路上，听说隋朝的一个皇子得了天大机缘，赚到一尾金色龙鲤，以后大有希望走江出龙，把我给眼馋得眼睛都红了，崔兄你瞅瞅，满是血丝，对不对？"

年轻人把头往那位儒家君子伸过去，后者笑着用手指推开这颗脑袋，提醒道："刘灞桥，既然已经拖延了行程，就赶紧办正事去，还来我这边空耗做什么？什么时候风雷园的行事风格，变得如此拖拉了？"

那位龙尾郡陈氏子弟面带歉意，苦笑道："来的路上，有过一场冲突意外，灞桥兄伤了作为养剑室的脏腑窍穴，只得冒险将本命剑移至明堂窍，若非我修为不济，成了累赘，绝不至于让灞桥兄受伤。"

刘灞桥爽朗大笑道："几个鬼鬼祟祟的野修罢了，靠着一点歪门邪道，才侥幸伤到本公子，反正已是我剑下亡魂，不值一提！如果不是急着赶路，本公子就要给他们弄几座衣冠冢，立块墓碑，写下他们于某年某月某日死于刘灞桥剑下，将来等我成为剑道第一人，说不得还会成为一处风景名胜，对不对？"

儒家君子与这位风雷园天才剑修相识已久，知道他天生不着调的性格，把两人带进院子。

刘灞桥突然压低嗓音："崔兄，你给我透个底，此方天地是不是马上要塌了？山崖书院那位流徙至此的齐先生，当真要执意逆天行事？"

崔姓读书人置若罔闻。

刘灞桥嘿嘿一笑，指了指这位崔先生："我已经懂了。"

那位儒家君子看似漫不经心说道："松风，我先前去学塾那边拜访过齐先生，先生说起修身一事，有过'时不我待'的感慨。"

修身齐家治国平天下，这位出自崔氏的圣人种子，却只说到修身便打住了。

陈松风一开始本以为是读书人之间的客套寒暄，只是当他看到对方的眼神之后，灵机一动，立即心领神会，抱拳道："崔先生，我去寻一寻那位远房堂姐，回来之后再向先生讨教治国韬略。"

陈松风言语当中，有意无意跳过"齐家"环节，只是提及了治国。

陈松风匆匆离去。

崔姓读书人叹了口气，和刘灞桥坐在小院石桌旁。

刘灞桥跷着二郎腿，直言不讳道："这个陈松风聪明是聪明，一点就透，只不过吃相也太不讲究了，好歹坐下来跟你胡扯几句，再走也不迟，就那么急着去求祖荫槐叶？我看没必要嘛，如今我们东宝瓶洲除了龙尾郡陈氏，还剩下几个上得了台面的姓氏门阀？那些槐叶，不乖乖落入他陈松风口袋，难道还落在小镇土生土长的俗人头上？"

东宝瓶洲的陈氏，以龙尾郡陈氏为尊，虽然沉寂很久，只不过瘦死的骆驼比马大，虽然声势不振，但到底是祖上出过一大串枭雄人杰的千年豪阀，所以哪怕是刘灞桥所在风雷园这样的鼎盛宗门，也不敢小觑，所以就连刘灞桥这种人，也愿意与之为伍，算是半个朋友。

读书人好奇问道："你来此是找那位阮师，求他帮你铸剑？"

刘灞桥吞吞吐吐，语焉不详。

大略意思是帮宗门做一件事，如果做成了，风雷园就会出面为他向阮师求情铸剑。至于那件事为何，刘灞桥似乎有些难以启齿。

读书人又说道："你知不知道正阳山也来人了，而且是主仆两人。"

刘灞桥愣了愣，震惊道："我根本没听说啊，正阳山是谁来了？"

然后这个在风雷园以跋扈著称的年轻剑修，闭上眼睛，双手合十，碎碎念祷告道："千万别是倾国倾城的苏仙子，小子我跪求不是苏仙子大驾光临，要不然我出剑还是不出剑？苏仙子看我一眼，我就要酥了，哪里舍得祭出飞剑……"

读书人有些无奈："放心，不是你心仪的苏仙子，是护山的白猿，他护送着正阳山纯阳剑祖陶魁的宝贝孙女。"

"老崔你真是我的福星！不是苏仙子就万事大吉！"刘灞桥立即活蹦乱跳，哈哈大笑道，"怕他个卵？！我还怕一头老畜生不成？！咱们风雷园谁都可以怕，唯独不尿他正阳山！"

读书人犹豫了一下："风雷园和正阳山，本是同根同源的剑道正宗，为何就不能解开死结？"

刘灞桥收敛玩笑神色，沉声道："崔明皇，这种话你以后到了风雷园，千万千万别跟人说半个字。"

读书人喟然长叹。

风雷园，正阳山。

双方从祖师剑仙到刚入门的子弟，往往不需要什么一言不合，只要是遇到了，直接就会拔剑相向。

官署门房和年迈管事突然火急火燎赶到院门外，崔明皇和刘灞桥同时起身。

管事走入院子，行礼之后，说道："崔先生，刚得到一个消息，正阳山对一个叫刘羡阳的少年出手了。"

刘灞桥骤然大怒："哪个刘羡阳？！"

管事对崔先生颇有敬意，至于眼前这位不知姓名的公子，老人其实并不畏惧，淡然回复道："回禀这位公子，我们小镇只有一人叫刘羡阳。"

刘灞桥脸色剧变，冷笑道："好一个正阳山，欺人太甚！"

崔明皇神色自若，问道："齐先生是否出面？"

管事摇头道："尚未。听说那少年被带去了阮师的剑铺，估摸着就算没死，也只剩一口气了，有人亲眼看到那少年胸膛被一拳捶烂，如何活得下来。"

崔明皇笑了笑："谢过老先生告知此事。"

年迈管事连忙摆手："不敢当不敢当，职责所在，叨扰崔先生了。"

在管事领着门房一起离去后，崔明皇看到刘灞桥一屁股坐回石凳，疑惑问道："你难道正是冲着那个少年而来？"

刘灞桥脸色阴沉不定："算是一半吧。接下来会很麻烦，大麻烦。"

崔明皇问道："不止牵涉到风雷园和正阳山的恩怨？"

刘灞桥点点头："远远不止。"

读书人袖手而坐，轻声道："树欲静而风不止。看来我是该动身去取回那块四方镇圭了，哪怕会被齐先生误认为是我们观湖书院落井下石，也没办法。"

崔明皇站起身："我去趟学塾，去去就回。"

他离开福禄街的官邸后，途经十二脚牌坊楼，停下脚步，仰头望着"当仁不让"四字匾额。

阳光下，读书人伸手遮在额头。

他一阵犹豫不决之后，竟是又转身返回官署。

福禄街上，白发魁梧的老人牵着瓷娃娃一般容颜精致的女童，并没有进入卢家大宅，反而是去了李家，早有人等候在门口，将两人迎入家内，在悬挂"甘露堂"匾额的正堂内，一位气度威严的老人站起身，来到门口相迎，抱拳道："李虹见过猿前辈。"

正阳山的搬山老猿，对李家家主随意点了点头，松开小女孩的手，低头柔声道："小姐，老奴在山顶那边等你。"

小女孩坐在正堂门槛上，气鼓鼓不说话。

李氏家主轻声道："前辈放心，我们李氏一定将陶小姐安然无恙地送出小镇。"

老猿嗯了一声："此次麻烦你们帮忙照顾小姐，就算正阳山欠你们一个人情。让我与小姐说些话。"

老人立即离开正堂，并且下令让家族所有人都不得靠近甘露堂百步。

老人也坐在门槛上，想了想："小姐，有些话本不该跟你说的，只是事已至此，再隐瞒也没有意思，老奴就一并跟你说了。此次小镇之行，多半是有人精心策划的一个局，那个清风城许家婆娘，跑不掉，只不过她未必是分量最重之人。这个坑，厉害的地方在于哪怕老奴有所察觉，也无法不跳。小姐有所不知，那部剑经的主人，曾经是一位叛出正阳山的剑道孽徒，由他自创而成，依照你爷爷的说法，这部剑经最可贵之处，在于虽然写书之人，最终剑道成就不过是摸着剑仙的门槛，但是剑经内容，直指大道。小姐你想啊，与咱们正阳山交好的谢家老祖，何等眼界，仍是给予这部剑经'极高'两字评语。"

接下来老人的语气冷漠几分："而这名欺师灭祖的剑道天才，走投无路之际，投靠了我们正阳山的宿敌风雷园，风雷园也确实庇护了此人大半生，他当了大半辈子的缩头乌龟，后来为了印证剑经，悄然离开风雷园，寻找过数位证了道的大剑仙，例如谢家老祖，哪怕他们皆对其人品不屑，但是对于剑经所写，的确都赞赏不已。谢家老祖私下曾说，剑经融合正阳山、风雷园两家剑道精神，一旦哪一方有人修成，那么两家的术道之争，鹿死谁手，就该落幕了。"

老人沉声道："所以这部剑经，老奴如果能够拿到手，交给小姐你来修行，是最好的结果。退一万步说，就算我们正阳山没有拿到手，给什么老龙城云霞山之流，被那些年轻人得去了机缘，正阳山倒也能忍，唯独一事，绝对不能退让半步，那就是被风雷园的狗杂种们将剑经拿到手！"

老人脸色铁青狰狞："小姐，别忘了，风雷园的园子最深处，那座试剑场之上，我们正阳山的那位老祖，也正是小姐你这一脉的祖先，她当初在正阳山最为孱弱之际，毅然挑战那一代的风雷园园主，结果堂堂正正战死后，她的尸首，非但没有被风雷园礼送回正阳山安葬，反而任其暴晒，甚至头颅之中，还插着一把风雷园剑士的长剑，故意任人观摩取笑！

"三百年了，整整三百年，哪怕正阳山公认英才辈出，竟然始终连风雷园的一把剑，也拔不出来！一代代正阳山剑修，承受着这种奇耻大辱，正阳山一日不灭风雷园，便一日是整个东宝瓶洲的笑话。

"为何我正阳山，每一位老祖成就剑仙之尊后，却从不愿召开庆典，普告天下？！"

这些陈年往事，小女孩其实早就烂熟于心，耳朵都听得起茧子了。

只不过之前亲人长辈说起，都尽量以云淡风轻的语气提起这段公案恩怨，远远不像搬山猿这般愤懑满怀，直抒胸臆。

小女孩稚声稚气问道："白猿爷爷，那你为何不干脆一拳打死那死犟死犟的少年？虽说他如今已是经脉寸断，气息崩碎絮乱，剑经自然而然就跟着被捣烂搅碎，神仙也没办法复原，可是不怕一万就怕万一，万一有人救了他，又万一有人得到剑经，那我们正阳山咋办？"

那部剑经的传承方式极为特殊玄妙，无法言传，像是被刘氏先祖题字于壁，或者说是当年那个正阳山叛徒，留下一道流转不定的剑意在子孙体内，代代相传，一直在等待天资卓绝的子孙出现，能够驾驭这道蕴含剑经内容的剑意。

所以只要少年死了的话，他的买瓷人和风雷园也就彻底没戏。那部从未真正现世的剑经，就此烟消云散。

老人哈哈笑道："老奴若是当场就打死那少年，就会被瞬间赶出这座小天地，到时候小姐怎么办，难道要小姐独自面对风雷园的人？再者，此地术法一律禁绝，阮师能铸剑能杀人，可是救人的本事嘛，真是不咋的，除此之外，难不成齐静春出手？绝对不会的，如今他已是泥菩萨过江自身难保，再说了，真惹恼了老奴，大不了就现出真身，老奴倒要看看，这方天地撑不撑得起老奴的千丈真身！"

老奴站起身，气势磅礴，道："小姐，廊桥少年一事，已经不用理会，容老奴杀了风雷园的人，就在那座山顶门外等你。那齐静春若是识相，就隔岸观火，若是他敢插手，老奴就敢撞他个支离破碎。便是阮师出手，老奴也要与之一战到底，才算不虚此行！"

小女孩想了想，灿烂笑道："白猿爷爷，你去吧，不用担心我。"

老人悠然笑道："小姐就更不需要担心老奴了。"

溪畔剑铺一间屋子里，弥漫着一股浓重的血腥味，一盆盆血水被端出去，然后端回一盆盆清水。

几乎是被青衣少女拎小鸡一样抓来的老人，杨家药铺的掌柜，就坐在窗前小凳上，伸手洗去满手血迹，额头渗出汗水，抬头后无奈摇头道："阮师，这少年的伤势实在太重了，如果是小镇之外……"

双手环臂的阮师傅板着脸道："废话就别说了。"

老人只得苦笑。

自己确实说了句废话，如果是在小镇之外，根本就用不着他出手。

青衣少女阮秀，看着那片放在病榻少年额头的槐叶，已经黯然无光，绿色犹然是绿色，却没有半点绿意。她猛然转头，愤怒问道："不是说好了，陈平安拿出他那片槐叶，刘羡阳就能有一半生机吗？"

杨家铺子老掌柜叹息道："若是槐叶主人自己遭此重创，然后承受槐叶的祖荫，当然是救活的机会有五成，可是用来给别人消受福荫，就另当别论了。"

阮秀怒喝道："姓杨的！那你为何之前胡说八道，说有五成希望？！为什么不早说！"

老人哭丧着脸，无比委屈："老夫当时要是不这么说，怕是少年没死，老夫就已经被你活活打死了啊。"

阮秀气得脸色发白，正要开口骂人。

男人沉声道："秀秀，不得对杨掌柜无礼。"

阮秀咬紧牙关，默不作声。

男人沉默片刻后，瞥了眼呆若木鸡、迟迟没有动静的老掌柜，没来由春雷绽放似的，就开始破口大骂道："杨掌柜，你他妈的像一根木头杵在这里，作死啊？！"

碰上这么一对父女，老人真是欲哭无泪，关键是还不敢流露出丝毫不满，只得硬着头皮继续死马当活马医。

从头到尾，草鞋少年都没有大呼小叫，也没有号啕大哭，只是一次次端水出门再进门，一盆盆血水换成一盆盆清水。

又一刻钟之后，药铺掌柜也是烦躁至极，低头看着那盆清水，猛然一巴掌拍在水里，溅起无数水花，然后抬头对阮师傅无比悲愤道："阮师！你干脆一剑刺死我算了，老子只是个卖药的，不是起死回生的神医！"

打铁汉子一点一点皱起眉头。

老人立即缩了缩脖子。

那个少年终于出声说话："杨掌柜，再试试看。"

在老人转头望向少年后，少年眼神干干净净，微微加重语气："再试试看！"

老人吐出一口浊气，于心不忍道："孩子，老夫是真的无能为力啊。"

少年艰难挤出一丝笑意："杨掌柜，求你了。"

老人满脸疲惫，仍是摇了摇头。

草鞋少年眼睛里仅剩的最后那点希冀神采，也消失不见。

他蹲下身放下脸盆，坐在床边，握住高大少年已经微凉的手，挤出一个比哭还难看的笑脸，轻声道："我会回来的。"

少年起身离开屋子，走到门槛那边，突然转过身，对阮家父女和老掌柜，向一直忙到现在的三人，鞠躬致谢。

少年跨过门槛。

阳光有些刺眼，少年略作停顿后，大步向前。

老天爷不给公道，没事，我自己去要，能要多少是多少。

第四十六章

压衣刀

在草鞋少年离开屋子没多久，青衣少女一跺脚，就要跟上去，被从阮师变成阮师傅的中年男人喊住，正色道："秀秀！你若是现在掺和进去，只会帮倒忙，害了那个陈平安，到时候才真正是万劫不复。"

阮秀没有转身，只是猛然转头，黑亮的马尾辫，在空中甩出一个漂亮弧度。少女眼神凌厉，语气近乎苛责道："爹，刘羡阳的事情你也没掺和，结果又如何了？"

男人欲言又止，最后仍是忍住没有泄露天机，沉声道："相信爹，现在的你，对那个少年最大的帮助，是尽量告诉他一些这座小洞天的秘密和规矩，要他争取在框架之内行事，天时地利人和，能够多占一样是一样。"

阮秀似懂非懂，犹豫不决。男人挥挥手，耐着性子叮嘱道："牵一发而动全身，你是我阮邛的女儿，那泥瓶巷的少年，他丢入池塘的石子再大，溅起的水花有限，不会惊扰到水底的老王八，这就意味着万事可以周旋，可是你阮秀不一样。记住喽，每逢大事有静气，要你多读书多读书，总是不听！心性连一个陋巷少年也比不上，亏你还是修行之人。"

男人其实最后这句话一说出口，就有些后悔了。没办法，到了自家闺女这边，汉子总管不住最后一句肯定拆台的言语。好在这回少女竟是没有觉得如何委屈，快步跑出屋子，留下一个心情复杂的男人。

本名阮邛的男人挑了张凳子坐下，握住高大少年的手腕，一团乱麻的脉象，糟糕至极。本就心情不太好的汉子越发脸色阴沉，大发牢骚道："齐静春也真是的，正阳山如此投机行事，就算没办法按照规矩，将其驱逐出境，好歹也给点教训，杀鸡儆猴，即便杀不得，打几下有什么问题？要不然接下来此方天地不断有新人涌入，更加鱼龙混杂，还不得乱套？怎么，是想着反正没几天就要卸任，大不了就留给我一个稀巴烂的摊子？说好的读书人的担当呢……"

蹩脚老郎中坐在一旁眼观鼻鼻观心，绝对不插嘴，以免惹祸上身，老人只敢在心里不断腹诽，说好的每逢大事有静气呢？

阮邛发完牢骚，最后叹息道："你齐静春如此束手束脚，也是没办法的事情。前边的话，你可以当耳旁风，这句话，可别漏掉不听啊。"

杨家铺子的老掌柜，其实一直竖着耳朵偷听，闻言后顿时拜服，心想不愧是下一任坐镇洞天的圣人，这脸皮都能挡下飞剑了。

阮邛突然望向老人，问道："只听说嫁出去的闺女，泼出去的水。这他娘的还没有嫁人啊，就已经胳膊肘往外拐啦？"

老人实在是憋了半天，忍不住想要说几句良心话了，要不然就对不起自己铁骨铮铮的风骨，于是壮起胆子说道："阮师，是不是老朽老眼昏花的缘故？总觉得那少年好像也没多喜欢你家秀秀啊。"

阮邛用一种怜悯的眼神看着老人，斩钉截铁道："不用怀疑，你就是老眼昏花了！"

老人也用一种可怜的眼神看着汉子。

两两无言。

水井那边，阮秀赶上陈平安，也不说话，好像不知道如何开口。

陈平安朝她笑了笑，记得第一次在青牛背那边遇到，还以为她是哑巴，要么就是不会说小镇这边的方言土话。现在才知道原来她只是不爱说话而已。

跟着草鞋少年的脚步，走向廊桥那边，青衣少女终于鼓起勇气说道："陈平安，我叫阮秀，我爹叫阮邛，是一名铸剑师，我从小就跟我爹打铁铸剑，这次来你们小镇，爹说是碍于宗门托付，加上这里的水土最适宜打造剑炉，所以才来这里蹚浑水，其实我心里清楚，我爹是想为我找一份机缘，我爹这人就是死要面子，就像你的朋友刘羡阳，我爹其实心里很想收这个徒弟，你可能不太知道，我爹如果将来选择在这里开宗立派，开山大弟子的人选，就很重要了，所以他不是见死不救，你别怪他……"

陈平安摇头道："我没有怪你爹。"

说到这里，草鞋少年停顿了一下，抬起手背抹了抹下巴，苦涩道："知道不应该怪别人，但其实心里很气，很生气你爹为什么不早点收下刘羡阳做徒弟，生气为什么刘羡阳出事情的时候，没有人阻拦，哪怕知道这不对，但我还是很生气。"

阮秀点点头："这是人之常情。"

陈平安不愿在这里多耗，问道："阮姑娘，找我有事吗？"

阮秀小心翼翼问道："你现在不会是去找正阳山的人报仇吧？"

陈平安不说话，既不否认也不承认。

少女本来就不是擅长言辞的人，干脆想到什么就说什么了："你别这么鲁莽，正阳山本就是我们东宝瓶洲的名门大派，那头老猿的身份，其实与正阳山老祖无异了，哪怕老猿在此地无法使用术法神通，可要是对付你，很简单！再就是他重伤刘羡阳后，齐先生一定会惩罚他的，所以你至少不用担心这件事情，就当作什么都没发生……"

陈平安打断少女的言语，说道："阮姑娘你所谓的惩罚，是说杀人凶手会被赶出小镇吗？"

阮秀哑然。

陈平安笑了笑，反过来劝慰少女，眼神真诚，清澈得如同小溪流水："阮姑娘，你的好意，我心领了。我当然不会傻乎乎冲上去，直接跟那种神仙拼命。"

阮秀如释重负，习惯性拍了拍胸脯，兴许是觉得自己的举动有些稚气，不够淑雅，不像是大家闺秀，马尾辫少女便笑得有些难为情。

陈平安也跟着笑起来，说道："上次只送给你三条鱼，是我太小气了。"

阮秀有些赧颜，很快忧心问道："你的左手？"

陈平安扬起包扎严实的左手："不打紧的，已经不碍事了。"

阮秀整理了一下思绪，缓缓说道："陈平安，千万别冲动，如今学塾齐先生的处境比较困难，而且齐先生和我爹交接的时候，极有可能小镇会迎来翻天覆地的新局面，是好是坏，目前还不好说，所以易静不易动。"

陈平安点头道："好的。"

阮秀有些莫名地着急。

归根结底，在于她自己就很焦躁，按照她的性情，这会儿本该杀向那个正阳山老猿了，如今却要反过来苦口婆心劝说少年不要冒险，这是有违本心的。但问题在于，就像她自己所说，大势所趋，确实易静不易动，这也是她的直觉。

她阮秀莽莽撞撞去找人讨要说法，即便惹出捅破天的麻烦，她爹肯定不会不管，而且多半压得下来。

可是眼前这个陈平安，只能生死自负。

陈平安和阮秀道别离去，独自跑向廊桥。

才别少女，又见少女。

廊桥南端石阶上，坐着一位刀剑叠放的少女，面容肃穆。

她身穿墨绿色长袍，双眉狭长，紧抿起嘴唇，身边放着两只织造华美的金丝绣袋。

陈平安快步跑向廊桥，刚到台阶底下，少女宁姚就抛下那两袋子铜钱，淡然道："还你。"

陈平安站在台阶下，双手接住两袋钱，一时间不知道该说什么。

宁姚板着脸说道："说好了要保证刘羡阳的安全，现在是我没有做到，是我宁姚对不起你陈平安和刘羡阳！"

少女心知肚明，在这座小镇上，身躯体魄仍属普通的少年，被仙家人物一拳打烂胸膛，谁都救不了。再者，如果刘羡阳有救，哪怕只有一线生机，以陈平安的滥好人性格，恐怕就是待在铁匠铺那边会被人砍头，也绝对不会擅自离开半步。

陈平安走上台阶，蹲在她旁边不远处，把两袋子钱递还给少女，轻声说道："宁姑娘，钱，你留着好了，加上泥瓶巷我家藏的那袋，你全部拿去，我已经不需要了。希望以后可以的话，就帮忙花钱雇人，照看我和刘羡阳两家的宅子。"

少女没有接过钱袋，气极反笑："那要不要帮你每年春节贴春联和门神啊？"

陈平安脸色认真道："如果可以的话，是最好。"

少女差点气得七窍生烟，大骂道："小时候被牛尾巴打过脸，了不起啊？！就可以名正言顺地做傻事？气死我了！总之这件事情，陈平安你别管，你以为就你那点三脚猫功夫，能对付一头正阳山的搬山猿？刘羡阳那破宅子，以后你自己管去，你家春联门神，也自己滚去买！我宁姚不伺候！"

陈平安望着少女说道："宁姑娘，我虽然认识你没多久，但是我能够肯定一件事，如果你有信心帮刘羡阳报仇，你绝对不会把两袋子钱还给我，至少不是在这个时候。"

陈平安把钱放在两人之间的台阶上："宁姑娘，现在都什么时候了，你觉得我还有心情跟你说客气话吗？你跟我，还有刘羡阳，只是做一笔生意买卖，又不是诚心坑我们，只是遇上这样的天灾人祸，谁也想不到，哪有让你赔上性命的道理？相信我，不只是我陈平安不愿意看到这样，刘羡阳那个傻瓜也一样不愿意。他如果能说话，只会说爷们的事，娘们别管……"

少年突然咧了咧嘴，说道："我当然不敢这么跟宁姑娘说。"

宁姚双手按在白鞘长剑之上，眯眼道："我之前话只说了一半，愧疚是一半，再就是自离家出走以来，我宁姚行走天下，从来没有遇到一个坎就绕过去的时候！"

少女伸出大拇指，指了指自己心口："这里也是！"

陈平安想了想："宁姑娘，你做事之前，能不能先让我找三个人？之后我们各做各的！"

宁姚问道："需要多久？"

陈平安毫不犹豫道："最多半天！"

宁姚又问道："除了齐静春，还有两个是谁？"

陈平安摇头道："宁姑娘你就别问了。"

宁姚皱眉道："窑务监造衙署可管不了这个，你真以为是偷鸡摸狗、街头斗殴的小事？"

陈平安刚要站起身，宁姚沉声道："钱拿走！"

陈平安只得自己先收起来。

"陈平安！你等下，先转过身去。"

在让陈平安转身后，宁姚突然弯下腰，掀起袍子，取下一把绑缚在小腿上的古朴短刀，站起身递给少年，郑重其事道："这是我们家乡那边独有的压裙刀，每个女子都会有。事急从权，便宜行事，我就不讲究什么乡俗了。但是你别忘了，这刀是借给你，不是送给你的！"

陈平安有些茫然，但是伸出一只手去接短刀。

少女怒道："用双手！懂点礼数好不好？！"

少年赶紧抬起另外一只手，不过仍是疑惑不解。

宁姚没好气道："你以为只凭几片碎瓷，就能杀那头搬山猿？蔡金简只不过是修行路上，没走多远的角色，更何况正阳山那头老畜生天生异象，最是皮糙肉厚，别说瓷片，就是寻常的仙家兵器，一样伤不到老畜生分毫，撑死了弄出一两条伤痕，有何意义？屁事不顶用！"

双手接刀又不知如何安置它的少年，此刻脸色有些古怪。

宁姚瞪眼道："都要拿刀砍人了，还不许爆几句粗口？！"

陈平安无言以对，不知为何，少年坐回位置，坐在台阶上，抬头望着南方的天空。

少女站在少年身边。

陈平安最后一次劝说道："真的会死人的。"

少女双手环胸，一侧佩剑，一侧悬刀，脸色漠然："我见过的死人，比你见过的活人还多。"

然后她故意以一种漫不经心的语气说道："那把压裙刀，回头你可以绑在手臂上，藏于袖中。"

陈平安点头道："好的。"

陈平安使劲拍了一下膝盖，站起身，突然说道："认识你们，我很高兴。"

少女猛然转身，率先行走于廊桥中。

英气动人的少女，雪白剑鞘的长剑，碧绿刀鞘的狭刀。

她此时的身影，是少年这辈子见过最美的画面，没有之一。

这一刻，少年觉得自己哪怕能够走出小镇，也不会见到比这更让人心动的场景。

这辈子不亏。

所以原本因为陆道长一席话，变得有些惜命怕死的少年，又像以往那样，一点也不怕死了。

死就死。

（选文完）

《网络文学名家名作导读丛书》已出版书目

第一辑：

辰东与《遮天》/ 肖惊鸿 著

骷髅精灵与《星战风暴》/ 乌兰其木格 著

猫腻与《将夜》/ 庄庸 著

我吃西红柿与《吞噬星空》/ 夏烈 著

血红与《巫神纪》/ 西篱 著

第二辑：

子与2与《唐砖》/ 马文运 著

林海听涛与《冠军教父》/ 桫椤 著

忘语与《凡人修仙传》/ 庄庸 安迪斯晨风 著

希行与《诛砂》/ 肖惊鸿 薛静 著

zhttty与《无限恐怖》/ 周志雄 王婉波 著

第三辑:

天蚕土豆与《斗破苍穹》/ 夏烈 著

萧鼎与《诛仙》/ 欧阳友权 著

耳根与《一念永恒》/ 陈定家 著

蝴蝶蓝与《全职高手》/ 张慧伦 张丽军 著

蒋胜男与《芈月传》/ 肖惊鸿 主编

第四辑:

更俗与《楚臣》/ 西篱 著

烽火戏诸侯与《剑来》/ 庄庸 著

梦入神机与《点道为止》/ 周志强 李昕 著

无罪与《剑王朝》/ 许苗苗 著

乱世狂刀与《圣武星辰》/ 房伟 著

图书在版编目（CIP）数据

烽火戏诸侯与《剑来》/庄庸著．-- 北京：作家出版社，2022.5

（网络文学名家名作导读丛书）

ISBN 978-7-5212-1748-3

Ⅰ.①烽… Ⅱ.①庄… Ⅲ.①网络文学－长篇小说－小说研究－中国－当代 Ⅳ.①I207.425

中国版本图书馆 CIP 数据核字（2022）第 006336 号

烽火戏诸侯与《剑来》

作　　者：庄　庸
责任编辑：袁艺方　王　烨
装帧设计：天行云翼·宋晓亮
出版发行：作家出版社有限公司
社　　址：北京农展馆南里 10 号　　　邮　编：100125
电话传真：86-10-65067186（发行中心及邮购部）
　　　　　86-10-65004079（总编室）
E-mail: zuojia@zuojia.net.cn
http://www.ZUOJIACHUBANSHE.com
印　　刷：唐山嘉德印刷有限公司
成品尺寸：152×230
字　　数：363 千
印　　张：25.25
版　　次：2022 年 5 月第 1 版
印　　次：2022 年 5 月第 1 次印刷
ISBN 978-7-5212-1748-3
定　　价：48.00 元